OPERATION TOTE HAND

M.A. ROTHMAN

Übersetzt von

MICHAEL KRUG

Primordial Press

Taschenbuch ISBN-13: 978-1-960244-03-1
Hardcover ISBN: 979-8-7775039-8-5

Für Sandi, Ryan und Aaron.

INHALT

AN: Bradley Hinshaw, Stellvertretender Direktor – CIA
BETREFF: NARA-Anfragebeantwortung – Broken Arrow

Eine Durchsuchung des zentralen Aufzeichnungssystems hat keine Hinweise auf Zwischenfälle des Typs Broken Arrow über dem Mittelmeer in den vergangenen 60 Jahren ergeben. Es wurde jedoch eine Übereinstimmung mit Ihren Suchparametern in den Staatsarchiven gefunden. Im Anhang übermittle ich Ihnen einen Scan eines freigegebenen Memorandums vom JCAE.

Hochachtungsvoll

Kaitlyn Shaw
Archivtechnikerin (3A)

Joint Committee on Atomic Energy
Washington 25, D. C.
28. März 1956

Der Ehrenwerte Carl Walske
Staatssekretär (Atomenergie)
Verteidigungsministerium
Washington, D. C.

Sehr geehrter Dr. Walske!

Ich übermittle Ihnen drei Kopien der Abschrift der Exekutivsitzung vor dem Joint Committee on Atomic Energy vom 20. März 1956, bei der Sie und Vertreter des Verteidigungsministeriums ausgesagt haben, dass am 10. März 1956 ein B-47 Bomber der Air Force irgendwo über dem Mittelmeer oder in dessen Nähe verschwunden ist.

Es wurde bestätigt, dass die genannte Maschine am Luftwaffenstützpunkt MacDill in Florida mit zwei Mark 15 Nuklearsprengköpfen bestückt wurde. Die kombinierte Sprengkraft der Ladung wird auf 3,4 Megatonnen TNT-Äquivalent geschätzt. Die Maschine sowie ihre Ladung bleiben verschollen.

Es wird erbeten, die Aussage zu prüfen und eine gegebenenfalls korrigierte Fassung an das Joint Committee zurückzusenden.

Danke für Ihre Unterstützung in dieser Angelegenheit.

Hochachtungsvoll

John T. Conway
Executive Director

KAPITEL EINS

»Mr. Yoder, es tut mir leid, Ihnen das mitteilen zu müssen.« Dr. Cohen wirkte besorgt und zögerlich, dennoch sprach er schnell, als wollte er es hinter sich bringen. »Sie haben Bauchspeicheldrüsenkrebs im vierten Stadium.«

So hatte sich Levi den Verlauf seines Folgetermins um neun Uhr nicht vorgestellt. Kälte breitete sich durch seine Brust aus und jagte ihm einen Schauder über den Rücken.

Der grauhaarige Arzt setzte sich Levi gegenüber auf die Tischkante und schob einen Karton mit Taschentüchern in seine Richtung.

Als würden Taschentücher helfen.

»Wie kann ich Krebs haben?« Levis Finger bohrten sich in die Armlehnen des gepolsterten roten Ledersessels, als er sich vorbeugte. »Ich bin erst 30 und lebe gesund. Ich trinke keinen Alkohol, nehme keine Drogen. Sind Sie sicher?« Ihm war bewusst, dass es wie Verleugnung klang.

Dr. Cohen stand auf, kam um den großen Mahagonischreibtisch herum und legte Levi eine runzlige Hand auf die Schulter. »Junger Mann, es tut mir aufrichtig leid.« Er seufzte. Sein Atem roch nach Pfefferminztee. »Leider verlaufen die Frühstadien von Bauchspeicheldrüsenkrebs nahezu ohne Symptome. Ich habe die Biopsieproben an zwei verschiedene Labors geschickt, beide haben dieselben Ergebnisse geliefert. Die Aufnahmen aus der Radiologie von letzter Woche bestätigen das Ausmaß der Metastasen ebenfalls. Der Krebs hat sich in Ihr Lymphsystem ausgebreitet.«

Levi atmete tief ein und blies die Luft langsam aus. Die Anspannung seiner Muskeln lockerte sich, als sich ein Gefühl der Resignation über ihn senkte.

»Im vierten Stadium? Was heißt das? Wie behandeln wir? Wie sieht der nächste Schritt aus?«

Der Arzt zog sich einen Stuhl herbei und setzte sich so nah gegenüber Levi, dass sich ihre Knie praktisch berührten. »Im Grunde bedeutet das vierte Stadium, dass der Krebs auf andere Organe übergegriffen hat. In Ihrem Fall haben wir ihn sowohl in der Bauchspeicheldrüse als auch in den Lymphknoten festgestellt. Was die Behandlung angeht: Sloane-Kettering und einige Universitätskrankenhäuser haben 2005 klinische Studien über diese Art von Krebs durchgeführt. Es gibt inzwischen experimentelle Strahlenbehandlungen, mit denen wir es versuchen können, dazu mehrere Runden Chemotherapie. Allerdings fürchte ich, dass die Erfolgsaussichten angesichts des Stadiums Ihrer Erkrankung nicht gut sind.«

Er lehnte sich vor und fügte mit ernster Miene hinzu: »Meiner Schätzung nach bleiben Ihnen ohne Behandlung nur vier bis sechs Monate, um Ihre Angelegenheiten zu regeln. Und ich will ehrlich sein, was die Chancen *mit* einer Behandlung angeht: Nur ein Prozent der Studienteilnehmer hat fünf Jahre überlebt. Nichtsdestotrotz habe ich ein paar Anrufe getätigt. Uns stehen weitere erstklassige Behandlungen zur Verfügung, mit denen wir die Chancen hoffentlich erhöhen können. Jedenfalls werde ich alles in meiner Macht tun, um Ihnen zu helfen.«

Levis Gedanken überschlugen sich, während er die Worte des Arztes zu verarbeiten versuchte.

In seiner Branche kannte man ihn als Problemlöser. Er kümmerte sich um heikle Angelegenheiten, wenn Mafiabosse jemanden mit einem geschickten Händchen brauchten, nicht bloß stumpfe Muskelkraft. Außerdem nahm er Probleme an, die man seitens der Polizei nicht lösen konnte oder wollte.

Für *dieses* Problem fiel ihm keine Lösung ein.

Aber er wusste, dass es einige Dinge gab, um die er sich sofort kümmern musste.

Er stand auf und schüttelte dem Arzt die Hand. »Dr. Cohen, mir ist bewusst, dass es schwierig sein muss, solche Neuigkeiten zu überbringen. Danke für Ihre Ehrlichkeit. Ich komme in ein paar Wochen wieder, sobald ich meine Angelegenheiten geregelt habe, dann reden wir weiter.«

»Aber Mr. Yoder, Sie sollten mit den Behandlungen unbedingt sofort beginnen. Ich habe mit Sloane-Kettering gesprochen und einen Platz in einem der Behandlungsprogramme für Sie ergattert ...«

Levi winkte ab und drehte sich dem Ausgang zu. »Das weiß ich zu schätzen, aber ich melde mich, wenn ich so weit bin.«

Als Levi die Tür öffnete und das persönliche Büro des Arztes verließ, konnte er nur an Mary denken.

***

Als Levi das Schlafzimmer betrat, schenkte ihm Mary – bereits im Nachthemd – ein strahlendes Lächeln, während sie eine Schallplatte auflegte. »Die hab ich in einem alten Plattenladen entdeckt. Das musst du dir anhören.«

Aus den Lautsprechern drang der Sound von Nat King Cole, einer von Marys Lieblingsinterpreten.

»Love me as though there were no tomorrow ...«

Der bewegende Text der Ballade ließ Levi einen Kloß in den Hals steigen.

Mary tänzelte mit einem verträumten Lächeln im Gesicht auf ihn zu, verzaubert von der Musik. Als ihr Blick jedoch dem seinen begegnete, erstarrte sie mitten im Schritt. Ihr Lächeln verblasste, Sorgenfalten bildeten sich auf ihrer Stirn.

Levi war nie in der Lage gewesen, seine Gefühle vor ihr zu verbergen.

Er trat zu seiner Frau, nahm ihr Gesicht in die Hände und sah ihr tief in die wunderschönen, dunkelbraunen Augen. Ein dichter Schopf pechschwarzer Haare umrahmte ihr Antlitz. Sie sah noch genauso umwerfend aus wie an dem Tag, an dem er sie kennengelernt hatte.

Während er ihr erklärte, was der Arzt ihm mitgeteilt hatte, kehrten seine Gedanken zum Moment ihrer ersten Begegnung zurück. Erst vor fünf Jahren war sie in den USA als Maryam Nassar eingetroffen, 22 Jahre alt, Flüchtling aus dem Iran. Sie hatte schon damals passabel Englisch beherrscht und sich auf eines von Levis Inseraten gemeldet, mit denen er eine persönliche Sekretärin gesucht hatte. Kaum hatte er sie zum ersten

Mal gesehen, hatte er sich wie vom Blitz getroffen gefühlt. Seine Haut hatte gekribbelt, und er bekam kaum Luft.

Neun Monate später waren sie verheiratet.

Seine Brust zog sich zusammen, als ein Sturm von Gefühlen über ihr Gesicht zog: Ungläubigkeit, Schmerz, Wut. Tränen glänzten in ihren dunklen Augen, und ihr Kinn bebte, als sie mit ihrem ausgeprägten persischen Akzent hervorstieß: »A-aber du h-hast verspro...«

Sie verstummte, holte abgehackt Luft, und Levi schloss die Arme um sie.

»Schatz, ich weiß ...«

Er drückte sie an seine Brust und massierte ihren Rücken, während sie schluchzte. Mary war die Einzige in ihrer Familie, die sich nach der iranischen Revolution für das Exil entschieden hatte. Obwohl unter ihren Angehörigen niemand tiefreligiös war, hatte sie ihr Schicksal in dem Moment besiegelt, als sie den Iran verlassen und einen Nicht-Muslim geheiratet hatte. Sie konnte nicht zurück. Mary hatte niemanden auf der Welt, wodurch es umso schwieriger wurde, ihr von seiner Prognose zu erzählen.

An sich war sie außerdem kein Mensch, der seinen Emotionen freien Lauf ließ – dennoch zitterte sie nun in Levis Armen.

Vor Bedauern fühlte sich seine Kehle wie zugeschnürt an. Er konnte nur versuchen, sich vorzustellen, welche Ängste ihr gerade durch den Kopf gehen mussten. »Ich kümmere mich darum, dass du dir für den Rest deines Lebens nie um irgendwas Sorgen machen musst«, versprach er. »Das hier wird immer dein Zuhause sein, ganz gleich, was passiert. Hast du verstanden?«

»Ich brauche nichts *Materielles*. Ich brauche nicht Levi Yoder, den Geschäftsmann. Ich brauche meinen *Ehemann*.« Mary packte Levi leidenschaftlich an beiden Handgelenken und sah ihn mit geröteten Augen an. »Ich liebe dich.«

Die Worte hatte er nur eine Handvoll Male von ihr gehört. Bisher war es jedes Mal ein euphorisches Erlebnis gewesen. Diesmal hingegen quälte es ihn.

In der Vergangenheit hatte er Hunderten Menschen geholfen. Und in diesem Fall, in dem es am wichtigsten gewesen wäre und es um den Menschen ging, der ihm mehr bedeutete als jeder andere auf der Welt ... konnte er nichts tun. Dieses Problem konnte er nicht beseitigen.

»Ich bleibe bei dir, so lange ich irgendwie kann – zumindest so viel verspreche ich dir.« Er wischte mit den Daumen die Tränen von Marys Wangen. »Ich liebe dich mehr, als du dir je vorstellen kannst.«

Sie umklammerte Levi innig, und sie hielten sich schweigend gegenseitig fest, da sie wussten, dass Worte nicht zu lindern vermochten, was sie durchmachten.

Ein erwartungsvolles Kribbeln breitete sich über Yousef Nassars Haut aus, während er beobachtete, wie die Arbeiter die uralte Grabkammer eines frühen ägyptischen Priesters leerten. Erst vor zwei Tagen hatte Yousef die lange vergessene Kammer entdeckt, dennoch war sie bereits beinah kahl.

Diebe! Diese Männer waren allesamt Diebe, und das Wissen, dass er in gewisser Weise daran mitwirkte ... Schuldgefühle nagten an Yousef.

Er bemühte sich, nicht weiter auf die Männer zu achten, die unersetzliche Artefakte entwendeten. Stattdessen wandte er sich der Wand mit den verblassten Hieroglyphen zu und übertrug sie weiter in sein Notizbuch. Während sich sein Verstand auf die Aufgabe konzentrierte, verschwanden um ihn herum die Welt und die Vorgänge darin.

»Dr. Nassar?«

Yousef zuckte zusammen, als er seinen Namen auf Englisch ausgesprochen hörte, wenngleich mit ausgeprägtem russischem Akzent. Er drehte sich um und erblickte einen von Wladimirs Männern. Trotz der Hitze in der unterirdischen Kammer trug der von Kopf bis Fuß schwarz gekleidete Mann einen Anzug. Die versteinerten Züge und die stahlgrauen Augen verrieten keinerlei Emotionen.

»Ja?«

Der große Mann trat näher, und eine kleine, kostbare Bernsteinperle zerbarst unter seinem Fuß. Er zeigte mit dem Daumen durch die Grabkammer auf eine knapp zwei Meter hohe Statue von Anubis mit ausgestrecktem Arm. »Wladimir hatte Anweisungen für den Fall, dass eine solche Statue gefunden wird. Ist das Anch ordnungsgemäß verpackt?«

Yousefs Herzschlag beschleunigte sich. Er hatte Mühe, keine Miene zu verziehen. »Wir haben nichts in der Nähe oder auf der Statue gesehen.«

Die Kiefermuskulatur des Mannes verkrampfte sich kurz, bevor sie sich wieder entspannte. »Sind Sie sicher?«

»Ja.« Yousef deutete mit dem Daumen in Richtung der Wand. »Wenn Sie mit Wladimir reden, dann sagen Sie ihm, dass einiges, das hier geschrieben steht, bewahrt werden muss und ...«

»Ich werde Wladimir darüber informieren, was gefunden wurde.«

Damit wandte sich der breitschultrige Kerl ab, und die Arbeiter gingen ihm aus dem Weg, als er in steifer Haltung zum Eingang der Grabstätte stapfte.

***

Yousef räusperte sich. Das Geräusch hallte von den Steinwänden der Kammer wider.

Trotz der drückenden Hitze lief es ihm eiskalt den Rücken hinunter, als er begann, die Bedeutung einiger der Symbole zu entschlüsseln. Die in den bildhaften Texten geschilderten Szenen erzählten von einer Zeit, in der das südliche und nördliche Ägypten noch nicht geeint gewesen waren.

»Yousef«, flüsterte eine Frauenstimme. »Bist du mit der Übersetzung vorangekommen?«

Er schaute über die Schulter zu Sara. Auf Farsi fragte er: »Hast du ...«
Sie nickte.

Erleichtert seufzend atmete er durch, gab seiner Frau einen flüchtigen Kuss und lächelte. »Ich glaube, das könnte wirklich eine der ältesten Grabstätten sein, auf die wir je gestoßen sind. Das hier stammt eindeutig aus der frühen ersten Dynastie.«

Sara spähte zu dem Notizbuch auf seinem Schoß. »Was hast du bisher?«

Er blätterte eine Seite zurück und überflog seine Notizen. »Wie du vermutet hast, ist das definitiv das Grab eines frühen Priesters, nur sehe ich keine Zeichen von Atum, dem Sonnengott. Muss etwas anderes sein. Die Texte sprechen von einem großen Krieg gegen den Süden. Warte, hör dir das an.«

»Das Land steht vor Krankheit und Seuchen in Flammen.
Ein Teil der Sonne kam herab, und es war ein Mann ...«

. . .

Yousef legte den Finger neben das nächste Symbol und zermarterte sich stirnrunzelnd das Hirn darüber, wie er es am besten zu etwas Bedeutungsvollem übersetzen sollte.

»Er leuchtete wie viele Sterne in der Nacht, und sein Atem war wie ein Krokodil.«

»Was soll das denn heißen?«, fragte Sara.

Er schüttelte den Kopf. »Bin genauso ratlos wie du. Es ergibt keinen Sinn. Wir werden recherchieren müssen, wenn wir zurück an der Universität sind. Die nächsten Passagen sind sogar noch unsinniger.«

Yousef verlagerte den Blick auf die restlichen Symbole, die er noch in sein Notizbuch übertragen musste. Sein Körper versteifte sich, als er eine der Hieroglyphen erkannte. »Mein Gott, was könnte *das* bedeuten?«

Sara zeigte auf zwei der verblassten Symbole an der Wand. »Der Katzenfisch und der Meißel ... steht das nicht für Narmer?«

Yousef nickte, als er versuchte, aus den anderen Symbolen in der Nähe eine Bedeutung abzuleiten. »So ist es. Aber mir scheint, der Text will besagen, dass dieser Mann, der ein Teil der Sonne war, Narmer etwas übergeben hat.«

Als er sich näher zur Wand lehnte, hörte er hinter sich ein metallisches Rattern. Er wirbelte herum und erblickte eine Granate, die über den sandigen Boden rollte wie ein Pulk dunkler Weintrauben.

Yousefs Schrei blieb ihm in der Kehle stecken, als die Granate explodierte.

»Heute ist wohl der Bankentag der Familie Yoder. Vor ein paar Stunden war Ihre Frau hier.«

Levi, der nie viel von Small Talk gehalten hatte, nickte nur und zeigte dem Mann seinen Schlüssel.

Der gutgekleidete, grauhaarige Bankmanager blickte auf Levis Schließfachschlüssel und erwiderte das Nicken. »Bitte folgen Sie mir, Mr. Yoder.«

Der Manager wandte sich ab und ging steif voraus zum Tresorraum der Bank. Sein Blick schwenkte über die Metallwand. Er steuerte auf einen Abschnitt ganz rechts zu und blieb vor dem Schließfach stehen, das dieselbe Nummer wie Levis Schlüssel aufwies.

Der Mann holte einen zweiten Schlüssel aus seiner Westentasche hervor und steckte ihn in eines der Schlüssellöcher vorne an Levis Schließfach.

Er streckte die Hand aus. »Den Schlüssel bitte, Mr. Yoder.«

Levi reichte ihm seinen Schlüssel. Der Manager schob ihn ins zweite Loch. Als der Manager beide Schlüssel gleichzeitig drehte, hörte Levi das Klicken einer Verriegelung, die sich löste. Sein Schließfach glitt einen Zentimeter aus der Wand.

Der Manager gab Levi seinen Schlüssel zurück. »Mr. Yoder, gestatten Sie mir, Sie in einen Raum zu führen, wo Sie sich Ihrem Besitz ungestört widmen können.«

Levi zog sein Schließfach am Griff heraus. Widerstandslos glitt es aus der Ausnehmung in der Wand.

Wenige Augenblicke später befand sich Levi in einem ungestörten Raum, in dem es leicht nach Holzpolitur und Leder roch. Der Bankmanager schloss hinter sich die Tür, als er ging. Levi blieb allein zurück.

Levi zog einen dicken Umschlag aus seinem Jackett und legte ihn in das Metallbehältnis. In dem Umschlag befanden sich mehrere juristische Dokumente, die das Haus und seine Vermögenswerte betrafen. Bei seinem Tod würde alles in einen Fonds fließen, und Mary würde sich nie wieder finanzielle Sorgen machen müssen. Ihr Zuhause war abbezahlt, die monatlichen Ausgaben würden automatisch aus dem Fonds abgedeckt werden.

Levi fand ein wenig Trost darin, dass er getan hatte, was er konnte, um für Mary vorzusorgen.

Er legte die Hände auf das Schließfach, ließ den Kopf hängen und seufzte. Der Knoten unter seiner Achselhöhle – ein Tumor, wie er wusste – war in den vergangenen Monaten deutlich gewachsen. Der erste von vielen, die sich durch seinen Körper ausbreiteten. Aber insbesondere dieser fühlte sich heiß an und pochte zornig im Takt seines Herzschlags.

Ihm würde nicht mehr viel Zeit mit Mary bleiben, und das bedauerte er am meisten.

Einen Moment lang fühlte sich seine Kehle wie zugeschnürt an, und er gestattete sich, eine Traurigkeit zu empfinden, die er in der Öffentlichkeit nie zeigte. So vieles im Leben hatte er überwunden, aber an diesem Hindernis kam er nicht vorbei.

Levi wischte sich mit dem Handrücken über die Augen und atmete schaudernd durch. Er warf einen letzten Blick auf den Inhalt der Metallbox. Als er sie gerade schließen wollte, bemerkte er ein Päckchen, an das er sich nicht erinnern konnte.

Er zog es heraus. Es maß etwas mehr als seine Handfläche und war auch ungefähr so dick, aber schwer für die geringe Größe. Adressiert war es an »Maryam Nassar« – Marys Mädchenname, darunter jedoch stand ihre aktuelle Wohnanschrift. Das Päckchen strotzte vor Briefmarken, stammte also von sehr weit her, war aber noch versiegelt.

»Was um alles in der Welt ist das?«

Levi holte sein Klappmesser aus der Tasche. Er drückte auf einen Knopf, um die Klinge herausspringen zu lassen. Es bedurfte einiger Anstrengung, sich durch die vielen Schichten Klebeband zu hacken, die das Päckchen umwickelten.

Als Levi schließlich den Deckel anhob, fand er in dem Karton eine handgeschriebene Nachricht auf etwas, das in ein Tuch gehüllt darunter lag. Es handelte sich um die geschwungenen Schnörkel etlicher fernöstlicher Sprachen, die er nicht lesen konnte.

Er legte den Zettel beiseite und wickelte den Stoff aus.

Seine Augen weiteten sich.

In der Schutzhülle aus grauem Tuch befand sich ein goldener Gegenstand, wie ihn Levi noch nie zuvor gesehen hatte. Er war fast so groß wie seine Hand mit vollständig ausgestreckten Fingern und ähnelte stark einem Kreuz, aber statt einer vertikalen Linie, die durchgehend durch die horizontale Linie verlief, bestand der obere Teil aus einer umgekehrten Tränenform. Es sah beinah aus, als sollte der Gegenstand an der überdimensionierten Öse aufgehängt werden.

Dass ausgerechnet Mary ein solches Symbol empfangen sollte, das eindeutig religiös aussah, erschien Levi merkwürdig. Immerhin war sie Atheistin.

Levi legte die Stirn in Falten. »Warum schickt dir jemand so was«, murmelte er bei sich, »und warum hast du das Päckchen nicht aufgemacht?«

Er setzte sich und starrte auf den goldenen Gegenstand. Irgendwo im Hinterkopf dämmerte ihm, dass er etwas Ähnliches doch schon einmal gesehen hatte. In der Stadt. Bei einer ägyptischen Museumsausstellung. Wie nannte man dieses Symbol noch mal? Ein Anch?

Wahrscheinlich handelte sich um einen Trick des Lichts, aber einen Moment lang schien das goldene Anch aufzuleuchten, als wäre es lebendig.

Als Levi es aus dem Päckchen hob, hätte er es beinah fallen gelassen. Es fühlte sich unerwartet schmierig an, wodurch es sich schwer halten ließ. Er verstärkte den Griff. Es wurde merkwürdig warm unter seinen Fingern.

»Woraus um alles in der Welt ist das Ding gemacht?«

Die Zeit schien sich zu verlangsamen, als Levi plötzlich Hitze in den Hals und ins Gesicht schoss. Sein Herzschlag beschleunigte sich. Ein Brennen breitete sich kribbelnd seinen Arm hinauf aus, und er spürte einen sengenden Schmerz in der Hand. Es war, als versuchte das Ding, sich durch seine Handfläche zu brennen.

Levi schoss durch den Kopf: *Lass das dämliche Ding fallen.*

Er öffnete die Hand, und der schwere Gegenstand landete mit einem lauten Pochen auf dem Holztisch.

Levis Brust fühlte sich wie zugeschnürt an. Er hatte Mühe, tief durchzuatmen. Er zuckte zusammen, als der pulsierende Schmerz weiter seinen Arm entlang nach oben kroch und sich über die Brust und den Rest seines Körpers ausbreitete. Noch sah er keine Blasen auf seiner Handfläche, ahnte aber, dass welche folgen würden. Was immer das Anch auf der Haut hinterlassen hatte, es hatte sie zornig gerötet.

Levi fing zu schwitzen an, als er sich die Hand mit einem Taschentuch abwischte und laut fragte: »Mary, warum hat dir das jemand geschickt?«

Er schaute zurück zu dem Gegenstand auf dem Tisch. Zu seiner Verblüffung sah er plötzlich anders aus. Das Anch schimmerte nicht mehr golden, sondern hatte eine stumpfe silbrige Schattierung angenommen.

Als die Hitze in seiner Hand im Takt mit seinem Herzschlag pulsierte, fragte sich Levi, ob die goldene Beschichtung eine Art Gift gewesen sein könnte.

Resigniert schnaubte er und schüttelte den Kopf. *Was spielt das noch für eine Rolle?*

Nur zu, forderte er das leblose Objekt heraus.

Levi benutzte das Taschentuch, um das Anch zurück in den Karton zu legen, dann brachte er den Deckel wieder darauf an.

Die Heimfahrt von der Bank erwies sich als Qual. Seine Augen fühlten sich klebrig an und begannen zu tränen, sein Mund war staubtrocken. Er brauchte dringend ein Glas Wasser. Sein gesamter Körper schmerzte, und hohes Fieber schien sich darin auszubreiten.

Entweder brütete er gerade eine schwere Grippe aus, oder es handelte sich um ein Krebssymptom, vor dem ihn niemand gewarnt hatte. Oder konnte das Anch tatsächlich mit Gift beschichtet gewesen sein? Was immer es gewesen sein mochte, es schien dafür zu sorgen, dass man sich hundeelend fühlte. Als Levi seine Wohngegend erreichte, schwitzte er heftig, und die Augen fielen ihm ständig zu.

Die blinkenden Lichter eines vor seinem Haus geparkten Streifenwagens rissen ihn jäh aus seinem Dämmerzustand.

Levi bog in die Einfahrt und stieg gequält aus dem Auto. Ein an seiner Eingangstür stehender Polizist drehte sich in seine Richtung.

Der Beamte blickte auf ein Foto in seiner Hand, dann zu Levi. »Lazarus Yoder?«

»Ja, Officer. Das bin ich.« Levis Herz hämmerte wild in der Brust, als er sich Schweiß von der Stirn wischte. Lazarus war sein Taufname, aber seit er nach New York gekommen war, benutzte er stattdessen Levi. »Stimmt was nicht?«

»Mr. Yoder, können wir uns unter vier Augen unterhalten? Ich fürchte, es hat sich ein Vorfall ereignet.«

Levi schaute zur Garage — leer. Ihm fiel nicht ein, wohin Mary gefahren sein könnte. Sie war Diabetikerin und um diese Tageszeit immer zu Hause, weil sie sich Insulin spritzen musste. Levis Brustmuskeln spannten sich wie Eisenbänder an, und er bekam zu wenig Luft. Die Welt fing an, sich zu drehen.

Der verkniffen dreinschauende Beamte legte Levi eine Hand auf die Schulter. »Mr. Yoder, Sie sehen nicht gut aus. Ich denke, dafür sollten Sie sich setzen.«

Levi spähte auf das Foto in der Hand des Polizisten und spürte, wie ihm das Blut in den Adern zu Eis gerann. Das Bild war blutfleckig und zerrissen, trotzdem erkannte er es. Sein Hochzeitsfoto.

Das Hochzeitsfoto, das Mary in der Handtasche bei sich trug.

Eine Woche war seit Marys tödlichem Autounfall vergangen, und erst ein Tag seit ihrer Beerdigung. Levi erinnerte sich nur an Teile der Zeremonie. Irgendwann mittendrin hatte er die Besinnung verloren, anscheinend dehydriert von der Grippe, mit der er kämpfte.

Mittlerweile lag er zu Hause im Bett. Eine Pflegerin hängte einen Beutel mit klarer Flüssigkeit an den Infusionsständer.

»Ich habe ein brechreizhemmendes Mittel in die Infusionsleitung gespritzt, die Übelkeit sollte sich also bald legen«, erklärte sie. Dann stellte sie eine große Wasserflasche aus Plastik auf Levis Nachttisch. »Bitte versuchen Sie, so viel wie möglich zu trinken. Dr. Cohen sagt, wenn Sie nicht genug Flüssigkeit aufnehmen können, um hydriert zu bleiben, müssen Sie stationär eingewiesen werden.«

Levi schüttelte den Kopf. »Alicia, Sie scheinen mir eine nette Frau zu sein, und ich weiß, Sie meinen es gut ...«

Sein Kopf fiel aufs Kissen zurück, sämtliche Kraftreserven schienen aufgebracht zu sein. Levis Muskeln schmerzten, als hätte er eine Woche ununterbrochen trainiert. Am schlimmsten schienen seine Gelenke betroffen zu sein. Er fühlte sich wie ein arthritischer Greis. Und das war noch gar nichts verglichen mit dem Brennen, das er in den Tumoren seiner Krebserkrankung spürte.

Was ihn daran erinnerte, dass die Grippe das geringste seiner Probleme darstellte.

Alicia, die altbackene Krankenpflegerin mittleren Alters aus Dr. Cohens Praxis, musterte ihn mit mitfühlender Miene. »Ich mein's *wirklich* gut. Morgen früh bin ich wieder hier und sehe nach Ihnen.«

»Okay.« Zu einer längeren Antwort fehlte Levi schlichtweg die Energie. Er schloss die Augen und versuchte, die Schmerzen zu ignorieren, die durch seinen Körper wüteten.

Levi musste eingeschlafen sein, denn als er die Augen aufschlug, schien die Sonne wie ein morgendlicher Gruß durch die Lücke zwischen den beigen Schlafzimmervorhängen in sein Gesicht.

Das Fieber war verschwunden.

Die Laken fühlten sich nass von nächtlichem Schweiß an, aber seine Augen brannten nicht mehr, und die Gliederschmerzen hatten sich gelegt. Dennoch fühlte er sich ... eigenartig.

Die morgendlichen Geräusche klangen irgendwie lauter, als er sie je zuvor gehört hatte, beinah so, als hätte er bisher Wattebäusche in den Ohren gehabt. Vögel zwitscherten sich gegenseitig im Garten vor dem Haus zu. Irgendwo in der Ferne zischten die Luftbremsen eines Schulbusses. Die altmodische Aufziehuhr auf dem Nachttisch tickte laut bei jeder Bewegung des Sekundenzeigers.

Plötzlich setzten die Geräusche aus, als stünde die Welt einen Moment lang still ... dann fing alles wieder an. Die Uhr tickte weiter, die Vögel zwitscherten wieder, der Bus löste die Bremsen.

Als Levi gähnend die Arme über den Kopf streckte, zog etwas an seinem Arm, und der Infusionsständer fiel auf ihn. Er kämpfte sich in sitzende Position und entfernte die Leitung mit einem Ruck aus seinem Arm. Levi zuckte zusammen, als das Klebeband über dem durchsichtigen Schlauch von seiner Haut gerissen wurde. Das schlüpfrige Gefühl, als die Infusionsnadel aus seiner Vene glitt, jagte einen angewiderten Schauder durch ihn.

Seine Haut kribbelte, als er die Beine aus dem Bett schwang. Blut sickerte seinen Arm hinab. Er griff sich etwas Watte vom Nachttisch und drückte sie auf die Einstichstelle der Nadel.

Die Wasserflasche auf dem Nachttisch erwies sich als leer.

»Was zum Teufel ist los mit mir?« Levi schüttelte den Kopf, um die Benommenheit loszuwerden. Seit Marys Tod hatte er nie mehr als zwei Stunden am Stück geschlafen, und plötzlich waren zwölf Stunden auf einen Schlag verstrichen.

Argwöhnisch starrte er auf den leeren Infusionsbeutel, der mittlerweile auf dem Boden lag, und fragte sich, was die Pflegerin sonst noch hineingemischt haben mochte.

Als er aufstand, fühlte er sich bemerkenswert stabil für jemanden, der noch in der vergangenen Nacht wie ein Halbtoter im Bett gelegen hatte. Levi berührte den heißen Knoten in seiner Achselhöhle und zuckte zusammen.

Ist mir denn gar keine Pause vergönnt?

Aus irgendeinem gottverdammten Grund schienen sich seine Tumore plötzlich in rotglühende Schürhaken verwandelt zu haben, die in seiner Haut steckten.

Levi drehte sich zum Nachttisch zurück, und wieder schien die Welt stillzustehen. Diesmal zählte Levi laut mit, als der Sekundenzeiger der Uhr erstarrte. »Eins ... zwei ... drei ... vier ... fünf.«

Der Zeiger tickte weiter.

»Ich verliere grade den Verstand.«

Von mehr als einem Dutzend Stellen seines Körpers gingen pochende Schmerzen aus. Levi verzog das Gesicht und atmete mehrmals tief durch.

Er wusste, was er zu tun hatte.

Wenig später steuerte er angezogen durch die Eingangstür hinaus.

Dr. Cohen würde ihm einiges zu erklären haben.

Während Levi über den Northern State Parkway zu Dr. Cohens Praxis raste, wuchs die Frustration in ihm.

»Nach allem, was ich durchmachen musste, hätte er wenigstens offen und ehrlich zu mir sein sollen.«

Irgendetwas war in der vergangenen Nacht mit Levi geschehen, doch er konnte sich nicht zusammenreimen, was. Dr. Cohen musste Alicia aufgetragen haben, mehr als ein brechreizhemmendes Mittel in die Infusion zu spritzen.

Levi nahm alles um sich herum wesentlich intensiver wahr. Farben waren schillernder als je zuvor, Geräusche – Vögel am Himmel, Autos auf dem Highway – klarer, deutlicher. Seine Haut kribbelte irritierend, als der Fahrtwind über die Behaarung seines Arms strich. Es war, als spürte er, wie sich jedes einzelne Härchen rührte.

Fühlt es sich so an, wenn man high ist?

Als ihn links ein Auto überholte, konnte er das nahezu perfekt harmonische Stampfen der sechs Metallzylinder hören, die sich im Motor auf und ab bewegten.

Levi kratzte die brennende Stelle in der Nähe seiner Achselhöhle und runzelte die Stirn. An der Stelle hatte er den ersten Tumor entdeckt. Aber plötzlich fühlte sich der Knoten ... anders an. Kleiner? Und heißer als je zuvor, wie ein unter seiner Haut glimmendes Stück Kohle.

»Verdammt noch mal, Doc. Was passiert mit mir?«

Als Levi Dr. Cohens Praxis betrat, schaute die blonde Empfangsdame von dem Roman auf, in dem sie geschmökert hatte, und lächelte strahlend. »Guten Morgen, Mr. Yoder. Ich glaube, Sie haben heute keinen Termin.«

»Ist Dr. Cohen da?«

»Er arbeitet an Krankenblättern, aber ...«

Levi marschierte schnurstracks an ihr vorbei und pflügte ins Büro des Arztes.

Dr. Cohen war damit beschäftigt, in einem der zahlreichen Patientenordner zu schreiben, die sich auf seinem Schreibtisch stapelten. Als Levi eintrat, schaute er von der Arbeit auf. Seine Augen weiteten sich.

»Mr. Yoder. Alicia hat mir erzählt, Sie wären bettlägerig.« Der Stift fiel ihm aus der Hand und rollte vom Schreibtisch. »Ich wollte heute Nachmittag nach Ihnen sehen. Geht es Ihnen gut?«

Das heiße Kribbeln in Levis Körper schürte seinen Zorn. »Was zum Teufel haben Sie die Frau in meine Infusion geben lassen? Es fühlt sich alles falsch an – als wäre ich high oder so.«

Der ältere Mann stand auf und stützte sich schwer auf den Schreibtisch. »Wovon reden Sie da? Sie haben eine Salzlösung gegen Dehydrierung bekommen und ein Medikament gegen Ihre Übelkeit, das ist alles.«

Beim verwirrten, ernsten Gesichtsausdruck des Arztes kam sich Levi plötzlich dumm dafür vor, dass er eine böse Absicht vermutet hatte. »Entschuldigung. Vielleicht ist es bloß ... Ich weiß auch nicht.« Er rieb über das Brennen, das von dem Tumor seitlich an seinem Hals ausging. »Eins nach dem anderen. Warum fühlt es sich an, als stünde ich in Flammen?«

»Das verstehe ich nicht.« Dr. Cohen kam um den Schreibtisch herum und schloss die Tür seines Büros. Er legte die Hand seitlich an Levis Gesicht, und die Falte zwischen seinen Augenbrauen vertiefte sich. Der Mediziner drehte Levis Kopf zur Seite und betastete den Knoten an seinem Hals. »Da stimmt etwas nicht ...«

Der betagte Arzt hob Levis linken Arm und fühlte mit den Fingerspitzen an mehreren Stellen entlang bis hinauf zur Achselhöhle, durch die schmerzhaft Hitze pulsierte.

»Was stimmt nicht?«, wollte Levi wissen. »Warten Sie, sagen Sie nichts, lassen Sie mich raten: Ich sterbe.«

Der ältere Arzt trat einen Schritt zurück und streifte Untersuchungshandschuhe aus Latex über. »Ziehen Sie Ihr Hemd aus.« Der humorlose Gesichtsausdruck des Mediziners duldete keine Widerrede.

Levi entkleidete sich bis zur Taille hinunter. Als der Arzt unter seinen Armen und seitlich an der Brust entlangtastete, fragte Levi: »Was sehen Sie? Was stimmt nicht mit mir?«

»Sie haben seit der Diagnose keine Strahlenbehandlungen oder chemischen Infusionen erhalten?«

»Nein. Konnte keinen Sinn darin sehen.«

»Das verstehe ich nicht«, murmelte der Arzt. »Levi, es hat den Anschein, dass sämtliche Tumore, die sich in Ihrem Lymphsystem ausgebreitet haben, geschrumpft sind, seit Sie das letzte Mal hier waren. Die Wenigen, die ich entdecke, sind sehr hart und fühlen sich warm an, und die anderen ... nun, einige finde ich überhaupt nicht mehr. Ich will Biopsien von einigen, um zu sehen, was da vor sich geht.«

Levi seufzte. »Nur zu. Tun Sie, was Sie glauben, tun zu müssen.«

Levi lief rastlos im Wartezimmer des Sloane-Kettering-Instituts auf und ab und konnte sich einfach nicht vorstellen, was so lange dauerte.

Sein Besuch bei Dr. Cohen vor mehreren Tagen hatte außer einer Ganzkörperuntersuchung und Nadeln nichts gebracht. Und auf Drängen des Arztes hatte Levi diesen Vormittag damit verbracht, sich bei Sloane-Kettering von weiteren Ärzten unter die Lupe nehmen zu lassen. Mittlerweile neigte sich der Nachmittag dem Ende zu, und er befand sich immer noch im Wartezimmer. Er hatte längst jede verfügbare Zeitschrift gelesen.

Dann ertönten irgendwo in der Ferne leicht erhobene Stimmen – eine klang wie die von Dr. Cohen. Neugierig verließ Levi den Wartebereich und folgte den Geräuschen durch die Gänge. Vor einer geschlossenen Doppeltür mit der Aufschrift »Radiologie und Histologie« blieb er stehen. Auf der anderen Seite diskutierten zwei Stimmen. Obwohl die Türen sie dämpften, war Dr. Cohens nasaler Ton unverkennbar.

»Frank, ich kann Ihnen nur so viel sagen: Vor drei Tagen hat dieser Patient meine Praxis betreten und über ein Brennen geklagt. Ich habe einige seiner Lymphknoten abgetastet, was abnormale Wucherungen bestätigt hat. Ich habe sie biopsiert und hierher gebracht.«

»Und ich, Dr. Cohen, kann Ihnen nur sagen, dass die Biopsien, die Sie hergebracht haben, unmöglich vom selben Patienten stammen können, den ich heute Vormittag biopsiert habe. Ich will wirklich nicht unhöflich sein –

immerhin waren Sie an der medizinischen Fakultät mein Professor in Histologie. Aber sind Sie sicher, dass Sie nichts durcheinandergebracht haben? Ich konnte bei meiner Untersuchung weder eine Schwellung noch sonst irgendetwas Ungewöhnliches feststellen. Hat mir leidgetan, den Mann einer weiteren Biopsie unterziehen zu müssen, aber ich habe es strikt auf der Grundlage dessen getan, was Sie gesagt haben.«

Levi entfernte das Pflaster von seinem Hals und berührte die Stelle, an der ihn der Krebsspezialist von Sloane-Kettering biopsiert hatte. Wo die Probe entnommen worden war, fand er keine Spur einer Schwellung.

Während die Ärzte weiter diskutierten, lehnte er sich an die gelb gestrichene Waschbetonwand. Die Umgebung schwankte unstet. Levi schob die Hand unter sein Hemd. Versehentlich brachte er einen Knopf zum Abplatzen, als er die Beuge seines Unterarms abtastete. Auch er fühlte keine harten, brennenden Knötchen mehr. Anders als noch vor wenigen Tagen.

Wie ist das möglich?

Der zweite Arzt ergriff wieder das Wort. »Aufgrund der Ergebnisse der Biopsie und der PET-Aufnahmen kann ich nur sagen: Mit dem Mann da draußen im Warteraum ist alles in bester Ordnung.«

KAPITEL ZWEI

Madison legte die Stirn in Falten, als sie sich für ihre Rolle als Bereitschaftstaucherin der Mission anzog.

»Maddie, beruhig dich«, flüsterte Jim, als er in den eigenen Tauchanzug schlüpfte. »Es wird alles gutgehen.«

Erst vor 15 Minuten waren sie vor der Küste der Türkei an Bord eines namenlosen Schiffes gegangen. Und von dem Moment an, als ihr Fuß das Deck des Tauchschiffs betreten hatte, empfand Madison alles an ihrer Mission als falsch.

Fünf andere Personen befanden sich an Bord. Alle schienen Amerikaner zu sein, aber es war ziemlich offensichtlich, dass der Kahn nicht annähernd den Standard einer Marinetauchbesatzung erfüllte.

Sie legte ihren Bleigurt an und beugte sich näher zu Jim, der gerade seine Tarierweste zurechtrückte. »Das ist kacke«, flüsterte sie. »Die erwarten von uns einen Mischgastauchgang in einer Tiefe von 120 Metern und haben nicht mal 'ne vollwertige Besatzung. Das ist wie 'n Schlag ins Gesicht.«

Mit einem leichten Kopfschütteln warf er ihr ein schiefes Grinsen zu. »Ist schon gut. Sieht mir nach einer ziemlich typischen Konstellation für 'nen kommerziellen Tauchgang aus.«

Wirklich? Madison war an die übliche Zwölf-Mann-Besatzung der Marine gewöhnt, doch sie vertraute Jim. Er war Sprengstoffspezialist und tauchte seit mehr als 15 Jahren überall auf der Welt. Jim hatte schon alles erlebt.

Sie holte tief Luft und blies den Atem langsam aus, als sie versuchte, die Nervosität vor dem Tauchgang in den Griff zu bekommen.

Jim schnaubte. »Spione nehmen manchmal gern Abkürzungen.«

Spione?

Die Anreise im Schutz der Dunkelheit, das Umfahren der Scheinwerfer am Bosporus, das Fehlen von Informationen über ihre Mission ... Plötzlich ergab alles einen Sinn.

Argwöhnisch richtete Madison den Blick auf die anderen an Bord. Die meisten waren im Stil der Handelsmarine gekleidet – mit anderen Worten, wie ein bunt zusammengewürfelter Haufen Zivilisten. Aber es ließ sich nicht übersehen, dass sie sich an Bord eines Schiffes auskannten. Sie bewegten sich fachkundig von einer Station zur nächsten und erledigten kompetent ihre Arbeit. Zwei kümmerten sich um die Plattform, während ein dritter die Winde bediente, an der sie befestigt war. Ein weiteres Besatzungsmitglied stand an der Tauchkonsole.

Ein Mann jedoch stach aus dem Rest der Besatzung heraus. Mitte 40, blondes Haar, Khakihose und dunkles Poloshirt. Er war kein Seemann. Bei den anderen konnte sich Madison nicht sicher sein, aber falls sich ein Spion an Bord befand, musste er es sein. Alles an dem Mann wies auf die CIA hin.

Der Agent trat vor und wandte sich mit gebieterischer Stimme an alle. »Taucher, es geht um ein altes Flugzeugwrack, das direkt unter uns in einer Tiefe von ungefähr 115 Metern liegt. Es ist schon lange da unten und hat einen ziemlich schmalen Querschnitt. Sieht so aus, als hätte sich der Meeresboden verschoben und einen Teil des Eingangs mit Geröll verschüttet. Sonst hätten wir einen ferngesteuerten Tauchroboter benutzt, um den Innenraum zu überprüfen.«

»Wonach suchen wir?«, fragte Jim.

Der Agent presste die Lippen zusammen und zögerte. »Tut mir leid, aber genaue Angaben über die Ladung der Maschine sind geheim.«

»Geheim?«, hakte Madison spöttisch nach und spürte, wie Empörung in ihr aufstieg. »Sie verlangen von uns einen technischen Tauchgang zu einem Wrack, über das wir nicht das Geringste wissen, und Sie wollen uns nicht mal sagen, wonach wir eigentlich suchen? Wie zum Teufel ...«

»Das reicht!«, fiel ihr der Agent scharf ins Wort. »Sie sollen dort unten meine Augen für mich sein und mir sagen, was Sie sehen.« Er ergriff ein kastenförmiges Gerät, das einem Metalldetektor ähnelte, und drückte einen Knopf an dessen Griff. Als eine grüne LED daran anging, reichte er es Jim. »Nehmen Sie das mit runter.«

Jim drehte das Gerät in den Händen. Es bestand aus einem versiegelten Metallgehäuse ohne Kennzeichnungen, einem Teleskopgriff mit bereits gedrücktem Knopf und der nunmehr leuchtenden LED.

»Was ist das?«, fragte Jim.

»Wenn es zu blinken anfängt, will ich sofort darüber Bescheid wissen. Dann befinden Sie sich wahrscheinlich in der Nähe eines der Objekte, nach denen wir suchen.«

Jim hakte sich das Gerät an den Tauchergürtel.

Der Agent wandte sich wieder an die gesamte Besatzung. »Also gut, los geht's. Uns bleiben nur fünf Stunden bis Sonnenaufgang.«

Jim setzte seinen Taucherhelm auf. Ein Besatzungsmitglied begann, das Umbilical abzuspulen, das Jims Lebensader und einzige Verständigungsmöglichkeit aus der Tiefe sein würde. Ein anderer Mann an der Konsole rief: »Kommunikationstest. Chief Uhlig, hören Sie mich?«

Jims Stimme dröhnte aus dem Lautsprecher der Tauchkonsole. *»Roger, Bootsdeck, höre Sie laut und deutlich.«* Er zeigte den Daumen nach oben und trat auf die Metallplattform. Die Männer riefen sich gegenseitig Anweisungen zu, und die Plattform wurde über die Seite des Boots geschwenkt.

Als der Windenbediener begann, sie ins Wasser zu senken, stellte Madison Blickkontakt mit Jim her, und er zeigte auch ihr den Daumen nach oben.

Sie erwiderte die Geste und murmelte dasselbe Gebet wie bei jedem Tauchgang. »Leite uns. Beschütze uns. Lass uns für einen weiteren Tauchgang an einem anderen Tag überleben.«

Besorgt saß Madison in ihrer Ausrüstung da. Als Bereitschaftstaucherin würde sie nur nass werden, wenn es ein Problem gäbe.

Zehn Minuten vergingen.

Endlich meldete sich Jim. *»Bin bei 115 Metern. Schwenke den Schein-*

werfer gerade herum, sehe aber noch nichts. In jeder Richtung nur Wasser.«

Der Mann an der Tauchkonsole lehnte sich zu einem Mikrofon. »Taucher, die Strömung hat Sie rund 20 Meter vom Klippenrand abgetrieben. Wenn Sie sich um 255 Grad drehen und in die Richtung bewegen, sollten Sie die Kante und das Zielobjekt sehen.«

»Ich brauch mehr Umbilical.«

»Verstanden.«

Ein Mann der Besatzung spulte mehr von dem dicken Kabel ab, das sowohl die Luft- als auch die Kommunikationsleitungen enthielt.

Madison konzentrierte sich darauf, ruhig zu bleiben, und lauschte den gegen die Seite des Bootes klatschenden Wellen. Aus dem Lautsprecher drangen knisternd Jims Atemgeräusche.

Er muss wohl gerade schwimmen.

»Bootsdeck, hab das Wrack gesichtet. Sieht so aus, als wäre die vordere Hälfte eines Flugwerks abgeschert worden und auf den Meeresboden gefallen. Die hintere Hälfte ist vor lauter Geröll kaum sichtbar.«

Der Agent ging zur Konsole und drückte die Mikrofontaste. »Taucher, Sie müssen einen Weg hinein freiräumen. Sobald Sie drin sind, sollte die Umgebung relativ offen sein.«

Grunzende Laute von Jim hallten über das Deck.

Der Mann an der Konsole verkündete: »Seine Herzfrequenz ist auf 140 Schläge pro Minute gestiegen.«

»Bootsdeck, ich hab eine Öffnung freigeräumt, die groß genug ist. Der Erdrutsch muss sich erst unlängst ereignet haben ...«

»Wie kommen Sie darauf?«, fragte der Agent mit besorgtem Ton.

»Das Geröll war ziemlich lose. Ist im Wesentlichen einfach weggerutscht, als ich dran gezogen hab. Bootsdeck, ich brauch mehr Umbilical. Ich steh hier gerade am Rand des Abgrunds.«

Die Spule klackte laut, als sie mehr Umbilical abwickelte.

Madison leckte sich Salzkristalle von den Lippen. Sie schloss die Augen und stellte sich vor, dort unten bei Jim zu sein.

Dann meldete sich Jim erneut. *»Okay, das sind offensichtlich die Überreste eines alten Bombers. Ich seh die verbogene Bombenschachtklappe drei Meter vor mir auf dem Boden.*

Starker Wuchs im Innenraum. Schwämme und Ansätze von Korallen.

Am Boden sind Schienen montiert, zu beiden Seiten der Schachtklappe zwei große Metallgestelle.«

»Was sehen Sie auf den Gestellen?«, fragte der Agent mit angespannter Stimme.

»Nichts. Sie sind leer.«

Madison öffnete die Augen und musterte den Agenten. Die Luft schien ein wenig aus ihm zu entweichen. Seine Schultern sackten herab.

»Bootsdeck, das Gerät, das Sie mir mitgegeben haben – soll ich damit irgendwas machen?«

»Ja. Welches Licht zeigt es an?«

»Sie meinen die LED? Die leuchtet immer noch grün, falls Sie das meinen.«

»Schwenken Sie das Gerät über die Gestelle und den Boden der Kabine. Achten Sie darauf, ob sich das Licht verändert.«

»Verstanden.«

Der Agent lief unruhig auf und ab, den Blick auf das Deck gerichtet. Sein Gesichtsausdruck dabei wirkte, als hätte er in eine Zitrone gebissen.

»Keine Veränderung der LED«, berichtete Jim. *»Aber es scheint so, als wären die Verriegelungen an den Gestellen abgeschnitten worden, und das vor nicht allzu langer Zeit. Das Metall sieht aus, als wäre es mit einem Bolzenschneider oder etwas Ähnlichem durchtrennt worden. Keine Verkrustungen oder Lackreste, keine Patina. Ist eindeutig erst lang nach dem Absturz der Maschine passiert.«*

»Verdammt!« Der Agent wandte sich von der Konsole ab und kramte in seiner vorderen Tasche.

»Sir«, ergriff der Matrose an der Konsole das Wort. »Wollen Sie sonst noch etwas vom Taucher?«

»Holen Sie ihn einfach wieder rauf.« Der Agent zog ein Satellitentelefon aus der Tasche und ging nach vorn zum Bug des Bootes.

Der Mann an der Konsole klappte die Dekompressionstabelle auf. »Taucher, Sie haben uns die gewünschten Daten geliefert. Beginnen Sie mit dem planmäßigen Auftauchen. Erster Stopp bei 80 Meter Meerwasser für anderthalb Minuten.«

»Verstanden. Verlasse das Wrack und beginne den Aufstieg.«

Als Jim das langsame Auftauchen mit den geplanten Dekompressionsstopps begann, beobachtete Madison den Geheimagenten, der mit dem Satellitentelefon am Ohr sechs Meter entfernt stand. Er lief immer noch auf und ab, während er angeregt mit der Person am anderen Ende der Leitung redete. Als der Wind in Madisons Richtung drehte, schnappte sie Gesprächsfetzen des Telefonats auf.

»... B-47 ...«

»... Fracht gestohlen ...«

»... Russland ... Türkei ...«

»... keine Strahlung gemessen.«

Beim Wort *Strahlung* drehte sich Madison der Magen um.

Als der Agent das Telefon einsteckte und den Weg zurück zu den anderen antrat, winkte ihn Madison zu sich.

Mit frustriert zusammengezogenen Augenbrauen näherte sich ihr der blonde Mann. »Was ist?« Er sah sie nicht einmal an, als wäre er mit den Gedanken kilometerweit entfernt.

»Haben Sie uns allen Ernstes hergeholt, damit wir für Sie nach einem verschwundenen Atomsprengkopf tauchen?«

Der Agent versteifte den Körper. Sein Blick heftete sich wie ein Laser auf sie, sein Gesichtsausdruck versteinerte. »Keine Ahnung, wovon Sie da reden.«

Mit einem plötzlichen Anflug blanker Wut versetzte Madison dem Mann einen Stoß, zeigte aufs Meer und herrschte ihn an: »Sie haben Marinetaucher angefordert und runter zu einer Absturzstelle geschickt, die ohne Weiteres hätte verstrahlt sein können – und Sie haben uns kein Wort davon gesagt!« Ihr Herzschlag donnerte durch ihren Kopf, als sie tief Luft holte und den Agenten mit ihrem Blick durchbohrte.

Ohne zu blinzeln, starrte er zurück und erwiderte nichts.

»Es geht um einen Broken-Arrow-Vorfall, nicht wahr? Weiß die Navy darüber Bescheid?« *Broken Arrow* war der militärische Begriff für einen Zwischenfall mit einer Atomwaffe.

Der Agent spähte zu den anderen Männern an Deck und schüttelte kaum merklich den Kopf. »Tut mir leid, aber darüber kann ich nicht mit Ihnen reden.«

Madison wich einen Schritt zurück. Sie spürte, wie der Zorn aus ihr abfloss und von eiskalter Beklommenheit verdrängt wurde, die ihr in Form eines Schauders über den Rücken kroch.

Könnten die USA tatsächlich einen Atomsprengkopf verloren haben?

Schlimmer noch, haben wir einen Atomsprengkopf verloren, den jemand anders *vor uns geborgen hat?*

»Taucher«, sagte der Mann an der Konsole, »Sie sind jetzt bei 55 Metern. Ihre Herzfrequenz liegt nur knapp über dem Normalwert. Ich schalte Sie bei 50 Metern von Heliox auf Luft um, dann bei 25 Metern auf ein 50-50-Gemisch.«

»Verstanden, Bootsdeck. Lege Pause bei 55 Metern ein.«

Jim ging es gut, und in etwa 40 Minuten würde er zurück an Bord sein. Es war nichts passiert – diesmal.

Madison richtete die Aufmerksamkeit wieder auf den Agenten. »Tut mir leid, dass ich Sie geschubst habe«, entschuldigte sie sich. Eines Tages würde ihr Temperament sie noch in ernste Schwierigkeiten bringen.

Die Züge des Agenten wurden milder. Er ließ sogar ein Lächeln aufblitzen, als er sich die Brust rieb. »Schon gut, ich versteh das. Und es tut mir ehrlich leid, es ist nur ...« Er ließ den Satz unvollendet und schmunzelte. »Vielleicht treten Sie ja irgendwann unserem Verein bei, dann ... Ach, Scheiße, wahrscheinlich dürfte ich Ihnen nicht mal dann was sagen. Sie wissen ja, wie das ist.«

Madison nickte. Sie war schon in mehrere streng geheime Angelegenheiten eingeweiht worden, und er hatte recht. Die Liste der Leute, mit denen sie über diese Dinge reden durfte, ging gegen null.

Als sie sich neben die Tauchplattform setzte, lief ihr erneut ein Schauder über den Rücken.

Eine Atombombe ist verschwunden.

Levi hatte sich für den Tod gewappnet. Nicht gewappnet war er für den Rest seines Lebens.

Ohne Mary.

Er hatte eine Kopie des endgültigen Unfallberichts erhalten, und die Einzelheiten darin ließen ihm keine Ruhe. Mary hatte eine Ausfahrt zu schnell genommen. Ihr Wagen hatte sich überschlagen, und sie war noch am Unfallort gestorben.

Das ergab keinen Sinn.

Sie war immer eine vorsichtige Fahrerin gewesen – tatsächlich musste Levi sie ursprünglich dazu drängen, überhaupt den Führerschein zu machen. Er hatte nie erlebt, dass sie je zu schnell unterwegs war. Mary war eine geradezu frustrierend berechenbare Fahrerin gewesen und immer fünf Stundenkilometer unter der Geschwindigkeitsbegrenzung geblieben.

Schuldgefühle lasteten schwer auf ihm, als er nach einer alternativen Erklärung für den Unfall suchte. Sie hatte ihm wiederholt versichert, dass sie ohne ihn nicht mehr leben wollte. Hatte sie Selbstmord begangen, um sicherzustellen, dass sie nicht allein zurückbleiben müsste?

Vielleicht spielte der Grund auch gar keine Rolle. So oder so war nämlich *er* allein zurückgeblieben – mit ständigen Erinnerungen an sie, wohin er auch blickte. Sein Zuhause, die gesamte Stadt, sogar die Kleidung, die er trug – alles erinnerte ihn an Mary. Ihre Abwesenheit hinterließ für ihn eine klaffende Wunde, die er nicht ertragen konnte.

Er ertappte sich bei immer länger andauernden Spaziergängen. Der Geruch der Frühlingsluft beruhigte seine Nerven. Und je weiter er sich von zu Hause entfernte, je weiter er in Wohngegenden vordrang, in denen er zuvor nie gewesen war, desto mehr schlug das Gefühl der Neuartigkeit etwas in ihm an.

Er brauchte eine Veränderung.

Eine *dramatische* Veränderung.

Bei der Ankunft in Okinawa umgab Levi eine Vielzahl unbekannter Eindrücke und Geräusche. Das Dröhnen von Flugzeugmotoren donnerte über den Flugplatz, als Militärtransporter in unbekannte Gebiete abhoben. Aus der Ferne erreichte ihn das Wummern eines landenden Hubschraubers, und irgendwo in seiner Nähe marschierten Hunderte Stiefel in perfektem Gleichschritt über den heißen schwarzen Asphalt. Die Stimme des Ausbilders war laut genug, dass ihn alle hören konnten.

»Gleichschritt, eins, zwei! Gleichschritt, drei, vier! Und im Takt, eins, zwei, drei, vier, eins, zwei ... drei, vier!«

Jemand legte Levi die Hand auf die Schulter und sprach laut genug, um den Umgebungslärm zu übertönen. »Mr. Yoder, willkommen auf dem Luftwaffenstützpunkt Kadena. Man hat mir keine Anweisungen erteilt, was Sie vielleicht brauchen. Wir haben hier nicht oft zivile Besucher. Ich kann Ihnen eine Unterkunft im Unteroffiziersheim organisieren und ...«

»Nein.« Levi schüttelte den Kopf vor dem Offizier, der gekommen war, um ihn in Empfang zu nehmen. »Ich brauche nichts, Captain Lewis.«

Levi war hier gelandet, indem er ein paar Gefallen bei Leuten einge-löst hatte, die ihm noch etwas schuldeten. Wenngleich ihm der Senator von New York, der den Flug für ihn arrangiert hatte, einen »zivilisierteren Ort« als eine abgelegene Insel nahegelegt hatte. Der Senator hatte ihn gewarnt. »Levi, die Einheimischen hegen einen Groll gegen das Personal auf unserem Stützpunkt dort. Sie glauben aufrichtig, dass unsere Anwe-senheit die Kultur der Insel verdirbt. Das und ein paar Blödmänner mit Disziplinproblemen haben zu schweren Spannungen geführt. Verdammt, ist auch nicht hilfreich, dass einige der älteren Bewohner schreckliche Erinnerungen an die Besetzung durch uns im Zweiten Weltkrieg haben.«

Die vom Senator gelieferte Beschreibung der Insel hatte Levis Entschluss nur gestärkt. Die Menschen auf der Insel trugen Narben, und genauso fühlte sich Levi im Augenblick. Die Vorstellung, Mary könnte sich das Leben genommen haben, weil sie nicht ohne ihn weiterleben wollte, war zu viel für Levi. Dennoch erschien ihm nichts anderes als logisch. Und die Narben dieser Schuld des Überlebenden würde er für immer tragen.

»Zeigen Sie mir einfach, wo die Innenstadt von Okinawa liegt«, forderte er den Captain auf. »Ich finde dann schon, wonach ich suche.«

Der Captain deutete nach Südosten. »Ungefähr acht Kilometer in die Richtung. Ich lasse Sie von einem der Männer hinfahren.«

»Nicht nötig.« Levi winkte ab, als er sich zum Eingangstor des Luft-waffenstützpunkts Kadena in Bewegung setzte. Über die Schulter rief er zurück: »Danke für die Hilfe!«

Levi wusste, dass ihn der Captain wahrscheinlich für verrückt hielt. Ein einsamer Mann, der zu Fuß ein fremdes Land betrat, nur mit einem Rucksack voll Kleidung über der Schulter.

Als er sich in der sengenden Vormittagssonne einen Schweißtropfen von der Stirn wischte, verspürte er ein Gefühl von Befriedigung über die vollkommen neue Umgebung. Als ihm vor einer Ewigkeit zum ersten Mal der Begriff der »Buschwanderung« der Aborigines untergekommen war, hatte ihn die Vorstellung fasziniert, dass sich jemand im Zuge des Erwach-senwerdens einfach auf eine ziellose Reise begab. Um aus dem bisherigen Leben auszubrechen, etwas anderes zu erleben – neue Orte, neue Kulturen.

Ohne zurückzuschauen.

Levi fand, für ihn wäre es an der Zeit für einen Neubeginn.

In seinen zwölf Jahren in New York City war Levi beim Aufbau seiner Verbindungen auf alle möglichen Hürden gestoßen – aber er hatte sich wiederholt als jemand bewiesen, der so gut wie jede üble Lage zu meistern vermochte. Manchmal war er dabei an Menschen geraten, die keine Skrupel gehabt hatten, ihn mit Gewalt am Erreichen seiner Ziele zu hindern, und viele Male musste er für seinen Erfolg hart kämpfen.

Das Gefühl, das ihn nach solchen Auseinandersetzungen erfüllte, war ... außergewöhnlich. Abgesehen von Mary hatte ihm wohl nie etwas ein solches Gefühl von Lebendigkeit vermittelt wie die Überwindung physischer Hindernisse. Bei der Tätigkeit als professioneller Problemlöser spielte sich viel im Kopf ab. War man vorbereitet, musste man so gut wie nie die Hände aus den Taschen nehmen. Wenn er jedoch zu einer Konfrontation gezwungen wurde, hielt er sich nie zurück.

Sicher, damit gingen reichlich Schmerzen einher, und einmal hatte er sich dabei den Arm gebrochen. Aber Levi war noch nie vor einer Herausforderung zurückgeschreckt. In seiner Bibliothek waren ganze Regale der Tüchtigkeit des japanischen Kampfgeists gewidmet. Er musste diese Art lebensspendender Energie wieder am eigenen Leib erfahren. In sie eintauchen.

Daher Okinawa.

Seine erste Herausforderung bestand darin, die Sprache zu erlernen. Die ersten drei Wochen verbrachte er mit der Suche nach einem Karateka, der einen Amerikaner als bei ihm lebenden Schüler aufnehmen würde. Aber obwohl er gern bereit war, für Unterkunft und Unterricht zu bezahlen, wurde er wiederholt abgewiesen. Die Warnung des Senators vor der ablehnenden Haltung der Insulaner erwies sich als durchaus begründet.

Daher beschloss Levi, von Kadena nach Tokio zu reisen. Dort wurde er Mr. Saito vorgestellt, einem örtlichen Freund des Kommandanten des Luftwaffenstützpunkts Yokota.

Während Saito vorsichtig durch die verkehrsreichen Straßen der Großstadt fuhr, erklärte ihm Levi, wonach er suchte.

Saito, ein Japaner Mitte 50, runzelte die Stirn. »Ich kenne einen solchen Ort. Unterrichtet wird dort etwas, das sich *Kyokushin* nennt, grob übersetzt ›die ultimative Wahrheit‹. Aber ich mache mir Sorgen um Sie.«

»Wieso Sorgen, wenn Sie glauben, dass man mich dort aufnehmen wird und diese Leute Meister ihres Kampfstils sind?«

Saito verlangsamte die Fahrt, als er in eine schmale Seitenstraße bog. »Das Dojo steht im Ruf, hart mit seinen Schülern umzuspringen. Ich fürchte, Sie könnten verletzt werden, wenn Sie nicht vorsichtig sind. Es ist sehr ...«

»Perfekt.« Levi nickte mit verkniffener Miene. »Genau so was suche ich.«

Der Wagen hielt vor einem Gebäude mit einem Plakat, das Mädchen in Tutus bei Pirouetten zeigte, und die beiden Männer stiegen aus. Levi wollte sich gerade wegen des Schilds erkundigen, als ihm Saito bedeutete, ihm zu folgen. Er trat den Weg zur Rückseite des Gebäudes an.

Wenige Augenblicke später sah sich Levi einem Japaner mit versteinerter Miene gegenüber, der einen Karate-Gi trug. Während Saito auf Japanisch mit dem Mann sprach und ihm vermutlich erklärte, was Levi wollte, sah sich Levi im Dojo um. Zwei Dutzend Schüler saßen in einem großen Kreis, während sich zwei andere in der Mitte einen brutalen Übungskampf lieferten. Schläge wurden geblockt, Tritte wurden abgewehrt, und die Kämpfenden warfen sich gegenseitig hart auf die Matten.

Als Levi ein Tippen an seinem Arm spürte, drehte er sich zu Saito um. »Ja?«

Saito zeigte auf den Mann, mit dem er gerade gesprochen hatte, und verneigte sich leicht. »Das ist Sensei Yasuda, einer der leitenden Lehrer des Dojos. Er findet Ihr Anliegen sehr ungewöhnlich, glaubt aber, Ihre Geschichte könnte interessant für seinen Meister sein. Er ist bereit, Sie aufzunehmen, aber Sie müssen den Unterricht ernst nehmen, sonst werden Sie sofort der Schule verwiesen.«

Levi nickte.

»Und da ist noch etwas. Als *Gaijin* müssen Sie doppelt so viel bezahlen wie andere.«

»*Gaijin?*«, hakte Levi nach.

Saito schwieg einen Moment mit nachdenklicher Miene. »Das bedeutet Außenstehender. So werden Menschen genannt, die keine Japaner sind.«

Levi drehte sich dem Lehrer zu und verneigte sich. »Sensei, *doi suru.*«

Levi glaubte, »Ich bin einverstanden« gesagt zu haben, doch Saito besserte seine Aussprache prompt aus und schmunzelte dabei. »Für einen *Gaijin* ist Ihre Aussprache recht passabel.«

Der Lehrer schnaubte dazu nur laut, wirkte völlig unbeeindruckt, drehte sich um und rief: »Tomiko!«

Eine Frau sprang vom Übungskreis auf und eilte zum Lehrmeister.

Während er auf Japanisch mit ihr sprach, nickte er in Levis Richtung.

Saito verneigte sich vor Levi und sagte: »Es war mir eine Freude, Sie kennengelernt zu haben, Yoder-san. Viel Glück.« Damit wandte er sich ab und verschwand zur Tür hinaus.

Die kleine Frau zeigte auf Levis Füße und blaffte in gebrochenem Englisch: »Schuhe ausziehen jetzt!«

Während Levi begann, die Schnürsenkel zu öffnen, ergriff die Frau von einem Tisch einen weißen Karate-Gi und warf ihn Levi zu. Sie zeigte auf einen klappbaren Raumteiler, der einen Bereich des Dojos abgrenzte. »Da umziehen!«, herrschte sie Levi an.

Nachdem er aus den Schuhen geschlüpft war, griff er sich den Gi und eilte hinter den Raumteiler. Sein Herzschlag beschleunigte sich, während in ihm der Kick von etwas völlig Neuem mit der Beklommenheit von Unsicherheit rang.

Zunächst war er einer von vielen Schülern, die anderen beim Übungskampf zusahen, während der Lehrmeister gelegentlich Anweisungen brüllte, die Tomiko für Levi übersetzte.

Dann jedoch kam Levi selbst an die Reihe.

Kaum war er aufgestanden und hatte den Kreis betreten, wusste er, dass er mächtig einstecken würde. Aber bei jedem Treffer, den er abbekam, und jedes Mal, wenn er wuchtig auf der Matte landete, lernte er ein bisschen dazu.

Irgendjemand hatte mal zu ihm gemeint, es wäre einfacher, durch Fehler zu lernen, als sich nur zeigen zu lassen, wie man etwas richtig machte. Falls das stimmte, lernte er an jenem ersten Tag eine ganze Menge. Er wurde geworfen, getreten, geschlagen und erhielt allgemein Lektionen in Demut von beinah der Hälfte der Klasse.

Als Letzte trat Tomiko gegen ihn an – und erwies sich bald als die Schlimmste.

Levi leckte sich Schweiß von den Lippen und starrte die hellhäutige Frau an. Sie hatte etwas Altersloses an sich. Levi konnte nicht abschätzen, ob sie 20 oder vielleicht sogar doppelt so alt war. Sie konnte kaum mehr als 1,55 Meter groß sein, und er brachte bestimmt zweimal so viel Gewicht auf die Waage wie sie. Trotz seiner fehlenden Ausbildung verspürte Levi ein wenig Zuversicht. Gegen die anderen hatte er sich besser als erwartet geschlagen. Vereinzelt war es ihm gelungen, Treffer zu landen, außerdem war er größer als die meisten Schüler, dadurch konnte er eine Menge wegstecken, ohne wirklich verletzt zu werden.

Tomiko starrte Levi trotzig an und raunte: »Angreifen.«

Sie umkreiste ihn langsam, ohne jähe Bewegungen. Ihm geriet zu Bewusstsein, dass sie sich beinah wie eine Tänzerin bewegte. Nein ... mehr wie eine Katze. Eine Katze, die höchstwahrscheinlich mit ihm spielte.

Levi rollte die Schultern, nahm die Bereitschaftshaltung ein, die er bei den anderen gesehen hatte, und sprang mit der Absicht vor, einen Tritt zu landen. Aber Tomiko wich mit einem geschickten Schritt zur Seite aus, ließ sich zu Boden fallen und fegte die Beine unter ihm weg.

Levi landete hart auf dem Rücken. Die Luft wurde ihm aus der Lunge gepresst. Er rappelte sich wieder auf die Beine. Winzige Lichtpünktchen tanzten in seiner Sicht, während er um Atem rang.

Er bewegte sich wesentlich vorsichtiger durch den Kreis und wartete auf eine Gelegenheit.

Blitzschnell sprang Tomiko vor und zielte mit einem verheerenden Tritt auf seine Leistengegend.

Für den Bruchteil einer Sekunde schien sich die Welt zu verlangsamen. Levi duckte sich zur Seite und rollte aus dem Weg – gerade noch rechtzeitig.

Tomikos Augen weiteten sich leicht.

Ein Ausdruck der Überraschung?

Die zierliche Frau ging erneut auf ihn los, und Levi gelang es, ihren schnellen Front-Kick zu blocken – doch bevor er seinen kleinen Sieg feiern konnte, ließ sie aus dem Nichts einen Rückwärtsschlag mit der Faust folgen.

Als Nächstes bekam Levi mit, dass er auf der Bambusmatte lag, Blut von seiner aufgeplatzten Lippe spuckte und im Mund das Gefühl lockerer Zähne hatte.

Damit endete der Kampf.

Nach dem Sparring kämpfte sich Levi gequält durch Gruppenübungen zur richtigen Form. Zu Beginn jedes Bewegungsablaufs versuchte er nachzuahmen, was die anderen taten – und unweigerlich kam einer der Lehrer angerannt, um ihn mit einer japanischen Tirade anzubrüllen, die keiner Übersetzung bedurfte. Dann korrigierten sie Levis Form grob, bis er es ihrer Ansicht nach richtig machte.

Anschließend folgten Kraft- und Konditionsübungen, die zeitweise Levis Leistungsvermögen überstiegen. Da er größer war als die anderen, verlangte es ihm wesentlich mehr Kraft ab, die Posen zu halten, die man von ihm verlangte. Die Muskeln in seinen Beinen fühlten sich an, als stünden sie in Flammen. Aber er biss die Zähne zusammen und kämpfte sich durch den Schmerz, wenn die Lehrer vorbeigingen und die Schüler durch Schubsen und Ziehen aus dem Gleichgewicht zu bringen versuchten.

Als die Sonne untergegangen war und Levi erkannte, dass er seinen ersten Tag im Dojo überstanden hatte, durchströmte ihn ein überwältigendes Gefühl der Erleichterung.

Er hatte überlebt.

Die Schüler aßen gemeinsam. Die Mahlzeit bestand aus Reis, irgendeinem gegrillten Fisch oder vielleicht Aal und einer großen Schüssel mit saurem Gemüse. Während Levi aß, unterhielten sich die anderen auf Japanisch. Da Tomiko nicht zu den Schülern gehörte, die im Dojo blieben, hatte Levi niemanden, der für ihn dolmetschte. Er konzentrierte sich auf sein Essen und lauschte dem fremdartigen Klang der japanischen Gespräche um ihn herum.

Als die anderen Schüler und er mit dem Abräumen des Essens fertig waren, ging Levi langsam zum hinteren Teil des Dojos und versuchte, sich nicht anmerken zu lassen, dass er höllische Schmerzen hatte. Dem Beispiel der anderen folgend zog er seine Montur aus, spritzte sich aus dem Wasserhahn Wasser ins Gesicht und auf den Körper und griff sich frische Kleidung, die für ihn bereitgelegt worden war. In einem Hinterzimmer rollten einige der anderen Studenten ihre Tatami-Matten zum Schlafen aus. Levi legte sich mit einem kaum unterdrückten Stöhnen auf die ihm zugewiesene Holzmatte.

Als er an die Decke starrte, erinnerten ihn die pochenden Schmerzen daran, dass er sich weit über die Grenzen des Gewohnten hinausgetrieben hatte.

Er war sich nicht sicher, ob er den Schmerz als Lebensbejahung oder als Bestrafung dafür betrachten sollte, dass er ohne Mary weiterlebte.

Sein erster Tag in dem berüchtigten Dojo hatte sich als Lektion in Sachen Schmerz erwiesen. Als Levi am nächsten Morgen aufwachte, rechnete er daher fest damit, dass sich sein gesamter Körper geschunden, geprellt und funktionsuntüchtig anfühlen würde.

Doch als er sich aufsetzte und streckte, fühlte er sich lediglich ein wenig steif. Sogar das erstmalige Übernachten auf einer Holzmatte hatte nicht verhindert, dass er gut und erholsam geschlafen hatte. Als er sich über die Lippen leckte, spürte er die Platzwunde kaum, die ihm Tomiko verpasst hatte.

Schwungvoll sprang er auf die Füße, rollte die Matte ein und verstaute sie an ihrem Platz. Dann verließ er den Schlafsaal, bahnte sich den Weg im Zickzack vorbei an einem halben Dutzend der anderen Studenten, die noch schliefen. Als er den Hauptbereich des Dojos betrat, erblickte er Tomiko bei Dehnungsübungen mit einigen der leitenden Lehrer und einem Mann, den Levi noch nie zuvor gesehen hatte.

Nach einer Verneigung begann er, sich wie die anderen zu dehnen. Sensei Yasuda schaute mit versteinerter Miene auf und richtete einige Worte auf Japanisch an ihn.

Tomiko dolmetschte. »Sensei Yasuda will wissen, warum du dich nicht ruhst aus mit anderen.«

Levi streckte die Beine durch und beugte sich den Zehen entgegen. »Ich fühle mich ausgeruht und wollte keinen Unterricht verpassen.«

Tomiko übersetzte für Yasuda. Der Gesichtsausdruck des Lehrers ließ keinerlei Veränderung erkennen, aber er nickte leicht.

Mit einem belustigten Lächeln sagte der neue Mann etwas auf Japanisch zu Levi.

Wieder dolmetschte Tomiko. »Meister Oyama hofft, dass du weiterhin zeigst so hervorragende Einstellung. Er sagt, nur intensive Konzentration kann austreiben, was dich verfolgt, und er wird sorgen dafür, dass du von jetzt an wirst härter gefordert.«

Levi wusste nicht recht, wie er darauf reagieren sollte. Also verneigte er sich nur vor dem Meister und fragte sich stumm, worauf er sich bloß eingelassen hatte.

KAPITEL DREI

Als Madison einen holzgetäfelten Konferenzraum im Gebäude des CIA-Hauptquartiers in Langley betrat, roch die Luft deutlich nach Leder und Holzpolitur mit Zitrusaroma. Sie wurde von einem Mann mit dunklem Anzug und Brille begrüßt. Für Madison sah er aus wie eine erwachsene Version von Harry Potter.

Er schüttelte ihr die Hand und deutete zum Besprechungstisch. »Nehmen Sie Platz, Miss Lewis.«

Sie warf einen Blick auf das CIA-Abzeichen am Revers des Mannes. »Mr. Walker, richtig? Ich bin mir nicht sicher, warum ich hier bin. Vor zwei Tagen hat mich die Personalverwaltung angerufen und mir mitgeteilt, dass meine Unterlagen verarbeitet wären und alles gut aussähe. Und heute Morgen wurde mir gesagt, es gäbe ein Problem mit meiner Sicherheits-überprüfung. Deshalb bin ich natürlich ein wenig verwirrt.«

»Miss Lewis, wir haben Ihre SF86-Unterlagen verarbeitet und brauchen noch Antworten auf ein paar verbliebene Fragen, bevor wir Ihre Bewerbung abschließen können.«

Madison setzte sich. Walker nahm ihr gegenüber Platz. Als er in einigen Ordnern blätterte, versuchte sie, sich ihre Anspannung nicht anmerken zu lassen. Es war das zweite Mal, dass sie sich bei der CIA bewarb. Das erste Mal war kurz nach der nächtlichen Mission am Schwarzen Meer gewesen, aber damals hatte sich nie jemand bei ihr gemeldet. Diesmal hatte sie sich bereits einem Lügendetektortest sowie einer medizinischen und psychologischen Untersuchung unterzogen. Während sie nun diesem Agenten gegenübersaß, wurde ihr klar, wie sehr sie diesen Job wollte.

Walker zog einen Ordner aus dem Stapel, schlug ihn auf und blätterte durch die Seiten. Sein Gesichtsausdruck wurde verkniffen. »Miss Lewis, Sie wurden in Okinawa geboren. Können Sie noch einmal mit mir durchgehen, wie Sie hier gelandet sind?«

»Nun, ich bin Lieutenant bei der Navy, spezialisiert auf Kampfmittelbeseitigung und ...«

»Halt.« Der Interviewer schaute von den Unterlagen auf. »Erzählen Sie mir von Ihrer Kindheit in Okinawa. Wie sind Sie von dort hierher gekommen?«

»Oh ...« Die Frage überraschte Madison. »Na ja, um ehrlich zu sein, weiß ich nicht wirklich viel über meine Eltern. Mein Vater war amerikanischer Soldat und ist bei irgendeinem Übungsunfall ums Leben gekommen. Meine Mutter war Japanerin und konnte mich nicht allein großziehen, deshalb bin ich im Waisenhaus gelandet.«

»Hatte Ihre Mutter keine Familie, die helfen konnte?«, fragte Walker.

»Hatte sie bestimmt, aber ... mein Vater war schwarzer Amerikaner und ich offensichtlich nicht wie der Rest der Kinder. Ich vermute, sie wollten kein gemischtrassiges Kind. Jedenfalls bin ich in dem Waisenhaus gelandet ...«

»Wie fühlen Sie sich dabei? Dass Ihre Familie Sie wegen Ihrer Rasse nicht haben wollte?«

Madisons Rücken versteifte sich. »Ist das Ihr Ernst? Was ist das denn für eine Frage?«

Der gut gekleidete, erwachsene Harry Potter legte den Kopf schief und zuckte mit den Schultern. »Na ja, wie fühlen Sie sich dabei?«

»Keine Ahnung. Ich hab wohl gelernt, damit umzugehen.«

»Wie?«

Madison schnaubte, und ihre Gedanken kehrten mehr als 20 Jahre in die Vergangenheit zurück. Sie erinnerte sich an ein schäbiges Waisenhaus in Kadena und daran, wie sehr sie einige dieser Kinder gehasst hatte. »Ich habe gekämpft. Oft. Habe gelernt, auf mich selbst aufzupassen. Aber letztlich hab ich erfahren, wer mein Vater war, und ich hab beschlossen, den

Luftwaffenstützpunkt zu besuchen. Ich wollte sehen, ob ich jemanden finden könnte, der ihn gekannt hat.«

»Wie alt waren Sie damals?«

»Ich war acht, als ich Major Brown zum ersten Mal begegnet bin. Er kannte meinen Vater und wusste noch, davon gehört zu haben, dass seine Freundin schwanger war. Man könnte sagen, dass er dabei geholfen hat, mein Leben zu ändern. Er hat den Kontakt zu meiner Großmutter in den USA hergestellt, der Mutter meines Vaters.«

»Und wie war das Leben bei ihrer Großmutter?«

Madison konnte nicht verhindern, dass beim Gedanken an ihre Groß-mutter ein Lächeln in ihre Züge trat. »Sie war spitze. Wieso wollen Sie das wissen?«

»Wie war für Sie die erste Zeit in den Vereinigten Staaten nach Okinawa?«

»Es war ein leichter Kampf«, gestand Madison.

»Ach ja? Wieso das?«

Sie schüttelte den Kopf und seufzte. »Überlegen Sie mal. Meine Hauptsprache war Japanisch, mein Englisch war fürchterlich, und zu den Kindern hier hab ich genauso wenig gepasst wie zu denen in Okinawa.«

»Warum? Was war das Problem?«

Madison runzelte die Stirn. Allmählich ging ihr dieser Typ auf die Nerven. Sie atmete tief ein und blies die Luft langsam aus. »Tja, betrachten Sie es mal so: Ich bin zur Hälfte Asiatin, zur Hälfte schwarz. Und genauso sehe ich auch aus. Zu dunkelhäutig für eine Asiatin, zu asia-tisch für eine Schwarze. Die anderen Kids wussten nicht, was sie von mir halten sollten.«

»Was ist mit Ihrer Familie? Wie wurden Sie von Ihren Verwandten behandelt?«

»Die sind fantastisch. Denen war von Anfang an völlig egal, wie ich ausgesehen habe, und ...« Sie verstummte, als Emotionen in ihr aufstiegen. Madison musste sich zusammenreißen, um sie nicht zu zeigen. »Ich liebe sie alle, und sie lieben mich. Das ist alles, was zählt.«

Walker blätterte auf eine andere Seite. »Sie hatten bislang einen guten Lauf bei der Navy. Bestnoten bei Ihrer Ausbildung zur Kampfmittelbesei-tigung, mehrere bemerkenswerte Einsätze mit dem Special Operations Command, darunter einige ziemlich anspruchsvolle Tauchgänge. Ihren Unterlagen nach sieht es so aus, als wären Sie nur noch eine Dienstzeit davon entfernt, für die Beförderung zum Lieutenant Commander in Frage zu kommen. Wieso wollen Sie zur CIA? Verstehen Sie mich nicht falsch, wir könnten durchaus mehr Frauen in unseren Reihen gebrauchen. Aber mit Ihrer bisherigen Bilanz könnten Sie die Karriereleiter beim Militär wahrscheinlich kometenhaft erklimmen und in ein paar Jahren Kommandantin werden. Sicher ist Ihnen klar, dass Sie damit eine der wenigen Frauen in den höchsten Rängen der Kampfmittelbeseitigung bei der Navy wären. Haben Sie darüber nachgedacht?«

»Soll das ein Scherz sein?« Madison verspürte einen Anflug von Entrüstung. »Ich bin nicht dazu da, für irgendjemanden die Frauen- oder Ethnienquote aufzustocken, *Mr. Walker*. Entweder erfülle ich die Voraussetzungen oder nicht. Dass ich eine Frau oder sonst was bin, spielt dabei keine Rolle.«

Walker wirkte unbeeindruckt von ihrem leichten Gefühlsausbruch. »Wirklich nicht?«

»Sollte es besser nicht, verdammt!« Madison hörte, wie ihre Worte von der Holzverkleidung widerhallten, und stellte fest, dass sie den Interviewer gerade angeschrien hatte. Ein kalter Schauer lief ihr über den Rücken. Mit einer Willensanstrengung öffnete sie die Fäuste und legte die Hände auf den Schoß.

»Warum wollen Sie zur CIA?«, wiederholte der Mann seine Frage.

»Ich will mehr bewirken.«

»Fühlen Sie sich unzulänglich, weil Ihre Mutter Sie verlassen hat?«

Fassungslos starrte Madison ihn an. Hitze schoss ihr ins Gesicht und in den Hals. Als sie kurz davorstand, dem Kerl zu sagen, er könnte ihr den Buckel runterrutschen, ereilte sie unverhofft eine Erkenntnis.

Er spielte mit ihr. Das war ein Test.

Sie schüttelte den Kopf und antwortete mit ruhiger Stimme. »Ich fühle mich keineswegs unzulänglich, aber vielleicht möchte ich beweisen, dass ich etwas bewirken kann.«

»Inwiefern?«

»Wenn jemand wie ich, ein Waisenkind, das um alles kämpfen musste, etwas Sinnvolles für mein Land tun kann – tja, genau darum geht's doch beim amerikanischen Traum, oder? Ich schätze, ich möchte aus demselben Grund zur CIA wie Sie oder irgendjemand sonst.«

»Also möchten Sie ein Vorbild sein?«

»Nein. Ich meine, schon – aber das ist nicht mein eigentliches Ziel. Ich denke, dass ich bei der CIA vielleicht mehr für mein Land tun könnte, als wenn ich Expertin für Kampfmittelbeseitigung bleibe.«

»Demnach sind Sie Patriotin?«

Madison lächelte. »Ist das so schlimm?«

Walker schob die Harry-Potter-Brille den Nasenrücken hoch und setzte ein Lächeln auf. »Nein. Ist es nicht.«

In knapp unter 1.000 Metern Höhe atmete Levi die kühle, frische Luft ein, während er auf dem unebenen Stumpf einer umgestürzten Schierlingstanne hockte.

Er hatte jahrelang von den älteren Lehrern im Dojo gelernt. Erst, als er übertroffen hatte, was sie ihm beibringen konnten, hatte Meister Oyama seine Ausbildung übernommen.

Rasch hatte Levi festgestellt, dass die Fähigkeiten und die Geschwindigkeit seiner vorherigen Lehrer nichts im Vergleich zu Oyamas Können waren. Der Meister gehörte zu den besten Kampfsportlern von ganz Japan. Er galt als Legende. Levi fühlte sich beinah wieder wie am ersten Tag. Die Belastung und die Schmerzen jener Lektionen hatten sich unauslöschlich in seinem Geist gebrannt.

Während er mühelos auf seiner unsteten Sitzgelegenheit balancierte, kehrten seine Gedanken in jene Zeit zurück.

Als Oyama endlich das Zeichen zum Aufhören gab, strömte Levi der Schweiß über das Gesicht, und er brach auf den Boden zusammen. Seine Muskeln brannten von der ununterbrochenen Belastung, der sie ausgesetzt gewesen waren.

»Fühlt sich an, als stünde mein gesamter Körper in Flammen«, brachte er stöhnend auf Japanisch hervor.

Der Meister schnalzte mit der Zunge und nickte mit ernster Miene. »Gut. Das Feuer, das du spürst, ähnelt dem Feuer eines Waffenschmieds, der es benutzt, um Unreinheiten aus seinem Stahl zu beseitigen. Damit du überwindest, was dich zu mir geführt hat, musst auch du dich reinigen. Vergiss nie, was dich hergeführt hat, aber lass dich davon nicht zurückhalten. Lass diese Erinnerungen das Feuer nähren. Das ist der einzige Weg.«

Erst nach jenen Worten von Meister Oyama, Jahre nach Levis ursprünglicher Ankunft im Dojo, war ihm klar geworden, dass er nicht trainiert hatte, um sich zu heilen, sondern um sich zu geißeln. Marys Tod war ein Joch gewesen, das schwer auf seiner Seele gelastet hatte.

Aber seit jener Lektion hatte sich etwas in ihm verändert. Irgendwie hatte er gelernt, diese Gefühle von Schuld und Schmerz als Ansporn zu benutzen. Endlich hatte er begriffen, dass Selbstzerstörung nie die Antwort war – nicht einmal nach einer Tragödie wie dem Tod seiner Mary. Wie er mit seinen Gefühlen und mit der Welt um ihn herum umging, hatte sich für immer gewandelt.

Levi blieb zwei weitere Jahre bei Oyama, und während des Unterrichts hatte der Meister von einem Konzept namens *Chi* gesprochen, einer Lebensenergie. Bei der ersten Erwähnung hatte es Levi für eine der vielen asiatischen Überzeugungen gehalten, die zwar entzückend waren, aber keine Bedeutung für die Realität hatten. Mit der Zeit jedoch war Levi eines Besseren belehrt worden.

Ob die Erinnerungen an Mary oder etwas anderes eine verborgene Energiereserve offenbarte, konnte er nicht mit Sicherheit sagen. Aber als Levi die Augen schloss und die Sinne über die Lichtung hinaus entsandte, nahm er Dinge wahr, die sich normalerweise knapp außerhalb der Reichweite befinden würden. Es war beinah so, als könnte er die Schwingungen im Boden spüren, wenn ein Reh 40 Meter zu seiner Rechten über das Herbstlaub des Walds lief. Levi merkte es, wenn ein Vogel 15 Meter über ihm mit dem Gefieder raschelte und sich aufplusterte.

Dann spürte Levi Schritte, die sich bergauf seinem Versteck näherten. Ohne auch nur hinzusehen, erkannte er das Muster der Schritte und wusste, wer es war.

Lautlos erhob sich Levi von dem Stumpf. Mit einem verhaltenen Lächeln im Gesicht legte er die Hände an den Mund und rief auf Japanisch: »Tomiko, ich weiß, dass du da bist!«

Kurz verstummten ihre Schritte, dann beschleunigten sie. Wenige Augenblicke später erklomm sie den Hang in einem bunten Wanderoutfit. Sie wirkte immer noch so alterslos jugendlich wie viele Asiaten, wenngleich mittlerweile ein paar Linien ihren nahezu perfekten Teint zeichneten.

Levi deutete zum Rand der Lichtung, wo er ein primitives Lager für sich errichtet hatte. Er kippte einen der größeren Holzklötze auf die Seite, klopfte darauf und sagte fließend auf Japanisch: »Bitte nimm Platz.«

Tomiko setzte sich auf den Holzklotz und betrachtete ihn ungläubig. »Du erinnerst überhaupt nicht mehr an den unsicheren *Gaijin*, den ich damals kennengelernt habe.«

Levi setzte sich im Schneidersitz auf den Waldboden und lächelte zu ihr hoch. »Wieso sagst du das?«

Tomikos Blick wanderte über die Lichtung und die Bäume, die über 30 Meter hoch in die Luft ragten. Sie wechselte ein Lächeln mit Levi und schüttelte den Kopf. »Du scheinst dich hier in Aokigahara wie zu Hause zu fühlen, aber Meister Oyama hat gesagt, dass du weiterziehst. Stimmt das?«

Der Duft von Tannen und Erde stieg Levi in die Nase, als er tief einatmete. Er nickte knapp. »Aokigahara, das Meer der Bäume, ist ein wunderschöner Ort. Ich habe mich an diese tröstende Umgebung mehr gewöhnt, als ich es für möglich gehalten hätte, aber ich gehöre nicht hierher. Ich fühle mich rastlos und muss meine Reise fortsetzen. Es ist an der Zeit.« Seufzend starrte er in den Wald. »Ich bin noch nicht sicher, wohin ich gehen werde, aber ich möchte dir für deinen freundlichen Unterricht danken.«

Tomiko hob die Hand an den Mund und lachte. »Dann erinnerst du dich an die Dinge wohl anders als ich, Yoder-san.« Sie legte den Kopf schief und lehnte sich vor. Ihr Gesichtsausdruck wirkte neugierig. »Wie lautet dein Vorname? Du hast ihn mir all die Jahre nicht verraten.«

»Lazarus ist der Name, den mir meine Eltern gegeben haben.«

»Lazarus. Was bedeutet das?«

Bei der unerwarteten Frage weiteten sich Levis Augen, und er schürzte nachdenklich die Lippen. »Englische Namen haben normalerweise keine tiefere Bedeutung, aber meiner hat zumindest eine Geschichte. Meine Mutter hat mir erzählt, dass meine Eltern bei meiner Geburt fürchten mussten, ich wäre tot. Als ich auf die Welt gekommen bin, habe ich weder geschrien noch geatmet. Und ganz gleich, was versucht wurde, um mich wiederzubeleben, nichts hat funktioniert. In dem Moment, als man aufgeben wollte, hab ich plötzlich einen Schrei ausgestoßen. Für meine Eltern war es, als wäre ich von den Toten auferstanden. In der christlichen Bibel heißt es, Jesus hätte jemand von den Toten auferweckt – einen Mann namens Lazarus. Da meine Eltern religiöse Menschen waren, fiel ihnen die Wahl meines Namens leicht.«

»Lazarus ...« Tomiko sprach den Namen aus, als wollte sie genießen, wie er sich auf der Zunge anfühlte. »Das ist eine schöne Geschichte für einen schönen Namen.« Sie öffnete ihren Rucksack und holte einen fast 30 Zentimeter langen, in Stoff eingewickelten Gegenstand heraus. Mit beiden Händen streckte sie ihn Levi entgegen und verneigte sich. »Das ist von Meister Oyama. Es ist ein Abschiedsgeschenk, das er dir unterbreiten möchte.«

Levi sprang auf die Fußballen und neigte das Haupt, als er das Päckchen entgegennahm. Als er sich im *Seiza*-Stil wieder auf dem Waldboden niederließ, wog er den Gegenstand mit den Händen und versuchte zu erahnen, was ihm der Meister geschenkt haben könnte.

»Mach es auf. Es ist für deine Reisen.«

Neugier überkam Levi, als er den Zwirn löste und den grünen Stoff vorsichtig auswickelte. Als er die letzte Schicht entfernte, kam ein bemerkenswerter Dolch zum Vorschein. Ein *Tanto*.

Levi zog die Klinge aus ihrer Holzscheide. Sie erwies sich als perfekt ausbalanciert. Er hatte jahrelang mit armseligen Imitationen genau dieses Waffentyps trainiert. Was er gerade in der Hand hielt, stellte alles in den Schatten, was er je zuvor benutzt hatte. Eine wahre Kampfwaffe.

Tomiko lächelte. »Möge dich der Dolch auf deinen Reisen beschützen.«

In der Nähe des trostlosen Grenzübergangs nach Afghanistan – er war von Duschanbe, einer Stadt in der ehemaligen Sowjetunion, die Straße entlang nach Süden gereist – gelang es Levi, sich traditionelle Kleidung zu beschaffen. Damit ersetzte er die beinah zu Lumpen verschlissene Aufmachung, die er seit dem Verlassen des australischen Outbacks getragen hatte.

Sein neues Outfit leistete ihm in diesem Gebiet gute Dienste, denn es entsprach der Farbe des Geländes, fast durchgängig ein meliertes Beige. Die Hose ähnelte einem Pyjama, oben weit, unten an den Fußgelenken enger. Das Oberteil bestand aus einem langärmligen Pullover mit einem

Kragen in westlichem Stil und am Hals offen. Eine relativ leichte und kühle Aufmachung für die Hitze von rund 37 Grad Celsius.

Ergänzt wurde das Outfit von einem weichen, runden Hut, der Levi an eine Baskenmütze erinnerte, allerdings trug man ihn nicht im Stil amerikanischer Spezialeinheiten. Die Krempe war aufgerollt und so angepasst, dass sie angenehm auf Levis Haupt ruhte.

Seit er sich nach Afghanistan geschlichen hatte, begleitete ihn ein ungutes Gefühl. Er hatte die wildesten, ungezähmten Gegenden von Australien, China und Russland erkundet und längst den Überblick verloren, wie viel Zeit vergangen war, seit er Japan verlassen hatte. Doch während dieser Reise hatte er kein einziges Mal die Beklommenheit verspürt, die hier von den Bürgern ausging.

Als er den Weg nach Süden fortsetzte, erspähte er gelegentlich das Aufblitzen reflektierten Sonnenlichts von einer verborgenen militärischen Waffe unter einem wallenden Beduinengewand.

Eine heiße Brise wehte über das verbrannte Land, der Geruch von gegerbtem Leder, Zimt und anderen Gewürzen wehte durch die Luft, als sich Levi vorsichtig dem Stadtrand von Masar-e Scharif näherte, einer vergleichsweise großen Stadt im Norden Afghanistans.

Der äußere Markt ähnelte stark den Märkten, die Levi in anderen Teilen der Welt gesehen hatte. Ungepflasterte Schotterstraßen beherrschten die Gegend. Jene Geschäfte, die nicht auf beweglichen Wagen aufgebaut waren, bestanden in der Regel aus altem Sperrholz, zusammengehalten von Nägeln, Seil oder was immer sonst vorhanden war. Käufer feilschten lautstark mit Händlern, die erbittert um die höchsten Preise für ihre Waren kämpften.

Levi seufzte erleichtert, als sich herausstellte, dass er verstehen konnte, was die Leute sagten. Von Mary hatte er Farsi gelernt, und obwohl die Afghanen Dari sprachen, handelte es sich im Wesentlichen um unterschiedliche Akzente derselben Sprache.

Auf einer Seite eines klapprigen Marktstands, an dem Männerkleidung verkauft wurde, stand ein Spiegel, in dem sich Levi zum ersten Mal seit einer gefühlten Ewigkeit wieder sah. Seine blauen Augen bildeten einen Kontrast zu seinem dunklen Haar. Obwohl er sich jahrelang viel in der Sonne aufgehalten hatte, war seine Haut relativ blass geblieben. Beherrscht wurde sein Erscheinungsbild von seinem dunklen Bart. Mary hatte den Bart bei ihrer ersten Begegnung gehasst – er hatte sie zu sehr an die Familie und die Menschen erinnert, die sie im Iran zurückgelassen hatte. Also hatte Levi ihn abrasiert und während ihrer gesamten gemeinsamen Zeit nie wachsen lassen. Doch jetzt erschien ihm passend, dass der Mann, der ihm entgegenstarrte, nicht mehr so aussah wie der, an den er sich erinnerte.

»Du bist nicht mehr derselbe amische Junge, der die Farm vor all den Jahren verlassen hat«, murmelte Levi bei sich auf Pennsylvania-Deutsch, der Sprache, mit der er aufgewachsen war.

Hinter ihm ertönte ein Klappern. Als er sich umdrehte, sah er eine Frau, die von Kopf bis Fuß in einer schwarzen Burka steckte und etwas Unverständliches rief, als ihr ein halbes Dutzend Lebensmittelkonserven aus ihrer überfüllten Segeltuchtasche fiel. Fluchend hetzte sie hinter den Konservendosen her, als sie davonrollten.

Ohne nachzudenken, hob Levi eine der Dosen auf, die in der Nähe seines Fußes zum Liegen kam. Er näherte sich der Frau und reichte ihr die Metallverpackung. »Bitte sehr«, sagte er leise in stockendem Farsi.

Die Augen der Frau weiteten sich hinter dem schmalen Schlitz der Burka. Die Hintergrundgeräusche der an den nahen Ständen feilschenden Menschen verstummten schlagartig.

Ein Afghane, der neben der Frau gestanden hatte, brüllte Levi auf Dari an: »Du Schwein! Was fällt dir ein?«

Die Frau wich zurück, und drei Männer näherten sich, zwei mit Messern.

Levi dämmerte, dass ihm wahrscheinlich ein gewaltiger kultureller Fauxpas unterlaufen war, für den er mit Blut bezahlen sollte.

Mit angespanntem Körper ließ er die Dose fallen und entfernte sich rückwärts.

Von hinten schlängelte sich der Arm eines Mannes um seinen Hals.

Ohne nachzudenken, packte Levi mit der linken Hand das Handgelenk des Mannes, hob die rechte Schulter an, wie er es schon tausende Male getan hatte, beugte sich nach vorn und schüttelte so die Umklammerung seines Angreifers ab. Als er das Handgelenk des Mannes jäh herumdrehte, riss etwas darin, und der Angreifer schrie gellend auf.

Aus dem Augenwinkel bemerkte Levi das Funkeln von Sonnenlicht auf Metall. Er duckte sich, als ein anderer Mann mit einem 30 Zentimeter langen Messer auf ihn einstach.

Die Klinge verfehlte Levis Gesicht nur knapp, und er fegte die Beine unter dem Mann weg. Der Messerstecher knallte so heftig auf den Boden, dass ihm hörbar die Luft aus der Lunge gepresst wurde.

Levi rammte einem weiteren Angreifer wuchtig den Ellbogen ins Gesicht und spürte, wie der Wangenknochen brach.

Plötzlich ertönte der Klang von rennenden Stiefeln überall um ihn herum auf dem felsigen Untergrund, dann brüllten Stimmen mit amerikanischem Akzent in mehreren Sprachen. »Hände hoch! Waffen fallen lassen!«

Innerhalb von Sekunden waren Levi und seine Angreifer von einem Dutzend Soldaten umgeben. Alle zielten mit Sturmgewehren auf sie.

Levi hob die Hände und setzte auf Englisch zu einem Protest an. »Diese Typen haben mich angegriffen und wollten ...«

Er verstummte jäh, als ihm die Arme grob auf den Rücken gedreht wurden. Der Soldat, der seine Handgelenke mit Kabelbindern fesselte, zischte ihm ins Ohr: »Verhalt dich einfach still, wir regeln das schon.«

Ein anderer Soldat kniete sich neben den riesigen, breitbrüstigen Afghanen, den Levi an der Wange getroffen hatte. Der Mann lag ausgestreckt auf dem Boden. »Captain Sanderson, sieht so aus, als wär dem Großen hier die rechte Gesichtshälfte mit 'nem Vorschlaghammer zertrümmert worden. Der muss operiert werden. Der andere ...« Der Soldat deutete auf den Afghanen, dem Levi das Handgelenk gebrochen hatte. Gestützt von zwei anderen Soldaten funkelte er Levi wütend an, während er sich den Arm hielt. »Da ist eindeutig was gebrochen. Muss geröntgt werden, um sagen zu können, wie schlimm es ist.«

Der Captain warf einen Blick auf Levi, runzelte die Stirn und rief über die Schulter: »Sanchez, hilft Therien, den Großen auf 'ne Trage zu verfrachten. Dann nichts wie weg vom Markt. Jensen, sieh zu, ob du einen der Helfer vom Roten Halbmond erreichst. Sieht so aus, als bräuchten wir die.«

Zehn Minuten später kauerte Levi mit nach wie vor gefesselten Handgelenken auf den Fersen an ein verlassenes Steingebäude gelehnt in der Nähe eines namenlosen Dorfs ein paar Kilometer entfernt. Er bewegte die Schultern und versuchte, einen Teil der Schmerzen zu lindern, erzielte jedoch wenig Wirkung. Mittlerweile hätte er sich längst befreien können, allerdings hatte man ihm die Messer abgenommen. So konnte er nur gegen seine Fesseln ankämpfen und zuckte zusammen, wenn der harte Kunststoff in seine Handgelenke schnitt.

Die Soldaten waren immer noch bei ihm, und er wusste nicht, was sie vorhatten. Es schien sich um Profis zu handeln, doch sicher konnte man sich nie sein.

Einer der Soldaten marschierte mit gezückter Waffe vorbei. Sein Blick suchte die Umgebung ab, hielt Ausschau nach Anzeichen von Schwierigkeiten. Nur wenige Meter entfernt unterhielt sich ein Kommunikationsoffizier in gedämpftem Ton mit seinem Vorgesetzten. »Captain, es sind keine Helfer in der Nähe, und der große Hadschi braucht dringend 'ne Gesichtsbehandlung. Seine Wange ist auf Grapefruitgröße angeschwollen, und er blutet aus dem Ohr. Das ist nicht gut.«

Ein anderer Soldat zeigte in die Ferne und sagte: »Hat noch jemand Süßigkeiten? Der Junge kommt gerade zurück.«

Levi spähte mit zusammengekniffenen Augen zu dem sich nähernden Kind, das sich etwa 100 Meter entfernt befand. Warnend sträubten sich ihm die Nackenhaare. Der Gang des Jungen schien seltsam zu sein. Eine Verletzung? Aus einer teilweise offenen Tür eines kleinen Steingebäudes dahinter funkelte etwas. Ein Augenpaar schaute in ihre Richtung.

Bei einem raschen Rundumblick bemerkte Levi, das sich der Fensterladen eines anderen Hauses leicht öffnete und dann wieder schloss.

Ein Gefühl von Panik stieg Levi in die Brust. Er stemmte sich auf die Beine und rief den Soldaten zu, die sich dem Jungen mit einer kleinen Tüte Süßigkeiten näherten. »Achtung! Der Junge trägt etwas ...«

Ein blendend greller Blitz flammte an der Stelle auf, an der sich das Kind befunden hatte, und eine Schockwelle schleuderte Levi gegen die Wand zurück.

Durch den nachfolgenden Rauch strömten afghanische Soldaten aus den umliegenden Gebäuden. Schüsse fielen. In Levis Ohren klingelte es. Chaos brach um ihn herum aus. Das Gebrüll von Soldaten ertönte über dem Lärm automatischer Waffen.

Doch bevor er seine sieben Sinne wieder beisammen hatte, war der Kampf bereits vorüber.

Als das Klingeln in seinen Ohren nachließ und sich der Rauch allmählich lichtete, hörte Levi den Kommunikationsoffizier in ein Funkgerät brüllen.

»Beliebige Station, beliebige Station, hier Rosebud Five Actual, brauche sofortige Unterstützung, over.«

Das Funkgerät knisterte, dann tönte eine blecherne Stimme aus dem Lautsprecher.

»Rosebud Five Actual, hier Hawkeye Thirteen, übermitteln Sie.«

»Hawkeye Thirteen, erbitte medizinische Evakuierung, over.«

»Roger Rosebud, übermitteln Sie die Anforderung, over.«

»Zeile eins: LZ Flapper 42S UF 31763 63246 – Pause. Zeile zwei: HF 231.45 UHF 114.1 Rosebud Five Actual. Zeile drei ...«

Levi wurde von einer Stimme neben ihm abgelenkt. »Hey, lassen Sie mich Ihr Gesicht sehen.« Einer der amerikanischen Soldaten wischte mit einer Handvoll Mull über die Seite seines Gesichts.

Levis Herz setzte einen Schlag aus, als er das Blut an dem Mullmaterial sah. War er getroffen worden?

Behutsam neigte der Soldat Levis Kopf mit einer Hand. Mit den Fingern der anderen, an der er einen Latexhandschuh trug, fuhr er über seine Kopfhaut. »Sieht so aus, als hätte Sie ein Splitter von der Selbstmordweste des Kinds gestreift. Ich kann keine offenen Wunden fühlen, und die Blutung scheint von selbst aufgehört zu haben.«

Levi spannte die Handgelenke gegen die Fesseln an. »Können Sie mir die abnehmen?«, fragte er. »Ich hab den Kampf vorhin nicht angefangen. Diese Typen haben mich angegriffen.«

Eine raue Stimme hinter Levi sagte: »Therien, gehen Sie und kümmern Sie sich um die anderen. Ich übernehme den Burschen hier.« Es handelte sich um den Captain. Ruß bedeckte ein Gesicht mit einer unergründlichen Miene.

Einer der Soldaten rief: »Rotes Wurfgeschoss!« Damit warf er etwas in Richtung eines lichten Gestrüpps. Fast sofort kräuselte sich roter Rauch in die Luft.

»Okay«, sagte der Captain. »Wie lautet Ihre Geschichte? Haben Sie sich unerlaubt von einer anderen Einheit entfernt?«

Levi schüttelte den Kopf. »Nein. Ich bin nur auf Wanderschaft, erkunde die Welt ...«

»Bullshit. Welcher Amerikaner bei rechtem Verstand ... Sie sind doch Amerikaner, oder?«

Levi nickte.

Der Captain schüttelte den Kopf. »Für was für einen Idioten halten Sie mich eigentlich? Zu welcher Einheit gehören Sie? Auf die eine oder andere Weise finde ich's ja doch raus, wenn wir Ihre Fingerabdrücke überprüfen.«

»Ich bin wirklich nicht beim Militär. War nie im Leben dabei. Verdammt, ich bin als amischer Farmer im ländlichen Pennsylvania aufgewachsen.« Als Levi den argwöhnischen Gesichtsausdruck des Captains sah, entschied er, dass er besser die ganze Geschichte erzählen sollte. Also erklärte er, wie verloren er sich seit Marys Tod gefühlt hatte, und redete über die Orte, die er bei seiner Erkundung der Welt bereist hatte.

»Das ist der wohl dämlichste Scheiß, den ich je gehört hab«, stieß Sanderson hervor. Er schüttelte den Kopf. »Ich hab gesehen, was Ihnen passiert ist. Wieso zum Teufel haben Sie sich einer dieser Hadschi-Frauen genähert? Das gehört mit zu den ersten Dingen, die man über diese Leute wissen sollten. Auf eine der Frauen zuzugehen oder gar mit ihnen zu reden – das kommt in den Augen der Menschen hier fast Vergewaltigung gleich.«

»Das wusste ich nicht. Trotzdem konnte ich mich von denen nicht tranchieren lassen wie einen Thanksgiving-Truthahn. Obwohl mir ein dummer Fehler unterlaufen ist, kann man mir wohl kaum einen Vorwurf draus machen, dass ich mich verteidigt habe, oder?«

Der Captain schmunzelte und deutete mit dem Zeigefinger eine Drehbewegung an. »Umdrehen.«

Levi kam der Aufforderung nach, und Sanderson schnitt die Fesseln aus Kunststoff durch. Levi drehte sich zurück und streckte die Arme aus. Seine Schultern brannten. »Danke.«

»Nein, ich danke Ihnen. Mir hätte auffallen müssen, dass der Junge eine Weste anhatte. Wahrscheinlich haben Sie heute einige Leben gerettet. Wenn Sie bloß ein amischer Bauer sind, woher wissen Sie solche Dinge dann?«

Levi musterte die Züge des Captains. Der Mann war Mitte 30 und hatte Augen so blau, dass sie an einen Wolfshund aus Alaska erinnerten. Levi zuckte mit den Schultern. »Der Junge hat ausgesehen, als wäre er aus dem Gleichgewicht oder würde humpeln. Und dann hab ich bemerkt, dass einige Leute auf uns und das Kind geachtet haben. Hab bloß irgendwie zwei und zwei zusammengezählt.«

»Tja, die Taliban gibt's noch immer.« Sanderson deutete mit dem Kopf in Richtung einer Reihe toter Taliban-Kämpfer, die auf dem Dorfplatz lagen. »Hören Sie. Auch wenn ich Sie für 'nen verrückten Mistkerl halte, denke ich, man kann Ihnen Ihre Waffen anvertrauen.«

»Danke, Sir.«

Sanderson winkte einen nahen Soldaten herbei und schickte ihn los, um Levis Messer zu holen. Dann streckte der Captain Levi die Hand hin. »Hier ist's nicht sicher. Wenn Sie wollen, kann ich Sie als einen der Verwundeten an Bord eines Helikopters bringen, aber es würde 'ne Menge Fragen geben.«

Levi schüttelte dem Mann die Hand. »Nein, danke für das Angebot, aber ich denke, ich nehme den Weg zurück, den ich gekommen bin. Ich mag ein bisschen verrückt sein, weil ich versehentlich nach Süden gewandert bin, aber ich bin nicht dämlich.«

Als sich einer der Männer des Captains mit Levis Dolchen näherte, deutete Sanderson auf Levi. »Er kann sie zurückhaben.«

Froh nahm Levi seine Waffen entgegen und ließ sie innerhalb von Sekunden unter seiner Kleidung verschwinden.

Der Captain bedachte ihn mit einem verschmitzten Grinsen und schüttelte den Kopf. »Tja, Sie können zweifellos auf sich selbst aufpassen. Hab ja gesehen, wie Sie sich gewehrt haben.« Er ließ die Worte in der Luft hängen und schien etwas anzudeuten, das Levi nicht begriff. »Wie heißen Sie?«

»Lazarus Yoder, aber jeder nennt mich Levi.«

Sanderson klopfte Levi auf die Schulter. »Hat mich gefreut, Sie kennenzulernen, Lazarus. Und jetzt nichts wie weg hier, bevor weitere Hadschis aus ihren Löchern gekrochen kommen.«

Nachdem sich Levi vom Captain verabschiedet hatte, setzte er sich im Laufschritt nach Norden in Bewegung und wich der roten Rauchwolke aus, als sich hinter ihm warnend die wummernden Geräusche von Helikoptern näherten.

Eine Brise wehte über den Ganges. In der Luft lagen die gedämpften Gerüche von Verwesung, Asche und duftenden, in der Nähe wachsenden Blumen. Levi fühlte sich hohl, emotional ausgelaugt, während er in einem Abstand von 15 Metern hinter Hunderten von Trauernden stand, die sich vor einem Scheiterhaufen versammelt hatten.

Er trug die traditionelle weiße Leinenkluft, die er von Guru Sinjali hatte. Der Vater des Mannes war im Alter von 106 Jahren gestorben – eine schier unglaubliche Lebenszeit. Sein Sohn, mit dem sich Levi angefreundet und bei dem er die letzten sechs Monate gelernt hatte, war mit Sicherheit über 80 und besaß die Vitalität eines halb so alten Mannes.

Als die Flammen die Überreste des alten Mannes verzehrten, konnte sich Levi nicht des Gedankens erwehren, dass er auf diesem Haufen aus brennendem Holz liegen sollte. Der Krebs hätte ihn bereits vor Jahren dahinraffen sollen. Und doch wandelte er immer noch auf Erden. Lebendig, allein und nach vielen Jahren der Trauer um seine Frau wie betäubt.

Er wusste, dass er ein Geschenk erhalten hatte. Das Geschenk des Lebens. Es fiel ihm nur schwer, den Mut dafür aufzubringen, seine Emotionen wiederaufleben zu lassen. Jahrelang hatte er versucht, die überwältigende Trauer zu unterdrücken, und es hatte ihn erschöpft, ihm etwas Entscheidendes genommen. Vielleicht war es an der Zeit, seine Wanderschaft zu beenden. Er musste sich den Dämonen der Vergangenheit stellen und nach Hause zurückkehren.

Nur nach Hause zu was?

Levi war ein Eingeweihter – einer der wenigen auf den Schweigekodex der Mafia vereidigten Menschen, die keine Italiener waren. Aber selbst, wenn er mit seinen Mitstreitern durch die Straßen ging, fühlte er sich nie wie die anderen. Denn an sich verabscheute er all die Gaunereien. Gleichzeitig jedoch wusste er, dass sie ein unvermeidliches Übel darstellten. Das Beste, was man tun konnte, war, das Übel weitestgehend zu verringern.

Zum Beispiel Schutzgelderpressung. Bestimmte Geschäfte bezahlten für Schutz, und wurden sie nicht geschützt, ereigneten sich Unfälle. Wenn es nicht die Familie tat, würde eine andere Familie nachrücken, die so gut wie sicher in jeder erdenklichen Hinsicht noch schlimmer mit den Ladenbesitzern umspringen würde, das wusste Levi. Also unterstützte er das Kleinere von zwei Übeln.

Aber Levi war kein schlichter Soldat der Straße. Er war ein Macher. Und am besten fühlte er sich, wenn er etwas vollbrachte, von dem alle dachten, es könnte *nicht* vollbracht werden.

So war er »Problemlöser« geworden. Er kümmerte sich um Situationen, von denen niemand glaubte, dass man sie bewältigen könnte. Dadurch brachte er der Familie eine Menge Geld ein. Ob es um die

Beschaffung von Informationen ging, an die man eigentlich nicht herankommen sollte, um das Finden von Personen, die nicht gefunden werden wollten, oder darum zu ermitteln, wer der Familie gegenüber illoyal war – Levi galt als der beste Mann für die Aufgabe. Dabei verstieß er selten bis nie gegen das Gesetz. Trotzdem gab er sich keinen Illusionen hin. Ihm war bewusst, dass es kein sauberes Leben war.

Vollständig fühlte er sich dann, wenn er Menschen half, die sich nicht selbst helfen konnten. Wenn er für jene eintrat, die schikaniert wurden. Oder dafür sorgte, dass Menschen, die anderen Unrecht getan hatten, das bekamen, was sie verdienten. Er betrachtete sich als jemanden, der Ungerechtigkeit in Ordnung brachte. Oder im Sinne von Guru Sinjalis Lehren als jemanden, der dabei half, das Karma von Menschen im Gleichgewicht zu halten.

Sein Blick wanderte zurück zum Scheiterhaufen. Das Skelett war bereits verkohlt und begann zu zerfallen.

Guru Sinjali ging mit einem langen Bambusstab auf den Scheiterhaufen zu. Er sprach mit den sterblichen Überresten seines Vaters – Levi schnappte nur Wortfetzen auf – und hielt dabei den Bambusstab in die Luft. Plötzlich rammte der alte Guru den Stock in den Schädel seines Vaters und brach ihn auf.

Eine Veränderung breitete sich wie eine Welle durch die Versammelten aus. Ihre Trauer schien sich zu verflüchtigen. Und dann zogen sie allein oder in Paaren davon. Niemand schaute zurück.

Der Guru hatte Levi über den »Ritus des Schädels« unterrichtet. Dabei handelte es sich um eine hinduistische Praktik, die es der Seele ermöglichte, sich vom Körper zu lösen. Hindus glaubten, dass der Körper in dem Moment, in dem die Seele daraus entwich, nur noch ein leeres Gefäß darstellte.

Eine Hand legte sich auf Levis Schulter. »Dein Geist ist immer noch rastlos.«

Levi drehte sich um und stellte fest, dass Guru Sinjali neben ihm stand. Er antwortete in stockendem Hindi. »Es geht mir gut. Ich bete, dass die Seele deines Vaters Ruhe findet.«

Der alte Mann winkte bei der Bemerkung ab und sprach mit seinem melodischen Akzent. »Wir sprechen hier nicht von meinem Vater.« Er packte Levis Schultern mit beiden Händen und starrte ihn volle zehn Sekunden lang an, bevor er fortfuhr. »Du erinnerst mich sehr an jemanden,

den ich vor langer Zeit gekannt habe. Du bist stur, ungläubig und lebst in der Vergangenheit. Nichts davon wird dir helfen, Frieden zu finden. Du musst jemanden suchen, der dir verstehen helfen kann, was du bist.«

Levi legte den Kopf schief. »Ich denke, ich weiß, wer ich bin.«

Der Guru lachte – ein rauer, schnaubender Laut. »Zwischen *was* und *wer* besteht ein Unterschied. Und da ich weiß, was für ein sturer Esel du bist, wirst du wohl noch lange brauchen, bis du das verstehst. Es ist an der Zeit, dass du einen richtigen Guru kennenlernst – einen, der besser als ich weiß, was du bist.« Der alte Mann führte Levi weg von der glimmenden Asche. »Amar Van ist im Norden. Ich zeige dir den Weg und bete zu Wischnu für deine sichere Reise.«

Levi musterte den runzligen alten Mann, den er wegen seines scharfen Verstands und seiner Weisheit respektieren gelernt hatte.

Habe ich wirklich keine Ahnung davon, was und wer ich in Wirklichkeit bin? Falls ja, brauche ich wahrscheinlich wesentlich mehr als Gebete zu irgendeinem Hindu-Gott.

Ein bitterkalter Wind wehte durch das klaffende Loch in der östlichen Wand des verlassenen buddhistischen Tempels. Trotz des Strohs und der Blätter, die um ihn herumwirbelten, verharrte Levi in Lotusposition mitten auf dem Hof. Mit geschlossenen Augen meditierte er.

Im Geiste ließ er seine Reisen Revue passieren. Er war in Indonesien, Australien, dem größten Teil Indiens, Teilen von Russland und China gewesen. Jedes Mal, wenn er irgendwo geblieben war, hatte ihn nach einer Weile eine innere Rastlosigkeit weitergetrieben. Und wieder und wieder hatten seine Entdeckungsreisen bestätigt, dass er von den bescheidensten Menschen am meisten lernen konnte.

Meister Oyamas Lehren waren erst der Anfang gewesen.

Nach Oyama war Levi bei Mawukura, dem australischen Aborigine, der Levi die Schönheit und die Gefahren seines Lands nähergebracht hatte. Auf Mawukura war Meister Han gefolgt, ein Praktiker uralter chinesischer Medizin, danach Guru Sinjali, der Levi die Kunst der Meditation beigebracht hatte.

An jeder Zwischenstation und bei jedem Lehrmeister hatte Levi das Wissen aufgesaugt und so gelebt, wie es andere taten.

Und nun, da er sich in Nepal befand, fühlte er sich irgendwie anders. Ob es an einer Veränderung in ihm selbst oder in der Welt um ihn herum lag, vermochte er nicht mit Sicherheit zu sagen. Aber es ließ sich nicht leugnen.

Während er durch abgelegene Dörfer reiste, die keinen erkennbaren Namen hatten, hörte er immer wieder von einem Mönch namens Amar Van. Es handelte sich um denselben Mönch, den Guru Sinjali erwähnt hatte. Levi hatte keine Ahnung, was der Name in der nepalesischen Sprache bedeutete, aber in Hindi bedeutete er »der Unsterbliche«.

Und jeder, der von diesem Amar Van wusste, schien den Mönch zutiefst zu schätzen. Man beschrieb ihn als Krüppel, aber weiser als die ältesten Mönche. Je mehr Levi hörte, desto stärker wurde sein Ansporn, den Mann zu finden.

Die Suche nach Amar Van hatte Levi in diesen verlassenen Tempel geführt.

Das große Steingebäude musste vor Hunderten Jahren errichtet worden sein. Die Außenmauer war im Verlauf der Jahrhunderte abgenutzt und brüchig geworden, und durch ein Loch im Dach des Tempels konnte Levi den wolkenlosen blauen Himmel sehen.

Doch in dieser kalten, verfallenden Kultstätte verspürte Levi eine Sehnsucht, die er lange nicht mehr empfunden hatte. Es schien, als wäre der Quell der Schuldgefühle und des Zorns, der seine Wanderung befeuert hatte, plötzlich vertrocknet. Bilder des rustikalen Lebens, das er im ländlichen Pennsylvania hinter sich gelassen hatte, tauchten flüchtig in seinem Geist auf. Das erste Zuhause, das er gekannt hatte. Und etwas in ihm wollte dorthin zurück.

Jäh schlug er die Lider auf, als draußen vor dem Tempel knirschende Schritte ertönten. Gleich darauf kletterte ein orange gekleideter Mönch durch die zerbrochene Mauer und betrat die innere Kammer.

Der Mönch verbeugte sich. »Meister Levi, ich muss mich entschuldigen.« Er sprach in schnellem Hindi. »Ich habe bei anderen nachgefragt, und man hat Amar Van seit vielen Monaten nicht mehr auf diesem Gipfel gesehen. Vielleicht gelingt es mir, die Nachbardörfer zu erreichen und mehr in Erfahrung zu bringen.«

Levi spürte, wie sich ein Gefühl des Friedens auf ihn senkte. Es war beinah, als wäre etwas in ihm plötzlich eingerastet.

Endlich war der richtige Zeitpunkt gekommen.

Levi streckte die Arme gen Himmel und atmete tief durch. Mit einer fließenden Bewegung erhob er sich auf die Beine. »Schon gut«, sagte er. »Vielleicht sollte es einfach nicht sein. Jedenfalls denke ich, es ist für mich an der Zeit, in meine Heimat zurückzukehren.«

»Nach Amerika?« Der Mönch zog die Augenbrauen hoch.

Levi nickte. Es lag eine Ewigkeit zurück, dass er zuletzt zu Hause gewesen war. Und er konnte sich gar nicht daran erinnern, wann er zuletzt Geld, einen Reisepass oder einen sonstigen Ausweis besessen hatte. »Weißt du, wo ich die amerikanische Botschaft finde?«

Der Mönch rümpfte die Nase und runzelte die Stirn. »Tut mir leid, ich weiß nicht, wo die ist. Vielleicht kann dir jemand im Bergdorf Jiri helfen, sie zu finden. Wie ich höre, haben sie dort inzwischen Elektrizität.«

Levi presste die Hände mit den Fingerspitzen nach oben zusammen, legte sie an die Stirn und verneigte sich vor dem Mönch. »Danke für deine Hilfe.«

»Jiri ist in ...«

Der Mönch zeigte nach Nordwesten, doch Levi hatte den Tempel bereits durch den Vordereingang verlassen und lief in die Richtung, in der Jiri lag.

Offensichtlich war Jiri von dem Dorf, das der Mönch beschrieben hatte, zu etwas angewachsen, das mittlerweile eher einer Kleinstadt ähnelte. Was wahrscheinlich darauf zurückging, dass der Ort in der Nähe eines der Wanderwege für Bergsteiger lag. Der Markt schien sowohl auf Touristen als auch auf Einheimische zugeschnitten zu sein, obwohl es darauf ruhiger zuging als auf vielen anderen, die Levi während seiner Reisen gesehen hatte. Die leuchtenden Farben der Schilder und Waren zeigten, dass diese Gemeinde am Fuß des Himalayas aufblühte.

Für Levi jedoch, der sich an die Wildnis gewöhnt hatte, fühlten sich die umliegenden Gebäude, einige davon mehrgeschossig, fremdartig an.

Es war später Abend, und Levi betrat ein Gebäude mit einem Neonlicht in Form eines Bierkrugs über dem Eingang. Der Geruch von abgestandenem Bier und Zigaretten schlug ihm entgegen. Der Mann hinter dem Tresen begrüßte ihn auf Nepali.

Allerdings hatte Levi die nepalesische Sprache nicht gelernt. »Sprichst du Mandarin?«, fragte er im verbreiteten chinesischen Dialekt.

Der Barkeeper runzelte die Stirn, doch einer der Männer an der Theke dreht sich um. »Ich spreche es. Brauchst du Hilfe?«

Levi hörte den Mann kaum. Er starrte wie gebannt auf etwas, das er noch nie zuvor gesehen hatte.

Hoch an der Wand hinter der Theke befand sich ein Farbfernseher so dünn wie ein Pizzakarton. Levi erinnerte sich daran, zu Beginn seiner Reisen Werbung für »Plasmafernseher« gesehen zu haben, doch bisher war ihm noch nie ein solches Gerät untergekommen.

Ein Kalender an der Wand zeigte das Jahr an, und Levis Mund klappte auf, als er feststellte, dass er über ein Jahrzehnt lang durch die Welt gewandert war.

Seine Gedanken überschlugen sich, und er fragte sich laut: »Wenn's an einem so abgelegenen Ort wie hier einen solchen Fernseher gibt, was hat sich dann noch alles getan, während ich weg war?«

KAPITEL VIER

Mit einem Zischen stieg Dampf aus dem Fass auf, als Levi den rotglühenden, geschmiedeten Stahl ins Wasser senkte. Eine leichte Brise wehte durch das Scheunentor herein und trug ihm den Geruch frisch umgegrabener Erde und die Geräusche seiner Familie sowie der erweiterten amischen Gemeinde zu, die sich draußen um die Farm kümmerten. Die Mischung der Eindrücke vermittelte Levi ein Gefühl von Behaglichkeit.

Er wischte sich Schweiß aus dem Gesicht und blickte in das Fass.

Die wabernde Reflexion im Wasser zeigte seinen dunklen Bart und ließ ihn an Mary denken. So viele Jahre hatte er mit überwältigenden Schuldgefühlen gelebt, doch tief im Herzen wusste er, dass es an der Zeit war, wieder in die Zukunft zu schauen.

Erst vor zwei Wochen war er zu seinem ersten Zuhause zurückgekehrt und hatte die Zeit seither damit verbracht, das Landleben zu genießen. Der friedliche Lebensstil war ebenso unverändert geblieben wie die Menschen. Sicher, einige Familienmitglieder waren weggezogen, und die wenigen, die Levi als Kinder gekannt hatte, waren mittlerweile erwachsen und gründeten eigene Familien. Sein Vater war gestorben, seine Mutter alt, doch sie hatte sich unsagbar gefreut, ihn nach so vielen Jahren wiederzusehen.

Die Gemeinschaft schien über seine Rückkehr zwar verwirrt zu sein, aber zu seiner Überraschung akzeptierte man sie ohne allzu viele unbequeme Fragen. Was gut war, vor allem, da Levi so gut wie keine Antworten geben konnte. Diese Menschen würden das Leben nicht verstehen, das er nach dem ursprünglichen Verlassen der Farm geführt hatte, selbst wenn er versucht hätte, es ihnen zu erklären. Und erst recht hätten sie sein Liebäugeln mit dem Tod und seine unerklärliche Wiedergeburt nicht verstanden – die er ja selbst nicht wirklich verstand. Deshalb hatte er sich der Gemeinschaft diesmal nicht als Lazarus, sondern als Levi Yoder vorgestellt. Dadurch fühlte es sich beinah an, als wäre er tatsächlich neugeboren.

»Bruder Levi, Bruder Levi!« Jebediah, ein ungestümer achtjähriger Junge, kam atemlos in die alte Scheune seines Vaters gerannt und rief in Pennsylvania-Deutsch nach ihm. »Bruder Levi, ein Engländer war hier! Der Briefträger, und er hat etwas für dich hiergelassen.«

Levi tauchte den Kopf ins Fass, dann wischte er sich das Wasser aus dem Gesicht und wrang es aus dem Bart. *Wer außerhalb der Gemeinschaft weiß überhaupt noch, dass ich existiere?* Laut hakte er nach: »Er hat etwas hiergelassen?«

Der aufgeregte blonde Junge nickte eindringlich und schwenkte einen versiegelten Umschlag. »Hat's sogar in einem Auto gebracht!«

Levi wischte die Hände an der Hose trocken, nahm den versiegelten Umschlag entgegen und stellte fest, dass er von der Bank stammte. Er zog den Dolch, den er vor langer Zeit von Meister Oyama erhalten hatte, schnitt den Umschlag auf und las, was auf dem gefalteten Briefbogen darin stand.

Sehr geehrter Herr Yoder,

es scheint Komplikationen mit dem inaktiven Konto zu geben, das Sie bei unserer Bank haben.

Bitte kommen Sie so bald wie möglich vorbei, damit wir besprechen können, was ich aus den Bankarchiven in Erfahrung gebracht habe.

Levi sah Jebediah an. Der Junge stand mit einem neugierigen Ausdruck im Gesicht neben ihm. Im Versuch, einen Blick auf den Brief zu erhaschen, richtete er sich auf die Zehenspitzen auf.

»Weißt du, ob irgendjemand demnächst in die Stadt fährt?«, fragte Levi.

Der Junge nickte enthusiastisch. »Ich hab gerade gesehen, wie Elijah den Wagen vorbereitet hat, um Käse zum Bauernmarkt in Lancaster zu liefern. Soll ich ihm sagen, dass er auf dich warten soll?«

Levi drehte sich der Esse zu und griff sich eine der Metallharken. »Ja, bitte. Ich mache nur noch rasch Asche aufs Feuer und komme gleich raus.«

Als sich Jebediahs Schritte entfernten, fragte sich Levi, was für »Komplikationen« ihn bei der Bank erwarten mochten.

Levi saß neben Elijah, der mit den Zügeln schnippte. Der offene Wagen war schwer mit mehreren Hundert Kilo Käse und anderen Waren für den großen Markt beladen. Als sie sich auf der gepflasterten Straße von den Farmen entfernten, seufzte Levi wehmütig. Er erinnerte sich noch daran, als er in Elijahs Alter war. In der Mitte der Teenagerjahre trafen amische Jugendliche viele wichtige Entscheidungen für ihr Leben.

Levi war für seine Eltern immer ein Albtraum gewesen. Damals wanderte er oft an den anderen Farmen vorbei, um herauszufinden, was die nächste Ortschaft zu bieten hatte. Hin und wieder überredete er andere Jungs, ihre nachmittäglichen Aufgaben zu schwänzen, sich einen Pferdewagen zu leihen und sich an der nächstgelegenen Highschool ein Football-Match anzusehen. Deshalb war niemand überrascht, als er letztlich beschloss, die Gemeinschaft zu verlassen. Tatsächlich war er ziemlich sicher, dass die Wenigen, die sich noch an ihn erinnerten, verblüfft von seiner Rückkehr gewesen waren.

Levi drehte sich Elijah zu. »Du bist 17, richtig? Wie sehen deine Pläne aus?«

»Den Käse und die Körbe mit Kürbissen liefern, würde ich sagen.« Elijah rieb sich mit dem Handrücken die Nase.

Levi lachte. »Nein, ich meine, was sind deine Pläne für die Zukunft?«

Elijah kratzte sich an den ersten Anzeichen von Bartstoppeln am Kinn und schien über die Frage nachzudenken. »Na ja, ich bin 17. Also werd ich bald heiraten, und mit Gottes Segen werd ich wohl letztlich genug sparen können, um mir eigenes Land zu kaufen.« Mit einem unergründlichen Gesichtsausdruck drehte er sich Levi zu. »Ich hab jemanden sagen gehört, dass du lang bei den Engländern gelebt hast. Was sind *deine* Pläne?«

Die Frage überraschte Levi, und er legte die Stirn in Falten. Was für Pläne hatte er denn *wirklich?* »Es stimmt, dass ich viel Zeit bei den Engländern verbracht habe. Und ich bin mir wohl noch nicht sicher, was ich tun werde. Darüber muss ich erst noch nachdenken.«

Von den Rädern des Wagens ging ein gedämpftes Rumpeln aus, als sie den Stadtrand erreichten, und sie verfielen in Schweigen. Während der Wagen durch die Stadt rollte, fragte sich Levi besorgt, ob seine Instinkte mit der Rückkehr ins Reich der Amischen richtig gelegen hatten. Sicher, früher war hier sein Zuhause gewesen, doch die Gegend fühlte sich nicht wie New York oder Tokio an – nicht annähernd. Er versuchte, sich vorzustellen, hier den Rest seines Lebens zu verbringen, und der Gedanke drehte ihm den Magen um. Die Rückkehr in sein altes Leben erschien ihm nicht richtig.

Aber wenn nicht hierher, wohin sollte er dann?

Elijah zog an den Zügeln und zeigte auf ein Gebäude auf der rechten Straßenseite. »Musst du nicht da hin?«

Levi nickte und schüttelte Elijah kräftig die Hand. »Viel Glück auf dem Markt, und danke fürs Mitnehmen.«

***

Levi saß im Büro des Bankmanagers auf einem braunen Lederstuhl mit harter Rückenlehne. Die Luft fühlte sich unangenehm kühl an.

Als der Bankmensch die Tür schloss und hinter seinem Schreibtisch Platz nahm, verzog er das runzlige Gesicht kaum merklich zu einer skeptischen Miene. Dann jedoch räusperte er sich und setzte einen höflichen Ausdruck auf.

»Ich bin sehr froh, dass Sie vorbeigekommen sind, Mr. Yoder. Solche Angelegenheit bespricht man am besten von Angesicht zu Angesicht. Ich will offen sein. In meinen 40 Jahren im Bankwesen hatte ich noch nie mit einem Fall wie Ihrem zu tun. Ist Ihnen klar, dass Sie aus der Sicht unserer Bank vor über zehn Jahren vom Erdboden verschwunden sind?«

Dieselbe Unterhaltung hatte Levi mit dem Mann von der US-Botschaft in Nepal geführt. Mehrere Tage lang musste er Befragungen über sich ergehen lassen. Darüber, wo er gewesen war und warum er seinen Pass nie verlängert oder zusätzliche Visa beantragt hatte. Es kam bestimmt nicht jeden Tag vor, dass ein US-Bürger mehr als ein Jahrzehnt lang ohne Ausweis buchstäblich durch andere Länder wanderte, bevor er beschloss, plötzlich wieder aufzutauchen.

»Ja, Mr. Cornbluthe, mir ist klar, dass ich lange weg war. Aber jetzt bin ich zurück und will dort neu anfangen, wo ich aufgehört habe.« Levi presste den Rücken gegen den Stuhl. »Was ist das Problem?«

Der Manager schlug einen Ordner auf, holte daraus einen Ausdruck hervor und drehte ihn zu Levi herum. »Mr. Yoder, das ist eine Kopie der Archivaufzeichnungen Ihres Kontos. Wie Sie sehen, hatten Sie zum Zeitpunkt Ihrer letzten Transaktion bei uns ein Guthaben von 267.384,05 Dollar.

Die nächsten drei Jahre lang sind vierteljährliche Einzahlungen vom Yoder Development Trust erfolgt ...«

»Ja«, fiel Levi dem Mann ins Wort. »Ich hatte veranlasst, dass regelmäßige Dividenden für meine Frau eingezahlt werden. Aber sie ist verstorben.« Er zeigte auf eine große Einzahlung auf dem Ausdruck. »Was ist das? Ist das irgendein Fehler?«

Der Bankmanager schüttelte den Kopf. »Ich muss davon ausgehen, dass es keiner war, weil die Aufzeichnungen so im Archiv sind. Aber ja, drei Jahre nach Beginn der Dividendenzahlungen gab es eine Einzahlung in Höhe von fast drei Millionen Dollar – und dann nichts mehr. Vor Ihrem Eintreffen habe ich recherchiert und konnte keine vorhandenen Verweise auf den Yoder Development Trust finden. Kann es sein, dass der Fonds aufgelöst wurde und die letzte Zahlung ein Teil davon war?« Fragend zog er die Augenbrauen hoch.

»Ich hab keine Ahnung.« Aber Levi lag eine wichtigere Frage auf der Zunge. Der letzte Eintrag des Ausdrucks zeigte eine Abhebung über den Gesamtsaldo – wodurch nichts auf dem Konto verblieb. »Ich habe nie Geld abgehoben. Warum hat das Konto einen Saldo von null?«

Mr. Cornbluthe fuhr mit einem Finger innen an seinem Kragen entlang. Er zog ein weiteres Blatt aus dem Ordner auf seinem Schreibtisch und räusperte sich erneut. »Sind Sie vertraut mit dem New Yorker Gesetz über aufgegebenes Eigentum?«

Levi schüttelte den Kopf. Sein Mund wurde trocken, und er verstärkte den Griff um die Armlehnen seines Stuhls.

Mit einem tiefen Seufzen schob der Bankmanager einen Ausdruck des Gesetzestexts zu aufgegebenem Eigentum im Staat New York zu ihm. »Anscheinend hat ein Beamter des Staats New York, wo Ihr Konto eröffnet wurde, einen Antrag auf Überweisung der verwaisten Mittel an den Staat eingereicht. Es sieht so aus, als hätte unsere Bank kurz nach der letzten Einzahlung einen Beschluss zur Freigabe der auf Ihrem Konto befindlichen Gelder erhalten.« Der Manager zeigte auf eine bestimmte Stelle des Ausdrucks. »Ich fürchte, Abschnitt 4b ist am relevantesten für Ihre Situation.«

Levi las den Text.

Gesetz des Staates New York zu aufgegebenem Besitz, Abschnitt 1406:4B

Ein solcher Anspruch auf aufgegebenes Eigentum kann nur von Personen, Personengesellschaften, rechtsfähigen Vereinen oder Unternehmen geltend gemacht werden, die keine Kenntnis von dem Heimfallverfahren hatten und innerhalb von fünf Jahren nach der Eintragung des endgültigen Beschlusses des Heimfalls ein Verfahren am obersten Gerichtshof einleiten.

Levi hatte schon früher mit juristischen Vereinbarungen zu tun gehabt und konnte mühelos die Quintessenz des Juristenjargons herauslesen. »Also wollte der Staat New York State mein Geld. Man hat einen Antrag eingereicht, den irgendein Richter abgezeichnet hat, und die Bank hat mein Geld an den Staat überwiesen. Und ich hatte von dem Moment an fünf Jahre, um Einspruch dagegen zu erheben.« Mit frostiger Miene starrte Levi den Manager an. »Und da es über fünf Jahre zurückliegt, habe ich im Wesentlichen einfach Pech gehabt. Ist das auch Ihre Interpretation?«

»J-ja, ich fürchte schon. Aber ich bin kein Anwalt.« Die Stimme des Mannes klang angespannt, nervös. »Ich weiß nur, dass es im Augenblick nichts gibt, was die Bank tun kann. Uns sind die Hände gebunden.«

Mit einem hohlen Gefühl in der Magengrube starrte Levi am Bankmanager vorbei geradeaus. Er war fassungslos. Das Geld wollte er verwenden, um die nächsten Schritte in seinem Leben zu finanzieren, unabhängig davon, wie sie aussehen würden. Nun jedoch ... hatte sich schlagartig alles geändert.

Ein Gefühl verbitterter Frustration breitete sich in ihm aus. Er wünschte, es gäbe jemand anderen als ihn selbst, dem er die Schuld in die Schuhe schieben könnte. Gab es aber nicht. Es war seine Entscheidung gewesen, draußen in der Welt Zeit und Raum zu vergessen – nun erntete er die Konsequenzen.

»Ich muss von vorn anfangen«, murmelte er bei sich.

»Wie bitte?«

Levi stand auf und zeigte auf den Kontoauszug. »Kann ich die Kopie behalten?«

»Selbstverständlich ...«

»Danke.« Levi griff sich den Ausdruck, öffnete die Bürotür und ging hinaus.

***

Madison lehnte sich auf dem Stuhl zurück und lauschte im Kopfhörer zwei Frauen, die sich in rasantem Russisch miteinander unterhielten. Bei einer handelte es sich um die Ehefrau eines russischen Mafioso, bei der anderen um die Schwester der ersten Frau.

»Mascha, wie geht's dem Baby? Hat die Kleine immer noch Fieber?«

»Leider ja, und sie macht einen Wirbel, das kannst du dir nicht vorstellen.«

Madison stöhnte. Sie hatte den Tag damit verbracht, sich eine ganze Reihe ähnlicher Gespräche anzuhören, die über Hunderte überwachte russische Telefonleitungen geführt wurden.

Madison hatte es geschafft. Endlich war sie aktive Mitarbeiterin der CIA. Allerdings war der Weg dahin wesentlich länger gewesen, als sie es sich vorgestellt hatte. 18 Monate lang hatte sie das CIA-Schulungsprogramm für Geheimdienstmitarbeiter durchlaufen. Dabei hatte sie die Feinheiten verdeckter Operationen kennengelernt. Danach waren weitere neun Monate mit Russisch für Fortgeschrittene gefolgt, aufbauend auf ihren bei der Navy erworbenen Russisch-Grundkenntnissen.

Aber obwohl Madison mittlerweile in der Operationszentrale arbeitete, einem der wenigen Bereiche, der sich auf geheime Operationen konzentrierte, hatte sie schnell erkannt, dass zum Geheimdienst wesentlich mehr gehörte als die risikoreichen Einsätze, nach denen sich ein Adrenalin-Junkie wie sie sehnte.

Zum Beispiel das Sammeln von Informationen aus menschlichen Quellen durch überwachte ausländische Kommunikation.

Madison lächelte gequält, als sich die Unterhaltung von Kinderbetreuung zu Klagen über das Sexleben der Frau des Mafioso verlagerte.

»Mein Leben als Agentin.« Sie schmunzelte, als der Anruf endete.

Dann klickte sie auf die Registerkarte für Notizen zu dem Anruf und tippte: »Keine Infos aus Humanquellen.«

Als es leise an der Tür klopfte, drehte sich Madison um. Eine blonde Frau stand am Eingang zu ihrem Büro.

»Hey, Maddie, Lust auf Tennis nach der Arbeit? Du und ich im Doppel gegen Dennis und seinen heißen Cousin.«

»Hey, Jen.« Madison sah auf die Uhr. Es war drei Uhr nachmittags. »Hätte schon Lust, aber ich muss mich noch durch einen Rückstand an Anrufen arbeiten. Können wir uns um sechs treffen?«

»Gebongt.« Die blonde Agentin zeigte auf Madisons Computer. »Irgendwas Interessantes?«

Madison schnaubte. »Ach, nur das Übliche. Irgendein betrunkener russischer Mafioso hat 'nem anderen Mafioso wegen eines verkackten Raubüberfalls gedroht. Ich kann dir alles über die Affäre der Frau eines der Mafiosi mit ihrem alles andere als schwulen Friseur erzählen. Ist echt fesselnd, das kann ich dir flüstern.«

Jen lächelte und nickte wissend. »Schon klar, du hasst es, hier im Büro zu hocken. Aber eines Tages erfüllt sich unser Wunsch, und wir gehen aus nächster Nähe gegen diese Drecksäcke vor. Außerdem: Was hast du denn gedacht, dass passieren würde, wenn die hohen Tiere so viel vom Budget des Verteidigungsministeriums in 'ne Russisch-Ausbildung für dich investieren?«

Madison ließ einen Stift über ihre Knöchel tänzeln und zuckte mit den Schultern. »Ich weiß alles darüber, was es heißt, seinen Beitrag zu leisten. Eines Tages werd ich mir die Reise nach Russland verdienen.«

Der Computer gab einen Piepton aus – ein weiterer Anruf war in Madisons Warteschlange gelandet.

»Ich lass dich mal weitermachen«, sagte Jen. »Ich schau später noch mal vorbei, wie du vorankommst.«

Madison winkte, als sie sich wieder dem Rechner zuwandte. Die neueste Nachricht wies ein rotes Ausrufezeichen auf, ein Hinweis darauf, dass sie von einer Quelle mit hoher Priorität stammte – einer Quelle, die schon verwertbare Informationen geliefert hatte.

Madison klickte auf die Nachricht und lehnte sich mit einem Notizblock auf dem Schoß zurück. Eine raue Männerstimme begann auf Russisch zu sprechen.

»Katarina – ich hab dir die Adresse geschickt. Die Zielperson ist Lazarus Yoder.«

Eine Frauenstimme antwortete. Sie klang sehr kalt, beinah gelangweilt. *»Bist du sicher, dass er dort ist? Die letzten zwei Mal, als mich Wladimir auf den Mann angesetzt hat, war er schon verschwunden.«*

»Er ist dort. Ich hab dir das Foto weitergeleitet, das in der amerikanischen Botschaft in Kathmandu aufgenommen wurde. Er ist über den Flughafen von Los Angeles in die USA eingereist, weiter nach Philadelphia geflogen und mit dem Taxi zur Farm seiner Eltern in Lancaster in Pennsylvania gefahren. Einer unserer Kontakte ist erst vor acht Stunden vorbeigefahren und hat bestätigt, dass er ihn gesehen hat.«

Madison kritzelte wie wild Notizen.

»Na schön«, sagte die Frau. *»Wir sind gerade gelandet. Ich sollte in etwa drei Stunden vor Ort sein und reise gleich danach zurück. Will Wladimir ein Souvenir?«*

Ein Souvenir? Ein kalter Schauder raste Madison über den Rücken, als sie sich vorstellte, wie ein Ohr abgeschnitten oder ein Finger abgehackt wurde.

»Nein, nichts dergleichen. Stell einfach sicher, dass du aufräumst, und mach um Himmels willen keine Dummheiten wie 'ne Geschwindigkeitsübertretung. Wir können's nicht gebrauchen, dass ...«

»Ich weiß schon, was ich tue, Dmitri. Sag Wladimir, dass sein Problem beseitigt wird.«

Damit endete das Telefonat. Madison beugte sich hastig vor und drückte eine Taste an ihrem Schreibtischtelefon.

Die ruhige Stimme ihres Vorgesetzten meldete sich. *»Maddie, was gibt's?«*

Mit rasendem Herzen kritzelte sie die Notizen darüber zu Ende, was sie gerade gehört hatte. »John, wir haben eben eine Mitteilung von einer der Prioritätsleitungen abgefangen. Klingt, als hätte jemand namens Wladimir einen Auftragsmord an jemandem auf US-Territorium erteilt.«

»Langsam, sind Sie sicher? Wann ist der Anruf eingegangen?«

»Hat sich für mich ziemlich klar nach einem Mordauftrag angehört.«
Sie klickte auf die Einzelheiten über den Anruf und schaute zur Uhr an der
Wand. »Anscheinend hat der Anruf vor 20 Minuten stattgefunden. Jemand
namens Katarina ist die Auftragnehmerin, und sie ist gerade gelandet.«

»Haben wir ...«

»Wir haben das Satellitentelefon geortet, das sie benutzt hat. Ist ein
russisches Militärsignal, für das unsere Leute 'nen Decoder haben. Die
GPS-Koordinaten sagen New York City.«

*»Okay. Maddie, ich brauche von Ihnen so schnell wie möglich per E-
Mail die Sprachdatenbanknummer für den Anruf und eine genaue Übersetzung des Gesprächs.«*

»Wird erledigt.« Madison blickte auf ihre gekritzelten Notizen hinab.
»Eine Adresse haben sie nicht erwähnt, aber die Zielperson ist jemand
namens Lazarus Yoder, und er ist auf der Farm seiner Eltern irgendwo in
Lancaster, Pennsylvania.«

*»Hervorragende Arbeit, Maddie. Lassen Sie mir die Übersetzung
zukommen, und ich setze Ressourcen in Pennsylvania in Bewegung.«*

Herbstgeruch lag in der Luft, doch der Sommer hatte noch nicht ganz
aufgegeben, als Levi durch ein benachbartes Feld stapfte, das für die
Saison brach lag. Er wischte sich Schweißperlen von der Stirn. Sein
Verstand rotierte mit den jüngsten Erkenntnissen.

»Alles, wofür ich gearbeitet hab ... weg.«

Die Vorstellung, von vorn anfangen zu müssen, empfand er als ärger-
lich, aber es störte ihn nicht annähernd so sehr wie die verstrichene Zeit.
Es lag über ein Jahrzehnt zurück, dass er die Stadt verlassen hatte. In der
Zeit mussten sich die Dinge geändert haben. Bündnisse würden sich
verschoben haben, einstige Freunde würden sich entfremdet haben ...
Taugten seine Kontakte von früher überhaupt noch etwas?

Als er gerade darauf hinarbeitete, eine Entscheidung zu treffen,
erschreckte ihn das unverhoffte Krächzen von Vögeln. Ein Dutzend
Krähen landete auf dem Tabakfeld zwischen ihm und seiner einen
knappen halben Kilometer entfernten Familienfarm. Gleich darauf stoben
die Vögel wieder auf.

Levi beschleunigte die Schritte. Sein Herzschlag dröhnte laut in seiner

Brust. Instinktiv nahm er geduckte Haltung ein, blieb mit dem Kopf unter der Höhe der ihn umgebenden Tabakpflanzen.

Als er sich den krächzenden Vögeln näherte, erstarrte er und schnupperte die Luft.

Blut.

Er zog eine Klinge aus einer versteckten Scheide in seiner Weste und schlich auf den Fußballen weiter.

Mit tiefen Atemzügen folgte er zielsicher dem Geruch und schob sich durch die dichten Reihen der grünen Tabakpflanzen.

Das Kupferaroma von Blut war unverkennbar, als er auf den Körper stieß.

Den Körper eines Kinds.

Beklommen rückte Levi weiter vor und kauerte sich neben die Gestalt.

Der Atem stockte ihm in der Kehle, als er das blonde Haar, die weit aufgerissenen Augen und den Ausdruck der Überraschung im Gesicht sah.

Jebediah!

Dem Jungen war die Kehle von Ohr zu Ohr aufgeschlitzt worden.

Zügellose Wut flammte in Levi auf, als er an Jebediah vorbeischlich und sich auf das Farmgebäude zubewegte.

Er verstärkte den Griff um den Dolch, als er durch die letzte Reihe der Tabakpflanzen trat. Eine weitere Leiche lag auf dem Boden, keine drei Meter vom Eingang der Scheune entfernt, in der Levi vor einigen Stunden gearbeitet hatte.

Es handelte sich um einen der Jungen des Nachbarn. Seinen Namen kannte Levi nicht. Auch ihm war die Kehle durchgeschnitten worden, und sein Lebensblut bildete rings um ihn eine Lache.

Levi schwenkte den Blick in alle Richtungen, hielt Ausschau nach Bewegung. Nichts.

Wer könnte das getan haben?

Schwerverbrechen kannte man in der amischen Gemeinschaft praktisch nicht.

Sein Herzschlag donnerte laut in seinen Ohren, als er den Boden um den Leichnam herum absuchte. Als er einen Fußabdruck in der Nähe der allmählich gerinnenden Lache dunkelroten Bluts sichtete, schwappte überwältigender Zorn über ihm zusammen.

Der Schuh, von dem der Abdruck stammte, war von keinem amischen Schuster angefertigt worden.

Ein Außenstehender hatte die Taten begangen.

Der vordere Teil des Fußabdrucks war in den Boden gepresst, ein deutlicher Hinweis auf eine Person in Bewegung.

Levis Haut kribbelte, als er die Luft schnupperte und ergänzend alle Sinne einsetzte. Er nahm Lavendelduft wahr. Für blühenden Lavendel war es zu spät im Jahr. Er folgte dem Geruch und stieß bald auf weitere Abdrücke, die weg von der Scheune führten.

Die Lektionen, die er während seiner Zeit in Australien bei einem Fährtenleser der Aborigines gelernt hatte, kamen ihm zugute. Der Spur eines Mörders zu folgen, unterschied sich nicht vom Folgen der Fährte von Wild, wie er feststellte.

Die Spuren stammten eindeutig von einer Person, die vom Tatort geflüchtet war. Die zertrampelten Grashalme und die aufgewühlte Erde darunter lieferten ihm alles, was er brauchte. Levi rannte weiter. Das Bild von Jebediahs entsetztem, leblosem Gesicht prangte riesig vor seinem geistigen Auge.

Dann hörte er Sirenen.

Er hielt inne. Sein Blick folgte den Fußspuren zur Schotterstraße, als drei Streifenwagen der Polizei von Lancaster County nur 50 Meter vor ihm abrupt zum Stehen kamen.

Ein Beamter ging hinter der aufgerissenen Tür seines Fahrzeugs in Deckung und rief: »Waffen fallen lassen und Hände über den Kopf!«

Levis Blick kehrte zu den Abdrücken auf der Schotterstraße zurück. Von dort verliefen Reifenspuren weg von der Farm. Er zeigte auf die Straße Richtung Norden. »Jemand hat zwei Menschen ermordet. Anscheinend ist er in ein Auto gestiegen und in die Richtung da unterwegs!«

»Sofort weg mit der Waffe!«, brüllte ein anderer Beamter durch ein Megafon.

Levi ließ den Dolch fallen und hob die Hände. Als sich ihm zwei Polizisten mit gezückten Pistolen näherten, schrie er: »Wollen Sie den Wagen nicht verfolgen? Ein Mörder entkommt gerade!«

Einer der Polizisten hielt die Waffe auf Levis Brust gerichtet, während der andere die Pistole ins Holster steckte, Levi die Arme auf den Rücken drehte und ihm Handschellen anlegte. In der Ferne heulten weitere Sirenen.

Frustriert bohrte Levi einen Fuß in den Schotter. »Warum verhaften Sie mich? Ich bin grade auf zwei Tote gestoßen, und da sind Spuren, die von einer der Leichen zu der Straße da führen. Was zum Teufel ist los mit euch?«

Einer der Beamten trat vor Levi hin, zog ein kleines spiralgebundenes Notizbuch aus der Hemdtasche und klappte es auf. »Sir, uns wurde hier ein Mord gemeldet, und wir haben Sie mit einer Waffe in der Hand angetroffen. Sie sind vorerst nicht verhaftet, aber wir nehmen Sie zu Ihrer und unserer Sicherheit in Gewahrsam. Sie haben etwas von zwei Morden gesagt?«

Levi wehrte sich gegen seine Fesseln. Er konnte kaum den Drang unterdrücken, vor Frustration einen Urschrei auszustoßen.

Als weitere Polizisten eintrafen, schrie einer der Nachbarn entsetzt in Pennsylvania-Deutsch: »Heilige Mutter Gottes, Jebediah!«

»Nah am Rand des Tabakfelds«, sagte Levi, »liegt ein toter kleiner Junge. Sein Name war Jebediah.« Ein Kloß stieg ihm in den Hals. Er blinzelte Tränen der Wut und der Frustration weg.

Die Stimme des Polizisten klang ruhig. »Kennen Sie einen gewissen Lazarus Yoder, und falls ja, wann haben Sie ihn zuletzt gesehen?«

Fassungslos starrte Levi in die unergründliche Miene des Mannes. »Natürlich kenne ich ihn. Ich *bin* Lazarus Yoder.«

Der Gesichtsausdruck des Beamten verfinsterte sich. »Oh. Tja, in dem Fall, Mr. Yoder, sind Sie *doch* verhaftet.«

Levis Rücken versteifte sich, als er den Polizisten verkniffen anstarrte. »Weswegen?«

Die zwei Polizisten führten Levi zum näheren Streifenwagen ab. »Mr. Yoder, uns ist mitgeteilt worden, dass ein gewisser Lazarus Yoder durchgedreht ist und angefangen hat, seine Familie umzubringen ...«

»Das ist gelogen!« Levi stemmte die Fersen in den Boden, als ihn heiße Wut durchströmte.

Die Polizisten verstärkten den Griff an ihm und schleiften ihn vorwärts.

»Wer beschuldigt mich?«, fragte Levi, als er auf die Rückbank des Polizeiwagens gedrückt wurde.

Die Beamten schlossen die Tür, ohne ihm zu antworten. Einer ging zur Fahrerseite herum und setzte sich hinter das Lenkrad.

Zähneknirschend versuchte es Levi erneut. »Ich weiß, es spielt keine Rolle, was ich sage, aber könnten Sie mir wenigstens verraten, wer mir das vorwirft?«

Als der Polizist den Wagen auf der Schotterstraße wendete, schaute er im Innenspiegel zu Levi. »Wir haben einen anonymen Hinweis erhalten. Mehr weiß ich nicht.«

Levi zermarterte sich das Hirn und überlegte, wer aus seiner Vergangenheit es auf ihn abgesehen haben könnte.

Durch seine Tätigkeit in New York hatte er sich zwar einige Feinde gemacht, aber er hätte nie gedacht, dass einer davon zu so etwas fähig sein könnte – schon gar nicht so viele Jahre später.

Seine Schultern sackten herab. Niedergeschlagen ließ er den Kopf gegen die Rückenlehne sinken.

Trotz seiner amischen Erziehung hatte Levi nie eine persönliche Verbindung zu Gott empfunden. Trotzdem schloss er die Augen und betete, als der Streifenwagen die Straße entlang davonfuhr.

KAPITEL FÜNF

»Hey, Dennis, super gespielt.« Madison klatschte mit ihrem Kollegen ab, einem ranghöheren Agenten der Behörde.

Dennis war Ende 30. An den Schläfen zeichnete sich erstes Grau in seinem schwarzen Haar ab. Er war durchtrainiert, attraktiv und ein herzensguter Mensch. Eindeutig der Typ Mann, zu dem sich Madison hingezogen fühlen würde. Zu ihrem Pech war er schwul.

Er lächelte und wischte sich mit einem Handtuch das Gesicht ab. »Lewis, du musst öfter herkommen. An deinem Service musst du noch arbeiten, aber verdammt, dein Smash saust daher wie 'ne Pistolenkugel.«

Jen kam herübergelaufen. »He, sie ist *meine* Doppelpartnerin. Komm bloß nicht auf die Idee, sie mir auszuspannen.« Sie schlang einen Arm um Madisons Schulter und führte sie zu den Bänken, wo sie ihre Sporttaschen zurückgelassen hatten.

»Das hat Spaß gemacht.« Madison griff sich ein Handtuch und wischte sich das Gesicht ab. Sie lehnte sich an die Bank und dehnte die Beine. »Ich sollte wohl wirklich öfter herkommen. Der Sport tut mir gut.«

Jen schwenkte wegwerfend die Hand. »Du bist gebaut wie 'ne verdammte Gazelle. Ich hab dich nicht ein einziges Mal zum Verschnaufen anhalten gesehen.« Jen besaß den Körperbau einer Gewichtheberin, aber Madison war aufgefallen, dass die Frau bei längeren Ballwechseln außer Atem geriet.

Dennis rief von der anderen Seite des Tennisplatzes herüber. »He, habt ihr zwei Lust auf ein weiteres Match nächsten Donnerstag?«

Jen schaute zu Madison. »Du hast gesagt, der Sport täte dir gut ...«

Madison musste nicht lange überlegen. Sie hatte ohnehin kein großartiges Sozialleben. »Mir soll Donnerstagabend recht sein.«

Jen rief zu Dennis zurück: »Sollte klappen. Stimmen wir uns sicherheitshalber am Mittwoch noch mal ab.«

Dennis winkte, als er seine Sachen zusammenpackte. Neben ihm stand sein jüngerer Cousin und zog gerade sein verschwitztes Shirt aus.

Jen stupste Madison und gab einen schnurrenden Laut von sich. »Maddie, sieh dir das Sixpack an. Oh, was würd ich nicht dafür geben ...«

»Jen! Er hat grade erst das College abgeschlossen. Du bist alt genug, um ...«

»Ihm ein paar Dinge beizubringen«, beendete Jen den Satz lachend.

Madison schmunzelte. Sie waren beide 30, aber Jen flirtete mit Vorliebe mit so ziemlich jedem Mann, zu dem sie sich hingezogen fühlte, unabhängig vom Alter. Madison hingegen hatte seit dem Ausscheiden aus der Navy kein Date mehr gehabt. Und wenngleich sie durchaus einen neuen Mann in ihrem Leben begrüßt hätte, stand ihr der Sinn nicht nach Typen, die fast ein Jahrzehnt jünger als sie waren.

In ihrer Tasche klingelte ihr Handy. Sie holte es heraus. »Hallo?«

»Maddie, hier John Maddox. Können Sie reden?«

Sie sprang auf und entfernte sich von der Bank. Ihr Boss rief sie sonst nie an. »Ja, kann ich. Was gibt's?«

»Tut mir leid, Sie zu stören, was immer Sie grade machen. Es hat sich was in dem Fall ergeben, auf den Sie mich heute aufmerksam gemacht haben. Ich stelle ein Team dafür zusammen, viel mehr kann ich über eine ungesicherte Leitung nicht sagen. Die Zeit drängt. Können Sie heute Abend noch reinkommen? Zum Beispiel sofort?«

Ein knisterndes Kribbeln der Erregung breitete sich durch Madison aus, als sie zur Bank zurückkehrte und sich ihre Sporttasche griff. »Ich bin zwar gerade verschwitzt und hab einen Tennisrock an, aber ich kann in 15 Minuten da sein.«

»Perfekt. Die meisten von uns sind schon hier. Wir warten auf Sie.«

Madison konnte nicht verhindern, dass sich ein Grinsen in ihre Züge schlich, als ihre Lippen in Jens Richtung den Satz bildeten: *Muss zur Arbeit.*

Jen erwiderte ihr Lächeln und winkte sie weg.

Madison trat im Laufschritt den Weg zu ihrem Wagen an. »Ich steig gerade ins Auto.«

»Großartig. Dann sehen wir uns gleich.«

Madison stand mit gerunzelter Stirn vor der Tür des Besprechungszimmers. Das Lesegerät weigerte sich, ihren Ausweis zu akzeptieren.

»Verdammt noch mal.« Sie wischte beide Seiten der Plastikkarte an ihrem Rock ab und versuchte es erneut. Die LED am Lesegerät blinkte rasant ... dann ertönte wieder ein Warnton, der ihr den Zutritt verweigerte.

Schnaubend zog Madison die Karte aus dem Schlitz.

Sie holte ihr Handy hervor und wollte gerade noch einmal die Nummer des Besprechungszimmers überprüfen, als sich ein anderer Agent näherte. Er drückte einfach gegen die Tür, und sie öffnete sich. »Wollen Sie auch rein?«

»Was zum ...« Madison zeigte auf das Ausweislesegerät.

Der Agent lächelte. »Ach, das meinen Sie. Das Ding funktioniert nicht. Haben wir schon gemeldet.«

»Mann!« Madison kam sich unheimlich dumm vor, als sie ins Besprechungszimmer stapfte. Die Blicke, die sie von einigen der anderen erhielt, waren auch nicht hilfreich. Sie fühlte sich mehr als nur ein bisschen gehemmt dabei, in einem viel zu kurzen Tennisrock zur Arbeit zu erscheinen.

Maddox stand auf der anderen Seite des Raums. »Lewis, Sie haben's geschafft! Wunderbar. Dann nehmen mal alle Platz, und wir können anfangen.«

Madison setzte sich auf den nächstbesten Stuhl. Ihr wurde klar, dass sie noch nie zuvor mit so vielen anderen Agenten gleichzeitig in einem Konferenzraum gewesen war. Ein Dutzend Leute hatte sich um den langen Eichenholztisch versammelt. Die Hälfte davon hatte sie noch nie gesehen. Hinter Maddox senkte sich ein Monitor von der Decke herab. Darauf wurde der Bildschirm von jemandes Laptop angezeigt – samt Hintergrundbild eines Kätzchens, das mit einem rosa Garnknäuel spielte.

Stehen blieb nur John Maddox, ihr Vorgesetzter. Er war Anfang 50, energiegeladen und wirkte zappelig. Während er sich an die Versammelten wandte, lief er auf und ab.

»Also gut, Leute, wahrscheinlich kennen sich hier nicht alle untereinander. Das ist kein Problem. Ich bin John Maddox, Senior Supervisor und Hauptansprechpartner für alle Einzelheiten des Falls. Das bedeutet, nichts verlässt diesen Raum. Auch untereinander wird nichts ausgetauscht, außer in einem geschlossenen Umfeld wie hier. Informationen werden nur im Bedarfsfall weitergegeben, und ich bin derjenige, der bestimmt, wann solcher Bedarf besteht, ist das allen klar?«

Alle im Raum nickten.

»Gut. Sie haben alle die Abschriften erhalten, die Agent Lewis« – er zeigte auf Madison – »heute erstellt hat. Wir haben es mit einem aus dem Ausland initiierten Vorfall auf amerikanischem Boden zu tun, bei dem Amerikaner ums Leben gekommen sind.«

Madisons Rücken versteifte sich.

Maddox deutete auf den Agenten, der die Tür für sie aufgehalten hatte. »Anderson, informieren Sie das Team darüber, was wir bisher haben.«

Anderson nickte. »Ja, Sir. Wie bereits alle wissen, ist heute eine Verdächtige auf dem Flughafen La Guardia angekommen. Wir haben ermittelt, dass die Maschine eine Gulfstream G550 war, ein Privatjet, der einem saudischen Unternehmen namens Al-Maseer gehört. Wir sind uns ziemlich sicher, dass es sich um eine Briefkastenfirma handelt. Derzeit graben wir tiefer, um rauszufinden, wer der eigentliche Besitzer ist.

Ich konnte die Überwachungskameras eines der angrenzenden Hangars anzapfen.« Anderson tippte auf seinem Laptop, und auf dem Bildschirm vorn im Raum erschien ein verschwommenes Bild einer Frau, die aus einem schnittigen Jet eine Treppe hinunterging.

Madison betrachtete das Foto. Das rote Haar der Frau fiel ihr ins Auge. Die Farbe war mit ziemlicher Sicherheit künstlich. Zu rot. Zu glänzend. Vielleicht eine Perücke? Mit der dunklen Sonnenbrille und dem knöchellangen, eng um die Taille gegürteten Trenchcoat sah sie aus wie die Karikatur einer russischen Spionin.

»Wie Sie sehen«, fuhr Anderson fort, »ist die Aufnahme verschwommen. Durch die zusätzliche Entfernung haben wir nicht genug bekommen, um mit Gesichtserkennungssoftware einen Treffer zu landen.« Er tippte erneut auf der Tastatur. Ein anderes Foto wurde angezeigt, diesmal eines von einer schwarzen Limousine am Fuß der Treppe. »Wir haben die

Marke des Fahrzeugs und einen Teil des Kennzeichens erfasst. Das hat gereicht, um es mit einem der Nummernschildleser auf der New Jersey Mautstraße zu identifizieren. Allerdings ist der Wagen 'ne Sackgasse. Ist ein Fahrzeug für Gäste, das der Betreiber des Privathangars in La Guardia der Firma zur Verfügung gestellt hat.

Und wer immer die Profikillerin ist, sie hat es leider vor unseren Leuten zum Zielort geschafft. Die Zielperson, hinter der sie her war, dürfte gerade nicht dort gewesen sein. Zwei Jugendliche wurden tot aufgefunden. Ein Achtjähriger, Jebediah Yoder, ist an tiefen Schnittwunden quer über den Hals gestorben. Alle wichtigen Blutgefäße wurden dabei durchtrennt.«

Madison umklammerte die Armlehnen ihres Stuhls. Ein Achtjähriger war abgeschlachtet worden? Brodelnde Wut stieg in ihr auf. Sie bekam nicht einmal mit, was Anderson über das zweite Opfer sagte.

»Allerdings war unsere Profikillerin nach den zwei noch nicht fertig«, fügte der Agent hinzu. »Wir haben einen Anruf vom Satellitentelefon der Killerin an die Polizei von Lancaster County abgefangen. Sie hat für die Stimme einen Zerhacker benutzt und die Morde einem gewissen Lazarus Yoder angehängt. Er ist von der Polizei aufgegriffen und im Bezirksgefängnis eingecheckt worden.«

Maddox hörte auf, hin und her zu laufen, und zeigte auf die beiden Agenten neben ihm. »Smith und Rollins, lassen Sie die Aufklärungsstellen der Polizei von New York und Lancaster überprüfen, was sie über Lazarus Yoder haben. Mal sehen, ob sich dort was rausfinden lässt.« Als Nächstes wandte er sich einer anderen Gruppe von Agenten auf der gegenüberliegenden Seite des Tischs zu. »Hsiung, Calloway und Radcliffe, setzen Sie sich mit dem FBI und der Flughafenverwaltung in Verbindung. Die Maschine muss auf dem Boden bleiben. Aber achten Sie um Himmels willen darauf, dass diese Arschlöcher den Hangar nicht in eine Festung verwandeln. Diese Lady hat keine Skrupel, Kinder zu töten. Und ich wette, sie hat andere Möglichkeiten zur Flucht, wenn wir sie verschrecken. Verfolgen Sie die Frau weiterhin über das Satellitentelefon, denn im Augenblick ist das unsere vorrangige Spur.«

Madisons Herz raste, als sich Maddox an sie wandte.

»Lewis«, sagte er, »von Ihnen brauche ich Recherchen. Graben Sie alles aus, was Sie über diesen Lazarus Yoder finden. Durchforsten Sie unsere Dateien und fragen Sie beim FBI nach. Warum wollen ihn die Russen drankriegen? Nach derzeitigem Wissensstand könnte es gar nicht darum gegangen sein, ihn umzubringen. Vielleicht sollte er nur außer Gefecht gesetzt werden. Warum sollte er in eine Falle gelockt werden? Irgendwas entgeht uns hier.«

Maddox schaute zur Uhr an der Wand und klatschte in die Hände. »Es ist jetzt 20 Uhr, und das sind alles Aufgaben, die wir am besten schon gestern erledigt hätten. Bei jeglichen Problemen geben Sie mir sofort Bescheid.« Er ließ den Blick durch den Raum wandern. »Wird 'ne lange Nacht. Irgendwelche Fragen?«

Niemand meldete sich zu Wort.

Maddox zeigte zur Tür. »Also gut. Diejenigen, die eine Aufgabe zugeteilt bekommen haben: Die Wahrheit ist da draußen. Gehen Sie und beschaffen Sie sie mir. Alle anderen bleiben.«

***

Die letzten Worte des Gefängniswärters, bevor er Levi bedeutet hatte, seine Arrestzelle zu betreten, hatten gelautet: »Morgen früh kommt jemand und bringt Sie zur medizinischen Untersuchung und zur Klassifizierung in die Aufnahme.«

Man hatte Levi durchsucht, seinen persönlichen Besitz katalogisiert, in Verwahrung genommen und ihn anschließend stundenlang in eine Arrestzelle gesteckt. Mittlerweile trug er eine blaue Gefängnismontur und wurde von einem Wärter am Rand eines offenen Gemeinschaftsbereichs im Erdgeschoss eines mehrstöckigen Abschnitts des Bezirksgefängnisses von Lancaster entlanggeführt. Die Lichter waren gedimmt, es roch nach Reinigungsmittel mit Tannenaroma, Schweiß und Urin.

Levi war einen Großteil seines Erwachsenenlebens am Rand der Legalität entlanggeschrammt. Dennoch war es ihm stets gelungen, Handlungen zu vermeiden, durch die er an einem Ort wie diesem hätte landen können. Allerdings hatte er Leute gekannt, die Jahre hinter Gittern verbracht hatten, und er hatte ihre Geschichten gehört. Während er nun durch einen Zellentrakt ging, fielen sie ihm wieder ein.

Zeig niemals Schwäche. Sonst wirst du bei lebendigem Leib gefressen, so viel ist mal sicher ...

Halt dich fern von den Skinheads. Das sind alles Weicheier, die dir von hinten ein Messer reinrammen, sobald du ihnen den Rücken zudrehst.

Bleib unter deinesgleichen.

Mit einem Satz Laken und einer Decke für seine Pritsche richtete sich Levi zu seiner vollen Größe von über 1,80 Meter auf und blickte stur geradeaus, als er an den Zellen vorbeiging. In Gedanken legte er sich Strategien für den schlimmsten Fall zurecht und achtete aufmerksam auf seine Umgebung.

Überall entlang der vier Seiten der Quartiereinheit befanden sich Zellen, alle dem zentralen Gemeinschaftsbereich zugewandt. Abgesehen von ein paar Dutzend Stühlen in perfekten Reihen – und wahrscheinlich am Boden festgeschraubt – sowie ein paar Fernsehern in Metallkäfigen hoch oben an einigen der Säulen war der Gemeinschaftsbereich größtenteils leer.

Der Wärter blieb vor einer Zelle stehen und hob den Arm. Das Metalltor glitt auf. »Rein da.« Der Wärter legte Levi eine große, fleischige Hand auf die Schulter und schob ihn hinein. Mit dem elektrischen Surren eines unsichtbaren Motors schloss sich das Metallgitter hinter Levi.

Die Zelle war etwa zwei mal drei Meter groß. Auf der linken Seite befand sich eine Kombination aus Toilette und Waschbecken. Rechts erblickte Levi ein primitives Stockbett aus Metall mit dünnen gummierten Matratzen.

Nachdem er das zusammengelegte Bettzeug auf einer der Matratzen abgelegt hatte, ließ sich Levi im Schneidersitz auf der Pritsche nieder. Mit dem Rücken an der Waschbetonmauer schloss er die Augen.

Er spürte die ganze Bandbreite menschlicher Emotionen. Seine Angst vor dem Gefängnis wandelte sich in Wut, weil er zu Unrecht des Mordes beschuldigt wurde – und beim Gedanken an die toten Kinder überkam ihn Trauer.

Aber zu den Fähigkeiten, die sich Levi bei seinen Wanderungen angeeignet hatte, gehörten die Meditationstechniken, die er von Guru Sinjali gelernt hatte. Levi setzte sie ein. Mit geschlossenen Augen leerte er seinen Geist, ließ sämtliche Bilder, Gedanken und Eindrücke des Tags daraus abfließen.

Eine tröstliche Ruhe senkte sich auf ihn, seine Sinne wurden geschärft.

Er konzentrierte sich auf seine Umgebung.

Von anderen im Zellenblock drangen stete Atemgeräusche zu ihm. Von knapp außerhalb seiner Hörweite nahm er Geräuschfragmente wahr, Geflüster in der Dunkelheit – was nach dem Ausschalten des Lichts nicht erlaubt war, wie man ihm eingebläut hatte.

Und dann waren da noch die Gerüche, die ihn daran erinnerten, dass der Ort nicht ansatzweise sauber war. Die Matratze, auf der er hockte, miefte noch vom letzten Bewohner der Zelle. In der Luft hing zudem ein metallisches Aroma. Kupfer? Die Sanitäranlagen? Blut? Levi war nicht sicher.

Nach und nach floss die Anspannung aus seinem Körper ab.

Man hatte ihn gegen Mitternacht in diese Zelle gesteckt, dennoch hatte er beinah das Gefühl, er könnte die über den Horizont lugende Sonne spüren. Dann kündigte das Klicken einer elektronischen Schaltung das langsame Öffnen seiner und aller anderen Zellentüren in dieser Ebene an.

Er schlug die Augen auf. Der Morgen war angebrochen.

Schwungvoll erhob sich Levi auf die Fußballen und streckte sich.

Einige Häftlinge schlenderten gerade in den Gemeinschaftsbereich. Einer warf einen verstohlenen Blick in seine Richtung, bevor er rasch wieder wegschaute. Ein anderer hingegen trat direkt vor Levis Zelle hin.

Levi beherzigte den Rat, den ihm Exhäftlinge damals erteilt hatten, und starrte den Hünen unverhohlen an. Der Mann überragte Levi locker um einen halben Kopf und wog vielleicht um die 50 Kilo mehr. Sein Schädel war rasiert, über die rechte Gesichtshälfte verliefen zwei Narben. Seine Blumenkohlohren deuteten auf zahlreiche Kämpfe hin. Vielleicht ein ehemaliger Ringer?

Der Blick des Mannes verlagerte sich von Levi zum ungemachten Bett. Er lächelte.

Zwei andere schlossen sich dem ersten Kerl an. Ein unbehagliches Kribbeln breitete sich durch Levi aus. Er spürte, wie sich sein Herzschlag beschleunigte.

Wäre er in der Enge einer Zelle oder draußen in einem offenen Bereich besser dran?

Einer der Männer flüsterte den anderen laut genug zu, dass Levi ihn hören konnte. »Das wird leicht.«

Er hatte Russisch gesprochen.

»Was wollt ihr?«, fragte Levi auf Englisch mit ruhiger Stimme, in der ein Hauch von Herausforderung mitschwang.

Der Hüne sah ihn finster an. »Du neu hier.« Er sprach mit einem schweren russischen Akzent. »Wir haben Begrüßung für dich.«

Noch zwei stießen dazu, wodurch die Gruppe auf fünf anschwoll.

Einer lachte und sagte wiederum auf Russisch: »Um den sollen wir uns für Wladimir kümmern? Ist ja 'n hübscher Bengel.«

Levi spürte, wie das Adrenalin in seinen Kreislauf ausgeschüttet wurde. Er trat an die Tür, die der um die 150 Kilo schwere Gorilla mit rasiertem Schädel blockierte. »Geh mir aus dem Weg«, verlangte Levi mit knurrendem Unterton.

Der Hüne verengte die Augen zu Schlitzen. Er brummte auf Russisch: »Tun wir's.«

Levi wartete nicht darauf, dass die Russen zuerst loslegten. Ansatzlos trat er mit verheerender Kraft gegen den Solarplexus des Primaten. Zischend entwich die Luft aus der Lunge des Mannes.

Als er sich vornüber krümmte, packte Levi den Hinterkopf und drückte den Schädel seinem emporschnellenden Knie entgegen.

Das Geräusch von brechenden Gesichtsknochen hallte in der Zelle wider. Warmes Blut spritzte auf Levis Hose.

Einer erledigt.

Die anderen vier Männer stürmten herein, und für Levi schien sich alles zu verlangsamen.

Einer der Angreifer streckte sich ihm mit einem selbstgebastelten Rasiermesser in der Hand entgegen.

Levi fing das Handgelenk ab und quetschte es kraftvoll.

Ein gequälter Ausdruck trat in die Züge des Mannes, und die Waffe fiel ihm aus der Hand.

Ohne das Handgelenk loszulassen, rammte Levi die andere Handfläche gegen den Ellenbogen des Angreifers. Er spürte, wie Sehnen rissen, als der Arm in die falsche Richtung durchgebogen wurde.

Der Mann schrie gellend auf, taumelte rückwärts und stolperte über den Körper des Gorillas.

Zwei erledigt.

Dann fuhr Levi ein Brennen durch die Seite. Instinktiv reagierte er mit einem Faustschlag nach hinten ins Gesicht eines anderen Angreifers.

Der Mann ruderte mit den Armen und kippte nach hinten. Sein Hinterkopf knallte mit einem übelkeiterregenden Knirschen auf die Stahltoilette.

Drei erledigt.

Levi spürte, wie sich ein Lächeln in seine Züge stahl, als er die Besorgnis in den Gesichtern der verbliebenen zwei Männer sah.

Er täuschte einen Angriff auf den Linken vor, trat jedoch stattdessen ein Bein unter dem Rechten weg.

Draußen fingen rote Leuchten zu blinken an, und im gesamten Gefängnis ertönte ein Alarm.

Ohne innezuhalten, ließ Levi einen Tritt ins Gesicht des Gefallenen folgen und wirbelte herum, rammte den Ellbogen in die Visage des letzten stehenden Genossen.

Vier und fünf erledigt.

Levi presste die Hand gegen die rechte Seite seiner Brust. Als er die Handfläche entfernte, klebte daran nass und rot sein Blut.

Das Adrenalin flaute ab, als Wärter in Kampfausrüstung in Levis Zelle stürmten und ihn gegen die Wand drängten. Einer murmelte: »Heilige Scheiße.«

Mit grob an den Waschbeton gepresstem Gesicht brüllte Levi: »Die Typen haben mich angegriffen! Einer hat mich mit 'nem Rasiermesser geschnitten!«

»John«, meldete ein Wärter, »einer der Kerle ist tot. Ihr zwei, schafft den Typen auf die Krankenstation – er blutet überall.«

Zwei der Männer packten Levi an den Armen und wichen den auf dem Boden verstreuten Körpern aus, als sie ihn aus der Zelle führten. Einer der Wärter schüttelte den Kopf. »Keine Ahnung, was Sie getan haben, um sich's mit den Russen zu verscherzen, aber Sie kosten uns stundenlangen Papierkrieg.«

Da die Seite seiner Brust höllisch brannte, hatte Levi keine Lust auf eine Diskussion. Außerdem war er damit beschäftigt, seine Erinnerungen zu durchforsten und herauszufinden, was er getan haben könnte, um Russen zu verärgern.

Als Madison ihren Ausweis diesmal in das Lesegerät einführte, leuchtete eine grüne LED auf, und das Schloss der Tür zum Besprechungsraum öffnete sich mit einem Klicken. Bis zum geplanten Beginn des Meetings hatte sie noch fünf Minuten, aber Jen saß drinnen bereits am Tisch.

»Hi«, begrüßte Madison sie. »Du bist auch zur Party eingeladen?«

»Ja.«

Vorne im Besprechungsraum lief ein Video. Es zeigte einen Mann bei einer Kata, einer Kampfsportübung aus Bewegungsabläufen zum Schärfen der Konzentration. Madison kannte sich mit Katas aus – sie betrieb seit ihrer Jugend Kampfsport. Und dieser Mann bewegte sich geschmeidiger und fließender, als sie es je zuvor gesehen hatte.

Sie nahm neben Jen Platz und stupste ihre Freundin, die gebannt auf das Video starrte. »Hör auf, sonst fallen dir noch die Augen raus.«

Jen sah Madison nur kurz an, bevor sie die Aufmerksamkeit wieder auf den bärtigen Kampfsportler richtete. »Oh mein Gott. Wenn ich dem Kerl zusehe, komme ich mir vor wie Sandy in dem Song ›Summer Nights‹.«

»Wovon redest du? Meinst du aus *Grease?*«

»Du weißt schon: ›He ran by me, got me all damp‹ – er ist an mir vorbeigelaufen, und ich bin total feucht geworden.«

»Jen!« Madison klatschte ihrer Freundin leicht gegen die Schulter. »Pfui! Und so geht der Text nicht mal.«

»Still jetzt. Sieh ihn dir bloß an.«

Madison musterte die Züge des Mannes. »Oh Scheiße, das ist dieser Yoder! Ich erkenne ihn von dem Passfoto, das ich von ihm habe.«

»Er ist zum Niederknien.«

Madison lächelte über die nie endende Wertschätzung ihrer Freundin für das andere Geschlecht. Yoders Oberkörper war nackt, abgesehen von einem langen Verband an der rechten Seite der Brust. Sein definierter Körper wies perfekte Proportionen auf, und was sie von seinem Gesicht sehen konnte, schien durchaus attraktiv zu sein. *Richtig* attraktiv. Ein Mann, auf den sich Jen im Nu stürzen würde – während Madison der Mumm fehlte, sich je an einen solchen Mann ranzumachen. Und auf diesen Kerl hatte es die russische Mafia abgesehen. Also mit ziemlicher Sicherheit ein glänzender Apfel mit einem verfaulten Kern.

Die Tür zum Besprechungszimmer öffnete sich. John Maddox trat mit einem anderen Agenten ein – einem Mann mit versteinerten Zügen, den Madison schon einmal gesehen, mit dem sie aber noch nie ein Wort gewechselt hatte.

»Okay«, sagte Maddox und nahm vor dem Bildschirm Platz. »Fangen wir an – ich hab gleich danach noch ein Meeting. Agent Lancaster, legen Sie los. Was ist aus unserer Killerin geworden?«

Ohne auf ihre Notizen zu schauen, verlagerte Jen den Blick zu Maddox und begann: »Richtig, die Killerin. Sie bleibt eine Unbekannte –

wir wissen immer noch nicht, wer sie ist. An den Tatorten der Morde sind keine forensischen Beweise zurückgeblieben, die sich für eine Identifizierung eignen. Da sie am La Guardia eingetroffen ist, sind wir davon ausgegangen, dass sie auf demselben Weg wieder abreisen würde. Wir haben das FBI und die Flughafenverwaltung informiert, aber die Killerin hat einen Umweg eingeschlagen. Statt der dreistündigen Rückfahrt nach New York ist sie direkt zu einem Privatjet, der sie aufgetankt und startbereit in Philadelphia erwartet hat. Das wussten wir dank der GPS-Ortung ihres Satellitentelefons. Nur bevor wir Ressourcen darauf ansetzen konnten, sie abzufangen, hatte sie schon mit einer Bombardier Global 6000 abgehoben.«

Maddox lehnte sich auf dem Stuhl zurück und runzelte die Stirn. »Wissen wir, wem der Jet gehört? Das ist keine Allerweltsmaschine wie 'ne Cessna. Die Dinger kosten 50 Millionen das Stück.«

»Eigentlich liegt ein Bombardier eher bei 60 Millionen«, stellte Jen richtig. »Und die Gulfstream, die sie in New York benutzt hat, ist in derselben Preisklasse. Was die Frage nach dem Besitzer der Bombardier angeht: Das ist dieselbe Strohfirma wie bei der anderen Maschine, ein Saudi-Unternehmen namens Al-Maseer. Und mittlerweile ist bestätigt, dass es tatsächlich eine Briefkastenfirma ist – die Adresse ist der Standort eines Regierungsgebäudes in Riad. Erscheint mir zweifelhaft, dass die saudische Regierung mit der russischen Mafia zusammenarbeiten würde, um Anschläge auf US-Bürger zu verüben. Wir sind noch dabei, die wirklichen Besitzverhältnisse zu klären.«

»Ist ein Flugplan eingereicht worden?«

»Ja, aber der könnte während des Flugs geändert werden. Vorerst sieht's so aus, als wäre die Killerin unterwegs nach Moskau.«

»Danke, Lancaster. Dann also zur Zielperson der Killer-Lady.« Maddox deutete mit dem Daumen auf das Video, das nach wie vor hinter ihm abgespielt wurde. »Das ist das neueste Video, das wir von Lazarus Yoder haben. Es wurde vor einer Stunde in der Gefängniskrankenstation aufgenommen. Agent Lewis, was haben Sie über diesen Yoder?«

Madison stellte fest, dass sie sich nicht konzentrieren konnte, wenn sie das Video hinter ihrem Vorgesetzten im Auge behielt. Also blickte sie stattdessen auf ihre Notizen hinab, während sie sprach. »Ich fang ganz von vorn an. Laut Aufzeichnungen beim Finanzamt war er früher Freiberufler.

Wir haben keine Belege dafür, woher er sein Einkommen wirklich hatte, aber er hat rund 80.000 Dollar jährlich angegeben ...«

»Was bedeutet, dass er wahrscheinlich dreimal so viel verdient hat«, merkte Maddox sarkastisch an.

Madison fuhr fort. »Beim FBI gibt es keine Akte über ihn, und soweit ich das beurteilen kann, hat er nicht mal einen Strafzettel für Falschparken gekriegt. Vor ungefähr zwölf Jahren ist seine Frau bei einem Autounfall gestorben. Von da an wird's schräg.

Die nächsten zwölf Jahre lang gibt's nicht die geringsten Aufzeichnungen über ihn. Tatsächlich hat ihn der Staat New York für tot erklären lassen und seine gesamten Vermögenswerte eingesackt.

Erst vor wenigen Wochen ist er aus dem Nichts bei unserer Botschaft in Nepal aufgetaucht und wollte einen Reisepass, um nach Hause zurückzukehren. Seine Fingerabdrücke haben bestätigt, dass er es ist. Soweit wir das sagen können, ist er zurück zur Farm seiner Eltern gereist.«

»Und an der Stelle sind wir ins Spiel gekommen«, sagte Maddox.

Madison nickte. »So ziemlich. Ich konnte in seinen Unterlagen nichts finden, was in irgendeiner Form mit Russland zu tun hat. Seine Frau war iranischer Flüchtling und ist mit einem humanitären Visum in die USA eingereist.«

Maddox beugte sich vor und stützte die Ellbogen auf den Tisch. »Tja, er muss Verbindungen zur russischen Mafia haben, sonst wären die nicht so scharf drauf, ihm das Licht auszublasen. Lancaster, haben Sie irgendwas über den Zwischenfall im Knast rausgefunden?« Er drehte den Kopf dem Video zu, das immer noch hinter ihm lief.

»Ja. Ist irgendwie verrückt. Mit den offiziellen Aufzeichnungen und dem, was ich aus dem Direktor herausbekommen konnte, ist es mir gelungen, eine Zeitschiene zusammenzustellen. Im Wesentlichen wurde er gestern Abend eingecheckt und ›versehentlich‹ im allgemeinen Haftbereich untergebracht, bevor sein Fall vollständig bearbeitet wurde. Was offensichtlich ein Insider so eingefädelt hat. Ich bin noch an den Leuten beim Rechenzentrum in Utah dran, um zu sehen, ob sie irgendwelche Aufzeichnungen über Anrufe oder E-Mails haben, die im Gefängnis und beim Personal dort eingegangen sind. Aber anscheinend wird nicht alles ordnungsgemäß aufgezeichnet.

Jedenfalls hat gleich bei Tagesanbruch eine Gruppe von Russen Mr. Yoder angegriffen – alle stehen im Verdacht, Verbindungen zur russischen

Mafia zu haben. Hat nicht ganz so geklappt, wie sie sich das vorgestellt haben.«

»Hat er daher den Verband?«, fragte Madison.

»Ja. Die fünf Typen wollten Yoder gleich am Morgen in seiner Zelle plattmachen. Einer ist tot, einer liegt im Koma und kommt vielleicht nicht durch, drei weitere haben verschiedene Knochenbrüche.«

Madison spürte, wie ihr das Blut aus dem Gesicht abfloss. Sie schaute zu dem Video und beobachtete, wie Lazarus Yoder die Kata übte. Sein Gesichtsausdruck wirkte dabei fast verklärt. Wie konnte er so ausgeglichen sein, nachdem er eben erst jemanden mit bloßen Händen umgebracht hatte? Sicher, es war Notwehr gewesen. Aber trotzdem ...

»Sonst noch was?«, fragte Maddox.

»Die Russen haben nicht viel gesagt, bevor sie ihn angegriffen haben. Aber Yoder hat zu Protokoll gegeben, dass einer erwähnt hätte, jemand namens Wladimir wollte ihn aus dem Weg geräumt haben.«

Maddox' Augen weiteten sich leicht.

»Wie dem auch sein mag«, beendete Jen ihre Ausführungen. »Einem der Angreifer ist es gelungen, ihm einen Schnitt an der Seite zu verpassen. Deshalb ist er in der Krankenstation und nicht in Einzelhaft.«

Maddox drehte sich auf seinem Sitz um und starrte wie gebannt auf die fließenden Bewegungen des Kampfsportlers. »Lewis, Sie kennen sich mit Kampfsport aus. Was können Sie mir über das sagen, was wir gerade sehen?«

Madison verfolgte die Bewegungen des Mannes. »Er ist in verschiedenen Formen ausgebildet ... und verdammt gut. Ich hab eigentlich nur Karate richtig ausgeübt, aber die Übungen, die er da macht ... Also, einige der Bewegungsabläufe stammen aus dem Wing Chun, einer Form von Kung Fu. Außerdem sehe ich Einflüsse von Karate und ... ein paar Bewegungen, die ich nicht kenne.«

»In Anbetracht des Zwischenfalls im Gefängnis ist ziemlich offensichtlich, dass der Kerl weiß, wie man kämpft ...«

»Nein, der Mann ist ...« Madison beobachtete, wie sich der Häftling anmutig aus tiefer in gestreckte Haltung aufrichtete und fließend von einem Rückhandschlag zu einem stilisierten Tritt wechselte. Seine Bewegungen wirkten so mühelos, als könnte ihm die Schwerkraft nichts anhaben. »Was immer er da macht, er ist ein Meister darin«, sagte sie. »Ich praktiziere Karate seit meiner Kindheit. Ich hab den schwarzen Gürtel dritten Grads, bin aber erst an dem Punkt angelangt, an dem man mich halbwegs als *Sensei* anerkennen würde, als Lehrmeisterin. Dieser Typ kennt die Bewegungsabläufe nicht nur, er hat sie verinnerlicht, als ... als würde er sie *leben*. Ich weiß nur, dass ich nicht gegen ihn antreten wollen würde. Jedenfalls nicht ohne Knarre und jede Menge Abstand zwischen uns.«

Maddox nickte. »Tja, trotz der Wunde, wegen der er behandelt wird, scheint er in recht guter Verfassung zu sein. Ich denke, wir müssen dafür sorgen, dass es so bleibt.«

Madison schaute zurück zu ihrem Vorgesetzten. Wollte er Yoder verlegen lassen?

»Lancaster, geh ich recht in der Annahme, dass alles, was sie mir gerade erzählt haben, in meinem Posteingang ist?«

»Ja.«

»Okay, dann erledige ich ein paar Anrufe. Wir wissen, dass der Kerl für etwas einsitzt, womit er nichts zu tun hatte, aber wir dürfen unsere Ermittlungen nicht gefährden. Ich rede mit einem meiner Ansprechpartner beim US Marshals Service. Die Russen wollen diesen Burschen unbedingt. Ich vermute stark, dass Yoder den Grund kennt.« Maddox wandte sich dem Agenten zu, mit dem er hereingekommen war. »Jenkins, ich brauche Sie sofort in 'nem Flugzeug nach Pennsylvania. Sie treffen sich dort mit einem der Marshals und begleiten ihn zum Gefängnis. Sie müssen sich an den Kerl dranhängen. Mit wem trifft er sich? Wo geht er hin? Und so weiter. Klar?«

Jenkins nickte. »Wird gemacht.«

Maddox drehte sich wieder Madison zu. »Lewis, ich treffe Vorkehrungen mit meinen Kontakten im Gefängnis. Wir lassen dem Kerl mehrere verschiedene Peilsender verpassen, bevor er entlassen wird. Sie müssen ständig im Auge behalten, wo er ist. Sie sind Jenkins' elektronischer Rückhalt. Falls er Yoder aus den Augen verliert, braucht er ihre Hilfe, um ihn wieder aufzuspüren. Kriegen Sie das hin?«

»Auf jeden Fall«, antwortete Madison, die sich bemühte, ihre Erregung zu unterdrücken.

»In Ordnung, das ist vorerst alles. Dieser Mann ist unsere Spur zu wesentlich mehr als nur diesem Mordfall, verlieren wir ihn also um Himmels willen nicht aus den Augen. Ich werd einige Gefallen einlösen, um all diese Fäden auf einmal zu ziehen, vermasseln wir's also nicht. An die Arbeit jetzt. Lewis, ich leite Ihnen die Tracking-IDs weiter, sobald ich sie habe.«

Kaum hatten Maddox und Jenkins den Besprechungsraum verlassen, setzte Jen den Ellbogen ein, stupste Madison und flüsterte: »Ich wünschte, Maddox hätte mich statt Jenkins geschickt.«

Madison lächelte ihre Freundin an, doch mit den Gedanken war sie woanders. Sie hatte schon Abschaum aus aller Welt überwacht, ohne je darüber nachzudenken, wie gefährlich einige dieser Menschen sein könnten. Aber dieser Yoder ...

Ihre Gedanken kehrten zurück zu seinem gelassenen, ausgeglichenen Gebaren. Ein Mann, der jemanden töten und nur Stunden danach so ruhig wirken konnte ... war zu allem fähig.

Sie fragte sich, ob sie das Zeug dazu hätte, Jenkins' Auftrag zu übernehmen. Ein Schauder lief ihr über den Rücken.

Da bin ich mir echt nicht sicher.

KAPITEL SECHS

Madison lehnte sich auf Jens Sofa zurück, drückte die Stummschalttaste der Fernbedienung des Fernsehers und hielt sich ihr Handy ans Ohr. »Hi, Nana, wie geht's dir?«

»Ach, Liebes, es ist so schön, deine Stimme zu hören. Ich ruf doch nicht zu spät an, oder?«

»Ist schon gut, Nana. Nur denk dran, wir haben's hier drei Stunden später.«

»Ach du meine Güte! Dann ist's bei dir ja fast ein Uhr morgens! Schatz, tut mir so leid. Irgendwie hab ich die Zeit übersehen, und wir haben diese Woche noch nicht telefoniert ...«

»Passt schon. Ich bin eh noch bei Jen. Wir sehen gerade fern.«

»Ist das die Frau, mit der du zusammenarbeitest bei ... Ich hab's vergessen. Wo arbeitest du noch mal?«

»Ja, wir arbeiten zusammen. Ist so 'ne Denkfabrik. Wir recherchieren Auslandspolitik und dergleichen.« Madison belog ihre Großmutter ungern, aber es war für alle Beteiligten einfacher, wenn sie Madison für eine Art politische Beraterin hielt.

»Und wie hast du dich in Washington eingelebt? Gehst du schon mit jemandem? Ich will nicht neugierig sein, mir macht bloß Sorgen, dass du dort als Frau ganz allein bist und keine Familie in der Nähe hast.«

Madison verdrehte die Augen und lehnte den Kopf ans Sofa zurück.

»Alles gut. Und ich treffe mich hin und wieder mit jemandem, ist aber nichts Ernstes. Wie geht's dir so? Und wie geht's Onkel George, Tante Esther und den Kindern?«

»Oh, uns geht's allen gut. Hast du schon eine Ahnung, wann du vielleicht zurück nach Hause auf Besuch kommst? Wir vermissen dich alle.«

Jen winkte Madison aus der Küche zu, zeigte auf eine Flasche Amaretto und deutete mit einer Geste an, zu trinken. Madison lächelte und nickte.

»Weiß noch nicht genau, Nana. Im Moment hab ich ziemlich viel zu tun. Hoffentlich hab ich über die Feiertage ein bisschen Zeit, aber versprechen kann ich nichts.«

»Schatz, ich mach mir bloß Sorgen um dich, das ist alles.«

»Ich weiß. Aber glaub mir, es ist alles in bester Ordnung. Du, hör mal, Jen und ich wollten uns grade 'nen Film ansehen – können wir ein andermal weiterreden?«

»Sicher. Viel Spaß mit deiner Freundin ... Und nur, damit du's weißt, falls sie mehr als eine gewöhnliche Freundin ist, hätte ich dafür volles Verständnis. Ich meine, du hast Jungs ja nie so besonders gemocht und ...«

»Nana!« Jäh setzte sich Madison aufrechter hin. »Ich hab's dir schon mal gesagt, das ist nicht das Problem.«

»Schon gut, schon gut. Du sollst nur wissen, dass es für mich völlig in Ordnung wäre. Na ja, ich müsste mich vielleicht erst dran gewöhnen, aber ich würd's verstehen. Dein Cousin Freddy ist auch so, und sein Lebensgefährte ist ein wundervoller Mann.«

»Glaub mir, Nana. Ich steh auf Männer.«

Jen näherte sich mit zwei gravierten Kristallgläsern, gefüllt mit Amaretto Sour. Sie grinste von Ohr zu Ohr.

Madison musste sich von ihr wegdrehen, um nicht zu lachen.

»Na gut, Schatz, hab dich lieb. Grüß deine Freundin von mir. Rufst du nächste Woche an?«

»Mach ich. Hab dich lieb, Nana.«

»Ich dich auch.«

Madison beendete den Anruf und lachte, als ihr Jen einen Amaretto Sour reichte.

»Lass mich raten«, sagte ihre Freundin. »Deine Großmutter hat gefragt, ob du lesbisch bist?«

Madison trank einen Schluck und nickte.

Jen setzte sich neben sie und schaltete den Ton des Fernsehers wieder ein. »Den gleichen Mist muss ich mir von meinem Vater anhören«, verriet sie. »Echt jetzt, man könnte glauben, es wär ein Verbrechen, 30 und noch alleinstehend zu sein.«

»Na ja, wir kommen eben beide aus traditionsverhafteten Familien – und für meine Oma gilt das noch mehr als für die meisten Menschen.«

Das Satellitenfernsehen in Jens Wohnung bot einen der russischen Fernsehkanäle. Es lief gerade eine Live-Übertragung einer politischen Debatte zu den bevorstehenden Wahlen in Russland.

Madison zeigte auf einen glatzköpfigen Minister, der lautstark auf Russisch argumentierte. »Wer ist das?«

»Wladimir Koraloff. Er gilt als einer der fast aussichtslosen Kandidaten. Gehört zu den sogenannten Patrioten Russlands, einer weit links angesiedelten Gruppe von Spinnern, die sich von der kommunistischen Partei abgespalten haben.«

Der andere Mann auf dem Podium sah aus, als könnte er jeden Moment explodieren, und war trotz einer über den Wangenknochen verlaufenden Narbe attraktiv. »Und der andere ist Porschenko, richtig?«

»Genau«, bestätigte Jen. »Wladimir Porschenko ist ein richtiger Arsch. Neben ihm nimmt sich Putin wie Gandhi aus, wenn's um internationale Belange geht. Ehemaliger KGB-Mann und voll drauf eingestellt, Mütterchen Russland zurück zu früherem Ruhm und Glanz zu führen.«

Madison schüttelte den Kopf. »Keine Ahnung, wie du den Überblick über die Politik dort behalten kannst. Mir kommen die alle durchgeknallt vor.«

»Ist ein bisschen wie 'ne Seifenoper. Eigentlich gar nicht so anders als US-Politik. Man muss einfach im Auge behalten, wie sich die Geschichte entfaltet. Bei allen ist das meiste, was sie von sich geben, totaler Quatsch. Oft muss man darauf achten, was sie *nicht* sagen.« Jen zeigte auf Porschenko, der gerade zu reden begonnen hatte. »Hör ihn dir bloß an. Im Außenministerium haben alle Angst davor, dass er an die Macht kommen könnte.«

Der dunkelhaarige Mann ließ die Faust aufs Podium niedersausen und brüllte auf Russisch ins Mikrofon. *»Der amtierende Präsident und seine Schoßhunde in der Duma sehen den Wald vor lauter Bäumen nicht!*

Die amerikanischen Schweine halten sich nicht an die START-Verträge! Diese sogenannten Vereinbarungen zur Verringerung strategi-

scher Rüstung erfüllt nur dann einen strategischen Zweck, wenn sich beide Seiten daran halten. Und man kann sich nicht darauf verlassen, dass die Amerikaner ihren Teil der Abmachung erfüllen. Sie lehnen unabhängige Beobachter ab, und wir sollen sie auf ihr Wort hin in unser Land lassen? Wohl kaum! Wir müssen unsere Ressourcen wieder in unsere Verteidigung investieren, sonst verkommen wir wie der Rest der Welt zu ihren Marionetten.«

»Ja, er ist ein echter Wonneproppen«, merkte Madison an.

Jen zeigte mit ihrem Drink auf den Fernseher. »Gib's zu, viel besser geht's nicht: zwei heiße Bräute, die am Freitagabend allein trinken und sich ansehen, wie sich zwei russische Vollpfosten im mittleren Alter gegenseitig anbrüllen.«

Madison lachte und streckte Jen ihren Drink entgegen. Sie stießen miteinander an. »Ich könnte mir viel Schlimmeres vorstellen, als hier bei dir zu sein.«

»Das versteh ich nicht«, klagte Levi, als ihn zwei Wärter durch einen hell erleuchteten Korridor der Haftanstalt eskortierten. »Warum können Sie mir nicht sagen, wen ich treffe?«

Trotz der kühlen Temperatur lief ihm eine Schweißperle das Genick hinunter. Anspannung breitete sich in ihm aus. Er war an den Hand- und Fußgelenken gefesselt. Die Ketten boten gerade genug Spiel für einen schlurfenden Gang und rasselten laut. Seine stämmigen Aufpasser verweigerten ihm jegliche Antwort.

Unterwegs passierten sie mehrere bewachte Kontrollpunkte. In diesem Teil des Gefängnisses herrschte abgesehen vom weit entfernten Lärm der Insassen weitgehend Stille.

Bringen die mich vielleicht gerade zur Anklageerhebung?

Seit dem Angriff auf ihn in seiner Zelle waren drei Tage vergangen. Levi war seither im medizinischen Trakt isoliert gewesen. Die Wunde an der Seite seiner Brust juckte, ein ständiges Mahnmal an die rund 90 Stiche, mit denen der etwa 45 Zentimeter lange Schnitt genäht werden musste. Nun hatten ihm die Wärter ohne Federlesens wieder Fesseln angelegt, ohne ein Wort darüber zu verlieren, warum oder wohin er ging.

»Sind wir unterwegs zu meiner Kautionsanhörung?«

Man hatte ihm gesagt, er würde am Tag nach dem Einchecken einem Richter vorgeführt werden. Allerdings hatte man ihm so einiges gesagt, was nicht eingetreten war. Und selbst, wenn der Richter eine Kaution für ihn festlegte, er besaß nicht mehr die nötigen Mittel, um sie zu hinterlegen. Von seiner Familie konnte er nicht wirklich erwarten, dass sie Kaution für ihn stellte. Nach seinem Wissensstand hielten seine Angehörigen ihn für den Mörder der beiden Kinder.

Die Wärter blieben vor einer Tür stehen und öffneten sie. Dann bedeuteten sie Levi, hindurchzugehen.

Er atmete tief ein und blies die Luft langsam aus. Anschließend betrat er den Raum hinter der Tür.

Ein großer Mann in einem dunklen Poloshirt und einer Windjacke mit dem Logo der US-Marshals saß an einem Tisch. Als Levi eintrat, schaute der Mann auf. »Bitte, Mr. Yoder, nehmen Sie Platz.«

Levi setzte sich auf den einzigen freien Stuhl. »Was soll das hier?«

Der Marshal stand auf und kam um den Tisch herum. »Mr. Yoder, ich fürchte, in Ihrem Fall hat es eine Verwechslung gegeben.« Er zog einen Schlüsselbund aus der Tasche und machte sich daran, die Fesseln um Levis Fußgelenke aufzuschließen. »Wir haben Beweise erhalten, die Sie entlasten. Ich bin hier, um Sie von hier weg zu begleiten.«

Levi fehlten die Worte.

Das kann doch nicht wahr sein, oder?

Er hatte sich bereits mit einem längeren Gefängnisaufenthalt für etwas abgefunden, das er nicht getan hatte.

Als Nächstes öffnete der Marshal die Fesseln um Levis Handgelenke. »Leider überschreitet es meine Kompetenzen, auf die Unregelmäßigkeiten bei Ihrer Verhaftung und den auf Sie verübten Anschlag einzugehen. Belassen wir es dabei, dass der Staat wegen des Zwischenfalls in Ihrer Zelle keine Anklage gegen Sie erhebt. Für die anderen an dem Angriff Beteiligten wird ein Verfahren eingeleitet, das mit ziemlicher Sicherheit mit einer Verlängerung ihrer Haftstrafen enden wird.«

Die Tür öffnete sich. Ein Wärter trat ein und legte ein Päckchen auf dem Tisch ab. Es handelte sich um eine durchsichtige Plastiktüte mit einem gelben Aufkleber, auf dem Levis Name stand. Die Tüte enthielt seine Kleidung und sonstigen persönlichen Gegenstände.

Als der Wärter wieder ging, fragte Levi: »Also bin ich frei und kann gehen?«

Der Marshal ließ Levis Fesseln auf den Tisch fallen. »Ja. Ziehen Sie sich ruhig um.«

Levi begann, aus der Häftlingsmontur zu schlüpfen.

»Ich bin befugt, Ihnen eine Bus- oder Zugfahrkarte für so ziemlich jeden Ort in der Gegend zu besorgen«, sagte der Marshal. »Wenn Sie möchten, kann ich Sie auch persönlich zurück zur Farm Ihrer Familie bringen.«

Levi dachte zurück an die blutigen Anblicke auf der Farm seiner Familie. »Hat man schon herausgefunden, wer die Morde begangen hat?«

»Ich glaube nicht. An Informationen zu Ihrem Fall habe ich nur erhalten, dass Sie entlastet sind und Ihre Freilassung arrangiert worden ist.«

Levi streifte seine schwarze Weste über und bemühte sich, das von der langen Naht ausgehende Unbehagen zu verdrängen.

»Also ... möchten Sie, dass ich Sie zurück nach Hause fahre?«

Während Levi seine Schuhe anzog, schüttelte er den Kopf. Wenn jemand hinter ihm her war, wollte er seine Verfolger auf keinen Fall in die Nähe seiner Familie locken. »Nein. Ich hab meiner Familie schon genug Ärger verursacht. Können Sie mir 'ne Zugfahrkarte nach New York besorgen?«

»Wieso gerade New York?«

»Weil das weit von zu Hause weg ist und ich mich dort auskenne.« Levi klopfte seinen Mantel ab und runzelte die Stirn. »Bei meiner Verhaftung hatte ich mehrere Messer dabei. Eins davon hat einen sentimentalen Wert für mich. Wissen Sie, wo die Messer sein könnten?«

Der Marshal schüttelte den Kopf. »Ich fürchte nein. Wenn Sie wollen, kann ich bei dem Beamten nachfragen, der Sie in Gewahrsam genommen hat.«

Levi knirschte mit den Zähnen, als er sich vorstellte, der Polizist könnte das Messer eingesteckt haben, das Levi seit seiner Abreise aus Japan bei sich getragen hatte. »Bitte tun Sie das. Würde mir zutiefst widerstreben, wenn ... Egal, ich hatte es einfach schon sehr lange.«

»Ich kümmere mich darum.« Der Marshal holte einen Umschlag aus seiner Windjacke und streckte ihn Levi entgegen. »Das sollte die Kosten für die Fahrkarte decken – und wahrscheinlich auch ein paar anständige Mahlzeiten.«

Levi spähte in den Umschlag. Er enthielt fünf Hundert-Dollar-Scheine. Levi ließ den Umschlag in seiner Westentasche verschwinden.

»Bereit?«, erkundigte sich der Marshal.

Levi legte den Kopf schief. Die Wirbel und Sehnen in seinem Hals knackten hörbar. Er atmete tief ein und blies die Luft langsam aus. »So bereit, wie ich's je sein werde.«

Der Marshal öffnete eine Tür auf der anderen Seite des Raums. »Dann lassen Sie uns gehen. Ich setze Sie am Bahnhof ab. Von dort können Sie 'nen Zug zur Grand Central Station nehmen – oder wohin auch immer Sie wollen.«

Wenige Minuten später hatte Levi das Bezirksgefängnis von Lancaster hinter sich gelassen. Ein Lächeln trat in seine Züge, als er die frische Luft einatmete.

Freiheit.

Levi hatte fast drei Stunden zum Nachdenken, während der Zug von Lancaster nach Newark ratterte. Allerdings verstärkte sich dadurch nur seine Frustration.

Jemand hatte seine Nachbarn, hatte *Kinder* getötet. Jemand hatte ihm das Verbrechen angehängt. Und höchstwahrscheinlich dieselbe Person wollte ihn umbringen lassen.

Irgendjemand mit russischem Hintergrund.

Levi war sich sicher, dass sich seine Wege nie mit jemandem von der russischen Mafia gekreuzt hatten.

Wären seine Angreifer Italiener gewesen, hätte sich vielleicht ein Grund gefunden. Aber Russen?

Wer immer die Hintermänner sein mochten, sie fackelten nicht lange.

Allerdings galt das auch für Levi.

Während er in der Warteschlange am Bahnhof Newark stand, kristallisierte sich in seinen Gedanken ein Plan heraus.

Er rückte in der Reihe vor und reichte der Mitarbeiterin am Schalter einen Zehn-Dollar-Schein. »World Trade Center.«

Die Maschine vor der Frau spuckte seine Fahrkarte aus. Levi nahm sein Wechselgeld entgegen und trat den Weg zu seinem Zug an.

Er hatte praktisch kein Geld und seit über einem Jahrzehnt mit niemandem gesprochen, den er in der Stadt kannte.

Was sich anfühlte, als wäre er wieder 18 und finge von vorn an.

Nein, nicht ganz von vorn.

Immerhin wusste er mittlerweile, wie die Unterwelt der Stadt aussah.

Und er war im Begriff, tief in sie einzutauchen.

Am späten Nachmittag traf Levi in der Großstadt ein. Die vertrauten Anblicke und Geräusche vermittelten ihm ein tröstliches Gefühl.

Er befand sich in *seiner* Stadt.

Hupende Autos, der Columbus Park, der Geruch von Chinatown, als er die Bayard Street entlangging – alles fühlte sich nach einer Heimkehr an.

Als er an der Mulberry Street nach links bog, sprang ihm etwas ins Auge.

Er blieb an der Straßenecke stehen und schwenkte den Blick unauffällig nach hinten, als wartete er darauf, dass die Ampel an einem Fußgängerübergang umschaltete.

Eine Gruppe älterer Chinesen diskutierte untereinander. Aber nicht sie hatten Levis Aufmerksamkeit erregt. Vielmehr der Mann hinter ihnen, der in einer Zeitung zu lesen schien.

Der Mann trug eine Yankees-Jacke und eine Baseballmütze. Eine nicht ungewöhnliche Aufmachung für diese Gegend, allerdings war Levi die gleiche Kombination bei einem Mann aufgefallen, der in Lancaster nur kurz nach ihm in den Zug gestiegen war.

Zufall?

Levi wandte sich ab und setzte den Weg entlang der Mulberry Street fort. Er beschleunigte die Schritte, als er die Canal Street passierte und dann in ein Dim-Sum-Lokal huschte. An der Theke blieb er stehen und betrachtete die Speisekarte, in Wirklichkeit jedoch behielt er die Straße im Auge.

»Sir, kann ich Ihnen helfen?«

Der alte Mann hinter der Theke hatte einen starken Akzent, der erkennen ließ, dass es sich um einen chinesischen Einwanderer der ersten Generation handelte.

»Haben Sie einen Hinterausgang?«, fragte Levi den Mann in geübtem Mandarin.

Der Greis zog die Augenbrauen hoch und nickte. »Gibt es ein Problem?«, fragte er in seiner Muttersprache. Er klang besorgt.

Levi kam sich ein wenig dumm vor wegen seiner Paranoia, schüttelte den Kopf und lächelte. »Nein, alles gut. Ich komme später wieder. Danke.«

Damit verließ Levi das Restaurant. Als er den Blick suchend über die Straße wandern ließ, bemerkte er nichts Verdächtiges.

Nach weiteren fünf Minuten auf der Mulberry Street sichtete er den Mann erneut.

Als Problemlöser hatte Levi Jahre damit verbracht, Menschen zu observieren, Spuren nachzujagen und Personen aufzuspüren, die nicht gefunden werden wollten. Er hatte gelernt, Leute zu erkennen, die in einer Menschenmenge unauffällig unterzutauchen versuchten. Dieser fein abgestimmte Radar machte Levi auf seinen Beobachter aufmerksam.

Er hatte die Yankees-Jacke und die Mütze abgelegt – nein, tatsächlich hatte er die Jacke umgedreht und die Mütze vielleicht weggeworfen. Aber es war derselbe Mann. Daran bestand für Levi kein Zweifel.

Levi bog in eine Gasse zwischen zwei Gebäuden, eilte zu einem Müllcontainer und ging dahinter in Deckung.

Mit pochendem Herzen richtete er die Aufmerksamkeit auf die Straße.

Schritte näherten sich. Ihre Geschwindigkeit verlangsamte sich. Sie bogen ebenfalls in die Gasse.

Atemgeräusche eines Mannes drangen von der anderen Seite des Müllcontainers zu Levi.

Beinah konnte er spüren, wie der Blick des Unbekannten die Schatten am Ende der Gasse zu durchdringen versuchte.

»Scheiße«, fluchte sein Verfolger leise.

Dann eilte der Mann die Gasse hinunter an Levi vorbei.

Mit einer geschmeidigen Bewegung fegte Levi dem Mann die Füße unter dem Körper weg, packte ihn an der Jacke, verhinderte, dass sein Schädel auf dem Beton aufschlug und zog eine Waffe aus dem Schulterholster des Unbekannten.

Er betätigte den Schlitten, warf eine Patrone aus und lud eine neue ins Patronenlager. Mit geübter Mühelosigkeit richtete er die Waffe direkt auf den vor ihm liegenden Mann.

»Warum verfolgen Sie mich?«

Der Fremde war Ende 30. Seine Augen hatten sich besorgt geweitet. »Ich folge Ihnen nicht, ich ...«

»Blödsinn.« Levi verstärkte demonstrativ den Griff um die Pistole, legte den Finger auf den Abzug und schwenkte den Lauf auf die Stirn des Mannes. »Sie sind unmittelbar nach mir in Pennsylvania eingestiegen, in Newark umgestiegen und gerade hinter mir her in eine Gasse gebogen, bei der es sich um 'ne mir bekannte Sackgasse handelt. Wer sind Sie, und warum folgen Sie mir?«

Mit erhobenen Händen lag der Mann auf dem feuchten Beton und presste die Lippen zusammen.

Levi verengte die Augen zu Schlitzen und fragte mit knurrendem Unterton: »Haben Sie die zwei unschuldigen Kinder umgebracht? Ja? Wollen Sie jetzt zu Ende bringen, was Sie angefangen haben?«

»Nein.«

Levi ging in die Hocke und drückte die Mündung der Waffe gegen den Bauch des Mannes. »Eine Bewegung, und Sie können sich von Ihrer Leber verabschieden. Ein schmerzhafter Tod, das kann ich Ihnen versichern.«

Mit der freien Hand tastete Levi die Beine des Unbekannten ab. Er zog einen kurzläufigen Revolver aus einem Holster am Fußgelenk und klappte die Trommel auf. Sechs Patronen fielen auf den Boden.

Nachdem er die leere Waffe tiefer in die Gasse geworfen hatte, tastete er den Mann weiter ab. Als er ein Portemonnaie in der Gesäßtasche spürte, drückte er die Mündung fester in den Bauch seines entwaffneten Verfolgers.

»Her mit der Brieftasche.«

Langsam bewegte der Mann die rechte Hand zur Gesäßtasche, zog sein Portemonnaie heraus und reichte es Levi.

Es enthielt Kreditkarten, etwas Bargeld und einen Führerschein aus Virginia. Levi warf die Brieftasche beiseite. »Okay, Don Jenkins. Keine Ahnung, wer Sie sind, aber Sie kriegen von mir 'ne Warnung. Hören Sie auf, mir zu folgen.« Levi senkte die Stimme. »Bestimmt ist Ihnen aufgefallen, dass ich so freundlich war, Ihren Sturz zu bremsen, als Sie auf dem nassen Beton ausgerutscht sind. Sonst hätten sie sich den Schädel aufschlagen können. Sie wissen ja, Unfälle kommen vor. Halten Sie sich einfach aus den Gassen fern, dann passiert Ihnen nichts.« Er presste die Pistole noch einmal mit Nachdruck in den Bauch des Mannes. Jenkins zuckte zusammen. »Verstanden?«

Der Mann nickte.

Mit einer schnellen Bewegung warf Levi das Magazin aus, zog den

Schlitten zurück und warf auch die Patrone aus dem Lager aus. Das Magazin ließ er in den Müllcontainer fallen, die leere Waffe schleuderte er ans andere Ende der Gasse.

Ohne einen weiteren Blick auf seinen Verfolger stapfte Levi davon.

Levi blickte immer wieder über die Schulter zurück und war sich nicht sicher, ob er je das Gefühl loswerden könnte, beobachtet zu werden. Er ging die Mulberry zwischen der Grand Street und der Broome Street entlang, wollte zu dem Club, den er jahrelang frequentiert hatte. Dort hatte er viele seiner Bekanntschaften geschlossen und seinen Ruf als Problemlöser erlangt.

Die allgegenwärtigen Gerüche von Little Italy umgaben ihn. Das Aroma von frisch aus dem Ofen geholter Pizza beherrschte die Luft ebenso sehr wie der Geruch von Knoblauch und Basilikum. Die vertrauten Eindrücke beschleunigten Levis Schritte.

Vieles in seinem alten Viertel erwies sich als unverändert. Die Restaurants und die Wohnungen darüber sahen noch genauso aus, wie er sie in Erinnerung hatte. Allerdings beschlichen ihn Traurigkeit und Verwirrung, als er sich dem Club näherte.

Man hatte ihn in einen italienischen Markt umgebaut.

Die alte Kneipe gab es nicht mehr.

Seine Gedanken rotierten, als er seine Pläne zu überdenken begann.

Er konnte nicht fassen, dass einige der Dinge, auf die er sich am meisten verlassen hatte, in nur einem Dutzend Jahren restlos beseitigt worden waren.

»Levi, bist du das?«

Levi schaute auf. Eine grauhaarige Frau hatte den Kopf aus dem Fenster einer Wohnung über einer italienischen Bäckerei namens *Nonna's* gesteckt.

»Nonna Romano?«

»Mein Gott«, sagte sie mit starkem italienischem Akzent. »Du bist zurück! Warte, ich komme gleich runter.«

Levi lächelte, als in der Bäckerei das Licht anging. Die kleine alte Frau, die er immer als Großmutter des Viertels betrachtet hatte, kam in Begleitung zweier bellender Dackel zur Eingangstür.

Sie schloss auf und bedeutete Levi einzutreten. »Nur herein, nur herein. Ich hab die Limoncello-Kekse da, die du so magst.«

Levi küsste die alte Frau auf beide Wangen. Die Hunde kläfften ihm entgegen und wedelten so heftig mit dem Schwanz, dass sie durch die Bewegung umzukippen drohten.

Nonna lächelte zu Levi empor, als sie seinen Bart betastete. »Ohne das Gebüsch bist du hübscher.«

Levi lachte, als er an der Theke der Bäckerei Platz nahm. »Tja, mal sehen, was ich gegen den Bart tun kann.« Er deutete mit dem Daumen in Richtung des neuen Markts. »Was ist aus dem Club geworden? Gibt's Vinnie noch?«

Nonna ging auf die andere Seite der Theke und füllte einen Teller mit kleinen, mit Staubzucker bedeckten Keksen. Sie schob den Teller zu Levi. »Hier, bitte. Meine Jungs haben sie heute Morgen gebacken.«

Levi nahm den Teller entgegen und biss in einen Keks. Das ausgeprägte Zitronenaroma versetzte ihn zurück in die Zeit, als er noch keine 20 und eben erst in der Stadt eingetroffen war. Damals hatten Nonnas Kekse zu den ersten Happen gehört, die er gekostet hatte. Und irgendwie fühlte es sich nach all der Zeit richtig an, dass sie wieder sein erster Bissen in der Stadt wurden.

»Was machst du zurück im Viertel?«, fragte Nonna. »Ich dachte, du wärst mit den Jungs ins Nobelviertel gezogen. Brauchst du irgendwas?«

Auf den hohen Hockern an der Theke konnte die alte Frau nicht mehr sitzen, also trug Levi seinen Teller mit Keksen zu einem der Tische in der gemütlichen Bäckerei und zog für sie einen Stuhl heraus.

»Ich bin 'ne ganze Weile weg gewesen, Nonna. Aber jetzt bin ich zurück und wollte sehen, ob's noch einen der Jungs aus dem Club gibt.«

»Oh Levi, dann warst du aber *wirklich* lange weg. Den Club haben sie vor ungefähr fünf Jahren geschlossen. Don Bianchi und seine Jungs sind alle in den Norden der Stadt gezogen.«

»Don Bianchi?« Levi lächelte. »Im Ernst? Der Vinnie, mit dem ich früher Baseball gespielt hab, ist jetzt *Don Bianchi?*«

Nonna lachte. »Ich weiß noch, wie ihr zusammen durch die Straßen gezogen seid, gelacht habt und Spaß hattet. Aber das liegt lang zurück. Zu den Feiertagen kommt Vincenzo noch her. Er ist so ein lieber Junge.« Als sie lächelte, wirkte ihre runzlige Miene verträumt. »Er fragt immer nach seinen Lieblings-Cannoli. Die mit den Schokosplittern drin.«

»Er ist also in den Norden der Stadt gezogen?« Levi schaute nach draußen und stellte fest, dass es allmählich dunkel wurde. »Ich müsste ihn nämlich ein paar Dinge fragen.«

Die alte Frau beugte sich vor und tätschelte Levis Hand. »Verstehe. Don Bianchi wohnt jetzt in der Park Avenue in der Upper East Side. Das Gebäude nennt sich Helmsley Arms.« Kurz drückte sie seine Hand, dann stand sie auf und ergriff den Teller mit den Keksen. »Die pack ich dir in 'ne Tüte. Ich merk dir an, dass du's eilig hast. War wirklich schön zu sehen, dass es dir gut geht.«

Levi lächelte, als die nette alte Frau in die Tüte noch etliche andere Leckerbissen packte. »Danke, Nonna. Ich komme wieder, dann unterhalten wir uns länger.«

Im Augenblick galten seine Gedanken dem Mann, der ihn beschattet hatte. Alles an Jenkins zeugte von einem Cop, aber Levi konnte sich nicht sicher sein. Wie war es dem Mann gelungen, ihm in einer so geschäftigen Stadt zu folgen? Er hatte keinen russischen Akzent gehabt. Das hieß allerdings keineswegs, dass er nicht für jemanden aus der Ecke arbeitete.

Nonna brachte Levi die große Tüte. »Ich hab noch was extra für dich und ein paar Cannoli für den Don eingepackt.«

»Nochmals danke, Nonna. Sie sind die Beste.« Levi beugte sich zu ihr hinab, küsste sie erneut auf beide Wangen und wiederholte seinen Dank, als sie ihn zur Tür begleitete.

Als er nach draußen trat, gingen gerade die Straßenlaternen an. In Gedanken überlegte Levi, wie er zu Vinnies neuer Adresse gelangen könnte, allerdings musste er davor noch einen Zwischenstopp einlegen.

Hoffentlich betrieb Gerard sein Geschäft noch.

KAPITEL SIEBEN

»Die Peilsender melden, dass er in Manhattan ist«, sagte Madison. »Allem Anschein nach zu Fuß irgendwo in der Nähe von Chinatown.«

Maddox lehnte sich an seinem Schreibtisch nach vorn und kritzelte etwas auf einen Notizblock. »Okay, bleiben Sie an ihm dran. Irgendwas Neues über die Killerin?«

»Ja. Wir haben mehrere bestätigte Pings erhalten, als sie in einer Stadt namens Tscheljabinsk eingetroffen ist. Liegt ein Stück östlich vom Uralgebirge und an der Grenze zu Sibirien. Ist zufällig die Gegend, wo 2013 der Meteor explodiert ist. Sie wissen schon, das Video damals, das all die berstenden Fenster gezeigt hat.«

»Interessant ...« Mit nachdenklicher Miene lehnte sich Maddox auf seinem Stuhl zurück. »Ist sie noch dort?«

»Nein. Wir haben das Signal ihres Telefons nach Südwesten verfolgt. Nach ihrer Geschwindigkeit und der Topografie der Region zu urteilen, ist sie wahrscheinlich mit irgendeinem Geländewagen unterwegs. Das Signal ist verschwunden, als sie das Gebirge erreicht hat. Zuletzt haben wir sie kurz vor einem Berg namens Jamantau empfangen.«

Maddox' Reaktion bestand darin, dass er die Augenbrauen hochzog und wieder ein paar Notizen kritzelte.

»Wahrscheinlich wissen Sie das«, fügte Madison hinzu, »aber es hält sich seit Langem hartnäckig das Gerücht, es gäbe in dem Gebiet 'nen unterirdischen Militärbunker. Scheint mir ein merkwürdiges Ziel für jemanden zu sein, der für die russische Mafia arbeitet ...«

Maddox' Festnetztelefon klingelte. Er ging ran und hielt sich den Hörer ans Ohr. »Maddox.«

Während er lauschte, verfinsterte sich seine Miene. »Mist. Warten Sie, ich lege Sie auf Lautsprecher. Agent Lewis ist hier bei mir.« Er drückte die Freisprechtaste. »Okay, Jenkins, wiederholen Sie, was Sie grade gesagt haben.«

Jenkins' Stimme drang aus dem Lautsprecher. »*Dieser Yoder hat mich bemerkt, und wir hatten 'ne Konfrontation. Er ist in 'ne Gasse verschwunden, und ich dachte, er will eine Abkürzung nehmen. Aber als ich ihm gefolgt bin, hat er mir aufgelauert, mich überrumpelt und mir meine Dienstwaffe an den Kopf gehalten.*«

Madison starrte mit offenem Mund auf das Telefon.

»Geh ich recht in der Annahme, dass Sie ihn danach aus den Augen verloren haben?«, fragte Maddox.

»*Richtig, und ...*«

»Sind Sie unverletzt?«

»*Es geht mir gut, aber ich bin mir ziemlich sicher, dass er nicht gescherzt hat, als er mir einen ›Unfall‹ angedroht hat, falls ich ihm weiterhin folge. Er hatte mich voll erwischt und hätte Gelegenheit gehabt, mich ...*«

»Jenkins, Sie sind aufgeflogen, bringt also nichts mehr, Sie dort zu belassen. Kommen Sie zurück, ich schicke jemand anders hin.«

»*Sir, vielleicht kann ich ... Nein, ich versteh schon.*«

Madison tat der Mann leid. Er klang niedergeschlagen.

»Machen Sie sich keinen Kopf«, sagte Maddox. »Der Kerl ist dort eindeutig in seinem Element und hat Fähigkeiten, die wir nicht vorhersehen konnten. Kommen Sie zurück zu einer vollen Nachbesprechung, damit wir ein Profil von dem Mann anlegen können. Ich hab Reservepläne. In der Zwischenzeit verfolgt ihn Lewis elektronisch weiter.«

»*Ja, Sir. Ich sitze morgen im ersten Express und komme dann direkt ins Büro.*«

»Bis dann.« Maddox beendete den Anruf und wandte sich an Madison. »Sie müssen den Kerl im Auge behalten.«

Madison schloss ihr Notizbuch und stand auf. »Ich zapfe das Kamerasystem der New Yorker Polizei an und seh zu, ob ich zusätzlich zum Signal der Peilsender Sichtkontakt auf der Straße herstellen kann.«

»Verlieren Sie ihn nur nicht.«

Auf dem Rückweg zu ihrem Büro stellte sich Madison vor, was Jenkins durchgemacht hatte, und ein Schauder lief ihr über den Rücken. Abgesehen von Übungen bei der Ausbildung in Camp Peary hatte noch nie jemand eine Schusswaffe auf sie gerichtet.

Allein beim Gedanken daran wurde ihr mulmig zumute.

In Gedanken tadelte sie sich. »Das gehört mit zum Job, Maddie. Find dich damit ab.«

***

Levi verspürte einen Anflug von Erleichterung, als er *Gerard's* sichtete, eine schäbige alte Kneipe, die vor Jahren zu seinen Lieblingslokalen gehört hatte. Wenigstens diesen Laden gab es noch.

Das blecherne Geräusch einer Glocke begrüßte ihn, als er die Tür öffnete.

Drinnen befanden sich nur wenige Gäste. In Kneipen wie dieser versammelten sich die Menschen in der Regel erst nach acht Uhr abends.

»Hallo, Kumpel. Setzen Sie sich schon mal, bin gleich bei Ihnen.«

Levi lächelte beim Klang der vertrauten Stimme. Er ging an die Theke und setzte sich direkt vor den Mann, der ihn begrüßt hatte. Es handelte sich um einen Afroamerikaner Anfang 30, der gerade die Theke abwischte. Am anderen Ende schenkte eine Latina Drinks ein und unterhielt sich mit einigen Gästen.

»Selters bitte«, sagte Levi.

Der Mann schaute mit einem Ausdruck der Verärgerung auf – dann erstarrte er, als er Levi sah. Sein Mund klappte auf, ein Lächeln erstrahlte in seinem Gesicht. »Heiliger Bimbam, Levi? Bist du's wirklich?« Er streckte sich über die Theke, klopfte Levi auf die Schulter und lachte. »Wieso bist du wie 'n Rabbi verkleidet und hast 'n Bart?«

Mit einem Schnauben schüttelte Levi den Kopf. »Tut gut, dich zu sehen, Denny. Rabbi? Was ist los mit dir? Du bist in New York aufgewachsen und kennst nicht den Unterschied zwischen 'nem Rabbiner und 'nem Amischen?«

»Du bist amisch? Meine Fresse. Wieso hab ich das nicht gewusst?«

»Dein Dad hat's gewusst. Aber ich schätze, als du hergekommen bist, hatte ich mich wohl schon rasiert und mich zivilisiert angezogen. Apropos, ist dein Dad da?«

Denny schüttelte den Kopf, als er Levi sein Selters einschenkte. »Ne, hat sich in Florida zur Ruhe gesetzt.«

Ein Anflug von Besorgnis regte sich in Levis Brust. »Ich hab zuletzt gehört, du wärst ans MIT gegangen, um dort zu promovieren oder so. Wieso bist du wieder hier?«

»Hab den Laden übernommen, als mein Dad in den Ruhestand gegangen ist.«

Levi senkte die Stimme. »Hast du *alles* übernommen?«

Denny legte den Kopf schief und grinste verschmitzt. »Bist du wieder im Geschäft?«

»Hast du 'nen Zettel und 'nen Stift?«

Denny riss einen leeren Bestellzettel von einem Block auf der Theke und reichte Levi einen Stift.

Levi kritzelte eine Mitteilung: *Ich glaub, ich bin verkabelt. Kannst du mich auf Wanzen absuchen?*

Dennys Augen weiteten sich. Er drehte sich der Barkeeperin zu. »He, Carmen, ich geh mal kurz nach hinten. Hast du alles im Griff?«

»Klar, Denny, kein Problem.«

Denny führte Levi durch einen Vorhang aus Perlschnüren in ein Hinterzimmer. Ein Mosaik einer Strandszene bedeckte eine Wand. Die einzelnen Fliesen waren nicht größer als zwei Quadratzentimeter. Denny drückte auf eine Kombination der Fliesen, woraufhin mit einem Piepton die Umrisse einer Tür erschienen. Er schob die Tür auf. Die beiden Männer traten hindurch und schlossen die Tür hinter sich.

Das flackernde Licht offenbarte einen großen Lagerraum, gefüllt mit Regalreihen voll verschiedensten elektronischen Geräten. »Heilige Scheiße, du hast Gerards Geschäft ja mächtig ausgebaut.«

Denny lachte, als er etwas ergriff, das wie ein Schlagstock der Polizei aussah. »Dad hat mir alles beigebracht, was ich wissen musste, aber er war von der alten Schule. Im Lauf der Jahre hab ich ein paar eigene Tricks hinzugefügt. Die Dinge erweitert.« Er zeigte mit dem Schlagstock auf Levi. »Hoch mit den Armen. Mal sehen, was du hast.«

Denny fuhr mit dem schwarzen Stab langsam Levis Körper entlang. Als er den Halsbereich passierte, ertönte ein lauter Piepton. Denny absolvierte mehrere Durchgänge über den Rücken, die Seiten, die Vorderseite. Um Levis Mitte ließ der Stab einen leiseren Ton vernehmen, einen dritten an Levis Füßen.

»Cooler Metalldetektor, den du da hast«, scherzte Levi.

»Das ist kein Metalldetektor. Ist 'n Signalverzerrungsdetektor für mehrere Frequenzen. Hab ich selbst gebaut. Eigentlich recht simpel – durchläuft rasend schnell 'ne Reihe von Signalfrequenzen und sucht nach Verzerrungsfeldern. Die sind in der Regel ein Zeichen für 'nen Sender oder ein Mikrofon.«

»Okay, wenn du meinst.«

Denny setzte einen Bauarbeiterhelm mit Stirnlampe auf.

»Wirf mir deine Schuhe, deine Hose und deine Jacke her. Oder weißt du was? Zieh dich einfach aus und setz dich neben die Werkbank.«

Levi kam der Aufforderung nach.

Denny schwenkte den Stab über jedes Kleidungsstück und warf alles beiseite, was keinen Piepton verursachte. Er brauchte nur wenige Augenblicke, um Levis linke Schuhsohle mit einem Taschenmesser aufzuzwängen und etwas herauszuholen, das wie eine winzige Leiterplatte mit davon abstehenden Drähten aussah.

»Na, wenn das mal nicht was Besonderes ist.« Er öffnete eine Kiste, die aus einer Art Kupfergeflecht zu bestehen schien, und warf den Gegenstand hinein.

Bei Levis Hemd piepte der Stab erneut. Denny begann, am Kragen zu zerren.

»Also hat mich jemand verfolgt?«

»Ja.« Mit einer Spitzzange zog Denny ein weiteres Gerät aus dem Hemdkragen. »Das ist Nummer zwei.«

»Meinst du, die Cops haben mir die Dinger untergejubelt?«

Denny sah ihn an. »Cops? Dad hat zu mir immer gesagt, es wär dein Kodex, nie die Aufmerksamkeit der Behörden auf dich zu ziehen.«

Levi zuckte mit den Schultern. »Ist kompliziert geworden.«

»Sieht ganz so aus.« Denny riss die Naht an Levis Hosenbund auf und holte daraus einen dritten Peilsender hervor. Er schwenkte ihn vor Levi. »Aber wie auch immer, Cops verwenden so was nicht.« Er ließ den Sender in die Gitterbox fallen und schloss sie. »Nummer drei. Keine Ahnung, woher die Teile stammen. Muss sie mit nach Hause nehmen und studieren.«

»Wie willst du das anstellen, ohne dass man dich ortet?«

Denny fuhr mit dem Stab über den Rest von Levis Kleidung und deutete mit dem Kopf in Richtung der Kiste. »Das ist 'n winziger faradayscher Käfig. Blockiert jegliche Übertragungen aus dem Inneren.«

»Aber wenn du untersuchen willst, von wem die Dinger stammen könnten, musst du die Box dann nicht öffnen? Und können sie dich dann nicht orten?«

Denny lachte. »Ich werd's in 'nem zimmergroßen faradayschen Käfig machen.«

»Du hast 'nen faradayschen Käfig bei dir zu Hause?«

»Hat den nicht jeder?«

Levi verdrehte die Augen.

»Leider«, meinte Denny, »taugen deine Hose und dein Hemd jetzt nicht mehr viel. Kannst dich bei den alten Sachen umsehen, die mein Dad hiergelassen hat.« Er holte einen Karton aus einem Regal. »Dürften dir wahrscheinlich passen. Deine Jacke war nicht verwanzt, die kannst du also noch nehmen, und den Schuh kann ich wieder zusammenflicken.«

»Danke, Denny. Was bin ich dir schuldig?«

Er schüttelte den Kopf und lächelte. »Nichts. Komm einfach wieder her, wenn du irgendwas Spezielles im Bereich Hacking oder Elektronik brauchst. Dann bin ich zur Stelle.«

Levi begann, den Karton nach etwas Passendem zum Anziehen zu durchwühlen. »Hacking? Das hat Gerard nie gemacht.«

»Richtig. Mein Dad ist aber auch nie dafür engagiert worden, erstklassige Sicherheitssysteme zu umgehen. Wie gesagt, alte Schule. Ich hab mit einigen der besten Hacker der Welt studiert. Die verbringen ihr Leben in einer Grauzone, von der Normalos nicht mal wissen, dass es sie gibt.«

Levi zog ein geblümtes Hawaiihemd heraus und schüttelte den Kopf. »Mann, dezent war Gerards Stil nicht gerade, oder?«

Denny leuchtete mit dem Strahl der Stirnlampe in Levis Richtung und schmunzelte. »Ha, heute trägt Dad nichts anderes mehr. Würde zwar besser an 'nen Strand passen, aber du wirst trotzdem spitze drin aussehen.«

»Du musst farbenblind sein«, gab Levi mürrisch zurück. Er zog die alten Sachen an und streifte die schwarze Jacke darüber. Wenigstens passte ihm alles.

Während Denny den Schuh reparierte, sagte er: »Hey, mir ist grade aufgefallen, dass du gar nicht bewaffnet bist. Was hat's damit auf sich?«

Levi seufzte. »Ist 'ne lange Geschichte. Jedenfalls sind mir mehrere echt schöne Messer geklaut worden, und ich hatte noch keine Gelegenheit, sie zu ersetzen.«

»Messer? Da hab ich vielleicht was für dich.« Als Denny mit dem Schuh fertig wurde, verzogen sich seine Lippen zu einem Lächeln. »Ist jetzt nichts, womit ich persönlich rumlaufen würde, aber irgendein Trottel hat mal versucht, mich damit zu überfallen.« Er verschwand zwischen den Regalreihen und kam mit einem Set geschwärzter Wurfmesser zurück. »Ziemlicher Schrott, aber besser als nichts.«

Levi zog eines der Messer am cordumwickelten Griff heraus und wog die Waffe in der Hand. »Was für ein Stück Müll. Die Balance ist total falsch.« Er betrachtete die Wellenmuster auf der Klinge und schnaubte höhnisch. »Das ist nicht einmal ein echtes Damastmuster. Irgendein Idiot hat es so bemalt, dass es wie 'ne geschmiedete Klinge aussieht.«

Denny zuckte mit den Schultern. »Hey, du musst mir nicht aufzählen, was mit den Dingern nicht stimmt – ich will sie dir ja nicht verkaufen. Wenn du sie willst, bis du dir was Anständiges besorgen kannst, dann nimm sie ruhig. Ich brauch sie mit Sicherheit nicht.«

»Entschuldige, hab's nicht so gemeint.« Levi schlang sich den Messergurt über den Kopf und drehte ihn so zurecht, dass er diagonal über seine Brust verlief. Dann umarmte er Denny mit einem Arm. »Danke, Mann, ich weiß deine Hilfe echt zu schätzen. Im Vergleich zu den handgefertigten Waffen, die ich selbst gemacht hab, und im Vergleich zu dem Messer, das ich als Abschiedsgeschenk bei meiner Abreise aus Japan gekriegt hab, sind die Dinger hier zwar Müll, aber ich kann sie trotzdem brauchen. Danke.«

»Du hast in Japan gelebt?«

Levi legte seinem Freund einen Arm um die Schultern. »Ist 'ne lange Geschichte, für die ich heut Nacht keine Zeit hab. Muss noch wohin.«

Mit dem Wissen, dass er nicht mehr verfolgt wurde, fühlte es sich erheblich unbeschwerter an, durch die Straßen zu laufen. Als er in der Park Avenue aus dem Bus stieg und nach Norden vorbei an der East 86th

Street ging, ließ er die neue Umgebung auf sich wirken. Er kannte die Upper East Side von Manhattan zwar, hatte hier aber nie viele Kontakte gehabt. Und nach über einem Jahrzehnt würden es zweifellos noch weniger sein.

Es war kurz nach neun Uhr abends, als er ein prunkvolles altes Gebäude mit Marmorsäulen zu beiden Seiten des Eingangs erreichte. Die Worte »The Helmsley Arms« standen in Blattgold über den drei Meter hohen Türen, die aussahen, als bestünden sie aus Glas. Aber als Levi davor stehen blieb, konnte er nicht in die Eingangshalle sehen.

Er verstärkte den Griff um die Tüte mit Backwaren von Nonna und atmete tief durch. »Wird schon schiefgehen.«

Er stieg die Stufen zum Eingang hinauf und zog am Metallgriff. Geräuschlos schwang die Tür auf.

Die Eingangshalle erwies sich als makellos. Sechs Meter lang. Durchgehender Marmorboden. Auf der gegenüberliegenden Seite mehrere Aufzüge.

Levi ging zu einer Klingeltafel mit einer langen Reihe von Knöpfen mit Namen daneben. Doch noch bevor er nach Vinnies Namen suchen konnte, öffnete sich auf der anderen Seite der Eingangshalle eine Tür, und zwei Männer mit breiter Brust kamen schnurstracks auf ihn zu.

»Sir, kann ich Ihnen irgendwie behilflich sein?«

Der Akzent des Mannes klang unverkennbar nach Little Italy. Und trotz der höflichen Ausdrucksweise schwang in den Worten ein deutlich aggressiver Ton mit.

Levi trat von der Klingeltafel zurück und lächelte. Die beiden Muskelprotze trugen teure Anzüge, die in beiden Fällen um die Brust zu eng wirkten. Die Ausbuchtung, die sich seitlich an der Brust von Muskelprotz Eins abzeichnete, ließ keinen Zweifel an einer Waffe in einem Schulterholster.

»Ich will einen Freund besuchen.«

»Sir, wir sind der Haussicherheitsdienst. Wie heißt Ihr Freund?«

»Vincenzo Bianchi.«

Muskelprotz Zwei lächelte und bedeutete Levi, die Arme zu heben — wodurch er unabsichtlich die in einem Holster am Hosenbund steckende Pistole unter dem Jackett erkennen ließ. »Ich muss Sie abtasten.«

Levi stellte die Tüte mit dem Gebäck auf einen Tisch unter der Klingeltafel und hob die Arme.

Der Muskelprotz fuhr mit den Händen Levis Jacke entlang und stieß dabei auf den Gurt mit Wurfmessern. Levi wartete nicht, bis er dazu aufgefordert wurde – er nahm den Gurt ab und übergab ihn.

Der große Kerl legte die Waffen neben das Gebäck.

Dann tastete er Levi weiter ab. Der Bursche ging gründlich vor, das musste man ihm lassen. Levi nützte die Gelegenheit, um die Namen auf der Klingeltafel zu betrachten.

»Keine Brieftasche? Kein Ausweis?«, fragte der Muskelprotz.

»Nein. Ich reise mit leichtem Gepäck.«

Muskelprotz Eins deutete zur Eingangstür. »Also gut, raus jetzt. Hier wohnt niemand, der so heißt.«

Das Lächeln der beiden Männer ließ keinen Zweifel daran, dass sie sich köstlich auf Levis Kosten amüsierten. Mistkerle.

Levi zeigte auf die Klingeltafel. »Neben einem der Knöpfe steht ›DVB‹. Für Don Vincenzo Bianchi, nehme ich an.«

Das spöttische Lächeln von Muskelprotz Eins verwandelte sich in einen finsteren Blick. »Sie sind hier fertig, Sir. Ich schlage vor, Sie gehen.«

Levi deutete auf seine Dolche und das Gebäck. »Und mein Eigentum?«

Muskelprotz Zwei knurrte. »Das ist nicht mehr *Ihr* Eigentum.« Er zog seine Pistole und zielte damit auf Levis Gesicht.

Mit einer plötzlichen, blitzschnellen Bewegung verdrehte Levi das Handgelenk des Mannes, fegte die Beine unter ihm weg und entriss ihm die Waffe, als er fiel.

Der dumpfe Aufschlag des Schädels auf dem Marmorboden hallte durch die Lobby.

Bevor Muskelprotz Eins reagieren konnte, hatte Levi die Mündung der Pistole auf ihn gerichtet. »Hände hoch, oder ich schwör dir, ich bohr ein neues Loch in dich.«

Mit angespannter Kiefermuskulatur spähte der Mann zu seinem regungslosen Partner. Langsam hob er die Hände.

Levi setzte die Mündung an die Vertiefung am Hals des Mannes und flüsterte bedrohlich: »Kumpel, ich muss noch nicht mal schießen, um dich alle zu machen. Die Mündung sitzt an deinem Jugulum. Ein kleiner Ruck, und ich zerquetsch dir die Luftröhre – dann erstickst du. Hab ich schon oft miterlebt. Ist kein schöner Anblick. Verhalt dich einfach ruhig, dann passiert nichts.«

Levi schob die Hand unter das Jackett des Mannes und zog eine Neun-Millimeter-Beretta aus dem Schulterholster.

Er trat einen Schritt zurück und drückte sowohl den Zerlegehebel als auch den Entriegelungsknopf. Der Schlitten sprang nach vorn, und Levi warf die Waffe in mehreren Teilen auf den Boden.

»Wie zum ...«

Levi deutete mit der Pistole des ersten Mannes auf die Klingeltafel. »Ruf Don Bianchi an. Er und ich sind alte Freunde.«

Der Wachmann zögerte.

Levi verstärkte den Griff um die Pistole, blieb aber auf Abstand. »Hör mal, ich weiß, du willst bloß deinen Job erledigen. Aber glaub mir, das Beste, was du jetzt machen kannst, ist, den Don anzurufen. Beweg dich langsam und komm auf keine dummen Ideen.«

Der Wachmann nickte und drückte auf einen der Knöpfe.

Durch die Gegensprechanlage an der Tafel meldete sich eine Männerstimme. *»Was gibt's?«*

»Mr. Minnelli, wir haben hier jemanden, der mit dem Don reden will.«

»Was zum Teufel ist los mit euch da unten?«

Levi rief: »Frankie? Bist du das?«

»Ja. Wer ist da?«

»Kleiner Hinweis: Ich hab dich mit deiner ersten Freundin verkuppelt.«

Eine Pause entstand. *»Scheiße, das gibt's ja nicht. Levi? Bist du's wirklich?«*

»Ja, ich bin's. Sag diesem Vollpfosten, dass ich in Ordnung bin. Ich muss mit Vinnie reden.«

Frankie musste die Hand über den Hörer gelegt haben, dennoch drang seine Stimme gedämpft aus dem in die Tafel eingebauten Lautsprecher. *»Vinnie, du wirst nicht glauben, wer zurück in der Stadt ist.«*

Fast eine Minute lang herrschte Stille, bis sich eine neue Stimme meldete. *»Levi, bist das wirklich du?«*

»In Fleisch und Blut. Die neue Bude gefällt mir. Ihr habt euch ja ganz schön verbessert gegenüber damals.«

»Heilige Scheiße, du bist's wirklich. Wo um alles in der Welt ... Egal. Tony, schick den Mann rauf.«

Der Wachmann schaute zu seinem bewusstlosen Partner und sah aus, als könnte er sich gleich übergeben. »Äh ... Don Bianchi. Tony ist ... äh ...«

»Vinnie«, ergriff Levi das Wort. »Diese *Momos*, die du hier als Wächter hast, sind ja sicher brave Jungs, aber die eine oder andere Lektion müssen sie noch lernen. Tut mir leid, aber Tony wollte die harte Tour und macht grad 'n Nickerchen.«

»Verdammt, Johnnie, was habt ihr gemacht?«

Der Muskelprotz verlagerte unbehaglich das Gewicht. »Es tut mir leid, Don. Aber Tony ist seit fast fünf Minuten weggetreten, und der Kerl hier hat meine Knarre zerlegt, als wär sie 'n Spielzeug.«

»Ich schwör dir, wenn du nicht der Schwager meines Cousins wärst ...«

Levi ging dazwischen. »Vinnie, wenn's okay ist ...«

»Nein, ist es nicht. Ich schicke ein paar Jungs runter, die Tony holen. Johnnie, du begleitest den Problemlöser rauf zu mir.«

»Und Vinnie«, fügte Levi hinzu. »Du solltest deinen Mann vielleicht röntgen lassen. Ich glaub, ich hab gehört, wie in seinem Handgelenk was zu Bruch gegangen ist.«

Gelächter dröhnte aus dem Lautsprecher. *»Hast dich nicht groß verändert, was?«*

Levi zuckte mit den Schultern. »Du kennst mich ja, Vinnie. Ich schlage halt zurück.«

Mit einem Klicken verstummte der Lautsprecher, und die Türen eines Fahrstuhls glitten auf. Drei gut gekleidete Männer betraten die Lobby, stellten sich neben den bewusstlosen Wachmann und sahen Levi an. »Sir, wir kümmern uns darum.«

Mit einem nervösen Zittern in der Stimme deutete Johnnie in Richtung des Aufzugs und sagte zu Levi: »Nach Ihnen, Sir.«

»Mein Gott, du siehst ja genau wie vor 20 Jahren aus!«

Levi betastete das Gesicht seines Freunds und lachte. »Siehst selbst nicht übel aus.«

Die beiden Männer umarmten sich und schmatzten sich gegenseitig auf die Wangen.

Levi ließ den Blick durch den großen, stilvoll eingerichteten Salon wandern – kunstvoll geschnitzte Holzmöbel, wunderschöne Gemälde und eine Marmorstatue der Venus von Milo in Museumsqualität. Er stieß einen anerkennenden Pfiff aus. »Die Bude sieht auch nicht schlecht aus.«

»Die Bude?« Vinnie wischte das Kompliment weg. »Ist die Familienunterkunft.« Er deutete zu einigen Sesseln am Kamin. »Wie lang ist das her? Elf ... zwölf Jahre?«

»Genau. Ungefähr zwölf Jahre.«

Levi ging hinüber zum Kamin und betrachtete die Bilder auf dem Sims. Eines davon erfüllte ihn mit herzlichen Erinnerungen. Es zeigte Vinnie, Levi, Mary und Vinnies damalige Freundin am Jennings Beach. Auf dem Foto prangten zwei Lippenstiftabdrücke, einer direkt über Levis Kopf, der andere über Vinnie.

»Mein Gott«, sagte Levi. »Was waren wir damals jung. Was ist eigentlich aus der blonden Sahneschnitte an deinem Arm geworden? Wie hat sie noch mal geheißen?«

»Ach, du meinst Phyllis? Die Sahneschnitte hab ich ein Jahr nach deinem Verschwinden geheiratet.«

Levi nahm auf einem bequemen lederbezogenen Sessel Platz. »Ja, tut mir leid, dass ich einfach so abgerauscht bin. Tut wirklich gut, dich wiederzusehen.«

Vinnie setzte sich ihm gegenüber, beugte sich vor und deutete auf das Bild. »Du bist kurz nach Marys Tod verschwunden, oder?«

Mit verkniffenen Lippen nickte Levi.

Der Don tätschelte ihm das Knie und seufzte. »Tut mir so leid die Sache. Sie war 'ne hochanständige Frau.«

»Ja, war sie. Ich hab lang um sie getrauert, und mir ist klar, dass ich wie vom Erdboden verschwunden war, aber jetzt bin ich wieder da.«

»Dran interessiert, wieder ins Geschäft einzusteigen?« Vinnie zog eine Augenbraue hoch.

»Bin mir nicht sicher. Eigentlich wollte ich mit dir reden. Müsste dich um den einen oder anderen Gefallen bitten. Einer davon könnte ein Großer sein.« Levi schaute zu den zwei Männern, die am Eingang zu Vinnies Salon standen.

Vinnie drehte sich den beiden zu und schnippte mit den Fingern. »Charlie, Frankie, könnt ihr uns mal allein lassen? Ich ruf euch, falls ich euch brauche.«

Die Männer verließen den Raum und schlossen die Türen hinter sich.

Vinnies Ton wurde ernst. »Wenn ich was für dich tun kann, würd ich's als persönlichen Gefallen betrachten, wenn du mich helfen lässt. Frag einfach.«

»Weiß ich sehr zu schätzen, Vinnie.« Levi rieb sich die Seite der Brust, an der ihn die Naht in den Wahnsinn trieb. »Lass mich ganz vorn anfangen.

Nach Marys Tod bin ich buchstäblich wie ein Landstreicher durch die Welt gezogen. Ich war verloren und musste mich wiederfinden.« Er seufzte, als sich die Emotionen in ihm regten. »Vielleicht hab ich mich tief drin auch schuldig gefühlt. Ich glaub nämlich, Mary könnte sich umgebracht haben, weil wir dachten, ich würde an Krebs sterben. Jedenfalls hab ich das all die Jahre gemacht. Aber letztlich hab ich beschlossen, zurückzukommen.

Ob du's glaubst oder nicht, ich hab meine Familie zu Hause besucht.«

Vinnie lächelte. »Deshalb der Bart?«

»Teilweise. Aber auch, weil ich seit dem Verlassen der Staaten keinen Rasierer mehr besessen habe.«

Vinnie bedeutete Levi mit einem Nicken, er sollte fortfahren.

»Ich war noch nicht lange zurück, als ich erfahren musste, dass es dem Staat New York gelungen ist, sich mein gesamtes Vermögen zu krallen. Ganz legal. Ich hab Kopien der Unterlagen, und ich hab mich gefragt, ob du deine Ansprechpartner bei der Regierung mal einen Blick drauf werfen lassen könntest. Um zu sehen, was da wirklich passiert ist. Es sollte nicht möglich gewesen sein, mein Vermögen ohne eine Sterbeurkunde einzusacken, war es aber offensichtlich trotzdem.«

»Scheiße. Du meinst, dein Haus und ...«

»Das Haus, das Bankkonto, sogar der Fonds, den ich ursprünglich für Mary eingerichtet hatte. Waren insgesamt rund drei Millionen in bar.«

»Verdammt, die haben dir ja echt alles genommen.« Vinnie schüttelte den Kopf. »Ich werd sehen, was ich für dich rausfinden kann. Versprechen kann ich offensichtlich nichts.«

»Danke dafür, aber da ist noch was. Das könnte ein bisschen politischer sein.«

Vinnie schnaubte. »Politischer als die Schleimbeutel von Politikern in New York? Das muss ich hören.«

»Du kennst mich, ich bin vorsichtig. Ich achte auf 'ne saubere Weste, lass mich nicht auf Dinge ein, die mich in zu große Schwierigkeiten bringen könnten. Außerdem bin ich nicht der Typ, der sich Feinde macht. Trotzdem hab ich irgendwie jemandes Aufmerksamkeit erregt.

Und ob du's glaubst oder nicht, das hab ich am selben Tag festgestellt, an dem ich erfahren hab, dass ich rein gar nichts mehr besitze. Als ich von der Bank nach Haus zurückgekommen bin, hab ich auf der Farm meiner Eltern zwei tote Kinder gefunden. Aufgeschlitzt von Ohr zu Ohr.«

Vinnies Mund klappte auf.

»Nur Minuten, nachdem ich auf die Leichen gestoßen bin, sind die Cops aufgekreuzt, haben mich als Verdächtigen eingesackt und in den Knast gesteckt. Jemand hat mich als den Mörder gemeldet.«

»Du meine Fresse.« Vinnie lehnte sich zurück. Seine Züge verfinsterten sich.

»Also, ich denke, das wurde alles von langer Hand eingefädelt, man hat mich nämlich nach dem Einchecken ins Gefängnis im allgemeinen Trakt untergebracht, wo mich prompt ein Haufen Russen in meiner Zelle ermorden wollten.«

»Russen? Bist du sicher?«

»Bin ich. Sie haben erwähnt, dass ihnen jemand namens Wladimir den Auftrag erteilt hätte. Mir fällt ums Verrecken nicht ein, warum jemand von der russischen Mafia was gegen mich haben könnte. Deshalb hab ich mich gefragt, ob du vielleicht jemanden kennst, der jemanden kennen könnte.«

Vinnie rieb sich seitlich das Gesicht. »Die Russen.« Er klang, als hinterließen die Worte einen üblen Geschmack in seinem Mund. »Ich kann jemanden die Fühler ausstrecken und sich umhören lassen, was los ist. Wir haben zwar geschäftlich nicht wirklich viel mit ihnen zu tun, falls du verstehst, was ich meine, aber wir reden gelegentlich miteinander. Ich werd tun, was ich kann, um rauszufinden, ob ein Kopfgeld auf dich ausgesetzt ist und von wem.«

»Dafür bin ich dir echt dankbar.«

Eine unangenehme Spannung lag in der Luft. Der Don wischte eine imaginäre Fluse von seiner Hose. »Okay, du hast mich um ein paar Dinge gebeten. Jetzt muss ich dich um ein paar Dinge bitten.« Er zeigte auf Levis Aufmachung. »Du siehst fürchterlich aus. Bist du bereit, zurück zur Familie zu kommen?«

Levi wollte gerade etwas erwidern, da hob Vinnie die Hand.

»Warte, bevor du antwortest. Ich könnte echt 'nen Erwachsenen gebrauchen, der den *Momos,* die ich hier hab, die Köpfe zurechtrückt. Sie sind grundsätzlich gute Männer, aber hitzköpfig. Die müssen Disziplin lernen. Du hast was an dir, das Leuten in deinem Umfeld hilft, Ruhe zu bewahren. Genau diesen Einfluss brauchen sie.« Vinnie bedachte ihn mit einem schiefen Grinsen. »Irgendwie hast du's sogar geschafft, *mir* beizubringen, dass man nachdenkt, bevor man handelt. Ich bin an der Front einfach nicht gut. Tief drin bin ich immer noch der 18-jährige sizilianische Hitzkopf, den du in der Mulberry Street kennengelernt hast. Nur aufs Geschäftliche versteh ich mich inzwischen besser.«

Levi musterte die Züge seines Freunds. Er wirkte vollkommen aufrichtig, und sie hatten in der Vergangenheit nie das Vertrauen des anderen missbraucht. »Ich will ehrlich sein: Ich kann echt noch nicht sagen, ob ich zurück ins Geschäft will. Bin buchstäblich grade erst in der Stadt angekommen.«

»Wenn du grade erst angekommen bist, warum bleibst du dann nicht hier?« Vinnie beugte sich vor und sah Levi in die Augen. »Du würdest mir 'nen persönlichen Gefallen tun, wenn du bleibst.«

»Vinnie, ist zwar wunderschön hier, aber ich kann's mir nicht leisten, hier ...«

»Was denn, beleidigst du mich jetzt? Für dich geht die Unterkunft aufs Haus.«

Kostenlos? Solche Almosen konnte Levi nicht annehmen. Er wollte gerade dagegen protestieren, als Vinnie einen Finger schwenkte.

»Lass mich das für dich tun. Du musst dafür noch keine Entscheidung treffen. Ich würde das für jeden Freund tun. Aber du hast mir obendrein noch mehr als einmal das Leben gerettet. Das Mindeste, was ich für dich tun kann, ist, dir in 'ner Notlage auszuhelfen.«

Levi nickte. Ein warmes Gefühl erfüllte ihn, als er die Hand seines langjährigen Freunds ergriff.

»Dann haben wir das geklärt.« Vinnie erhob sich aus dem Sessel und rief: »Frankie, schwing den Arsch hier rein!«

Die Doppeltür schwang auf, und zwei Mafiosi kamen mit angespanntem Gesichtsausdruck herein.

Levi stand auf, und Vinnie legte den Arm um seine Schultern. »Geh und schmeiß meinen nichtsnutzigen Cousin aus der Suite im zweiten Stock ...«

»Vinnie«, protestierte Levi, »ich will nicht, dass meinetwegen jemand rausgeworfen wird!«

Der Don brach in Gelächter aus. Er täuschte einen Schlag in Levis Magen an. »Ich mach doch bloß Spaß, du *Mamaluke*.« Er wandte sich wieder an Frankie. »Geh und sag Lola, sie soll eine der leeren Suiten herrichten. Levi übernachtet bei uns.«

Frankie bedachte Levi mit einem Lächeln. »Das sind mal tolle Neuigkeiten.« Damit wandte er sich ab und verließ mit forschen Schritten den Raum.

Charlie, der mehr aus Fettgewebe als aus Muskelmasse bestand, räusperte sich. »Don Bianchi, Tony Montelaro wartet draußen. Wollen Sie ihn sehen?«

Vinnie nickte. Charlie lehnte sich nach außen und bedeutete jemandem, er sollte kommen.

Levi unterdrückte ein Lächeln, als Muskelprotz Zwei mit dem linken Arm in einer Schlinge das Zimmer betrat.

Der Mann sprach hölzern, als hätte er die Worte auswendig gelernt. »Don Bianchi, es tut mir leid, dass ...«

»Ich will's nicht hören«, schnitt ihm Vinnie mit knurrendem Unterton das Wort ab. Er deutete mit dem Daumen auf Levi. »Ich verdanke diesem Mann mein Leben, und du hast ihn angegriffen. Glaubst du echt, mich interessiert, was du zu sagen hast?«

Levi legte Vinnie die Hand auf die Schulter und flüsterte: »Lass mich das machen, okay?«

Vinnie sah Levi kurz an, dann nickte er und zeigte auf den Muskelprotz. »Tony, du hörst besser auf jedes einzelne Wort, das dieser Mann von sich gibt, oder ich schwör dir, du wirst's bereuen.«

Tony wirkte noch unbehaglicher, als Levi zu ihm ging.

Levi zeigte auf das Handgelenk des Mannes. »Tut mir leid deswegen. Gebrochen?«

Der große Kerl blinzelte, als wüsste er nicht recht, was er antworten sollte. »Nein, ist nur ausgerenkt. Der Arzt hat's wieder eingerenkt. Er sagt, ich werd's wohl 'nen Monat lang nicht benutzen können.«

Levi musste zu dem Muskelprotz aufschauen, der ihn um gute zehn Zentimeter überragte und vermutlich mindestens 25 Kilo mehr auf die Waage brachte. »Hör mal, was da unten passiert ist, war nichts Persönliches, klar?«

Tony nickte steif und knapp.

»Weißt du noch, wie du die Knarre gezogen und mir vors Gesicht gehalten hast? Mach das nächstes Mal nicht, wenn dein Gegner in Reichweite steht.« Levi zeigte erst auf Tony, dann auf sich selbst. »Ich meine, mal ehrlich. Du bist riesig. Wenn's um reine Kraft ginge, könntest du mich wahrscheinlich in zwei Hälften reißen, stimmt's?«

Tony nickte erneut und blähte sichtlich die Brust auf.

»Aber ich wette, du hast nicht mal mitbekommen, was passiert ist, als ich dich schlafen geschickt hab.«

Ein beunruhigter Ausdruck in Tonys Gesicht bestätigte Levis Vermutung.

»Dein Problem ist, dass du dich zu sehr drauf verlässt, diese Kraft einsetzen zu können. Du bist übermütig.« Levi tätschelte Tonys Brust und lächelte. »Pass auf, es ist gut, wenn man selbstsicher ist. Wenn man entsprechend auftritt, erspart man sich manchmal Dinge, die man nicht tun möchte. Aber *übermütig* ist ein anderes Wort für *unachtsam*. Du glaubst, du hättest alles im Griff, und dann kommt einer wie ich daher.«

Vinnie kicherte, als er sich an der nahen Bar einen Drink mixte.

Levi fuhr fort. »Ich würd 'ne Million wetten, dass du nicht gedacht hättest, ein dahergelaufener Penner, der aussieht wie ich, könnte dich fertigmachen. Mach dir nichts draus. Einer meiner besten Tricks ist, nicht gefährlich zu wirken.« Er lehnte sich näher zu Tony und schaute in dessen Augen auf. »Der Schein kann trügen.«

Vinnie setzte sich auf die Kante seines Schreibtischs und zeigte mit einem mit gelblicher Flüssigkeit gefüllten Glas auf den großen Mann. »Tony, selbst an deinem besten Tag würde Levi den Boden mit dir aufwischen.«

Tonys Züge verfinsterten sich.

Levi warf Vinnie einen Blick zu, der besagte: *Du bist grade nicht hilfreich.*

Levi wusste, wie typische italienische Mafiosi tickten. Sie hatten einen Kodex, an den sie sich hielten. Nicht jeder hatte denselben Kodex, aber zumindest irgendeinen. Was sie jedoch alle gemeinsam hatten, war ihr Ego. Und am schnellsten verärgern konnte man diese Typen, indem man dafür sorgte, dass sie sich klein vorkamen.

Levi räusperte sich. »Pass auf, was der Don grade gesagt hat, ist nichts gegen dich. In ein paar Dingen bin ich nun mal richtig gut. Zum Glück stehen wir auf derselben Seite.« Er klopfte Tony auf die Schulter und lächelte. »Du hast alles, was nötig ist, um ein echt gefährlicher Kerl zu werden. Wenn du auf mich hörst, bring ich dir bei, wie man unter Stress denken muss und wie du effektiver einsetzen kannst, womit du gesegnet bist. Ich werd dir den Unterschied zwischen Überheblichkeit und Selbstvertrauen einbläuen. Wahrscheinlich hast du schon gelernt, dass es nicht wahnsinnig schlau ist, jemandem mit 'ner Knarre vor der Nase rumzuwedeln.« Levi zeigte auf das verletzte Handgelenk des Mannes. »Mach einfach keine Fehler, dann kriegen wir das schon hin.«

Vinnie nahm einen Schluck von seinem Drink. »Tony, du bist 'n Glückspilz, weil unser Freund hier nicht nachtragend ist.« Er zeigte auf Levi. »Ich möchte dir den Problemlöser der Familie und meinen *Consigliere* vorstellen. Er war lange weg, jetzt ist er wieder da. Du wirst anfangen, dich von ihm unterweisen zu lassen. Verstanden?«

»Ja, Don Bianchi.« Tony sah Levi an. »Sir, wie soll ich Sie nennen?«

Levi warf einen Blick zu Vinnie, der geflissentlich vergessen hatte, dass Levi nicht eingewilligt hatte, wieder in den Familienbetrieb einzusteigen. Er schaute zurück zu Tony und seufzte. »Nenn mich einfach Levi. So ist's weniger verwirrend.«

Vinnie stieß sich vom Schreibtisch ab und winkte Tony weg. »Jetzt raus hier, und ruh dich aus.«

Tony entfernte sich rückwärts aus dem Raum.

Der Don trat auf Levi zu. »Ich hab den Blick bemerkt, den du mir zugeworfen hast. Vertrau mir, ich werd dich nicht in Schwierigkeiten bringen. Wir machen hier ohnehin keine Geschäfte. Das ist der Familiensitz.«

Was in Wirklichkeit bedeutete, dass es sich um ein von der Mafia betriebenes Gebäude handelte.

Levi legte Vinnie die Hand in den Nacken und drückte ihn verspielt. »Du weißt, dass ich loyal bin, aber etwas musst du verstehen. Ich muss mich um Dinge kümmern, die unter Umständen nichts mit der Familie zu tun haben. Das muss dir wirklich klar sein, Vinnie.«

Der Don lächelte. »Dann arbeitest du eben nur Teilzeit.«

Levi lachte und herzte seinen Freund mit einem Arm. »Na schön, dann bin ich wieder dabei – in Teilzeit.«

KAPITEL ACHT

Madison nahm den Kopfhörer ab, als ihr Vorgesetzter ihr Büro betrat. Er setzte sich auf die gegenüberliegende Seite ihres Schreibtischs und zeigte keinerlei Emotionen, als er fragte: »Also haben wir Yoders Signal verloren?«

»Scheint leider so.« Sie holte einen Ausdruck aus ihrer Schreibtischschublade und legte ihn zwischen sie. »Je nach Witterungsverhältnissen haben wir manchmal Lücken im Signalempfang. Aber diesmal haben wir es seit gestern nicht mehr aufgeschnappt.«

»Wo war er, als das Signal ausgefallen ist?«

Madison blätterte zur letzten Seite und fuhr mit dem Finger über die Zeitachse, die eine lange Reihe von GPS-Koordinaten auflistete. »Er war noch in New York. Das Signal ist ein wenig herumgesprungen, aber er muss irgendwo zwischen Bowery und Delancey Street gewesen sein.«

»Little Italy?«

»Ja.« Madison klopfte auf die um ihren Hals drapierten Kopfhörer. »Weil wir grade davon sprechen: Ich war eben dabei, mir 'nen Anruf anzuhören, der bei der Nummer mit unserer höchsten Priorität eingegangen ist. Und ich glaube, es könnte um unseren Mann gehen. Ist auf Englisch.«

Maddox zog die Augenbrauen hoch. »Wirklich? Lassen Sie hören.«

Madison stöpselte die Kopfhörer aus und klickte auf die Wiedergabe für die Tonaufzeichnung.

»Da?«, sagte ein Mann mit russischem Akzent.

»Dmitri?« Der andere Mann war eindeutig Amerikaner mit New Yorker Akzent.

»Ja. Lang her, dass ich mit dir musste sprechen.«

»Hast du die E-Mail gekriegt, die ich dir geschickt habe?«

»Ja. Ich kenne den Namen nicht, aber ich werde umhören und dich zurückrufen.«

»Pass auf, falls es einen Auftrag gibt, würden wir's als persönlichen Gefallen betrachten, wenn er zurückgezogen wird.«

»Ich verstehe. Aber warum dieser Mann? Gehört er zu dir?«

»Er steht unter Schutz. Dmitri, geh der Sache einfach nach und gib mir Bescheid darüber, was du rausfindest, okay?«

»Ist das wichtig für deine Familie?«

»Ist es.«

»Gut. Ich gehe Sache nach und melde mich.«

»Klingt großartig.«

Damit endete die Aufzeichnung. Maddox' Finger trommelten auf dem Schreibtisch. »Und Sie glauben, es geht da um unseren Mann.«

Madison schürzte die Lippen. »Ist vielleicht weit hergeholt, aber wenn ich analysiere, was wir gerade gehört haben, hat jemand mit einem ziemlich typischen New Yorker Akzent mit italienischem Einschlag einen bekannten Kontakt der Russenmafia angerufen.

Beide haben drauf geachtet, was sie gesagt haben. Der Name, um den's geht, wurde offenbar in einer E-Mail geschickt. Der Italiener hat einen Auftrag erwähnt. Ich vermute, das bezieht sich auf ein Kopfgeld, das auf jemanden ausgesetzt ist. Er wollte, dass der Auftrag für die Zielperson zurückgezogen wird.«

Madison zuckte mit den Schultern. »Auf jeden Fall *könnten* sie über Yoder gesprochen haben, auch wenn es sich nicht mit Sicherheit sagen lässt. Und mir fällt grundsätzlich schwer, einen amischen Farmer mit der italienischen Mafia in Verbindung zu bringen. Andererseits hätte ich ihn auch nicht für eine logische Zielperson für die russische Mafia gehalten.«

Maddox grinste verschmitzt. »Sie haben recht. Lässt sich nicht mit Sicherheit sagen. Aber das hier könnte helfen.« Er holte ein gefaltetes Blatt Papier aus dem Jackett und schob es über den Schreibtisch. »Ich hab die NSA in ein paar Fällen auf Schlüsselbegriffe achten lassen. Werfen Sie einen Blick drauf.«

Es handelte sich um eine ausgedruckte E-Mail. »Tja«, meinte Madison. »Die Adresse des Absenders ist geschwärzt. Ich vermute, weil sie aus dem Inland stammt. Der Empfänger hat als Adresszusatz ›.gov.ru.‹, was nach der russischen Regierung aussieht. Und ... Heilige Scheiße!« Ihr Mund klappte auf, als sie zum Text der Nachricht gelangte. Der nur aus zwei Wörtern bestand: *Lazarus Yoder.*

Ihr Vorgesetzter hatte einen zufriedenen Ausdruck im Gesicht. »Maddie, ich glaube, hier entwickeln sich gerade ziemlich interessante Verbindungen.«

»Moment mal.« Madisons Verstand überschlug sich bei der Verarbeitung der neuen Daten. »Wenn wir eine Kontaktperson der Mafia in Russland haben, die 'ne E-Mail an eine russische Regierungsadresse bekommt, dann heißt das ... Es heißt, dass die Mafia und die russische Regierung nicht zwangsläufig in verschiedenen Teams spielen.«

»Die Grenzen sind eindeutig verschwommen.« Maddox klopfte auf den Schreibtisch. »Ich wende mich damit an höhere Stelle und versuche, Beschlüsse für zusätzliche Wanzen zu kriegen. Mal sehen, was ich noch rausfinden kann.« Er zeigte auf Madison. »Haben wir schon irgendwas über die Profikillerin?«

»Ja. Ich hab sie erst vor 20 Minuten überprüft. Ihr Signal ist wieder aufgetaucht. Ob Sie's glauben oder nicht, wir empfangen es jetzt aus Nepal.«

»Wirklich?« Maddox dachte kurz darüber nach. »Ich glaube, ich hab 'ne Idee, bin mir aber nicht sicher, ob sie Ihnen gefallen wird.«

Levi konnte sich nicht erinnern, wann er zuletzt so gut geschlafen hatte. Wann hatte er je von Kopf bis Fuß eine Matratze aus zehn Zentimeter dickem Formgedächtnispolymer erlebt?

Noch nie.

Den Wecker hatte er vor gut 30 Minuten ausgeschaltet, aber er blieb noch im Bett, um den fremdartigen Komfort zu genießen. 185 Quadratmeter im siebten Stock eines neu renovierten Gebäudes in der Park Avenue. Es fiel ihm schwer zu akzeptieren, dass er hier wohnte.

Die Wohnungstür piepte, als das Schloss elektronisch entriegelt wurde. Levi setzte sich auf. Die feste, aber luxuriöse Matratze passte sich unter ihm an.

Die Schritte von zwei Männern betraten die Suite, aber nur Frankie erschien an der Schlafzimmertür. Er drückte auf einen Schalter an der Wand. »Raus aus den Federn.«

Ein versteckter Motor surrte, zog die Vorhänge auf und ließ Tageslicht in den Raum fluten. Levi blinzelte angesichts der plötzlichen Helligkeit.

Am vergangenen Abend hatte ihn Frankie in die Sicherheitszentrale mitgenommen und seine Fingerabdrücke in die Sicherheitsdatenbank des Gebäudes aufgenommen. Allerdings hatte er Levi nicht verraten, dass man die Tür zur Suite auch mit *seinen* Fingerabdrücken öffnen konnte.

»Lass mich raten«, sagte Levi. »An der Tür funktionieren die Fingerabdrücke von *jedem?*«

Frankie grinste, als er durch das raumhohe Fenster hinausschaute. »Nein. Aber ich bin Sicherheitsleiter, deshalb kann ich in alle Räume rein.« Er kehrte zur Tür zurück und gab jemandem draußen im Wohnzimmer ein Zeichen. »Mr. Wu, hier drin ist das Licht besser.«

Nur in Boxershorts warf Levi die Decke beiseite und hopste aus dem Bett. »Mr. Wu?«

Ein älterer Asiate erschien an Frankies Seite. Er trug eine Ledertasche in der Hand und ein Maßband um den Hals.

»Das ist Mr. Wu«, stellte Frankie vor. »Er wird deine Maße für anständige Sachen zum Anziehen nehmen.«

Levi streckte die Arme. Die Naht an seiner Seite zog unangenehm an seiner Haut. Er drehte sich dem kleinen Mann zu, der seine Tasche auf das Bett gestellt und begonnen hatte, in ihr zu kramen. »Mr. Wu, haben Sie da drin 'ne Pinzette und 'ne Schere?«

Der runzlige Mann sah ihn mit einem fragenden Ausdruck an. »Natürlich. Aber die brauche ich noch nicht.«

»Kann ich sie mir kurz leihen?«

Mit einem Schnauben kramte der Mann erneut in seiner Tasche, bevor er eine lange Pinzette und eine Fadenschere aufs Bett legte.

»Perfekt.« Levi griff sich beides, ging hinüber zum Spiegel der Kommode und stellte sich seitlich davor.

»Was soll das werden?«, fragte Frankie.

Der Winkel war zwar ungünstig, dennoch zog Levi mit der Pinzette an der Naht, schnitt den geknoteten Faden durch und zog ihn langsam aus der Haut. Abgesehen von den zwei winzigen Löchern in der Haut sah die Wunde aus, als wäre sie bereits verheilt.

Der Schneider murmelte etwas auf Mandarin. Levi vermeinte, dass es »Verrückter« bedeutete. Dann kam der Asiate zu ihm herüber. »Lassen Sie mich das machen, bevor Sie sich noch verletzen.«

Levi reichte dem Schneider das Werkzeug, und Wu machte sich an die Arbeit, um den restlichen Faden zu entfernen.

Frankie schüttelte den Kopf. »Und wie hast du geschlafen?«

Levi schaute durchs Fenster hinaus auf die Straße. »Was soll ich sagen? Wie jemand, der im siebten Stock an der Park Avenue übernachtet.«

»Tja, du kannst die Wohnung auf eigene Faust erkunden, aber ich will dir erst ein paar Dinge sagen. Vinnie hat Regeln für die Leute aufgestellt, die hier wohnen. Es gibt 'ne Kleiderordnung ...«

»Und da kommt Mr. Wu ins Spiel?«

»Genau. Wir wollen, dass die Bewohner optisch was hermachen – damit wir uns besser in die Gegend fügen. Dein Kühlschrank ist noch leer, aber Lola wird sich bald mal bei dir melden und dich fragen, was du gern isst, damit sie ihn für dich füllen kann. Du gehörst zur Familie, kannst dir also alles aussuchen, was du willst, kein Problem. Für die gewöhnlichen *Momos*, die Miete zahlen, gibt's 'ne Liste, aus der sie wählen können.«

»Das hab ich mich schon gefragt.« Levi schaute durch die Tür ins geschmackvoll dekorierte, mit edlen italienischen Ledermöbeln eingerichtete Wohnzimmer. »Wie könnt ihr euch das leisten? Ich vermute mal, der Familie gehört das ganze Gebäude, richtig?«

Frankie bedachte Levi mit einem schiefen Grinsen. »Ob du's glaubst oder nicht, wir machen mit dem Haus 'nen stattlichen Gewinn. Wir haben hier 200 Wohnungen, aber nur etwa 30 sind wie die hier. Die anderen sind kleiner und für Leute aus dem Umfeld, die sich die Miete leisten können und besseren Zugang zur Familie wollen.«

»Verrätst du mir, wie hoch die Kosten sind?«

»Na ja, für Mitglieder gilt ein vergünstigter Tarif, aber der Rest löhnt eine Erstgebühr von 250.000 Dollar und danach 15 Riesen monatlich.«

»Ordentlicher Batzen. Und die Leute zahlen das?«

»Stell dir vor, wir haben sogar 'ne Warteliste. Ist 'ne Statussache.«

Levi stieß einen anerkennenden Pfiff aus. »Nett.«

Mr. Wu zupfte am letzten Rest des Fadens. »So, genug Arzt gespielt. Jetzt möchte ich meine *eigentliche* Arbeit erledigen.«

Levi betrachtete sich im Spiegel und rieb über die kaum merkliche, rosa Linie, die von seiner Schnittwunde verblieben war. »Hervorragend.«

Mr. Wu nahm das Maßband von seinen Hals und bedeutete Levi, die Arme zu heben.

Als der alte Mann Levis Maße nahm, holte Frankie einen ziegelartigen Packen aus der Innentasche seines Jacketts und legte ihn auf den Nachttisch. »Das ist ein Vorschuss auf dein Gehalt ...«

»Moment«, unterbrach ihn Levi. »Ich hab noch nichts getan, um irgendwas zu verdienen. Ich nehm keine Almosen an!«

Frankie wischte Levis Kommentar weg. »Jetzt stell dich nicht so an. Glaubst du, Vinnie hat den Verstand verloren und wirft Kohle zum Fenster raus? Ich bin sicher, er betrachtet das als 'ne Investition in deine künftige Arbeit. Außerdem musst du Mr. Wu bezahlen und dir letztlich 'ne Waffe und sonstige Notwendigkeiten besorgen. Wird ein Weilchen dauern, bis wir dir Ausweise und ein Bankkonto beschaffen können. Im Gegensatz zu früher stammt ein größerer Teil des Familieneinkommens aus legitimen Geschäften. Heutzutage machen wir sogar Direktüberweisungen und haben 'ne richtige Buchhaltungsfirma. Vorerst schlage ich vor, du benutzt den Safe in deinem begehbaren Schrank.

Ach ja, noch was. Hab deine Fingerabdrücke für eine Stichprobenprüfung durch die NICS-Datenbank des FBI gejagt. Mit etwas Hilfe von ein paar unserer Freunde in der Innenstadt sollten wir dir problemlos 'ne Genehmigung beschaffen können, verdeckt eine Schusswaffe zu tragen. Und mit ein bisschen mehr Papierkram sollte die Anerkennung in 45 Staaten möglich sein. Wird aber wegen den verdammten Bundesbehörden ein Weilchen dauern. Bei denen geht nichts schnell. Na jedenfalls, warte noch, bis wir uns darum gekümmert haben, bevor du dir 'n Schießeisen zulegst, *capiche?*«

Levi spürte, wie ihn ein Anflug von Emotionen erfasste. Er schluckte schwer, als ihm bewusst wurde, wie glücklich er sich schätzen konnte, dass sich diese Leute seiner annahmen, obwohl er so viele Jahre verschwunden gewesen war. Wie eine echte Familie.

Mr. Wu hängte das Maßband wieder um seinen Hals und kritzelte etwas in ein Notizbuch. »Ich fange sofort an. Die ersten zwei Anzüge sollten morgen Abend fertig sein.«

»Wow, das ist ziemlich schnell.«

»Lass dich von Mr. Wu nicht täuschen«, warf Frankie ein. »Er hat in seiner Werkstatt 'ne Horde chinesischer Heinzelmännchen eingesperrt, die rund um die Uhr schuften.«

Der ältere Mann bedachte Frankie mit einem verschmitzten Grinsen. »Wir setzen keine Heinzelmännchen ein. Chinesen benutzen fast ausschließlich Mogwais. Sind viel zuverlässiger.«

Frankie schnaubte. »Füttern Sie die kleinen Scheißer nur nicht nach Mitternacht. Ich hab in *Gremlins* gesehen, was dann passiert.«

Mr. Wu brummelte auf Mandarin »dumme Hollywood-Filme« in sich hinein. Dann zog er einen Schuhkatalog aus seiner Ledertasche und legte ihn auf Levis Bett. »Ich vermute, Sie brauchen auch Schuhe, Mr. Yoder, also werfen Sie einen Blick hinein. Wenn ich Ihnen die Anzüge bringe, packe ich Muster der Modelle ein, die Ihnen gefallen, und Sie können sie anprobieren.«

»Danke, Mr. Wu.« Levi wandte sich an Frankie. »Sag mal, weißt du, ob Esther aus dem Viertel noch im Geschäft ist?«

»Esther?«

»Du weißt schon: korpulente, alte jüdische Dame, hatte 'nen Sportartikelladen.«

Frankies Augen wurden groß, als ihm dämmerte, wen Levi meinte. »Ach, *die*. Ja, Mrs. Rosen gibt's noch. Brauchst du was von ihr?«

»Ich werd sie selbst besuchen. Mir schwebt was eher Besonderes vor.«

Eine Glocke bimmelte, als Levi die Eingangstür von *Rosen's Sporting Goods* öffnete. Aus dem Hinterzimmer rief eine Frauenstimme: »Ich bin gleich bei Ihnen!«

Der Laden hatte sich seit Levis letztem Besuch verändert.

Die großen Regale mit Saisonkleidung waren verschwunden, ersetzt von Reihen mit allem Möglichen von Ausrüstung zum Bogenschießen bis hin zum Gewichtheben. Jede Menge davon. Mit rund 450 Quadratmetern war der Laden größer als die meisten im alten Viertel.

Ein pickelgesichtiger Teenager scannte den Einkauf einer Frau an einer nahen Kasse ein. Das Vorschulkind der Frau probierte gerade seinen neuen Basketball aus, indem es damit dribbelte.

Wieder ertönte aus dem Hinterzimmer die Stimme. »Bist du *meschugge?* Hör auf zu nörgeln und bring einfach den Müll raus, wie ich's dir schon heut Morgen gesagt hab!«

Mit einem Lächeln auf den Lippen steuerte Levi auf die vertraute Stimme zu und fand schon bald die Besitzerin.

Eine kleine, korpulente Frau, die das ergrauende Haar zu einem Dutt hochgesteckt trug, stand mit dem Rücken zu ihm da. Mit den Händen an den Hüften beobachtete sie, wie ein weiterer pickelgesichtiger Teenager, ein Zwilling des anderen an der Kasse, einen großen Mülleimer aus Kunststoff durch die Hintertür hinauszog.

»Ist das Ihr Enkel?«, fragte Levi.

»Glauben Sie, ich würd mir so was antun, wenn wir nicht blutsverwandt wären?« Die Frau spähte über die Schulter, dann erstarrte sie, als sie Levi erkannte. »Oh mein Gott!«

Esther stürmte auf ihn zu, zog ihn in eine kräftige Umarmung, wogte ihn hin und her und plapperte dabei so schnell Jiddisch, dass Levi kein Wort verstand.

»Freut mich auch, Sie wiederzusehen, Esther.«

Schließlich hielt ihn die betagte Frau auf Armeslänge und tätschelte ihm die frisch rasierte Wange. »Ich freu mich so sehr, dich wiederzusehen. Hab schon gehört, dass du zurück in der Stadt bist.«

»Ach ja? Wie das?«

Die Frau legte den Kopf schief, wodurch ihr Doppelkinn noch deutlicher zur Geltung kam. »Was denn, glaubst du, ich bekomme nichts mehr mit?«

»Lassen Sie mich raten: Sie haben mit Nonna Romano geredet.«

Esthers Augen wurden groß. »Woher weißt du das?«

Levi deutete mit dem Daumen in den vorderen Bereich des Geschäfts. »Hab 'ne Tüte von Nonna Romanos Bäckerei auf dem Regal hinter der Kasse gesehen. Und wenn 'ne italienische *Nonna* und 'ne jüdische *Bubbe* zusammenkommen ... tja, dann bleibt wenig unbesprochen.«

»Wirfst du uns etwa vor, Klatschweiber zu sein?« Esther zog eine Augenbraue hoch und bedachte Levi mit einem gespielt mürrischen Blick.

Er reichte ihr eine kleine Einkaufstüte aus Plastik. »Ich hab Ihnen was mitgebracht.«

Esther spähte in die Tüte und stöhnte. »Oh, du Verführer. Donuts von

Entenmann mit Schokoglasur. Jetzt weiß ich *mit Sicherheit*, dass du was von mir willst.«

»Na ja, ich hätte Interesse an ...«

»Merk dir den Gedanken.« Esther hob eine Hand und rief nach vorn in den Verkaufsbereich. »Ira, du und Moishe begrüßt die Kunden und helft ihnen, wenn sie Beratung brauchen! Falls jemand nach mir fragt, sagt den Leuten, sie sollen warten! Ich bin hinten.«

Damit wandte sie sich wieder Levi zu und bedeutete ihm, ihr zu folgen.

Sie gingen vorbei an dem Enkel, der die geleerte Mülltonne wieder hereinzog, in den hinteren Bereich.

Esther führte Levi zu einem Schreibtisch in der hinteren Ecke eines Lagerraums und ließ sich davor auf einen Stuhl plumpsen. Sie deutete auf einen zweiten Stuhl neben ihr, und Levi nahm darauf Platz.

»Also, was brauchst du?«, erkundigte sich Esther. »Ich weiß, du hast nie viel von vollautomatischen Waffen gehalten, aber ich würd dich schlecht beraten, wenn ich dir nicht sage, dass ich dir ein Superangebot für ein paar MP5 machen kann, an die ich rangekommen bin. Integrierter Schalldämpfer, einschiebbarer Hinterschaft und Abzugsgruppe mit drei Umschaltpositionen. Ich weiß, ist 'ne deutsche Marke, aber ihr Handwerk beherrschen diese Nazischweine ziemlich gut.«

»Nazis? Ich glaub nicht, dass die Deutschen heutzutage ...«

»Ach was. Nur weil sie behaupten, keine Nazis zu sein, heißt das noch lange nicht, dass sie keine sind. Also, was meinst du, wie viele du brauchen kannst?«

Levi lächelte. Esther hatte sich kein bisschen verändert. Für sie versteckte sich hinter jedem Gebüsch ein Nazi, es gab kein Dessert, das sie ablehnte, und sie ließ nie eine Gelegenheit sausen, etwas zu verkaufen. Gehörte alles mit zu ihrem speziellen Charme.

»Ob Sie's glauben oder nicht«, erwiderte Levi, »ich bin im Augenblick nicht auf der Suche nach 'ner Schusswaffe.«

»Nein? Was brauchst du dann? Sprengstoff? C-4 hab ich nicht vorrätig, aber ich hab von ein paar M112-Sprengladungen gehört, die ein Zuhause brauchen. Ich kann die Fühler ausstrecken, wenn du willst.«

»Nein. Ich hab mich gefragt, ob Sie auch kugelsichere Westen auf Lager haben. Gute.«

Esther nickte. »Natürlich. Weich oder hart?«

»Etwas, das ich unter einem Anzug oder normaler Kleidung tragen kann.«

»Also, ich hätte da eine feine Panzerung der Klasse 3A, die 'nem .44er Magnum-Geschoss standhält.« Esther tätschelte aufgeregt seine Hand. »Oh, und falls es dich interessiert, ich hab auch was Brandneues. Ist 'ne Weste, die sowohl ballistischen Schutz als auch Schutz gegen Blank- und Stichwaffen bietet. Neben Kevlar-Schichten ist in das Ding ein Titan-Gold-Maschengewebe integriert, 'ne völlig neue Legierung. Ist leichter als Stahldrahtgewebe und ungefähr viermal so widerstandsfähig. Ganz neu, aber angeblich dünn genug, um es unter der Kleidung zu tragen.

Ist mit feinem Kalbsleder überzogen und sollte daher sehr angenehm am Körper sein. Allerdings würd ich dafür deine Maße brauchen – die Weste wird maßangefertigt.«

»Wie viel würde das kosten?«, fragte Levi.

Esther schnappte nach Luft und legte die Hand übers Herz. »Du fragst nach dem Preis? Was spielt der Preis für eine Rolle, wenn wir von deinem Leben reden?«

Levi legte den Kopf schief und musterte die abgebrühte Geschäftsfrau mit verengten Augen. Gute 15 Sekunden Stille verstrichen, bevor sie schwer durchatmete und eine Zahl auf einen Zettel kritzelte, den sie Levi reichte.

Levi schluckte angesichts der Zahl, die sie aufgeschrieben hatte. »Tut mir leid, aber haben Sie vielleicht was anderes, das fast genauso gut ist? Vielleicht etwas um den halben Preis. Das kann ich mir nicht leisten.«

»Ist ja dein Leben, *Bubbale*.« Sie runzelte die Stirn. »*Oy*, ich kann den Gedanken nicht ertragen.« Sie schnappte sich den Zettel wieder, kritzelte einen neuen Preis und gab ihm das Papier zurück. »Ich kann mir dein Leben nicht aufs Gewissen lasten. Also überlasse ich sie dir zu meinen Selbstkosten.«

Levi unterdrückte ein Lächeln. Erstaunlicherweise belief sich der neue Preis tatsächlich auf nur etwas mehr als die Hälfte der ursprünglichen Zahl. Levi wäre nicht überrascht, wenn Esther selbst damit noch einen satten Profit erzielte. »Abgemacht.«

Esther lächelte, und sie schüttelten sich die Hände. »Brauchst du sonst noch etwas?«

»Eine weitere Sache.« Von einem unter seiner neu erstandenen Windjacke versteckten Gurt zog Levi eines der Messer, die er von Denny hatte. Er legte es auf den Tisch. »Ersatz dafür.«

Esther ergriff das Messer und bedachte es mit einem angewiderten Blick. »Was ist das denn für schrottige Micky-Maus-Kacke? Bitte sag mir, dass du das nicht für irgendetwas verwendest.«

»Deshalb bin ich hier. Ich brauche was Anständiges.« Levi deutete auf den Notizblock auf dem Tisch. »Warten Sie, ich zeichne Ihnen auf, wonach ich suche.«

Esther reichte ihm einen Bleistift, und er skizzierte, was er brauchte. »Ich will den Schwerpunkt hier haben« – er zeigte hin – »und der Griff soll mit Paracord umwickelt sein. Die Klinge will ich aus Messerstahl mit Kohlenstoff, aus etwas wie 420.«

Esther gab einen höhnischen Laut von sich und schüttelte den Kopf. »Wozu soll das Ding sein – zum Apfelschälen oder zum Kämpfen? Wofür willst du's benutzen?«

»Ich will es ausgewogen zum Werfen haben, es aber auch zum Stechen, Schneiden, für Angriffe verwenden können, ein Mehrzweckmesser. Außerdem brauch ich vier davon.«

Sie schürzte die Lippen, während sie die Zeichnung betrachtete. »Dann würde ich an deiner Stelle keinen 420er Stahl nehmen. Ich hab Kunden, die klagen beim 420er über Absplitterung, wenn sie damit was Hartes treffen. Vielleicht solltest du 1055er mit entsprechender Härtung in Betracht ziehen. Ist verdammt widerstandsfähig. Nein, warte – ich glaub, der neue japanische YXR7 wär noch besser. Ist ein Dualphasenstahl und durch das Fehlen von Primärkarbiden unheimlich kantenfest.«

Levi musste unwillkürlich über die technischen Kenntnisse lächeln, die aus dieser jüdischen Großmutter hervorsprudelten. Wer würde schon glauben, dass eine betagte Frau, die ein Sportartikelgeschäft betrieb, eine relativ bedeutende Waffenhändlerin war?

»Na, jedenfalls, wenn du dir die Mühe machst zu lernen, wie man sie richtig pflegt, glaube ich, du wärst mit YXR7 oder 1055 besser bedient, wobei meiner Meinung nach der YXR7 noch über dem 1055 steht. Ich hab 'nen Freund an der Westküste, der solche Messer seit fast 40 Jahren von Hand schmiedet. Er arbeitet mit diesen neuen Schmiedeverfahren. Ich kann ihn anrufen. Könnte allerdings ein paar Wochen dauern, bis er liefern kann.«

Levi nickte. »Das ist schon in Ordnung, ich verlass mich auf Ihre Empfehlung. Was wird das kosten?«

Esther stand auf und bedeutete Levi, ihr zu folgen. »Gehen wir wieder nach vorn. Ich kann Ira und Moishe nicht länger als zehn Minuten allein lassen, bevor ich anfange, mir Sorgen zu machen, sie könnten die Bude abfackeln. Und was die Kosten angeht, lass mich erst meinen Freund in Washington anrufen und rausfinden, ob er innerhalb einer vernünftigen Zeit liefern kann. Er ist der Beste, den ich kenne. Sobald ich eine Lieferzeit habe, können wir über den Preis reden.«

»Ich vertraue Ihnen, Esther. Geben Sie mir einfach die Rechnung und haben Sie beim Preis ein bisschen Erbarmen mit mir. Ich bin grade erst dabei, wieder einzusteigen und in Schwung zu kommen.«

Esther klopfte Levi auf den Rücken, als sie in den Verkaufsbereich des Ladens zurückkehrten. »*Bubbale*, ich werd wie immer fair zu dir sein.«

Eine Glocke bimmelte, als sich die Eingangstür öffnete und ein großer Asiate den Laden betrat. Er trug ein Hemd mit langen Ärmeln, die er halb die tätowierten Unterarme entlang hochgerollt hatte. In der rechten Hand hatte er eine Einkaufstüte. Am linken kleinen Finger fehlte ein Knöchel.

Yakuza.

In Japan hatte Levi schon Mitglieder des japanischen Verbrechersyndikats gesehen, allerdings hatte er noch nie gehört, dass sie auch in die USA kamen, schon gar nicht nach Little Italy.

Esther winkte dem Mann zu. »Hiro. Ich bin gleich bei Ihnen.«

Mit einem Nicken zog der Mafioso etwas aus seiner Tüte und legte es auf den Verkaufstresen. Die Anspannung floss aus Levi ab, als er erkannte, dass es sich lediglich um einen Geschenkkorb handelte. Bunte Schleifen und Zellophan bedeckten einen hübsch angeordneten Haufen *Mochi*, ein japanisches Dessert aus Klebreis.

»Ist da die gesüßte Bohnenpaste drin?«, fragte Esther.

Hiro schenkte ihr ein Lächeln.

Mit einem Stöhnen schüttelte sie den Kopf. »Ihr Jungs bringt mich noch ins Grab.«

Levi nippte an seinem Selters. Es war noch früh am Nachmittag. Nur zwei andere Gäste saßen in der Kneipe, beide an einem Tisch auf der anderen

Seite. Levi hatte Denny gerade eine Zusammenfassung seiner jüngsten Probleme geschildert.

»Also weißt du nicht mal, wer's auf dich abgesehen hat?«, fragte Denny.

Levi schüttelte den Kopf. »Noch nicht. Glaub mir, ich wünschte, ich wüsste es – dann hätte ich was, worauf ich mich konzentrieren könnte. So grüble ich nur ständig über mein Leben nach und spiele eine Variante nach der anderen durch, was ich damit anfangen soll.«

»Hör mal, Mann.« Denny wischte einen Fleck von einem der Gläser und schaute dabei zur Straße hinaus. »Wenn ich irgendwas für dich tun kann, dann gib mir Bescheid.«

»Da fällt mir im Moment nichts ein, aber ich hab schon ein paar Leute drauf angesetzt, sich für mich umzuhören. Sobald ich 'ne Spur hab, bei der du mir helfen kannst, werd ich nicht schüchtern sein, das kannst du mir glauben.«

Denny beugte sich über die Theke und flüsterte: »Apropos schüchtern: Während du geredet hast, hab ich das Fenster im Auge behalten. Da ist 'ne Frau, die ist dreimal dran vorbeigegangen und hat jedes Mal in unsere Richtung gelinst. Irgendwie glaub ich, dass sie nicht auf meine Aufmerksamkeit aus ist.«

Levi drehte sich um. Eine große, schlanke Frau stand neben dem Fenster der Kneipe. Sie trug einen eleganten dunkelgrauen Hosenanzug, der eine gute Figur zur Geltung brachte, aber trotzdem als Geschäftsaufmachung durchging. Das glatte, schwarze Haar reichte ihr bis zur Mitte des Rückens. Etwas an ihren Kurven, ihrem Haar, dem Mokka-Teint und vielleicht auch an den Augen erinnerte ihn an Frauen aus Polynesien. Allerdings besaß diese Frau einen feineren Knochenbau. Im Augenblick galt ihre Aufmerksamkeit ihrem Handy.

»Sie?«, fragte Levi.

»Genau. Die ist nicht aus der Gegend, so viel kann ich dir sagen. Sieht hawaiianisch oder so aus.«

Die Frau verstaute das Telefon in der Handtasche und öffnete die Tür zur Kneipe. Sie ging direkt auf Levi zu und zog einen dicken Umschlag aus der Handtasche. »Mr. Yoder, ich bin von einem Kurierdienst damit beauftragt worden, Ihnen das zu übergeben.«

Schlagartig sträubten sich Levi die Nackenhaare. »Tut mir leid, aber ich kann mich nicht erinnern, Sie schon mal gesehen zu haben, und ich hab 'n Gedächtnis wie ein Elefant. Woher wissen Sie, dass ich derjenige bin, nach dem Sie suchen?«

In den ausdruckslosen Zügen der Frau regte sich etwas.

Ein Anflug von Besorgnis?

Dann lächelte sie. »Nun, man hat mir ein Foto von Ihnen mit Bart gezeigt. Da Sie sich seither rasiert haben, war ich mir nicht ganz sicher, ob Sie es sind. Aber Ihre blauen Augen sind schwer zu übersehen.«

Levi erwiderte das Lächeln. »Ich sollte mich wohl geschmeichelt fühlen.« Er deutete auf die Theke. »Lassen Sie es einfach hier. Ich seh's mir gleich an.«

Die Frau legte den Umschlag auf die Theke und holte ein Handy hervor, das sich noch in der Herstellerverpackung befand. »Außerdem soll ich Ihnen das hier geben. Das ist ein Prepaid-Telefon, eingerichtet mit einem internationalen Tarif. Man hat mir gesagt, das Schreiben in dem Umschlag hätte etwas mit dem Telefon zu tun.«

Levi holte einen Zwanzig-Dollar-Schein aus der Brieftasche und bot ihn ihr an.

Sie winkte ab und lächelte. »Tut mir leid, das kann ich nicht annehmen.«

»Warum nicht?«

»Verstößt gegen Unternehmensrichtlinien.«

»Entschuldigen Sie bitte.« Levi steckte das Geld wieder ein. »Muss ich irgendwas unterschreiben?«

Sie legte das Telefon auf die Theke und begann, sich rückwärts zu entfernen. »Nein, ich wurde nur damit beauftragt, das bei Ihnen zu lassen.«

»Hey, noch was: Woher haben Sie gewusst, dass Sie mich hier finden können?«

Die Frau sah auf die Armbanduhr. »Entschuldigung, aber ich habe noch eine Lieferung, für die ich bereits spät dran bin.« Damit öffnete die Tür und verschwand hinaus.

»Schräg«, befand Denny.

»Sehr.«

Levi lehnte sich mit dem Rücken an die Theke und beobachtete den Eingang. Ein Kurierdienst konnte ihn an diesem Ort unmöglich gefunden haben – es sei denn, man hatte ihn verfolgt.

»Sag mal, Denny, hast du den nötigen Kram, um Fingerabdrücke zu überprüfen?«

»Du meinst ihre Abdrücke von der Lieferung? Klar. Bin gleich wieder da.«

Levi wandte sich den Gegenständen auf der Theke zu. Der schlichte weiße Umschlag wies keinerlei Beschriftung auf. Das Telefon befand sich in einer werkseitig versiegelten Verpackung, die nur die Marke des Geräts und Angaben zum Prepaid-Datentarif verriet.

Einen Moment lang spielte er mit der Idee, der Frau zu folgen, aber ein sechster Sinn verriet ihm, dass sie vermutlich längst verschwunden sein würde.

Denny kehrte mit Latexhandschuhen und einer kleinen Kunststoffbox zurück. Er streifte die Handschuhe über, öffnete die Box und sprenkelte ein feines schwarzes Pulver auf den Umschlag.

»Hast du rausgefunden, woher die Peilsender waren?«, fragte Levi.

»Ja und nein. Eindeutig Geräte, wie sie die Regierung benutzt, aber zu verbreitet, um zu bestimmen, von welcher Behörde sie stammen könnten.«

Mit etwas, das wie ein feiner Pinsel aussah, wischte Denny behutsam einen Teil des Pulvers weg. Zwei deutliche Fingerabdrücke erschienen vorne auf dem Umschlag.

»Prima«, meinte Levi.

Mit transparentem Klebeband übertrug Denny eine Kopie des Abdrucks auf ein quadratisches Stück Papier. »Ziemlich saubere Abdrücke. Soll ich versuchen, ihre Identität rauszubekommen?«

»Ja, nur für alle Fälle. Ich vermute stark, sie ist von der Polizei oder irgendeiner Bundesbehörde. Mehr werd ich wohl erfahren, wenn du den Umschlag für mich aufmachst.«

Denny verdrehte die Augen. »Wieso muss ich die Drecksarbeit machen?«

»Weil du das besser kannst als ich.«

»Na ja, wenigstens weißt du, dass ich was drauf hab.«

Nachdem Denny die beiden Abdrücke – und einen dritten von der Rückseite des Umschlags – übertragen hatte, griff er sich ein Taschenmesser aus der Box und schnitt den Umschlag damit vorsichtig auf. Er holte ein Foto und einen zusammengefalteten Bogen Papier daraus hervor. Beides bestäubte er mit Fingerabdruckpulver.

Das Foto zeigte eine Frau in einem schwarzen Trenchcoat beim

Aussteigen aus einem Flugzeug. Sie trug eine dunkle, überdimensionierte Brille und hatte auffallend grellrotes Haar.

»Zwei weitere Abdrücke von dem Schreiben«, verkündete Denny. Auch sie übertrug er auf Papier. »Auf den ersten Blick würd ich sagen, die Abdrücke von dem Schreiben sind andere als die vom Umschlag.« Er verstaute alle fünf Abdrücke in der Kunststoffbox. »Ich geh die mal scannen, solange noch wenig Betrieb ist. Hab 'nen alten Freund vom Studium, der sie für mich durch die FBI-Datenbank jagen kann. Wird aber ein paar Stunden dauern. Falls sich daraus nichts ergibt, kann ich noch weitergraben. Gut möglich, dass ich jemanden finde, der Zugang zu Personalakten der Regierung hat. Wenn die Frau Polizistin oder Bundesagentin ist, sollte es uns gelingen, das rauszufinden.«

»Danke.« Levi zeigte auf das teilweise gefaltete Schreiben. »Kann ich's jetzt nehmen?«

Denny nickte. »Ja, nur zu. Ich hab alles, was ich brauche.« Damit griff er sich die Box mit der Fingerabdruckausrüstung und verschwand ins Hinterzimmer.

»Levi, brauchst du irgendwas?«, rief Carmen vom anderen Ende der Theke herüber.

Er schüttelte den Kopf und schenkte ihr ein Lächeln, während er das Schreiben ergriff und auseinanderfaltete. Als er die maschinengeschriebenen Worte überflog, lief ihm ein Schauder über den Rücken.

Beigefügt finden Sie das Bild einer Überwachungskamera, das die für den Tod von Jebediah Yoder und Jacob Miller verantwortliche Person zeigt.

Ihr letzter bekannter Aufenthaltsort war der Distrikt Dolakha im Gebiet von Janakpur im Nordosten von Nepal, ungefähr 200 Kilometer östlich von Kathmandu.

Für Sie wurde ein Hin- und Rückflug gebucht, der morgen früh vom Flughafen JFK abhebt. Die Flugdaten befinden sich auf der zweiten Seite.

Das beiliegende Telefon empfängt bei der Ankunft in Nepal aktualisierte GPS-Koordinaten mit weiteren Einzelheiten.

Die Entscheidung liegt bei Ihnen.

• • •

»Heilige Scheiße«, murmelte Levi bei sich. Er blätterte auf die zweite Seite, die den Flugplan enthielt. Abflug vom JFK, Umstieg in Abu Dhabi, Landung in Nepal. Insgesamt fast 17 Stunden in der Luft.

Sein Magen brannte, als Wut in ihm aufstieg. Er hielt sich nicht für einen Chauvinisten, ganz im Gegenteil. Dennoch fiel ihm schwer, sich vorzustellen, eine Frau könnte einem Achtjährigen die Kehle aufgeschlitzt haben, um an Levi heranzugelangen.

Und warum spielte ihm jemand diese Information zu? Was erwartete der unbekannte Absender von ihm?

Er wandte die Aufmerksamkeit dem Telefon zu. Wahrscheinlich ein Ortungsgerät. Aber spielte das überhaupt noch eine Rolle?

Als Denny zurückkam, nickte er in Richtung der auseinandergefalteten Mitteilung und zog die Augenbrauen hoch.

Mit einer Geste deutete Levi an: *Nur zu.*

Denny las das Schreiben, dann schaute er zu Levi auf. »Und? Was hast du jetzt vor?«

»Wäre ich schlau, würd ich den Schrieb zerreißen und wegwerfen. Fühlt sich nach einer Falle an.« Andererseits konnte er sich nicht einfach abwenden. Der Anblick seines Cousins und des toten Nachbarsjungen blitzte vor seinem geistigen Auge auf. Er spürte, wie sich die Anspannung in ihm steigerte.

Schließlich griff er sich von der Theke einen Zettel und einen Stift. Er schrieb: *Kann ich mir deinen Faraday-Käfig leihen? Falls das Handy verwanzt ist, will ich nicht, dass man mich zu meiner Wohnung verfolgt.*

Denny betrachtete das noch verpackte Telefon argwöhnisch, bevor er Levi den Daumen hoch zeigte. Er verschwand erneut nach hinten und kehrte kurz darauf mit zwei Boxen zurück, eine größer als die andere. Denny legte das Telefon in die kleinere Box, die aus einem Kupfergeflecht bestand. Dann verstaute er die Gitterbox in einem Behältnis, das wie eine Kühlbox aussah. Nachdem er den Deckel verschlossen hatte, reichte er es Levi. »Kannst mich ruhig paranoid nennen, aber nur für den Fall, dass dieses Ding Ton aufzeichnet, hab ich's zusätzlich in 'ne schalldichte Box gesteckt. Jetzt kann es nichts senden und, wichtiger noch, auch nichts hören, das es aufzeichnen und später übertragen könnte.«

»Soll ich dir die Kisten auf dem Weg zum Flughafen zurückbringen?«

»Ich schließe um vier Uhr morgens. Wenn du mir sagst, dass du um sechs klingelst, bleibe ich länger.« Denny lächelte. »Demnach willst du wohl fliegen, was?«

Levi hopste vom Barhocker und trank den Rest seines Selters aus. »Tja, mein Visum gilt noch für die Einreise nach Nepal, da ich erst vor ein paar Wochen dort war. Wenn ich zu Hause bin, ruf ich bei der Fluggesellschaft an und überprüfe noch mal alles. Falls die Buchung korrekt ist ... Schätze, ich hab schon Dümmeres gemacht.«

Denny lehnte sich über die Theke und gab Levi die Ghettofaust. »Alter, sei vorsichtig. Falls ich vor morgen früh was über die Abdrücke rausfinde, soll ich dich anrufen?«

»Ja. Falls ich gerade in 'ne Falle gelockt werde, will ich wissen, wen ich dafür erwürgen soll.«

KAPITEL NEUN

Madison und Jen saßen im Besprechungszimmer und warteten auf Maddox. Sein Laptop war bereits an den Projektor angeschlossen und übertrug zwei Bilder von Lazarus Yoder auf den Bildschirm vorn im Raum.

Jen zeigte auf die Aufnahmen. »Ist das nicht Yoder ohne Bart? Weißt du, woher wir diese Fotos haben?«

»Das Linke, wo er an einer Theke sitzt, hab ich geschossen. Keine Ahnung, woher das andere ist. Sieht so aus, als wäre er da bei einer Sicherheitskontrolle an einem Flughafen. Muss ziemlich neu sein, weil er darauf keinen Bart hat.«

Jens Augen weiteten sich. »Du hast ihn observiert? Im Ernst?«

»Genau genommen hat mich Maddox beauftragt, ihm was zu überbringen.«

Jen legte den Kopf schief und streckte die Unterlippe vor. »Und wie war er so? Sieht er in natura genauso gut aus?«

»Du denkst echt ziemlich eindimensional, was?«

»Komm schon. Du musst zugeben, dass er ein verdammt hübsches Gesicht hat.«

Madison zuckte mit den Schultern. »Klar, er ist unbestreitbar hübsch anzusehen, aber er hat irgendwas an sich.« Der Blick von Yoders stechenden blauen Augen suchte sie immer noch heim. Sie hatte das

Gefühl gehabt, er könnte in ihr Innerstes sehen. »Bestimmt hat mir nur mein Verstand 'nen Streich gespielt, aber ich hatte das Gefühl, er hätte einen fein justierten Lügendetektor eingebaut, mit dem er mich in dem Moment durchschaut hat, als ich die Kneipe betreten habe. Ich weiß auch nicht ... er hat was Gefährliches ausgestrahlt.«

Von der Tür ertönte ein Piepton. Maddox trat ein und setzte sich neben seinen Laptop. »Guten Morgen, meine Damen. Wir haben 'ne Menge zu besprechen.« Er zeigte mit dem Daumen nach hinten zu den auf den Bildschirm projizierten Fotos. »Über Mr. Yoder unterhalten wir uns gleich. Aber eins nach dem anderen: Ich habe Sie beide hergebeten, weil ich für Sie die Freigabe für die Arbeit an einem verteilten Projekt mit dem Codenamen ›Arrow‹ besorgt habe. Offensichtlich haben wir äußerst strenge Kontrollen dafür, wer eingeweiht wird, aber ihre Namen wurden den Zugangskontrollen für das Projekt hinzugefügt. Sie sollten also seit heute in der Lage sein, die Arrow-Dateien aufzurufen. Ich weise Sie mal in die Grundlagen ein.

Wir verfolgen seit einiger Zeit die Aktivitäten eines russischen Mafiabosses, den wir nur als ›Wladimir‹ kennen. Wir haben von ihm weder einen Stimmabdruck noch seinen Zunamen – andere Mitglieder der russischen Mafia erwähnen penibel immer nur seinen Vornamen. Soweit wir wissen, könnte Wladimir nicht sein richtiger Name sein und sogar überhaupt nur ein Codewort.

Jedenfalls taucht der Name immer wieder auf, oft in Verbindung mit einer Erwähnung des Jamantau, eines Bergs im Uralgebirge.«

»Dorthin ist die auf Yoder angesetzte Killerin gereist.«

»Ganz genau, Agent Lewis. Dadurch und durch die Verbindung mit unserem schlüpfrigen Wladimir in früheren Gesprächsprotokollen werden dieser Yoder und seine Verbindung zur russischen Mafia umso interessanter. Außerdem ist es der Grund, warum Sie beide in Projekt Arrow einbezogen werden.

Lassen Sie mich ganz vorn anfangen.

Am 10. März 1956 ist ein B-47 Bomber der Air Force irgendwo über dem Mittelmeer verschwunden.

Nur sehr wenige Menschen wissen, dass die Maschine am Luftwaffenstützpunkt MacDill mit Nuklearsprengköpfen beladen wurde. Mit zwei Mark 15 Atombomben. Geschätzte kombinierte Sprengkraft: 3,4 Megatonnen TNT.

Bis vor Kurzem galten sowohl das Flugzeug als auch die Fracht als verschollen.«

Madison erinnerte sich an eine über fünf Jahre zurückliegende Begebenheit. Aber das konnte sich unmöglich auf denselben Zwischenfall beziehen. Oder doch?

Maddox zeigte auf sie, als hätte er ihre Gedanken gelesen. »Ganz genau, Agent Lewis. Ich hab erst vor wenigen Tagen erfahren, dass Sie, als Sie noch bei der Navy waren, in unseren Versuch einbezogen waren, den verschwundenen B-47 Bomber aufzuspüren und zu bergen. Bei dem Tauchgang hat sich herausgestellt, dass die Atomsprengköpfe bereits aus dem Wrack entfernt worden waren. Und aufgrund der Informationen, die wir seither zusammentragen konnten, glauben wir, dass sich diese Atomwaffen jetzt im Besitz der russischen Mafia befinden.«

Jen schnappte hörbar nach Luft. »Was um alles in der Welt wollen die mit Atomwaffen? Sie auf dem Schwarzmarkt verkaufen?«

»Das gehört mit zur Mission des Projekts. Wir sollen Aufklärung darüber betreiben, wo sich unser verschwundenes Eigentum befindet, und nach Möglichkeit herausfinden, wer hinter dem Diebstahl steckt und welche Absicht dahintersteht.«

Madison beugte sich auf ihrem Stuhl vor. »Was hat das mit dem Jamantau zu tun? Ich hab darüber recherchiert. Soweit ich das feststellen konnte, steht der Ort im Verdacht, eine Kernforschungsanlage aus der Sowjetzeit sowie einen Bunker für den Fall eines Atomkriegs zu beherbergen.«

Maddox nickte. »Das ist alles richtig. Allerdings lassen die Informationen, die wir bisher sammeln konnten, darauf schließen, dass einige Elemente der russischen Regierung gerade etwas reaktivieren, das sie als ›Perimetr‹ oder ›Tote Hand‹ bezeichnen. Wir glauben, dass der Standort des Systems ›Tote Hand‹ ein Militärstützpunkt unter dem Jamantau ist.«

»Was macht dieses System?«, fragte Jen.

»Das Grundprinzip dahinter ist recht simpel. Die Sowjets hatten Angst, ihre Führungsriege könnte umkommen oder die Kommunikation mit ihren Atomraketensilos verlieren. Das System sollte einen automatischen Vergeltungsschlag initiieren, falls innerhalb der sowjetischen Grenzen eine Atombombe abgeworfen wird.«

»Oh Kacke.« Madison spürte, wie sich die feinen Härchen an ihren Armen aufrichteten. »Sie glauben doch nicht etwa, die würden in ihrem eigenen Land 'ne Atombombe zünden, um den Dritten Weltkrieg anzuzetteln, oder?«

»Das ist das Problem.« Maddox presste die Lippen zusammen. »Wir können nur raten, was da vor sich geht und welche Beweggründe dahinterstehen. Deshalb müssen wir mehr in Erfahrung bringen. Ich kann allerdings verraten, dass wir unsere bisherigen Informationen unseren Kriegsstrategen vorgelegt haben. Das Szenario, das ihnen dazu eingefallen ist, sollte uns allen Sorgen machen.

Irgendjemand von der russischen Mafia könnte versuchen, unsere Waffen zu benutzen, um den automatischen Start des russischen Atomraketenabwehrsystems auszulösen. Und das umfasst nach unserem derzeitigen Wissensstand rund 850 ballistische Interkontinentalraketen, die in der Lage sind, jeden Ort auf dem Festland der USA zu erreichen.

Der Verteidigungsminister wurde über dieses Szenario informiert und hat seinerseits den Präsidenten informiert.«

Maddox beugte sich vor und klopfte zur Betonung mit dem Zeigefinger auf den Tisch. »Agent Lewis, Agent Lancaster, ernster als das kann es kaum werden. Wir sind darauf angesetzt zu ermitteln und dabei *jegliche Mittel* einzusetzen, die uns zur Verfügung stehen.«

Jens Rücken versteifte sich. »Haben wir denn versucht, mit der russischen Regierung über das zu reden, was wir wissen? Ich meine, warum sollte jemand tun, was diese Kriegsstrategen vermuten? Das klingt total verrückt.«

Maddox seufzte. »Das ist kompliziert. Soweit wir das beurteilen können, gibt es bei den Russen interne Fraktionen, die sich gegenseitig bekriegen. Einige wollen die Sowjetunion und die Vergangenheit wiederaufleben lassen, andere wollen Russland neu erfinden und im Land eine moderne, kapitalistische Gesellschaft etablieren. Für wieder andere ist das höchste Ziel, die USA in ein nukleares Ödland zu verwandeln.

Denen ist klar, dass sich das mit ein, zwei Atombomben niemals bewerkstelligen ließe. Aber wenn sie eine Situation erschaffen können, durch die das gesamte russische Atomwaffenarsenal gegen uns auf einmal zum Einsatz gebracht würde ...«

Stille kehrte im Besprechungsraum ein, als Maddox den Satz unvollendet und bedrohlich in der Luft hängen ließ. Jen sah aus, als könnte sie jeden Moment vor Wut platzen.

»Agent Lancaster«, fuhr Maddox schließlich fort, »Sie müssen sich die nächste Woche lang in sämtliche Arrow-Akten einlesen. Machen Sie sich mit allem vertraut, was wir über das politische Klima und die beteiligten Akteure wissen. Ich schicke Sie in zehn Tagen mit einem Diplomatenausweis in die russische Botschaft. Wir haben zwar schon andere Agenten eingeschleust, aber ich denke, wir könnten davon profitieren, auch Sie dort zu haben.«

Jens ernster Gesichtsausdruck blieb unverändert. »Sie reden davon, dass ich mich unter die politischen Apparatschiks der Duma oder des Föderationsrats mischen soll.«

Maddox nickte. »Bevor Sie aufbrechen, möchte ich, dass Sie einen Plan ausarbeiten und mir präsentieren. Ich unterstütze Sie von hier aus, so gut ich kann. Aber sobald Sie vor Ort sind, arbeiten Sie verdeckt als Botschaftsmitarbeiterin. Das ist die Liga der Großen. Sind Sie dem gewachsen?«

»Auf jeden Fall.«

»Gut. Wir werden dringend jegliche Vor-Ort-Informationen brauchen, die wir kriegen können.«

Als Nächstes wandte sich Maddox an Madison und zeigte mit dem Daumen in Richtung der Bilder von Lazarus Yoder. »Agent Lewis, sagen Sie mir: Was war Ihr persönlicher Eindruck von Mr. Yoder?«

»Er ist klug. Wirklich intelligent. Und vorsichtig. Er hat die Lieferung nicht mal von mir entgegengenommen – er wollte, dass ich sie auf der Theke liegen lasse.«

»Tja, offensichtlich hat er letztlich aufgemacht, was Sie ihm überbracht haben. Denn das Bild rechts wurde heute Morgen auf dem Flughafen JFK aufgenommen.

Agent Lewis, Sie müssen sowohl diesen Yoder als auch die Killerin im Auge behalten, auf die wir ihn angesetzt haben. In das Handy, das Sie ihm gegeben haben, ist ein Peilsender eingebaut. Die Ortungsdaten schicke ich Ihnen gleich im Anschluss an diese Besprechung. Aber es wird noch einen Tag dauern, bis er wieder auf dem Boden ist.«

»Sie haben Yoder hinter der Killerin her geschickt?« Madison legte den Kopf schief, war nicht sicher, ob sie ihren Vorgesetzten richtig verstanden hatte. »Was, wenn er sie umbringt?«

»Ein kalkuliertes Risiko«, räumte Maddox ein. »Allerdings sind unsere Profiler der Ansicht, Yoder würde sich, wenn er Anweisungen erhält, weitestgehend daran halten. Außerdem ist er meiner Einschätzung nach klug genug, um zu wissen, dass wir ihn fallen lassen würden, wenn er sie alle macht. Keine Ahnung, wie nepalesische Gefängnisse so sind, aber die chinesischen stehen im Ruf, äußerst unangenehm zu sein.«

»Darf ich fragen, was wir eigentlich von ihm verlangen?«

»Wenn er sein Ziel erreicht, geben wir ihm die aktuellen GPS-Koordinaten der Profikillerin. Wir werden ihn auffordern, sie aufzuspüren. Und bei Bedarf außer Gefecht zu setzen. Und mit dem Handy, das wir ihm zur Verfügung gestellt haben, kann er ein Evakuierungssignal aktivieren.«

Nach ihrem Gesichtsausdruck zu urteilen, war Jen genauso überrascht wie Madison.

Maddox fuhr fort. »Wir halten einen Blackhawk samt Besatzung in Bereitschaft, um beide rauszuholen. Sobald wir die Killerin haben, kann Yoder auf eigene Faust in die Staaten zurückkehren, und wir versuchen, etwas aus der Frau herauszubekommen. Soweit wir wissen, ist sie eine direkte Mitarbeiterin dieses mysteriösen Wladimirs. Sie in die Finger zu kriegen, könnte ein echter Durchbruch in dem Fall sein.«

Er verstummte kurz. »Gibt's noch irgendwelche Fragen?«

Jen schüttelte den Kopf. »Nicht von mir.«

Madison verspürte einen unverhofften Anflug von Schuldgefühlen, als sie die Fotos von Lazarus Yoder betrachtete. Die CIA benutzte ihn wie ein Werkzeug, was sie irgendwie ziemlich unfair fand.

Sie drehte sich wieder Maddox zu und schüttelte den Kopf. »Keine Fragen von mir.«

Maddox stand auf. »Gut, dann sind wir vorerst fertig. Gehen Sie die Arrow-Akten durch. Sie müssen sie in- und auswendig kennen.«

Als Madison zu ihrem Büro zurückkehrte, fühlte sie sich unwillkürlich schmutzig. Yoder hatte nicht darum gebeten, in all das hineingezogen zu werden, und sie hatte dabei eine aktive Rolle gespielt.

Mit einem schweren Schlucken würgte sie den üblen Geschmack hinunter, der ihr in die Kehle stieg.

Als Levi die Treppe vom Gate des Flughafens Tribhuvan in Kathmandu hinunterging, sah er sich einem übelriechenden Gedränge von Männern und Frauen aller Altersgruppen gegenüber, die sich um einen Platz ganz vorn am Gepäckband drängten.

Als er sich durch die Menge schob, fühlte er sich wie Zahnpasta, die aus einer Tube gequetscht wird. Zum Glück hatte er kein Gepäck eingecheckt. Er hatte nur seinen kleinen Rucksack dabei, der eine Jacke und einen Satz Kleidung zum Wechseln enthielt.

Nachdem er sich durch den Gepäckausgabebereich gekämpft hatte, trat er hinaus vor das Gebäude. Ein frostiger Wind ließ den Dieselgestank einer nahen Ansammlung von Taxis etwas erträglicher werden. Die Taxivermittler umringten ihn und riefen ihm Preise für eine Fahrt in die Stadt zu. Levi ignorierte sie. Stattdessen holte er das Handy hervor, das ihm in der Kneipe zugestellt worden war, und schaltete es ein.

Nachdem das Gerät eine Minute lang nach einem Signal gesucht hatte, bekam er letztlich zumindest einen Balken Empfang. Fast sofort trudelte eine Reihe von SMS ein.

Mr. Yoder, willkommen zurück in Nepal.

Dieses Telefon wurde mit den neuesten GPS-Koordinaten der Zielperson aktualisiert. Starten Sie die App, die sich auf dem Startbildschirm befindet. Sie fungiert als Kompass, der sie zum letzten bekannten Aufenthaltsort der Zielperson führt.

Die Koordinaten werden Sie nicht exakt zu ihr führen. Sie werden das Foto verwenden müssen, um die Zielperson aufzuspüren.

Sobald Sie die Frau aufgespürt haben, drücken Sie die Lauter- und Leiser-Tasten gleichzeitig.

Dann trifft innerhalb einer Stunde ein Evakuierungsteam ein und bringt Sie und die Zielperson zu einer Einrichtung unter US-Kontrolle. Danach werden Sie zurück zu Ihrem Ausgangspunkt gebracht, und die Zielperson wird der Gerechtigkeit zugeführt.

Levi entging keineswegs die Formulierung »Willkommen zurück« – aus der hervorging, dass die Verfasser der SMS von seinem kürzlichen Aufenthalt in Nepal wussten.

Natürlich wussten sie darüber Bescheid. Immerhin gehörten sie zur CIA.

Bevor Levi die USA verlassen hatte, war es Denny tatsächlich gelungen, die Fingerabdrücke zu identifizieren. Die Frau, die ihm die Lieferung überbracht hatte, war eine ehemalige Sprengstoffexpertin und Taucherin der Navy, die mittlerweile als Geheimdienstanalystin für die CIA arbeitete. Denny hatte gründlich gearbeitet und sogar ihre Entlassungspapiere vom Militär besorgt. Die Fingerabdrücke auf dem Briefpapier gehörten einem altgedienten Agenten namens John Maddox.

Ungeachtet des reißerischen Unsinns und geheimnisvollen Flairs, die einem in Filmen und im Fernsehen vorgegaukelt wurden, wusste Levi, dass es sich bei der CIA lediglich um eine Ermittlungsbehörde der US-Regierung handelte, deren Hauptaugenmerk die Beschaffung von Informationen aus dem Ausland galt. Warum also hatte man beschlossen, ihn einzuspannen? Warum setzte die CIA keine eigenen Agenten darauf an, die Frau zu schnappen?

Vielleicht dachte man, mit ihm jemanden zu haben, der besonders motiviert wäre, sie zu finden – immerhin hatte sie Mitglieder seiner Familie getötet und versucht, ihm die Schuld in die Schuhe zu schieben. Levi schmunzelte, als er sich weiter vom überlaufenen Flughafeneingang entfernte. In der Hinsicht hatten sie wohl recht. Er war *äußerst* motiviert, dieses Miststück zu finden.

Dennoch nagten Zweifel in seinem Hinterkopf. Er konnte sich nicht sicher sein, ob diese Frau die Kinder wirklich getötet hatte. Davon musste er sich erst überzeugen, bevor er sie den Wölfen zum Fraß vorwerfen würde.

Als er die offenbar spezialprogrammierte Standort-App auf dem Handy startete, erschien ein Kompass. Die Nadel drehte sich kurz, bevor sie nach Osten wies und eine Entfernung von knapp 220 Kilometern anzeigte. Das entsprach ungefähr 140 Meilen.

Levi winkte einem der nahen Taxifahrer.

Sofort umringten ihn drei Männer und brüllten ihm verschiedene Zahlen zu.

»Taxi, Sir, 600 Rupien!«

»Nein, 500 Rupien!«

»Ich mache für 500 Rupien, Sir!«

Levi hob die Hand. »Halt.« Er tippte auf eine Schaltfläche der App, die eine Straßenkarte aufrief. Der Zielort befand sich knapp außerhalb einer kleinen Stadt, in der er erst vor wenigen Wochen gewesen war. »Ich muss nach Jiri.«

Zwei der Männer winkten ab und drehten sich weg. Der verbleibende Taxifahrer verzog das Gesicht, als würde er angestrengt nachdenken. Als er das Wort ergriff, klang er nicht mehr so enthusiastisch wie zuvor. »30.000 Rupien, Sir. Beste Angebot.«

Levi schaute über die Schulter zu der Horde der Taxifahrer am Eingang zum Flughafen.

»Sir, kann ich machen 30.000 Rupien. Besser geht nicht.«

Levi drehte sich dem kleinen Nepalesen zu und sagte mit Endgültigkeit im Ton: »Ich biete 25.000 Rupien. Und keine Rupie mehr.«

Der Mann presste theatralisch die Hand an die Brust, als erlitte er einen Herzinfarkt.

Levi bewahrte eine unverbindliche Miene.

Als der Mann anscheinend begriff, dass er mit seinem vorgetäuschten Herzinfarkt nichts erreichte, sackten seine Schultern herab. »Okay, 25.000 Rupien. Fahren sofort.«

Levi lächelte.

***

Als Levi den Markt in Jiri betrat, steckte er das Handy zurück in die Tasche. Das verfluchte Ding hatte längst keinen Empfang mehr, und ohne zuverlässige GPS-Synchronisierung war die Ortungs-App völlig nutzlos.

Jiri war ein kleines Nest am Fuß des Himalajas, dennoch bot es einige der Einrichtungen größerer Ortschaften, darunter ein kleines, heruntergekommenes Hotel, einen bunten Markt und sogar eine Bank. Gelegentlich fanden sich hier Ökotouristen ein, die eine Wanderung durch die Himalaya-Landschaft erleben wollten.

Doch obwohl die gesamte Ortschaft vor knalligen Farben strotzte und durchdringender Curry-Geruch von einem der Lebensmittelhändler in der Luft hing, ging es auf dem Markt ruhig zu. Die Menschenmenge wirkte nicht aggressiv, die Standbesitzer boten ihre Waren nicht lauthals schreiend feil. Sogar die Geräusche weinender oder schreiender Kinder, die Levi für allgegenwärtig gehalten hatte, fehlten völlig.

Was ihn beunruhigte.

Er trat an einen der Obsthändler heran. Da viele der Schilder in Devanagari geschrieben waren, der in Indien verwendeten Schrift, fragte er auf Hindi: »Sprechen Sie Hindi?«

Der zahnlückige Mann war vermutlich Ende 20. Er musterte Levi von Kopf bis Fuß und antwortete auf Englisch mit britischem Akzent. »Mein Hindi ist fürchterlich. Sprechen Sie auch Englisch?«

Levi schmunzelte, als er dem Mann das Foto der mysteriösen Rothaarigen zeigte. »Ich suche nach einer ausländischen Frau, die vielleicht in der Stadt sein könnte oder in den letzten Tagen durchgekommen ist. Haben Sie zufällig jemanden bemerkt, der ihr ähnlich sieht?«

Der Mann betrachtete das Foto eine Weile, dann schüttelte er den Kopf. »Tut mir leid, Kumpel. Bin erst heute Morgen mit Vorräten aus der Hauptstadt zurückgekommen, also kann ich Ihnen nicht wirklich weiterhelfen.«

»Alles klar. Trotzdem danke.«

Mit sämtlichen Sinnen in höchster Alarmbereitschaft bewegte sich Levi durch den Markt. Gelegentlich fragte er Passanten, ob sie die Frau auf dem Foto gesehen hätten. Womit er nur verwirrte Blicke und Kopfschütteln erntete. Zwei Stunden lang streifte Levi durch den Ort und suchte nach seiner schlüpfrigen Beute, bevor er endlich auf eine Spur stieß.

Sie kam von einem der Ökotouristen, der aus einer Kneipe wankte und nach Bier roch. Als Levi dem Mann das Bild zeigte, deutete der Angeheiterte nach Südosten und sagte auf Englisch mit einem unverkennbar spanischen Akzent: »Drüben am Beginn des Wanderwegs zum Everest-Basislager. Da hab ich 'ne Frau gesehen, die sie sein könnte. Hatte 'nen blauen Rucksack.«

»Danke.«

Mit schnellen Schritten lief Levi den knappen halben Kilometer zu einem Verkaufsbereich kurz vor Beginn des Wanderwegs. Fast auf Anhieb sichtete er eine Frau mit einem blauen Rucksack. Sie war etwas unter 1,70 groß und trug Wanderausrüstung. Aber als sie sich umdrehte, stellte Levi fest, dass sie blond und vermutlich Ende 60 war.

Eindeutig nicht die Person, die er suchte.

Mit einem frustrierten Seufzen wandte er sich von der Menschenmenge am Beginn des Wanderwegs ab und ließ den Blick über die spärliche Ansammlung von Verkaufsständen am Ostende der Ortschaft streifen.

Eine dunkelhaarige Frau, die gerade einen kleinen Beutel mit losen Teeblättern gekauft hatte, erregte seine Aufmerksamkeit. Er ging auf sie zu.

Die Frau wischte sich dichte Strähnen dunkler Haare zurück, die ihr ins Gesicht gefallen waren. Levi erstarrte, als sich ihre Blicke begegneten.

Ihre kaffeebraunen Augen weiteten sich. Ein Lächeln erschien in ihrem sonnengebräunten Gesicht.

Levi fühlte sich plötzlich wackelig auf den Beinen. Es war, als wäre die Zeit stehengeblieben.

Nein – es war vielmehr, als hätte die Zeit jede Bedeutung verloren, während Levi die Frau anstarrte, einen Geist von vor einem Dutzend Jahren.

Sein Herz raste, seine Haut fühlte sich klamm an. Mit Müh und Not brachte er die Worte erstickt auf Farsi heraus: »Wie kann das sein?«

Die Frau, die keine fünf Meter von ihm entfernt stand, war Mary wie aus dem Gesicht geschnitten.

Aber er hatte gesehen, wie der Sarg seiner Frau in die Erde gesenkt worden war. Das konnte es nicht geben.

Mit einem vertrauten Lächeln, das Levis Herz zu schmelzen drohte, näherte sie sich und streckte ihm die Hand entgegen. »Hallo. Ich bin Katarina. Sie kommen mir sehr bekannt vor. Kenne ich Sie?« Die Frau sprach Farsi. Die Sprache des Iran. Marys Muttersprache.

Levi holte tief Luft und blies den Atem langsam aus. *Das ist nicht Mary.* Aus der Nähe erkannte er die feinen Unterschiede. Die Nase war eine Spur gerader. Außerdem besaß diese Frau etwas vollere Lippen.

Er schüttelte ihr die Hand. »Tut mir leid, ich bin Levi.« Er hatte diese Sprache seit über einem Jahrzehnt nicht mehr benutzt. Die Worte kamen ihm nicht so fließend über die Lippen, wie er es gern gehabt hätte. »Sie erinnern mich so sehr an jemanden, den ich gekannt habe.«

Katarina lachte und schnippte sich erneut das Haar aus dem Gesicht. »Tja, ich hoffe, das ist nichts Schlechtes. Sind Sie als Tourist hier?«

»Sie sehen genau wie meine Frau aus«, sprudelte Levi gedankenlos hervor. Seine Gedanken überschlugen sich immer noch, während er vor Marys Doppelgängerin stand. »Sie ist vor langer Zeit gestorben«, fügte er hinzu.

Die Frau streckte die Hand aus und berührte ihn am Arm. »Tut mir leid. Das muss hart gewesen sein.« Sie blickte auf seine Hand hinab und trat einen Schritt näher. »Haben Sie wieder geheiratet?«

Levi schüttelte den Kopf und spürte, wie ihm Hitze in die Wangen stieg. »Nein. Ich bin nur für ein paar Tage im Land und wollte es ein wenig erkunden.«

Katarina hängte sich bei ihm ein und drückte seinen Arm. »Haben Sie Lust, es zusammen zu erkunden? Ich hätte nie gedacht, hier jemanden zu treffen, der meine Sprache kann.«

Einen Moment lang haderte Levi mit sich, weil er wusste, dass er eine Aufgabe zu erfüllen hatte.

Erwartungsvoll schaute die Frau zu ihm auf. Er hatte erhebliche Mühe zu verarbeiten, dass ein anderer Mensch seiner Frau dermaßen ähnlich sehen konnte. Es schien unmöglich zu sein, und doch stand sie vor ihm. Er hatte nie jemanden aus Marys Familie kennengelernt. Konnte Katarina irgendwie mit ihr verwandt sein?

»Gern«, antwortete er schließlich. »Erkunden wir die Gegend. Hatten Sie was Bestimmtes vor?«

Sie setzte sich in Bewegung und führte ihn zu einem leicht ansteigenden Weg. »Ich hab von Ruinen gehört, einem sehr alten buddhistischen Tempel, der nicht allzu weit entfernt liegt. Ist ein kleiner Aufstieg. Ich hoffe, das macht Ihnen nichts aus. Tatsächlich habe ich gerade persischen Tee gekauft – vielleicht können wir oben im Tempel welchen trinken.«

Levi war schon einmal in jenem Tempel gewesen. Damals hatte er die Nacht in dem abgeschiedenen Gemäuer auf dem Berg verbracht. Sein Gesicht brannte vor Verlegenheit beim Gedanken, mit dieser Frau an einem solchen Ort zu übernachten. Ohne irgendjemanden in der Nähe.

Er lächelte. »Gut, gehen wir los.«

Levi lag auf dem rissigen Steinboden des verlassenen Tempels. Eine kühle Brise wehte durch das verfallende Gebäude. Schatten tänzelten wirr umher, als der Wind durch das kleine, auf dem Hof brennende Lagerfeuer wirbelte und getrocknete Kiefernnadeln über den Boden wehte. Trotz der Kälte in der Luft war Levi mit Katarinas nacktem, an ihn gepresstem Körper warm. Ihr rechter Oberschenkel ruhte auf ihm wie eine Decke.

Er lehnte den Kopf an ihren und atmete Lavendelduft ein – wahrscheinlich von ihrem Shampoo.

Sie rührte sich, sah ihm ins Gesicht und lächelte. »Das war wirklich schön.« Seine Verführerin wölbte den Hals und küsste ihn.

»War es wirklich.« Levi erwiderte ihr Lächeln.

Katarina strich mit den Fingernägeln zart über seine nackte Brust. Einer der Nägel war während ihres Liebesspiels abgebrochen und wies einen schartigen Rand auf.

Als ihre Finger unter seine Taille wanderten, wand er sich. Das Brennen der Kratzer auf seinem Rücken erinnerte ihn daran, wie leidenschaftlich es in den letzten Stunden zugegangen war. Völlig anders als alles, was er mit Mary je erlebt hatte. Nicht besser, nur vollkommen anders.

»Also, Levi, da wir uns jetzt auf so persönliche Weise kennengelernt haben, erzähl mir was von dir. Wer ist der Mann, den ich bei mir habe?«

Er schmunzelte und küsste sie auf den Kopf. »Das ist ein bisschen kompliziert. Wie du wohl schon durch meinen Akzent vermutet hast, komme ich aus Amerika.«

Sie stützte sich auf einen Ellbogen und blickte auf ihn herab, völlig unbeirrt von ihrer beider Nacktheit. »Ja, das dachte ich mir.«

Levi hatte sich immer schwer damit getan zu beschreiben, womit er sich den Lebensunterhalt verdiente. Mary hatte er nie die ganze Wahrheit gesagt – obwohl er auch nie gelogen hatte. »Ich löse die Probleme anderer Menschen.«

Katarina lächelte. »Wie ein Berater?«

»Nicht ganz. Manchmal haben Menschen Probleme, bei denen ihnen andere nicht helfen können. Dann wenden sie sich an mich.«

Müßig fuhr sie mit den Fingern seitlich an seiner Brust entlang. »Interessant. Dann besitzt du wohl noch mehr als die Talente, die ich kennengelernt hab.« Sie ließ ein rauchiges Lachen vernehmen. »Bist du Moslem?«

»Nein. Sagen wir einfach, ich bin in einem christlichen Elternhaus aufgewachsen, aber nicht wirklich religiös. Meine Familie ist amisch, also bin ich so ziemlich das Gegenteil von dem, was sie sind. Ich bemühe mich einfach, das zu tun, was ich für richtig halte.«

»Amisch ...« Einen Moment lang wurde Katarinas Gesichtsausdruck nachdenklich. »Ist Levi ein normaler amischer Name?«

»Na ja, mein eigentlicher Vorname ist Lazarus. Aber seit ich von zu Hause weg bin, nennen mich alle Levi.«

Einen Herzschlag lang wurden Katarinas Augen glasig, als wäre sie wegen irgendetwas den Tränen nah.

»Was ist?«

Mit einem Schaudern schüttelte sie den Kopf. »Nichts.« Sie lächelte beruhigend und tätschelte seine Brust. Schließlich stemmte sie sich vom harten Boden hoch, griff sich ihre Kleidung und meinte: »Es wird allmählich kalt und spät. Lass uns Tee trinken, bevor wir das Feuer löschen und in die Stadt zurückkehren.«

Als Levi seine Sachen einsammelte, begann sie, den Tee mit einem kleinen Kessel aus ihrem Rucksack, einer Flasche Wasser und den losen Blättern zuzubereiten, die sie gekauft hatte. Und als Levi seine Wanderschuhe zuschnürte, schenkte sie bereits zwei dampfende Becher ein.

Levi näherte sich ihr und legte die Hand auf ihren Rücken. Sie zuckte heftig zusammen und fluchte, als sie einen der Becher umstieß.

»Entschuldige – ich wollte dich nicht erschrecken.«

Katarina reichte ihm den nicht verschütteten Becher, schenkte sich einen neuen ein und leerte damit den Kessel.

Das Aroma des Tees unterschied sich von allem, was Levi je gekostet hatte. Das Gebräu hatte einen beinah bitteren Beigeschmack, der ihn an etwas erinnerte, das er nicht ganz zuordnen konnte.

Katarina hob ihren Becher zu einem Toast an. »Auf die Gesundheit.«

Levi stieß leicht mit ihr an. »Auf neue Freunde.«

Obwohl der Tee ziemlich heiß war, trank sie den ihren in einem Zug aus, bevor sie Levi erwartungsvoll ansah.

Er blies auf seinen Tee, bevor er das bittere Gebräu hinunterstürzte und sich bemühte, dabei nicht das Gesicht zu verziehen. Abgesehen von dem bitteren Geschmack war er nie ein Fan von Tee gewesen, selbst dann nicht, wenn keine Blätterrückstände darin herumtrieben. Prompt kitzelte eines der Blätter in seiner Kehle, als er schluckte.

Katarina schlang einen Arm um seinen Nacken und zog seinen Kopf für einen leidenschaftlichen, aber kurzen Kuss zu sich herab. »Ich muss mal auf die Toilette. Bin gleich wieder da, dann gehen wir zurück in die Stadt.«

Damit wandte sie sich ab und verschwand fast sofort außer Sicht. Bald verblasste das Knirschen ihrer Stiefel auf dem Kies außerhalb des Tempels gegenüber dem Knistern des allmählich verlöschenden Lagerfeuers.

Während Levi auf ihre Rückkehr wartete, setzte er sich an die Flammen. Seine Haut kribbelte. Plötzlich wurde ihm ein wenig schwindlig. Seine Augen zuckten mit den Bewegungen der Flammen. Übelkeit krampfte seinen Magen zusammen. Er spürte, wie sich sein Herzschlag beschleunigte. Heiße Schweißperlen drangen durch die Poren auf seiner Stirn.

Bekomme ich Fieber?

Levi rutschte weiter vom Feuer weg, legte sich auf den rissigen Steinboden und wartete darauf, dass die Welt aufhörte, sich in merkwürdigen Winkeln zu neigen.

Die Kühle des Untergrunds half ein wenig.

Lethargie breitete sich durch Levi aus. Seine Arme und Beine fühlten sich an, als wögen sie eine Tonne. Sogar seine Lider wurden bleischwer.

Als er die Augen schloss, hörte die Welt zwar auf, wild zu rotieren, aber sein Herzschlag donnerte dröhnend durch seine Ohren. Das Geräusch hallte laut wie eine Basstrommel durch sein Bewusstsein.

Der Takt verlangsamte sich.

Seine Wahrnehmung wurde verschwommen. Levi driftete in einen Dämmerzustand, in dem er nicht mehr wusste, was real war und was nicht.

Dann hörte er Schritte.

Kalte Finger legten sich an seinen Hals. Der Geruch von Lavendel durchdrang den Nebelschleier und breitete sich in seiner Wahrnehmung aus.

Katarinas Stimme schnitt durch die Dunkelheit, als sie auf Russisch flüsterte: »Wladimir lässt dich grüßen.«

KAPITEL ZEHN

Ein dichter Strom bitterer Flüssigkeit tropfte in Levis Mund und Hals.

Unwillkürlich schluckte er.

Nach wenigen Augenblicken gingen Zuckungen durch seinen Magen. Jäh setzte er sich auf und erbrach, was immer er gerade geschluckt hatte – zusammen mit dem restlichen Mageninhalt.

»Überrascht mich, dass du es getrunken hast«, sagte eine Männerstimme, die in dem verlassenen Tempel widerhallte. »Du musst das Gift doch gerochen haben.«

Levi befand sich auf allen vieren und würgte immer noch.

»Um ehrlich zu sein, überrascht mich noch mehr, dass sie dir nicht die Kehle durchgeschnitten hat. Nur, um ganz sicherzugehen. Wäre ich ein Profikiller, hätte ich das gemacht. Kinderspiel.«

Die Erinnerungen an Katarina, an den intensiven, geradezu verzweifelten Liebesakt, den bitteren Tee und ihre Abschiedsworte ... Alles fiel Levi schlagartig wieder ein, als er sich den Mund abwischte und sich der Stimme in den Schatten zudrehte.

»Wer bist du?«

Ein Mann näherte sich humpelnd, doch in der Dunkelheit erwies es sich als unmöglich, mehr als seine Umrisse auszumachen. Er trug die Roben eines buddhistischen Mönchs, sprach jedoch Englisch mit einem merkwürdigen Akzent – beinah britisch, aber nicht ganz. »Ich glaube, du hast nach mir gesucht. Anscheinend bin ich gerade rechtzeitig eingetroffen.«

Levis Magen brodelte schmerzhaft. Seine Glieder fühlten sich immer noch an, als wären sie tonnenschwer. Gequält drehte er den Kopf, um mehr zu erkennen, als der Mönch näherkam.

Der Mann trug eine Klappe über dem rechten Auge. Der Holzstumpf, der unter den Gewändern hervorragte, ließ keinen Zweifel daran, dass er auch ein Bein verloren hatte.

»Es tut mir leid, heiliger Mann, aber ich erinnere mich nicht an dich.« Levi spuckte aus und versuchte, den bitteren Geschmack im Mund loszuwerden. »Hast du mir was gegeben, das mich zum Erbrechen gebracht hat?«

»Ja. Den Saft der *Carapichea ipecacuanha*, einer in deiner Hemisphäre beheimateten Wurzel. Im Verlauf der Jahre ist sie mir schon oft nützlich gewesen.« Der Mönch streckte die Hand aus und berührte Levis Gesicht. »Mein Junge, du hast unverschämtes Glück gehabt, dass ich dich rechtzeitig erreicht habe. Diese Frau ...« Seine Miene verfinsterte sich. »Sie hat so viel Gift verwendet, du wärst längst zehnmal gestorben, wärst du nicht, was du bist. Und wäre ich nicht gekommen, um dir zu helfen, den Rest loszuwerden, wärst du trotz allem verendet. Warum hast du es getrunken? Sogar von dort, wo ich euch beobachtet habe, konnte ich es riechen.«

Levi Gedanken überschlugen sich. Katarina hatte versucht, ihn umzubringen, und ihre letzten Worte, die Erwähnung von Wladimir ...

»Ich bin ein Idiot.« Er schüttelte den Kopf und setzte sich auf. Zur Übelkeit gesellte sich rasende Wut auf sich selbst. »Und danke. Es tut mir leid, aber ... meine Erinnerung ist im Eimer. Mir fällt einfach nicht ein, wer du bist.«

»Unsinn.« Der Mönch schmunzelte und setzte sich mit einem untergeschlagenen Bein. Das aus Holz streckte er vor sich aus. »Vor etwa einem Monat hat mich die Nachricht erreicht, dass ein amerikanischer Reisender nach mir sucht. Damals war ich mir nicht sicher, warum du zu mir wolltest. Aber jetzt, da wir uns begegnet sind, würde ich sagen, es war das Schicksal, das uns diesmal an denselben Ort geführt hat. Ich habe dich beobachtet. Du und ich sind durch Bestimmung miteinander verbunden –

mehr, als dir klar ist, wie ich vermute. Die Mönche kennen mich als Amar Van. Hilft dir das auf die Sprünge?«

Levi schnappte nach Luft. Seit dem Ende seiner Wanderung waren erst wenige Wochen vergangen, dennoch fühlte es sich bereits wie ein ganzes Leben an. »Mein Gott, das stimmt.« Obwohl er sich wie ein wandelnder Leichnam fühlte, lächelte er. »Ich hab in Indien von dir gehört. Einer der Gurus, die ich kannte, hat mit größter Ehrfurcht von dir gesprochen und behauptet, ich müsste dein Geleit suchen. Ich muss zugeben, mittlerweile komme ich mir deswegen ein bisschen albern vor. Aber zu dem Zeitpunkt bin ich ziellos durch die Welt gewandert und war mir nicht sicher, wo ich hingehöre. Inzwischen glaube ich, meinen Weg gefunden zu haben.«

Der Mönch schüttelte den Kopf. »Sich von einer wunderschönen, aber bitterbösen Frau umbringen zu lassen, hat nichts damit zu tun, seinen Weg gefunden zu haben.« Der Mann musterte Levi eingehend mit seinem einen heilen Auge. Das Licht der Sterne, das durch das kaputte Dach des Tempels einfiel, schimmerte auf dem kahlen Haupt des Mönchs und verlieh ihm ein geradezu geisterhaftes Aussehen. Er schien knapp über 50 zu sein, doch die Kraft seiner Stimme und sein gesamtes Auftreten ließen auf einen jüngeren Mann schließen. »Wie hat dein Guru geheißen?«

»Sinjali. Aus einem kleinen Dorf in Nordindien.«

»Abhiram Sinjali?«

»Ja.«

»Ich habe ihn schon gekannt, als er noch ein kleiner Junge zu den Füßen seines Großvaters war. Er hat in dir gesehen, was ich heute sehe. Deshalb hat er dich zu mir geschickt. Ein weiser Rat von ihm, eine noch weisere Entscheidung von dir, ihn zu befolgen, da wir uns nun begegnet sind. Ich bin sicher, du hast Fragen, vor allem in Hinblick auf deine Situation. Fangen wir an.«

Situation? Levi wäre um ein Haar von jemandem getötet worden, den er an sich herangelassen hatte. Das war eine »Situation«?

Levi runzelte die Stirn, als die Worte des Mönchs allmählich in sein Bewusstsein sickerten. Guru Sinjali war über 80. Amar Van konnte ihn unmöglich als kleinen Jungen gekannt haben. »Hast du gesagt, du hast Abhiram Sinjalis Großvater gekannt?«

»So ist es.« Der Mönch setzte ein herzliches Lächeln auf, als wüsste er genau, was Levi gerade durch den Kopf ging.

»Aber der Guru, von dem ich rede, ist über 80. Wir müssen verschiedene Personen meinen.«

»Mag sein.« Der Mönch verlagerte leicht das Gewicht. »Lass mich dir etwas darüber erklären, wer du bist. Ich erwarte nicht, dass du auf Anhieb verstehst, was ich dir zu sagen habe. Aber ich denke, mit der Zeit wirst du meine Worte zu schätzen lernen.

Zunächst Mal: Ich kann Dinge hören, die nur wenige andere Menschen wahrnehmen. Ich würde wetten, dass auch dein Seh- und Hörvermögen besser ist als das der meisten Leute. Und dein Geruchssinn. Du wirst feststellen, dass wir mit unserer Umgebung eins geworden sind, ob es um das Rascheln eines Vogels in einem Baum oder um den Geruch eines Tiers im Wald geht. Außerdem bin ich überzeugt davon, dass deine Reflexe schneller als die der meisten deiner Mitmenschen sind. Wahrscheinlich hast du schon angefangen, diese Unterschiede zu bemerken – hast du Erlebnisse gehabt, bei denen sich die Zeit zu verlangsamen schien?«

Levi nickte.

Der Mönch fuhr fort. »Kälte und andere verbreitete Krankheiten können dir nichts anhaben. Deine Konstitution ist sehr robust. Von gewöhnlichen Verletzungen erholst du dich schnell.« Er zeigte auf die Stelle, an der sich Levi übergeben hatte. »Abgesehen von einer Vergiftung bist du weitgehend gefeit gegen Übelkeit. Lass dich davon jedoch nicht täuschen. Du magst widerstandsfähiger gegen solche Dinge sein, aber du bist nicht unbesiegbar.«

Der Mönch hob die Augenklappe an. Ein über einer leeren Höhle zugenähtes Lid kam zum Vorschein. »Du bist auch nicht immun gegen dauerhafte Schäden. Was du verlierst, wächst nicht nach.« Er klopfte auf die an seinem Beinstumpf befestigte Holzprothese.

»Dein Gedächtnis ist nahezu perfekt. Ich bin sicher, das erscheint dir natürlich, aber wenn du darüber nachdenkst, wirst du feststellen, dass es ungewöhnlich ist. Wenn du es versuchst, kannst du dich so gut wie sicher an die Einzelheiten beispielsweise der Speisekarte eines Restaurants erinnern, in dem du vor Jahren gegessen hast. Ich kann das, und ich wette, du kannst es auch.

Mit der Zeit wirst du kennenlernen, welche Gabe du erhalten hast – oder vielleicht ist es auch ein Fluch. Spielt wohl keine Rolle. So oder so ist es etwas, das du lange Zeit mit dir herumtragen wirst.

Ich lebe damit schon länger, als du dir vorstellen kannst. Wie oder warum es dazu gekommen ist, kann ich dir nicht erklären. Ich habe Ärzte aufgesucht, und auch sie können es nicht erklären. Oh, sie möchten es natürlich studieren, aber ich glaube nicht, dass medizinische Wissenschaft eine Erklärung dafür liefern kann. Was wir teilen, gestaltet manche Aspekte unseres Lebens entsetzlich schwierig. Diejenigen, die wir lieben, werden alt und sterben.« Der Gesichtsausdruck des Mönchs wurde ernster, und er presste die Lippen zu einer schmalen Linie zusammen. »Das ist der schrecklichste Aspekt dessen, was wir teilen.«

Levi dachte über die Worte des Mannes nach. Einiges davon ergab nicht den geringsten Sinn. Andere Teile hingegen ... kamen der Wahrheit zu nah für seinen Geschmack.

»Amar Van«, sagte Levi. »Das bedeutet ›Unsterblicher‹ auf Hindi. Behauptest du, das zu sein? Unsterblich?«

»Nein. Wir können sehr wohl getötet werden. Das Gift, das dir diese Frau verabreicht hat, hätte das auf jeden Fall bewirkt. Du wirst dich wochenlang, vielleicht sogar monatelang elend fühlen, bis sich dein Körper ausreichend erholt, die beschädigten Zellen abgestoßen und durch gesunde ersetzt hat.« Der Mönch beugte sich vor und tätschelte Levis Knie. »Weißt du, es ist nur fair, dass ich dir meine Geschichte erzähle, denn als Erster, der damit geschlagen ist, fühle ich mich für dich verantwortlich. Ich habe keine Ahnung, wie du es erhalten hast, aber ich kann es an dir riechen. Beinah so, wie ein Tier seinesgleichen am Geruch in der Luft erkennt. So habe ich bemerkt, was du bist. Ich erkläre dir, was ich weiß, und ich kann dir versichern, dass du mich vorerst für wahnsinnig halten wirst.«

Levis Magen rumorte unglücklich, während bleierne Lethargie an seinen Kräften zehrte. Er lehnte sich zurück und versuchte, sich auf den älteren Mann zu konzentrieren.

»Mein ursprünglicher Name ist Narmer, und meine Geschichte beginnt in einer anderen Zeit an einem Ort, den du Ägypten nennen würdest ...«

Die Morgendämmerung war beinah angebrochen, als Levi zurück in die nepalesische Ortschaft Jiri taumelte. Den Großteil der Nacht hatte er auf dem Berg verbracht und einem Verrückten zugehört, der von antiken Zeiten gesprochen hatte, als hätte er sie selbst erlebt.

In seinem Zustand hatte Levi keine andere Wahl gehabt, als die Wahnvorstellungen des Mannes über sich ergehen zu lassen. Als die Nachtstunden verstrichen waren, hatte er langsam genug Kraft gesammelt, um aufzustehen. Und schließlich, als der Mönch die Geschichte beendet hatte, waren Levis Beine kräftig genug geworden, um ihn einen wackeligen Schritt nach dem anderen den Berg hinunterzutragen.

Verlangen nach Rache trieb ihn an. Verlangen nach Rache und blanke Wut. Das nutzlose Handy hatte er an der Steinmauer des Tempels zertrümmert und sich gelobt, sich nicht länger von der CIA orten zu lassen. Vor seinem geistigen Auge tauchte das Gesicht von Katarina auf, und die Wut richtete sich gegen ihn selbst. *Wie konnte ich bloß denken, sie würde wie Mary aussehen?*

Die Frau hatte versucht, ihn umzubringen. Da er mittlerweile ihr wahres Wesen kannte, fiel ihm nicht mehr schwer zu glauben, dass sie zwei unschuldige Kinder auf der Farm seiner Eltern getötet hatte.

Er würde Vergeltung üben. Nicht nur an ihr, auch an diesem Wladimir.

Levi steckte die Hand in die Tasche und fühlte den harten Rest des Fingernagels, den er auf dem Boden des Tempels gefunden hatte. Er hoffte, das würde für eine Probe ihrer DNA reichen. Zuerst würde er sie finden ... dann Wladimir.

Levi hob die Hand und winkte einem nahen Taxi. Bevor der Fahrer etwas sagen konnte, zeigte Levi nach Westen. »Zum Flughafen in Kathmandu.«

»Ja, Sir.« Der Taxifahrer eilte los, um die Fahrgasttür zu öffnen, dann musterte er Levi mit einem besorgten Blick und nahm ihn am Arm. »Sir, Sie sehen nicht gut aus.«

Levi musste alle Willenskraft aufbieten, um nicht unkontrolliert vor dem Mann zu würgen. »Alles bestens. Bringen Sie mich einfach zum Flughafen.«

Vom Fahrer gestützt bewältigte Levi die wenigen Schritte zur offenen Autotür, wo er sich schwer an die Karosserie lehnte, bevor er sich auf den Rücksitz plumpsen ließ.

Der Fahrer stieg vorne ein. »35.000 Rupien zum Flughafen in Kathmandu, Sir. In Ordnung?«

Levi ließ den Kopf nach hinten gegen den Sitz fallen. »In Ordnung.« Ihm fehlte schlichtweg die Energie zum Feilschen.

»Okay, Sir.«

Mit einem Ruck setzte sich der Wagen in Bewegung. Levi ruhte die Augen aus und verlor fast sofort die Besinnung.

Madison scrollte durch die GPS-Koordinaten, die sie in den vergangenen 36 Stunden empfangen hatten. Nichts von Yoder oder der Profikillerin in diesem Zeitraum.

Ihr Magen krampfte sich zusammen, als sie zum letzten bekannten Treffer für die beiden Signale scrollte und die GPS-Koordinaten eingab. »Lazarus, wo steckst du?« Sie hatte beide irgendwo zwischen Nepals Hauptstadt und Jiri verloren.

Mit einem Gefühl der Hilflosigkeit setzte sie die Kopfhörer auf und wandte sich der endlosen Liste von Anrufen zu, um zu sehen, ob sich über die Mittagspause etwas Neues ergeben hatte.

Vier neue Aufzeichnungen.

Sie klickte auf den ersten Aufruf.

»*Mischa, hast du von Karl gehört? Es ist spät, und er ist noch nicht nach Hause gekommen ...*«

Madison klickte auf den nächsten Anruf und ließ den vorherigen auf der Aufgabenliste.

»*Dmitri, sag ihm, es ist erledigt.*«

Madison setzte sich aufrechter hin, als sie die Stimme der Frau erkannte. Sie hatte sich den früheren Anruf der Killerin mittlerweile ein Dutzend Mal angehört – diese Stimme würde sie überall erkennen.

»*Warum rufst du von dieser Nummer aus an? Ist das sicher?*«

»*Ich hatte ein Problem. Ich glaube, ich wurde über mein Telefon geortet, deshalb hab ich's entsorgt.*«

»*Na schön, wir arrangieren Ersatz. Was ist erledigt? Hast du den Mönch gefunden?*«

»*Nein, ihn nicht. Yoder. Ich hab mich um ihn gekümmert.*«

Madisons Mund klappte auf. Ein Japsen blieb ihr in der Kehle stecken.

»*Gut gemacht. Wladimir wird zufrieden sein. Was ist mit dem Mann, den du suchen solltest?*«

»*Den konnte ihn nicht finden. Aber nachdem ich mich um Yoder gekümmert hatte, wollte ich nicht riskieren, noch länger in der Gegend zu bleiben, falls man die Leiche entdeckt.*«

»Verstanden. Kommst du zurück?«

»Bin schon fast da. Ich komm noch heute Nacht an.«

»Ich gebe ihm Bescheid.«

Damit endete der Anruf. Madison riss sich die Kopfhörer herunter und warf sie auf den Schreibtisch. Sie sackte gegen die Rückenlehne ihres Stuhls und verspürte einen überwältigenden Anflug von Schuldgefühlen.

»Ich habe mich um ihn gekümmert«, wiederholte Madison die Worte der Frau. Heiße Tränen ließen ihre Sicht verschwimmen.

Noch vor wenigen Tagen war ihr Lazarus zum Berühren nah gewesen – gesund, kraftvoll, lebendig. Und nun ...

»Sie hat ihn umgebracht«, flüsterte sie zu niemandem. *Unseretwegen. Meinetwegen.*

Sie wischte sich die Tränen aus den Augen, straffte entschlossen die Schultern und drückte am Telefon die Kurzwahl für Maddox.

»Hey, Maddie, was gibt's?«

»Wir müssen reden. Ich fürchte, wir haben einen Aktivposten in Nepal verloren. Außerdem glaube ich, wir haben die Ortungsmöglichkeit unserer Killerin verloren.«

»Scheiße. Okay, bin gleich da.«

Madison legte auf und putzte sich die Nase.

Sie hatte nicht zum ersten Mal mit einem Todesfall zu tun, aber sie erfuhr zum ersten Mal bei der Arbeit eine so emotionale Reaktion darauf.

Madison tupfte sich das Gesicht ab. Sie wollte nicht weinerlich aussehen, wenn ihr Vorgesetzter hereinkam.

»Er war mit der Mafia verstrickt. Da passiert so was nun mal.« Sie sprach es laut aus, und es stimmte – trotzdem fühlte sie sich dadurch nicht besser.

Stattdessen hatte sie das Gefühl, als wäre zusammen mit diesem blauäugigen Mann etwas in ihr gestorben.

Der Flug nach Los Angeles erwies sich als höllisch. Das Gift wirkte noch immer in Levis Körper. Einer Flugbegleiterin fiel auf, wie oft er zur Flugzeugtoilette pendelte, und sie sorgte dafür, dass ihn am Gate ein Rollstuhl erwartete.

Natürlich protestierte er dagegen – aus Stolz, aus Sturheit oder vielleicht aus schlichter Dummheit. Im Nachhinein jedoch war er dankbar, dass sich die Frau über seine Einwände hinweggesetzt hatte. Levi war froh, dass er nicht durch den weitläufigen Flughafen laufen musste. Er war ernsthaft krank, damit musste er sich abfinden.

Und ein Rollstuhl auf einem Flughafen entpuppte sich als erstaunliche Erfahrung. Levi stellte fest, dass Leute in Rollstühlen den Zoll und die Sicherheitskontrolle wesentlich schneller durchliefen als alle anderen. Dennoch dauerte es ganze zwei Stunden, bis es ihm gelang, sich in ein Taxi zu setzen.

Er wies den Fahrer an, ihn zur nächstgelegenen Notaufnahme zu bringen.

Nur Minuten nach seiner Ankunft war er auf ärztliche Anordnung ausgezogen, trug einen Krankenhauskittel und lag auf einem Bett unter wärmenden Decken. Eine Zeitlang verlor er immer wieder kurz das Bewusstsein und erwachte, bis die Auswirkungen des Gifts schließlich zu viel wurden und er endgültig einschlief.

Als er wieder erwachte, fühlte es sich an, als wäre nur eine kurze Zeit vergangen. Er stellte fest, dass ihm jemand eine Infusion in den rechten Arm gelegt und ihn an Überwachungsgeräte angeschlossen hatte. Eine Krankenpflegerin brachte gerade zwei mit Flüssigkeit gefüllte Beutel an der Infusionshalterung an. Die Geräte gaben mit jedem Herzschlag einen leisen Piepton von sich.

Ein Arzt trat mit einem Klemmbrett in der Hand ein. »Mr. Yoder, ich bin sehr froh, dass Sie nach Ihrer Reise nicht nach Hause gefahren, sondern direkt zu uns gekommen sind. Ich bin Dr. Keller, der diensthabende Arzt. Lassen Sie sich eins gesagt sein: Es ist ein Wunder, dass Sie überhaupt noch leben. Eigentlich *müssten* sie längst tot sein. Ich kann mir ehrlich nicht erklären, wie Sie mit dem, was Sie im Körper haben, einen Flug über den Pazifik überlebt haben.«

Levi spürte, wie sich schleichend Wärme durch seinen Arm ausbreite, ausgehend von der Stelle, an der die Infusionsflüssigkeit in ihn strömte. »Was stimmt nicht mit mir?«

Der Arzt schlug die Krankenakte auf seinem Klemmbrett auf. »Sie haben eine schwere Zyanidvergiftung.« Er zeigte mit einem Stift auf die in Levis Arm verlaufende Infusionsleitung. »Wir pumpen Sie gerade mit Medikamenten voll, die enorm dagegen helfen sollten. Ich lasse ihnen Cyanokit verabreichen. Es enthält Hydroxycobalamin sowie Natriumnitrit und Natriumthiosulfat. Das sollte Ihrem Körper dabei helfen, das Cyanid zu einer Form zu metabolisieren, die über den Urin ausgeschieden werden kann. Außerdem ist in Ihrem Tropf ein Antiemetikum, das gegen die Übelkeit helfen sollte, über die Sie klagen. Sie sind stark dehydriert, deshalb bekommen Sie zusätzlich Kochsalzlösung, um das Gift aus ihrem Körper zu schwemmen.«

»Wie lang wird's dauern, bis ich mich weniger wie jemand fühle, der tot sein sollte?«

Dr. Keller schmunzelte. »Ich kann immer noch nicht fassen, dass Sie mit diesen Laborergebnissen *nicht* tot sind. Sobald die Behandlung genug Zeit hatte, sich durch Ihren Körper auszubreiten, nehmen wir eine weitere Blutprobe und überprüfen, in welche Richtung sich die Dinge entwickeln. Auf jeden Fall kommt in Kürze eine Pflegerin vorbei, um Ihnen einen Katheter zu legen. Wir behalten Sie über Nacht zur Beobachtung hier, aber ich hoffe, es geht Ihnen bald besser. Vielleicht in ein, zwei Tagen. Hängt ganz von Ihrem Blutbild ab.«

Der Raum neigte sich leicht, und Levi senkte den Kopf zurück. Er deutete auf seine auf einem Stuhl gestapelte Kleidung. »Ich will mich vergewissern, dass ...«

Ein Anflug von Übelkeit überkam ihn, und er biss die Zähne zusammen.

»Mr. Yoder, machen Sie sich keine Sorgen um Ihren persönlichen Besitz. Die Pflegerinnen packen alles in eine Tüte, und es wird zusammen mit Ihnen in Ihr Zimmer gebracht. Ich mache mich mal an den Papierkram für Ihre Aufnahme und sehe in ein paar Stunden noch mal nach Ihnen, in Ordnung?«

Levi fühlte sich schwächer als je zuvor im Leben und schloss die Augen. »Danke.«

Szenen aus den vergangenen Wochen zogen an Levis geistigem Auge vorbei.

Blut, das um zwei unschuldige, auf der Erde liegende Kinder riesige Lachen bildete.

Katarina, die auf seine Gesundheit anstieß.

Der wahnhafte Mönch, der behauptete, mehr zu sein, als er zu sein schien.

Die gesichtslosen Umrisse eines Mannes, dem Levi noch nie begegnet war. Wladimir.

Dieser Mann wollte seinen Tod, und Levi hatte keine Ahnung, warum.

Sein Verstand rotierte angesichts der Möglichkeit, Wladimir könnte ins Krankenhaus Leute einschleusen, die zu Ende bringen sollten, wobei Katarina versagt hatte.

Werde ich das überleben?, fragte sich Levi, als die Welt dunkel wurde und ihn das Bewusstsein verließ.

KAPITEL ELF

Levi trocknete sich nach dem Duschen ab, wickelte sich ein dickes Frotteehandtuch um die Taille und ging hinüber zum Spiegel im Badezimmer. Es lag zwei Wochen zurück, dass er vergiftet worden war, und wenngleich er nicht mehr unter Übelkeit litt, fühlte er sich immer noch relativ schwach. Er hatte fast sieben Kilo verloren.

Vinnie war nicht in der Stadt gewesen, als Levi aus Nepal zurückgekommen war. Aber als sein Freund ihn am Vortag im Apartment besucht hatte, ließ er kein Nein als Antwort gelten. Vinnie hatte für Levi einen Besuch bei einem örtlichen Arzt arrangiert. Sein Termin war in zwei Stunden.

Eigentlich müssten Sie längst tot sein.

Er hatte die Worte des Arztes aus der Notaufnahme in Los Angeles noch in den Ohren, und Szenen jener Nacht in Nepal blitzten in seinen Gedanken auf. Katarinas Gesicht suchte ihn heim. Ihr intensiver Liebesakt, ihr Anstoßen auf »seine Gesundheit« und letztlich seine Vergiftung.

Er war nach Strich und Faden verarscht worden.

Dabei hatte er einen ungewöhnlichen, von dem Becher mit Tee ausgehenden Geruch wahrgenommen. Und ihn ignoriert. *Ich hätte es wissen müssen.*

Und dann die Worte dieses verrückten Mönchs, der behauptete, steinalt zu sein. *Diejenigen, die wir lieben, werden alt und sterben.*

Levi lehnte sich über das Waschbecken und betrachtete sich im Spiegel. Sein Gesicht wirkte durch den Gewichtsverlust etwas hager – nicht eingefallen, aber er konnte sich ansehen, dass er krank gewesen war. Seine Augen hingegen strahlten im Licht des Badezimmers. Im Alter von 42 Jahren ließ sein dunkles Haar keinerlei Anzeichen von Grau erkennen. Keine Tränensäcke unter den Augen, keine Spur von Krähenfüßen.

Er hob den rechten Arm und betrachtete die Seite der Brust, die ihm jener Russe im Gefängnis aufgeschlitzt hatte. Von der rosa Linie des Schnitts war nichts geblieben. Keine Narbe, nichts.

Von gewöhnlichen Verletzungen erholst du dich schnell, hatte der Mönch gesagt.

Kopfschüttelnd wandte sich Levi vom Spiegel ab und ging los, um sich anzuziehen.

Levi klemmte das Telefon zwischen Ohr und Schulter, während er durchs Fenster hinaus zum Schneegestöber schaute. »Hey, Lola. Hier scheint's kein Telefonbuch zu geben. Könntest du mir wohl ein Taxi rufen? Ich hab um elf einen Arzttermin im Mount Sinai Medical Center.«

»Klar, mein Lieber. In der First Avenue?«

»Ja.«

Lola verkörperte das ultimative Beispiel einer Stimme, die nicht zur Person passte. Sie hörte sich kratzig und rau an – eine Raucherstimme, doch soweit er wusste, rauchte sie eben nicht. In natura war sie eine gut gepolsterte Frau Mitte 60, die immer lächelte und bei der geringsten Gelegenheit liebend gern über jedes beliebige Thema schwatzte.

»Ich kümmere mich drum«, versprach sie. *»Einer der Jungs ruft dich an, sobald das Taxi da ist. Pass gut auf dich auf, hörst du?«*

»Ich geh einfach runter und warte.«

»Jetzt komm mir nicht unverschämt. Ich hab gesagt, du sollst warten. Du kannst noch so 'n harter Kerl sein, du bist krank gewesen. Außerdem könnt's eine Weile dauern. Vorhin hat's noch stärker geschneit, auf den Straßen herrscht Chaos. Du bleibst, wo du bist, und entspannst dich, verstanden?«

Levi schmunzelte. »Ja, Mama.«

Mit Lola hatte er schon damals im alten Viertel zu tun gehabt. Sie war Frankies Patin – oder vielleicht auch Tante, Levi wusste es nicht mit Sicherheit. Wie alle italienischen Frauen, die Levi kannte, hatte sie eine mütterliche, häusliche Seite. Und dann gab es noch die Seite, die einen mit einem Schuh bewarf, wenn man sich nicht zu benehmen wusste.

»Schon besser. Halt die Füße still. Einer der Jungs gibt dir Bescheid, wenn der Wagen da ist.«

Levi legte auf und streckte die Finger durch. Ihm fiel die schmale weiße Linie an seiner rechten Hand auf – eine Narbe aus seiner Kindheit, als er sich an einem Blechdach geschnitten hatte. Im Gegensatz zu der Narbe an seiner Seite war ihm diese Narbe geblieben.

Levi öffnete und schloss die Faust. Er beobachtete, wie sich die Muskeln in seinem Unterarm spannten und entspannen. Die Sehnen zeigten sich deutlich. Adern traten aus dem Muskelgewebe hervor.

Bei seiner Ausbildung in Japan hatten seine Fäuste Tausende Male auf gebündelte Tatami-Matten gehämmert.

Zehntausende Male.

Während alle anderen geschlafen hatten, war er bis spät in die Nacht aufgeblieben und hatte seine Frustration an diesen Schilfbündeln abreagiert, bis seine Fäuste blutig waren.

Aber als er seine Knöchel nun betrachtete, entdeckte er keinen Makel daran.

Wie konnte das sein?

Warum hatte er noch unübersehbare Narben aus seiner Kindheit, aber keine aus jüngerer Zeit? Nichts an den Knöcheln, nichts seitlich an der Brust.

Wieder dachte Levi an Amar Van, den Mönch.

Nein, nicht Amar Van. So hatten ihn die anderen Mönche genannt. *Er* hatte behauptet, sein Name wäre Narmer.

Was für ein Name soll das sein, Narmer?

Kein russischer Name, mit Sicherheit auch nicht indisch oder ostasiatisch.

Sein Blick fiel auf den Computer am Schreibtisch. Levi hatte ihn noch nie auch nur eingeschaltet. Er hatte die ersten 18 Jahre seines Lebens ohne Strom verbracht. Kein Wunder also, dass er nie Begeisterung für Computer entwickelt hatte. Nun jedoch musste er etwas in Erfahrung bringen.

Er beugte sich vor und drückte auf den roten Einschaltknopf des Rechners.

Der Computer piepte und surrte. Der Monitor zeigte ein Logo an, während die Maschine tat, worauf sie programmiert war. Das Logo sah anders aus, als er es aus der Vergangenheit kannte.

Eine neue Version von Windows?

Er wusste kaum, was das überhaupt bedeutete.

Schließlich verschwand das Logo, und auf dem Bildschirm erschienen alle möglichen winzigen Bilder. Dann tauchte das Wort »Google« mit einem kleinen Feld darunter auf.

Argwöhnisch starrte Levi auf die Maus. In der öffentlichen Bibliothek von New York hatte er schon einmal eine Maus benutzt. Bei Levis ursprünglicher Ankunft in der Stadt hatte ihn die Bibliothek in Staunen versetzt – er hätte nie gedacht, dass es so viele Bücher auf einem Haufen geben könnte. Dann hatten Computer die Karteikataloge ersetzt – so hatte er sich sein spärliches Wissen über Computer angeeignet.

Levi legte die Hand auf die Maus und bewegte den kleinen Pfeil auf dem Bildschirm, bis er sich über dem Text »Mit Google suchen« befand. Er drückte die Maustaste, gab »Narmer« ein und drückte die Eingabetaste.

Der Bildschirm veränderte sich und bot ihm eine Liste von »Treffern«, die Verweise auf seine Anfrage anzeigten. Weit oben schien etwas namens Wikipedia auf. Levi klickte darauf.

Wieder veränderte sich die Anzeige, und Levis Augen rasten über den Text.

Narmer war ein altägyptischer König der frühdynastischen Zeit. Seine Identität ist Gegenstand von Debatten. Die unter Ägyptologen überwiegende Meinung bringt Narmer mit Pharao Menes in Verbindung, der als erster König und einigender Herrscher des alten Ägyptens bekannt ist.

Levi runzelte die Stirn. Wer immer der Mönch sein mochte, er benutzte den Namen eines berühmten Pharaos.

Er scrollte weiter nach unten, überflog den weiteren Text. Als er jedoch auf ein Bild stieß, erstarrte er.

Er erkannte den Gegenstand auf dem Foto auf Anhieb.

Es handelte sich um ein goldenes Kreuz mit einer großen Öse oben. Die Webseite nannte es ein *Anch*.

Rasch las er den Text darunter.

Ägyptische Götter werden oft mit einem Anch dargestellt, das sie an dessen Öse um den Hals tragen. Zugleich ist es ein Ideogramm, das für Leben steht.

Seine Gedanken schnellten zurück zum Inhalt des Bankschließfachs.

Zu den in seinem gesamten Körper ausgebreiteten Tumoren.

Zu den Worten des Arztes im Sloane-Kettering-Institut: *Mit dem Mann da draußen im Warteraum ist alles in bester Ordnung.*

Die verschwundene Narbe seitlich an seiner Brust.

Seine Knöchel.

»Verdammt!«

Als das Telefon klingelte, griff er nach dem Hörer. »Ja?«

»Hi, Tony hier. Dein Taxifahrer ist da. Ich sorg dafür, dass er nicht ohne dich abhaut. Komm runter, wenn du so weit bist.«

»Danke, Tony, bin gleich da.«

Damit legte Levi auf und warf einen weiteren Blick auf das Foto des goldenen Anch, bevor er den Computer ausschaltete.

Wegwerfend schwenkte er die Hand. »Muss ein schräger Zufall sein.«

Kurz vor elf Uhr meldete sich Levi am Patientenempfangsbereich des Mount Sinai Medical Center in der First Avenue an. Noch bevor er im überfüllten Warteraum einen Sitzplatz finden konnte, wurde sein Name von einer Pflegerin mit blauer Montur aufgerufen.

Levi ging um einen Mann herum, der im Rollstuhl durch den Empfangsbereich geschoben wurde, und näherte sich der blonden Pflegerin, die eine Tür aufhielt.

Sie hatte einen belustigten Ausdruck im Gesicht. »Für 'nen Zombie sehen Sie ziemlich gut aus.« Sie führte ihn einen Nebengang hinunter in einen Untersuchungsraum, wo sie auf einen Stuhl mit hohen Armlehnen zeigte. »Bitte nehmen Sie Platz und strecken Sie Ihren linken Arm für mich aus. Ich muss 'ne gute Vene finden.«

»Was war das mit dem Zombie?«, hakte Levi nach.

Die junge Pflegerin lachte. Ihre Wangen liefen rot an. »Tut mir leid, das war bloß ein Scherz. Ist nur so, dass Dr. Romano ziemlich sicher war, Sie könnten nicht mehr unter den Lebenden weilen, als er Ihre Krankenakte aus Los Angeles erhalten hat.«

Die Krankenpflegerin zog einen Gummischlauch um seinen Oberarm fest und klopfte mit der behandschuhten Hand auf eine Vene an der Innenseite seines Ellbogens. Sie rieb mit einem Alkoholtupfer über die vorstehende Vene und stach mit einer geübten Bewegung eine Nadel mit einem daran befestigten, langen dünnen Schlauch durch die Haut. Dann führte sie das Ende des Schlauchs in ein Röhrchen.

Levis Blut ergoss sich hinein.

Mit einem geschickten Manöver ersetzte sie das gefüllte Röhrchen gegen ein weiteres. Während es sich füllte, entfernte sie die provisorische Aderpresse.

»Wie lang wird es dauern, bis die Laborergebnisse vorliegen?«, fragte Levi.

Die Krankenpflegerin entfernte das zweite Röhrchen und stellte es zum ersten auf die Arbeitsfläche. Sie drückte einen Wattebausch auf die Einstichstelle, zog die Nadel heraus und befestigte den Wattebausch mit mehreren Umwicklungen Klebeverband. »Nicht lang. Der Doktor will die Resultate sofort haben. Ich bringe mal die Röhrchen ins Labor und bin gleich wieder da, um Ihre anderen Proben zu nehmen.«

Als sie ging, platzte Levi heraus: »Meinen Sie, es wäre auch ein kurzer Hör- und Sehtest möglich?«

»Natürlich. Ich bin bald zurück.«

»Okay«, sagte die Pflegerin. »Lesen Sie die Buchstaben vor, auf die ich mit dem Finger zeige.«

Levi hielt sich die Hand über das linke Auge und schaute auf die Sehtesttafel. »P E Z O L C F T D.«

»Was?« Die Pflegerin starrte auf die Tafel. »Woher haben Sie das?«

Levi deutete auf die Tafel. »Von ganz unten.«

Die Frau beugte sich näher hin und kniff die Augen zusammen. »Verdammt. Na schön, wechseln Sie die Augen und lesen Sie mir vor, was Sie an der tiefsten Stelle sehen können.«

Levi verlagerte die Hand über das rechte Auge. Die Buchstaben zeichneten sich für ihn klar und deutlich ab. »P E Z O L C F T D.«

Die Krankenpflegerin schüttelte den Kopf und kritzelte etwas in sein Patientenblatt.

»Also, wie sieht's mit meiner Sehschärfe aus? 100 Prozent?«

»Nein.« Die Pflegerin schrieb weiter.

Ihr zurückhaltendes Lächeln war ansteckend. Die Frau war klein, hatte ein hübsches Gesicht und einen birnenförmigen Körper. An der linken Hand trug sie einen Diamantring. Sie besaß eine ausgeglichene, gutmütige Ausstrahlung, war jemand, der gern zu lachen schien. Ein völlig anderer Typ Mensch als das Miststück, das sich Katarina nannte.

Mary war wie diese Krankenpflegerin gewesen. Glücklich. Ausgeglichen. Ihr Leben war von viel Lachen begleitet gewesen.

»Warum ist ›Nein‹ die einzige Antwort, die ich mein Leben lang von Frauen kriege?«, fragte Levi.

»Das glaub ich keine Sekunde.« Die Wangen der Pflegerin röteten sich. »Sie haben keine 100 Prozent. Das wäre der Normalwert. Sie haben *130*, auf beiden Augen. Ehrlich gesagt bin ich mir nicht sicher, ob schon jemals jemand mit 130 abgeschnitten hat. Ein paar Leute hatte ich schon mit 115, aber das waren halbe Kinder, kein 42-jähriger Erwachsener. Ziemlich beeindruckend.«

»Und wie ist der Hörtest ausgefallen?«

»Oh, auch in der Hinsicht sind Sie ein Überflieger.« Die Pflegerin blätterte durch seine Akte. »Wir machen hier viele Hörtest, sowohl für ältere Leute als auch für Kinder. Bei Gehörproblemen erleben wir in der Regel einen Abfall der Wahrnehmung in höheren Frequenzen – wissen Sie, mit zunehmendem Alter ist es für unsere Ohren ziemlich normal, dass sie für höhere Töne nicht mehr so empfänglich sind. Aber bei Ihnen scheint *überhaupt kein* Verlust der Wahrnehmung vorzuliegen. Im Gegenteil, Sie gehören wahrscheinlich zu denen, die tatsächlich eine Stecknadel fallen hören können.«

»Also ... bin ich in guter Verfassung?«

»Das können Sie aber laut sagen! Ihr Visus liegt bei 2,0. Das bedeutet, Sie sehen aus sechs Metern Entfernung genauso gut wie die meisten

Menschen aus drei Metern. Im Wesentlichen ist ihre Sehkraft also doppelt so gut wie bei Menschen mit perfekter Standardsicht. Und Ihr Gehör ist sogar noch besser. Ihre Wahrnehmung selbst bei hohen Frequenzen ist fast schon lächerlich gut. Ich muss mich mal umhören, ob überhaupt schon jemand Ergebnisse wie Sie hatte. Jedenfalls würde ich mir noch keine allzu großen Sorgen machen, dass Sie ein Hörgerät brauchen.« Sie zwinkerte ihm zu und zog ihn auf: »Ich für meinen Teil weiß, dass ich nichts Unanständiges flüstern werd, solange Sie im Gebäude sind. Wahrscheinlich würden Sie's hören.«

Levi verdrehte die Augen, als die Pflegerin seine Krankenakte auf die Arbeitsfläche legte und ihm mitteilte, sie würde gleich zurück sein.

Die Stimme des Mönchs hallte in Levis Kopf wider. *Ich würde wetten, dass auch dein Seh- und Hörvermögen besser ist als das der meisten Leute.*

»Halt die Klappe«, brummte Levi in sich hinein.

Ein Mann in einem Laborkittel klopfte an die offene Tür des Untersuchungsraums und trat ein. »Mr. Yoder, ich bin Dr. Romano.« Er schüttelte Levi die Hand. »Wie fühlen Sie sich? Die Pflegerin hat mir gesagt, dass Sie besorgt wegen Ihres Hör- und Sehvermögens waren.« Er hob Levis Krankenakte auf und begann, durch die Seiten zu blättern.

Levi schüttelte den Kopf. »Da hab ich mich wohl geirrt.«

»Tja, das ist schön zu *hören* – Wortspiel unbeabsichtigt.« Der Doktor grinste.

Die Pflegerin kam herein und reichte dem Arzt einige Unterlagen. »Die Laborergebnisse sind gerade gekommen.«

»Hervorragend.« Dr. Romano sah die Resultate durch. »Also ... ich muss sagen, das sieht alles ziemlich gut aus. Der Eisenwert ist ein bisschen niedrig, aber nach dem, was Sie durchgemacht haben, kommt das nicht unerwartet.«

»Ich hab knapp sieben Kilo abgenommen.«

»Wie fühlen Sie sich insgesamt? Hat sich die Übelkeit gelegt?«

Levi nickte. »Ich fühl mich allgemein nicht mehr krank. Nur vielleicht etwas müder als sonst.«

»Das dürfte an der leichten Anämie liegen.« Der Arzt kritzelte einige Notizen in die Patientenakte, schloss sie und sah Levi direkt an. »Aber ich denke, irgendjemand da oben wacht über Sie, Mr. Yoder. Sie haben sich bemerkenswert gut erholt. Da Sie die Übelkeit jetzt los sind, schlage ich vor, Sie konzentrieren sich auf Ihre Ernährung. Achten Sie auf drei vollwertige Mahlzeiten am Tag. Versuchen Sie, dunkles Blattgemüse, Bohnen oder auch ein schönes, großes Steak unterzubringen. Dann sollten Ihre Eisenwerte im Nu wieder auf dem Normalstand sein, und Sie fühlen sich bestens.«

»Das ist alles? Ist das Cyanid aus meinem Körper draußen?«

»Ja, ist es. Aus meiner Sicht sind Sie ein wandelndes Wunder – Ihren Vitalwerten und dem Blutbild nach haben wir die Vergiftung zum Glück restlos überwunden. Haben Sie sonst noch Fragen oder Anliegen?«

»Nein, alles gut.« Levi stand auf und schüttelte dem Arzt die Hand.

Der Mann lächelte und neigte leicht das Haupt. »Sagen Sie Don Bianchi bei Gelegenheit, dass ihn Carmine Romano grüßen lässt.«

»Wird gemacht.«

Plötzlich dämmerte Levi, warum er praktisch ohne Wartezeit mit dem Chefarzt im Mount Sinai gesprochen hatte. Ein Freund des Dons zu sein, hatte seine Vorteile.

***

Eine Handvoll Mitglieder der Mafia trainierte im Keller des Helmsley Arms, des Gebäudes, das Levi mittlerweile als Zuhause betrachtete. An den Wänden waren deckenhohe Spiegel montiert. Die topmoderne Einrichtung reichte von Ergometern über Laufbänder bis hin zu einer Reihe von Gewichtstationen.

Die meisten Jungs wechselten sich an den Gewichtstationen ab. Levi hingegen befand sich in der Mitte des Fitnessraums, wo er sich an einem 60 Kilo schweren, an einer Kette von der Decke hängenden Sandsack verausgabte. Schweiß strömte ihm übers Gesicht, als er eine Reihe von Tritten ausführte. Das schwere Klatschen seines Schienbeins gegen das Segeltuchmaterial des Sandsacks hallte laut durch den Raum.

Seine Rückkehr aus Nepal lag über einen Monat zurück, trotzdem fühlte er sich immer noch nicht bei 100 Prozent. Auch sein Normalgewicht hatte er bisher nicht zurückerlangt, aber er arbeitete hart daran, seine Ausdauer wieder aufzubauen.

Tony Montelaro, dem Levi das Handgelenk ausgerenkt hatte, legte zwei 25-Kilo-Kurzhanteln beiseite und zeigte auf den Sack. »Soll ich ihn für dich halten?«

Levi nickte, und der große Kerl packte den Sandsack, beendete dessen Schaukelbewegungen.

Mit stetig steigendem Tempo entfesselte Levi einen Hagel von Geraden, Tritten und Schlägen gegen das nunmehr fixierte Ziel. Die Intensität seiner Treffer stieg, bis sich Tony dem Ansturm entgegenstemmen musste.

Nach fast zwei Minuten Dauerangriffen beendete Levi die Abfolge mit einem Rückwärtstritt aus der Drehung, der Tony zwei Schritte zurückstieß. Schwer atmend verharrte Levi.

Seine Muskeln brannten, als er sich ein Handtuch schnappte und sich das Gesicht abwischte. Durch die Hitze der Anstrengung fühlte er sich besser als seit Langem.

»Heilige Scheiße.«

Levi drehte sich um und stellte fest, dass die anderen im Fitnessraum das Training unterbrochen hatten und ihn anglotzten. »Was ist?«

Tony schmunzelte und rieb sich die Brust. »Ich bin bloß froh, dass ich nicht der verdammte Sandsack war.«

»Amen«, meinte dazu einer der anderen stiernackigen Mafiosi. »So was hab ich noch nie im Leben gesehen. Der verfluchte Taz ist ein Dreck dagegen.«

Levi lächelte und klopfte Tony auf die Schulter. »Danke, dass du ihn für mich gehalten hast.« Er zeigte auf das Handgelenk des Mannes. »Schon besser?«

»Ja. Der Arzt sagt, ich soll's langsam angehen, deshalb bleib ich beim Bankdrücken vorerst unter 120 Kilo.«

Die Türen des Fahrstuhls am anderen Ende der Halle glitten auf, und Frankie stand am Eingang. Er sicherte sich Levis Aufmerksamkeit und winkte ihn zu sich.

Levi bedachte Tony mit einem angedeuteten Schlag gegen den muskelbepackten Arm, bevor er hinüber zu Frankie ging. »Was gibt's?«

»Reden wir draußen.«

Eine Minute später befanden sich die beiden Männer auf der Straße vor dem Wohnhaus. »Frankie«, merkte Levi an, »meine Trainingsaufmachung ist nicht für vier Grad Celsius gedacht. Warum reden wir hier draußen?«

»Sagen wir einfach, hier fühl ich mich besser dabei.«

Levi steckte die Hände unter die Achselhöhlen, als sie sich in Bewegung setzten.

»Levi, wir haben's geschafft, den Drecksack aufzuspüren, der dahintergesteckt hat, dass der Staat dein Vermögen eingesackt hat. Mittlerweile ist er im Ruhestand, aber früher war er ein hohes Tier bei der New Yorker Steuer- und Finanzbehörde. Scheiße, nachdem der Penner den Fonds aufgelöst hatte, aus dem deine Rechnungen bezahlt wurden, hat er's geschafft, dein Haus für den Preis der offenen Grundsteuern für ein Jahr zu kriegen. Danach hat er es mit 'nem satten Gewinn auf den Markt geworfen.«

»Du verarschst mich doch. Bist du sicher?«

»Kein Zweifel. Die Unterschrift desselben Kerls taucht überall auf den Dokumenten deines Falls auf.«

Ein Anflug von Hitze stieg in Levi auf. Sein Gesicht rötete sich vor Wut. »Ich brauch den Namen und die Adresse. Das ist was Persönliches, also lasst es mich auf meine Weise regeln, in Ordnung?«

Frankie bedachte ihn mit einem schiefen Grinsen. »Dachte mir schon, dass du das sagen würdest. Als ich's Vinnie erzählt hab, ist er an die Decke gegangen. Du sollst nur wissen, falls du was brauchst, steht die Familie mit der nötigen Muskelkraft hinter dir.«

»Weiß ich zu schätzen.« Levis Gedanken rasten. »Und jetzt spuck aus, warum wir hier draußen reden. Worüber machst du dir Sorgen?«

Frankies Miene verfinsterte sich. »Bis vor Kurzem hast du dich noch erholt, deshalb wollt ich dich nicht damit belasten. Aber vor ein paar Wochen hat mich der Verdacht beschlichen, dass einer der Jungs aus dem Umfeld für mehr als eine Seite spielen könnte. Hab seine Wohnung verwanzt, und ... na ja, sagen wir einfach, er ist raus. Aber ich hab in seinem Zimmer 'ne Wanze gefunden, die nicht von uns war. Bis wir sicher sein können, dass der gesamte Bau sauber ist, will ich's nicht riskieren, drinnen übers Geschäft zu reden.«

Frankie sprach es nicht aus, dennoch wusste Levi, dass der Mann, der rausgeworfen worden war, längst unter mehreren Tonnen Müll auf irgendeiner Halde lag. Das war der Preis, wenn man gleichzeitig für eine der anderen Familien arbeitete oder versuchte, für die Gesetzeshüter Beweise zu sammeln. So funktionierte es in diesen Kreisen.

Und dabei zog Levi die Grenze. In die schmutzige Seite des Geschäfts ließ er sich nicht hineinziehen. Er blieb sauber. Levi hatte sich immer gern als eine Art Tom aus den Filmen der *Pate*-Reihe gesehen – den *Consigliere* der Familie. Der Besonnene, der mit Strategien aushalf oder

Probleme löste, die sich mit roher Gewalt nicht aus der Welt schaffen ließen.

Allerdings bestanden zwei große Unterschiede zwischen ihm und dieser fiktiven Figur. Zum einen war Levi kein Anwalt. Zum anderen störte es Levi nicht, das Gesetz zu *beugen*. Er hatte lediglich kein Interesse daran, es zu brechen.

Mittlerweile hatten Frankie und er den Häuserblock umrundet und kehrten zum Eingang des Wohngebäudes zurück. »Frankie, falls du interessiert bist, kenn ich jemanden, der im Haus 'nen Sicherheitscheck durchführen kann. Hab früher mit seinem Vater zusammengearbeitet, und der hat mich nie im Stich gelassen. Sein Junge ist vom alten Schlag, nur technisch versierter. Moderner. Ich verbürge mich für ihn. Er weiß, was Sache ist.«

Frankie rieb sich die Hände, bevor er sie tief in den Taschen versenkte. »Wollte dich schon fragen, ob du jemanden kennst. Ja, bring mich mit dem Mann in Verbindung. Und ich lass dir den Namen und die Adresse von diesem Finanztypen zukommen.«

»Wohnt er in der Stadt?«

»Ne, er hat 'n großes Anwesen draußen in Connecticut. Villa am Meer. Ist das zu fassen?«

Levi lächelte. »Dann hat er wahrscheinlich auch Kabelfernsehen.«

Frankie bedachte ihn mit einem Seitenblick. »Schätze schon.«

»Kennen wir jemanden, der für die Kabelfernsehanbieter dort drüben arbeitet?«

Am Eingang zum Helmsley Arms blieb Frankie stehen. »Denke schon, dass wir dort drüben irgendwelche Freunde ausgraben können. Wieso?«

Levi lächelte. »Lass mich 'nen Blick auf die Adresse werfen. Ich hab da ein paar Ideen.«

KAPITEL ZWÖLF

Levi zuckte mit den Schultern und versuchte, die Anspannung abzuschütteln, während Angelo, einer von Frankies Männern, mit ihm durch die nächtlichen Straßen von Fairfield fuhr. Das Elektroauto glitt lautlos durch ein nobles Viertel mit großflächigen Grundstücken in Sichtweite des Long Island Sound.

»Ist irgendwie unheimlich, dass die Dinger keinen Lärm machen«, meinte Levi.

Angelo tätschelte das Armaturenbrett. »Brandneuer Tesla, Modell S. Ich liebe die Karre. Damit kann ich nicht nur flüsterleise zu 'nem Job fahren, wenn ich aufs Gas trete, bin ich auch in Nullkommanichts weg.«

»Ich will mir gar nicht ausmalen, was den Herstellern als Nächstes einfällt.«

Levi ließ den Blick prüfend durch die Gegend wandern – er achtete auf die Häuser, die Straßenlaternen, die entlang der Straße geparkten Fahrzeuge, auf alles, was eine Rolle spielen könnte. Es war zwei Uhr morgens, weshalb in den meisten Häusern kein Licht mehr brannte. Keines der Grundstücke an diesem Abschnitt der Straße hatte einen Zaun. Vermutlich hielten die Bewohner bei all dem sie umgebenden Land Zäune nicht für notwendig.

Was gut war.

»Lass uns hier stehen bleiben«, sagte Levi. »Unser Ziel befindet sich ein paar Blocks nördlich dieser Straße.«

»Alles klar.« Angelo lenkte an den Straßenrand und rollte weiter, bis sie sich in den Schatten zwischen zwei Straßenlaternen befanden.

Die zwei Männer stiegen aus. Levi beobachtete anerkennend, wie der drahtige Fahrer seine Tür lautlos hinter sich schloss. Angelo war ein Straßensoldat der Familie. Mit nächtlicher Arbeit kannte er sich daher aus.

Als sie unbeschwert auf das Haus zugingen, auf das sie es abgesehen hatten, beugte sich Angelo näher und flüsterte: »Mr. Minnelli hat gesagt, ich soll dir helfen. Klärst du mich auf, was wir machen?«

»Ich werd jemandem Probleme mit dem Kabelempfang verursachen, das ist alles. Dich brauch ich nur zum Schmierestehen.«

Als Levi die salzige Luft einatmete, verspürte er einen Anflug nervöser Energie. Die Temperatur lag beinah um den Gefrierpunkt. Ihm stieg der Geruch von Holz in die Nase, das jemand in einem Kamin verbrannte.

Er verlangsamte die Schritte, als sie sich ihrem Ziel näherten, einem großen, mehrgeschossigen Haus an der Straßenecke. Zwischen dem Bürgersteig und dem Metallkasten an der Seite des Hauses lagen mindestens 50 Meter.

Genau, wie es ihm der Mann vom Kabelbetreiber beschrieben hatte.

Levi blickte die Mauer hinauf und das Dach entlang zu einer Reihe von Flutlichtern. Er nahm seinen Rucksack ab, öffnete den Reißverschluss und holte einen Fußball heraus.

»Was um alles in der Welt hast du denn damit vor?«, fragte Angelo.

»Pass auf.«

Mit einem Seitwärtswurf schleuderte Levi den Ball zum Haus. Er landete auf dem Rasen, hüpfte ein paar Mal auf und rollte dann den Hang entlang weiter in Richtung des Hauses. Die Flutlichter gingen an und tauchten die Westseite des Grundstücks in strahlendes, weißes Licht mit leicht violettem Einschlag.

»Scheiße, Bewegungsmelder«, flüsterte Angelo. Levi spürte die Anspannung des Mannes, als er das Gewicht von einem Bein aufs andere verlagerte.

»Schhh.« Levi duckte sich auf dem Bürgersteig, als der Ball langsam ausrollte. Er hob die Hand und schirmte die Augen gegen das grelle

Gleißen ab. Unter den Lichtern sichtete er einen weißen, rechteckigen Kasten. Der Bewegungsmelder.

Er kramte noch einmal im Rucksack, zog eine Paintball-Pistole heraus und zielte auf das kleine Kunststoffgehäuse knapp unter den Flutlichtern.

Er drückte den Abzug. Mit einem unangenehm lauten Geräusch feuerte die CO_2-Patrone einen Paintball mit einer Geschwindigkeit von fast 100 Metern pro Sekunde ab. Ein dumpfer Laut ertönte, als das Farbgeschoss sein Ziel traf.

Levi schickte zwei weitere schnelle Schüsse hinterher und bedeckte den Sensor mit schwarzem Glibber. Beim Lärm jedes Schusses zuckte Angelo zusammen. »Mann, warum benutzt du kein .22er-Kaliber mit Schalldämpfer? Das wär leiser als dieses verfluchte Ding und noch dazu präziser.«

»Ich komm später noch mal hierher«, flüsterte Levi. »Wenn das Ding an die Alarmanlage drinnen angeschlossen ist, wird wahrscheinlich eine Meldung ausgegeben, wenn der Bewegungsmelder plötzlich nicht mehr funktioniert, weil ihn 'ne Kugel zerschossen hat.«

Angelo schaute zweifelnd drein. »Und du meinst, mit der Farbe kannst du den Bewegungsmelder überlisten?«

Levi lächelte. »Nicht alles ist so, wie's zu sein scheint. Sagen wir einfach, in den Paintballs ist eine spezielle Formel. Die sollte den Melder hoffentlich ausreichend verwirren, um ...«

Abrupt erloschen die Flutlichter.

Levi bedeutete seinem Begleiter zu schweigen. Lauschend verharrte er in der Dunkelheit, achtete mit sämtlichen Sinnen auf etwas Ungewöhnliches. Es herrschte Totenstille. Sogar die leichte Brise war abgeflaut. Levi hörte nur das Geräusch des eigenen Herzschlags.

Levi steckte die Paintball-Waffe weg und reichte Angelo seinen Rucksack. »Bleib hier und halt Ausschau nach Bewegung im oder vor dem Haus«, flüsterte er. »Ich brauch höchstens ein, zwei Minuten.«

Angelo nickte.

Mit einem nervösen Flattern im Magen setzte sich Levi in Bewegung. Er konnte nicht sicher sein, ob funktionieren würde, was er gemacht hatte. Esther hatte behauptet, der Inhalt der Paintball-Geschosse wäre durch die spezielle Formel dichter als gewöhnliche Farbe, und die Metallspäne darin würden den Großteil der gängigen Bewegungserkennungstechnik außer Gefecht setzen.

Aber mit Gewissheit wusste man das bei solchen Dingen nie.

Mit einem Drahtschneider in der einen und einem Dietrich in der anderen Hand überquerte Levi gemächlich den Rasen. Das teilweise von Raureif überzogene Gras knirschte unter seinen Füßen.

Trotz seines nach außen hin entspannten Auftretens war Levi bereit, sofort loszurennen, wenn es sein müsste. Aber er war nicht hergekommen, um sich von einem banalen Bewegungsmelder aufhalten zu lassen.

Ein Lächeln breitete sich langsam über seine Züge aus, als die Flutlichter ausgeschaltet blieben, obwohl er sich dem Haus näherte.

Offensichtlich funktionierten die Paintball-Geschosse.

Schließlich kniete sich Levi vor einen Metallkasten an der Seite des Hauses. Auf einem Aufkleber an der Vorderseite stand *Frontier Communications*. Das Schloss des Kastens erwies sich als simpel. Levi hätte jedem Drittklässler beibringen können, es zu knacken.

Er holte ein Spannwerkzeug aus seinem Dietrich-Set und schob es in den Schlitz. Noch bevor er einen Dietrich auswählen konnte, begann der Schließzylinder, sich zu drehen.

Nur mühsam gelang es ihm, ein Lachen zu unterdrücken, als er den Kasten öffnete.

Er fand den Koaxialkabelanschluss und schraubte ein Kabel los. Dann schloss er den Kasten wieder, sammelte den Fußball ein und kehrte seelenruhig zu Angelo zurück.

Schritt eins war abgeschlossen.

Ein drahtiger Mann schnellte mit einem Messer mit Wellenschliff in der rechten Hand vor und zurück.

Der Mann griff Levi an.

Levi blockte die Messerhand mit dem Unterarm ab und packte den Mafioso am Arm. Er presste die Finger kräftig ins Handgelenk seines Gegners, während er es gleichzeitig nach vorn bog.

Der Mann grunzte, und das Messer fiel ihm aus der Hand.

Levi ließ los und sprang außer Reichweite zurück.

»Verdammt, meine Finger sind grade gefühllos geworden.« Der Mafioso ließ ein gequältes Grinsen in Levis Richtung aufblitzen, während er das Handgelenk vor und zurück bog.

»An der Stelle bündeln sich eine Menge Nerven«, erklärte Levi. Er drehte sich den anderen sechs Mitgliedern der Familie zu, die sich im Fitnessraum im Untergeschoss des Wohnhauses versammelt hatten. »Denkt dran: abblocken, verdrehen und Hebelwirkung gegen Arm und Handgelenk des Angreifers einsetzen.« Er verlagerte das Gewicht, schob das rechte Bein nach hinten. »Also vergesst nicht, auf die Haltung des Gegners zu achten. Das Bein, das hinten ist, verrät euch, mit welchem Arm der Angriff erfolgt.«

Mit dem rechten Bein zurückgeschoben ahmte Tony einen Angriff ins Leere nach, allerdings mit dem linken Arm. Dann wechselte er, griff mit rechts an und schüttelte den Kopf. »Ich halt's nicht aus.«

Levi setzte sich auf den Boden des Fitnessraums und begann mit Dehnungsübungen.

Einer der Männer fing an, die Abwehrtechnik zu üben, die Levi gerade vorgemacht hatte. »Gibt's noch andere Tricks, die du uns beibringen kannst?«, fragte er.

»Klar. Aber ich mach euch 'nen Vorschlag: Ihr übt jetzt alle miteinander das Abblocken von Messerangriffen. Wer das meistert, dem zeig ich noch was anderes aus meiner Trickkiste. Ach ja, und beim Üben verwendet keiner von euch *Momos* echte Messer, klar? Ich will von Mr. Minnelli nicht hören müssen, dass ihr euch versehentlich gegenseitig abgestochen habt. Benutzt einfach 'nen Stock oder so.«

Tony ging zur Hantelhalterung und begann, Curls mit 25-Kilo-Kurzhanteln zu machen. »Hey, Levi, was dagegen, wenn ich dir 'ne berufliche Frage stelle?«

Levi bemerkte den unbehaglichen Ausdruck in Tonys Gesicht. »Kommt drauf an. Schieß los und frag. Kann dir aber keine Antwort garantieren.«

»Also, Mr. Minnelli hat uns allen gesagt, wir sollen mit dir nicht über die Einzelheiten einiger unserer Aufgaben reden. In die Seite des Geschäfts bist du nicht einbezogen. Aber mich würd interessieren, was ein Problemlöser eigentlich macht.«

Plötzlich drehten sich auch die anderen Männer in Levis Richtung, und es wurde still. Vermutlich war noch keiner dieser Jungs »dabei« gewesen, als Levi zuletzt mit der Familie in Verbindung gestanden hatte. Daher wussten sie nichts von seinem Arrangement mit der Familie Bianchi.

Levi legte den Kopf erst zur einen, dann zur anderen Seite schief. Die Sehnen in seinem Hals knackten.

»Die Frage ist in Ordnung. Ich will's mal ganz einfach ausdrücken. Ihr könnt euch mich als den *Consigliere* des Dons vorstellen, als seinen Berater. In vieles, was ihr Jungs macht, werde ich nicht einbezogen, dafür kümmere ich mich um spezielle Angelegenheiten. Ich behebe Probleme, die gelöst werden müssen.«

»Kannst du uns ...«

»Moment, Carmine.« Levi hob einen Finger und grinste. »Ich wollte grade ein Beispiel nennen. Manchmal braucht die Familie Hilfe dabei, Informationen zu beschaffen, an die man mit Muskelkraft nicht rankommt. Ich bin ziemlich gut darin, mir Zugang zu Orten zu verschaffen, an denen ich eigentlich nichts verloren habe. Und Dinge in Erfahrung zu bringen, die andere nicht herausfinden können.

Jeder ignoriert den zerlumpten alten Mann, der an der Straßenecke steht und nach Pisse mieft, während er die vorbeiziehenden Leute beobachtet.

Niemand schenkt dem Kellner in 'nem schicken Wall-Street-Restaurant Beachtung. Man denkt nicht daran, dass er Unterhaltungen belauschen könnte, die nicht für seine Ohren gedacht sind.

Tja, ich bin schon dieser Kellner, dieser alte Penner und einiges anderes gewesen. Ich bin echt gut darin, Ratten aufzuspüren oder Informationen aufzutreiben, wenn's sonst niemandem gelingt.

Ich löse Probleme, von deren Existenz die meisten von euch nie erfahren.

Und manchmal helfe ich sogar dabei, Probleme für Menschen zu lösen, die sich selbst nicht helfen können. Wie ihr alle wisst, geht auf den Straßen eine Menge Scheiß ab. Manchmal bin ich der Engel des Todes, andere Male nur ein Engel.«

Levi schwenkte den Blick durch den Raum. Er hatte sich die Aufmerksamkeit aller gesichert. Einige nickten mit unergründlichen Mienen. »Hilft das als Erklärung?«

Tony schmunzelte. »Kannst du mich bitte vorwarnen, wenn der Todesengel unterwegs ist? Dann will ich nämlich mindestens fünf Viertel entfernt sein, falls du verstehst, was ich meine.«

Levi zwinkerte. »Bleibt einfach sauber und haltet euch an die Regeln der Familie, dann glaub ich nicht, dass ihr euch in der Hinsicht je Sorgen machen müsst.« Er schaute zur Uhr an der Wand. »Okay, Jungs, ich muss los.«

Denny hatte vorhin angerufen und ihm mitgeteilt, er hätte Informationen für ihn. Und zu dem Termin wollte er unter allen Umständen pünktlich erscheinen.

Levi saß auf einem Klappstuhl neben Dennys Schreibtisch und wartete, während das Elektronikgenie einen Stapel FedEx-Umschläge durchsah. In der Zwischenzeit blickte Levi auf sein Handy und runzelte die Stirn. »Hier drin kriegt man keinen Empfang.«

Denny zog einen der Umschläge aus dem Stapel und legte ihn auf den Tisch. »Natürlich nicht. Einen Teil meiner Arbeit könnt ich nicht machen, wenn ich keinen Ort hätte, an dem ich von den Streusignalen der Außenwelt abgeschirmt bin.«

Levi zuckte mit den Schultern und steckte das Handy zurück in die Tasche.

»Ich hab, wonach du gesucht hast.« Denny öffnete den Umschlag. Mehrere Bogen Papier rutschten heraus, zusammen mit einer winzigen Tüte mit Gleitverschluss, die einen Teil eines rot lackierten Fingernagels enthielt. »Eins nach dem anderen.« Er schob die Tüte mit dem Fingernagel zu Levi. »Das Ding ist mir unheimlich. Kannst du zurückhaben.«

Levi sträubten sich die Nackenhaare, als er auf Katarinas Fingernagel starrte. Sie hatte ihm eine harte Lektion über die Menschen beigebracht ... und über ihn selbst. Der Fehler mit ihr war ihm unterlaufen, weil sie Mary so ähnlich sah – und er hatte zugelassen, dass diese Schwäche sein Urteilsvermögen getrübt hatte. Ein Fehler, der ihn beinah das Leben gekostet hätte.

Er griff sich die Tüte und ließ sie in der Hosentasche verschwinden.

Denny schob ein Foto über den Schreibtisch und zeigte auf einen Lippenstiftfleck. »Denen ist es tatsächlich gelungen, die nötige DNA von der Stelle zu extrahieren, an der deine Frau das Foto geküsst hat. Bin beeindruckt.«

Levi hatte sich das Foto von Vinnie geliehen – dasselbe Foto, das er im Salon des Dons gesehen hatte. Es war das Einzige, von dem er wusste, dass sich Marys DNA daran befinden konnte – er hatte nämlich nicht vor, ihre Leiche auszugraben, um ein bloßes Bauchgefühl zu überprüfen. Er lächelte über die jungen Gesichter, die ihn aus dem an einem strahlenden, sonnigen Tag vor einer gefühlten Ewigkeit entstandenen Foto entgegenblickten. Zu einer Zeit, als alles noch wesentlich unkomplizierter gewesen war.

»Also, du hast mich fast einen Monat warten lassen«, sagte Levi. »Wie sehen die Ergebnisse aus?«

»Tut mir leid, dass es so lang gedauert hat. Aber der Einzige, bei dem ich mich drauf verlassen konnte, dass er keinen Mist baut, war voll bis obenhin mit Arbeit.« Denny ergriff die zwei Bögen Papier und reichte Levi einen davon. »Sie haben zwei Kopien des Berichts geschickt.«

Während Denny über die technischen Einzelheiten des Berichts referierte, betrachtete Levi das Dokument. Das Logo oben auf dem Papier zeigte an, dass die Untersuchung von einer Biotech-Firma in Boston durchgeführt worden war. Darunter befanden sich alle möglichen Zahlen und Begriffe, die Levi nichts sagten.

Denny las die Zusammenfassung laut vor. »Wir konnten aus einem Teil des abgebrochenen Fingernagels und aus dem Lippenabdruck auf dem Foto ausreichend DNA für die Analyse extrahieren. Die Ergebnisse deuten darauf hin, dass es sich in beiden Fällen um eine Frau nahöstlicher Herkunft handelt. Die beiden DNA-Proben sind verwandt, Cousinen vierten Grades oder näher.« Er legte den Ausdruck hin. »Waren das die Ergebnisse, nach denen du gesucht hast?«

Levi zuckte mit den Schultern. »Offen gestanden hatte ich schon angefangen zu glauben, ich hätte mir ihre Ähnlichkeit bloß eingebildet. Aber wenn sie verwandt waren, könnt's durchaus sein, dass sie sich ähnlich gesehen haben.«

»Ist auf jeden Fall möglich.« Denny tippte auf den vor ihm liegenden Bericht. »Und hier heißt es Cousinen vierten Grades *oder näher*. Wer weiß – vielleicht sogar Schwestern.«

Levi lehnte sich vor. »Kann ich dich damit beauftragen, noch was für mich in Erfahrung zu bringen?«

»Klar. Was schwebt dir vor?«

»Ich muss diese Frau finden. Oder zumindest muss ich rausfinden, wo sie zuletzt gewesen ist. Ich weiß über sie nur, dass sie sich Katarina nennt, und das ist wahrscheinlich nicht ihr richtiger Name. Sie hat wie Mitte 20 ausgesehen und Farsi gesprochen. Aber jetzt, da ich Zeit hatte, drüber nachzudenken, glaub ich nicht mehr, dass es ihre Alltagssprache war. Irgendwas an ihrem Sprechtempo hat nicht gepasst. Ich würde wetten, sie ist zwar mit der Sprache aufgewachsen und kann sie deshalb fließend, ist aber später, vielleicht als Teenager, woandershin gezogen und hat sie von da an nicht mehr viel oder gar nicht mehr benutzt. Außerdem beherrscht sie Russisch, falls das weiterhilft. Vielleicht eine Iranerin, die als Teenager nach Russland gezogen ist.«

Denny kritzelte Notizen auf die Rückseite seiner Kopie des DNA-Berichts. »Ich werd sehen, was ich tun kann. Was kannst du mir über Mary erzählen? Du weißt schon, Mädchenname, Geburtsort, Namen der Eltern und so weiter. Wahrscheinlich fang ich damit an und arbeite mich nach außen.«

»Ihr ursprünglicher Name war Maryam Nassar, und sie wurde im Iran geboren. In Teheran, glaub ich, aber 100 Prozent sicher bin ich mir nicht. Die Namen ihrer Eltern kenn ich nicht, aber sie hat mir erzählt, sie waren irgendwelche Professoren. Welcher Fachgebiete, hab ich nie erfahren. Ebenso hat sie nie von irgendwelchen Geschwistern geredet, aber es könnte welche geben – ich weiß es schlichtweg nicht.«

»Schon gut. Mal sehen, was ich rausfinden kann. Versprechen kann ich nichts. Manche Länder in Nahost haben ihre digitalen Aufzeichnungen ziemlich gut im Griff, andere hingegen ... weniger.«

Levi lehnte sich auf dem Stuhl zurück und trommelte mit den Fingern auf den Schreibtisch. »Denny, bevor ich mit dir über das nächste Thema auf meiner Liste rede, muss ich mich vergewissern, dass wir uns richtig verstehen. Du weißt, mit welchem Menschenschlag ich zusammenarbeite, oder?«

Dennys Gesichtsausdruck wurde ernst. Er nickte.

»Also, was sie am meisten schätzen, ist Vertrauen. Sie *müssen* ihren Leuten vertrauen können. Wird dieses Vertrauen je gebrochen, dann ... passieren üble Dinge. Eine zweite Chance kriegt man bei diesen Leuten nicht.« Levi lehnte sich wieder vor. »Meine Frage an dich lautet also: Kann ich dir vertrauen, wenn du 'nen sicherheitsrelevanten Job für sie erledigst, und können vor allem *sie* dir vertrauen? Die Folgen eines Vertrauensbruchs kennst du ja.«

Einen Moment lang sah Levi in Dennys Gesicht denselben Ausdruck, mit dem ihn Gerard Carter, Dennys Vater, immer dann bedacht hatte, wenn von Levi eine grenzabsurde Frage kam.

»Levi ...« Denny deutete mit dem Daumen zurück in Richtung der unzähligen Regale mit elektronischen Hightech-Geräten hinter ihm. »Wenn die FCC oder irgendeine andere Regierungsbehörde wüsste, dass ich auch nur die Hälfte von dem Zeug hier habe, würde man mich in ein so tiefes Loch stecken, dass ich nie wieder Tageslicht zu sehen krieg. Keine Ahnung, womit genau du mich beauftragen willst. Aber zu der Frage, ob auf mein Wort Verlass ist: Ich würd eher 'ne Kugel schlucken, als wissentlich jemandes Vertrauen zu brechen.«

Levi lächelte, und sie gaben sich die Ghettofaust. »Das wollte ich nur geklärt haben. Denn bisher hatten nur du und ich miteinander zu tun. Wenn ich meine Auftraggeber mit ins Spiel bringe, bist du nicht länger Gerards Sohn. Dann geht's ums Geschäft. Um 'ne ernste Angelegenheit.«

»Du hast was von sicherheitsrelevant erwähnt.«

Levi nickte. »Ich bring dich mit jemandem in Kontakt. Sein Name ist Frank Minnelli. Er ist einer von ...«

»Ich weiß, wer Mr. Minnelli ist.« Denny lächelte und fuhr sich mit der Hand über den kurz gestutzten Afro.

»Also, ich kenn keine Einzelheiten, aber ich vermute, er hat ein Wanzenproblem. Der elektronischen Art. Wahrscheinlich muss ein ganzes Gebäude abgesucht werden. Vielleicht braucht er auch neue Rechner, keine Ahnung. Jedenfalls ist's wahrscheinlich kein kleiner Auftrag, wenn du verstehst, was ich meine.«

Dennys Stimme wurde leicht belegt. »Das weiß ich echt zu schätzen, Levi. Und vertrau mir, das Problem kann ich beseitigen.«

»Was anderes hätte ich auch nicht erwartet.« Levi bedachte seinen Freund mit einem schiefen Lächeln. »Ach, und eins noch. Ein weiterer Gefallen.«

»Schieß los.«

»Ich werd's einfach rundheraus sagen.« Levi rieb sich den Nacken. »Ich brauch was, das es so gut wie sicher nicht von der Stange gibt. Stell dir vor, du wärst bei jemandem zu Gast. Du hast weder viel Zeit, noch kennst du dich mit Computern aus, aber du willst von den Rechnern deines Gastgebers so viel an Daten holen, wie du kannst. Und es darf nicht auffallen. Fällt dir dazu was ein?«

»Von was für Informationen reden wir hier? Kreditkartendaten? Kennwörter?«

Levi schüttelte den Kopf. »Ne, nichts dergleichen. Ich denk eher an E-

Mails. Jede Form von eingehender oder ausgehender Kommunikation mit dem Rest der Welt.«

»Sollte 'n Kinderspiel sein. Willst du irgendwelche Hintertüren offenlassen?«

»Ich weiß nicht mal, was das heißt.«

»So was wie 'n Virus, um die laufende Kommunikation mitzuverfolgen. Wie 'ne Art Geschenk, das du immer wieder kriegst.«

»Ehrlich gesagt glaub ich nicht, dass ich das brauche. Ich geh davon aus, dass die Kommunikation, nach der ich suche, vor Jahren stattgefunden hat.«

Denny hob einen Finger und stand auf. »Warte kurz. Ich denke, ich hab dafür genau das Richtige.« Er wandte sich ab, ging an mehreren Regalreihen vorbei und verschwand hinter einer Wand aus Kisten.

Levi hörte, wie ein Karton aufgerissen wurde. Kurz darauf kam Denny mit einem fingergroßen Gerät zurück.

»Ich denke, du brauchst das hier. Ist grade erst reingekommen. Das ist 'ne aktualisierte Version eines recht verbreiteten Hackerspielzeugs.«

Für Levi sah das Gerät wie ein herkömmlicher USB-Stick aus.

Denny reichte es Levi. »Das kannst du an so gut wie jeden beliebigen Computer anschließen. Dann schaltest du den Rechner einfach ein. Der Stick führt automatisch eine Software aus, die den Computer nach .PST-Dateien und einer ganzen Reihe anderer Dateiformate durchsucht. Außerdem ist 'ne Datenbank mit Zero-Day-Windows-Exploits drauf, die durch die Registrierung des Betriebssystems fegt und nach dem nötigen Rest sucht. Mit etwas Glück benutzt deine Zielperson automatische Anmeldungen für Konten wie Gmail, Hotmail und dergleichen. Dann kannst du auch die Daten absaugen.«

Levi betrachtete das unscheinbar aussehende Gerät aus schwarzem Kunststoff. »Und wie lang dauert das alles?«

»Na ja, es ist 'n Gerät mit USB 3.0, von daher ist die Datenübertragungsrate recht brauchbar. Online-E-Mails wie Gmail und ähnliche Anbieter sind fast sofort erledigt, weil es einfach die Benutzerkennung und die Kennwörter abgreift und auf dem Gerät speichert. Bei lokalen E-Mails kommt's auf die Datenmenge an. An dem Ende hier ist 'ne zweifarbige LED.« Er zeigte hin. »Die blinkt während der Übertragung rot und wird grün, sobald der Transfer abgeschlossen ist. Könnte ein paar Sekunden dauern oder auch ein paar Minuten.«

Levi drehte den Gegenstand in der Hand. »Also einfach einstecken, auf das grüne Licht warten und fertig?«

»Grundsätzlich ja. Dann bringst du den Dongle zurück zu mir, und ich helf dir, die Ausbeute durchzusehen und rauszufinden, was wir haben.«

»Was, wenn er mehr als einen Computer hat?«

»Das Ding hat ein Terabyte Speicher eingebaut. Schließ es einfach an einen Rechner nach dem anderen an. Kann mir nicht vorstellen, dass der Speicherplatz ausgeht. Kopiert wird nur das absolut Nötigste, und die Daten werden in verschiedenen Ordnern gespeichert.«

»Perfekt. Wie viel dafür?«

Denny schüttelte den Kopf. »Was hältst du davon, wenn wir am Monatsende abrechnen? Je nachdem, wie viel Mr. Minnelli von mir will, berechne ich dir vielleicht gar nichts.«

Levi schmunzelte über die Aufregung in Dennys Stimme. Er war noch jung, erst Anfang 30, und er suchte nach Gelegenheiten, um sich zu beweisen und denselben Ruf zu erlangen wie sein Vater – oder um ihn eines Tages vielleicht sogar zu übertreffen.

»Hör zu«, sagte Levi. »Je nachdem, was du bei der Suche nach dieser Katarina herausfindest, bitte ich dich vielleicht um ein Technikpaket, wie's früher dein Vater für mich zusammengestellt hat.«

Dennys Augen weiteten sich. »Also bist du wieder voll dabei? Der Problemlöser ist zurück im Geschäft?«

Levi zuckte mit den Schultern. »Das ist meine Arbeit, aber ...«

»Oh Mann, und du willst, dass ich dein Q bin?«

»Mein was?«

»Dad hat früher immer über dich geredet, als wärst du 007 und er dein Lieferant für technischen Schnickschnack. Du weißt schon – Q aus den James-Bond-Filmen.«

Levi starrte Denny einen Moment lang an, dann begann er zu lachen.

»Was ist?« Denny reagierte mit gespielter Entrüstung. »Q ist die coolste Figur aller Zeiten.«

»Das Q steht für Quartiermeister, das weißt du schon, oder?«

»Klar.« Denny schwenkte wegwerfend die Hand. »Tja, jetzt, da ich weiß, dass du wieder in Aktion bist – ich hab da ein paar Ideen für Sachen, die ich basteln wollte ... Aber reden wir jetzt nicht davon. Ich mach mich mal an die Arbeit und zeig sie dir, wenn sie fertig sind.«

Levi stand auf und schüttelte Denny die Hand. »Und ich sag Frank

Minnelli, er soll dich anrufen.« Er steckte den USB-Dongle ein. »Wegen diesem Spielzeug hier rühre ich mich innerhalb einer Woche bei dir. Ich werd wirklich deine Hilfe dabei brauchen durchzusehen, was es erfasst hat.«

»Freu mich schon drauf.«

Nicht annähernd so sehr, wie ich mich drauf freue, diesen Politiker kennenzulernen, dachte Levi.

KAPITEL DREIZEHN

Madison las den neuesten Arrow-Bericht, der von den Agenten in Russland eingegangen war. Dieser stammte von Jen.

Ich habe gerade an einer privaten Feier im Föderationsturm teilgenommen. Viele Politiker, Edelprostituierte und die Wirtschaftselite waren anwesend. Man könnte sagen, bei der Menge an Silikon im Raum hatte ich das Nachsehen.

Madison legte die Hand unter die Nase, um ein Lachen zu unterdrücken. Der Bericht las sich genau so, wie Jen sprach.

Wladimir Porschenko, einer der führenden Funktionäre der Partei Vereintes Russland war von einer Phalanx aus Leibwächtern umgeben. Ich konnte nicht in seine Nähe, aber ich habe Leute über den Berg Koswinski reden gehört. Irgendetwas darüber, dass etwas online gebracht werden soll. Ungefähr dasselbe habe ich von zwei verschiedenen Mitgliedern der Duma gehört.

Ich habe Nachforschungen angestellt, die Russen streiten ab, dass am Koswinski irgendetwas existiert. Als ich jemanden angerufen habe, wurde es so vehement bestritten, dass der Person »herausgerutscht« ist, die Nuklearforschung würde am Jamantau betrieben.

Ich schließe den Jamantau zwar nicht aus, aber mein Bauchgefühl sagt mir, dass bestimmte Fraktionen der hohen politischen Tiere wollen, dass wir unsere Aufmerksamkeit auf den Standort richten. Es fühlt sich nach bewusster Irreführung an. Ich bin noch in Moskau. Sowohl der Jamantau als auch der Koswinski liegen mitten im Nirgendwo. Wir werden zusätzliche Ressourcen brauchen, um uns diese Orte anzusehen.

Ein weiterer Bericht folgt innerhalb von sieben Tagen.

Madisons Festnetzapparat klingelte. Auf dem Display wurde »John Maddox« als Anruferkennung angezeigt. Sie ging ran. »Hallo?«

»Hey, Maddie, haben Sie 'ne Minute?«

»Sicher.«

»Es gibt 'ne neue Entwicklung bei Projekt Arrow. Es ist nicht unwahrscheinlich, dass einige unserer Leute einem oder vielleicht sogar beiden verschwundenen Objekten näherkommen.

Sie haben einen Hintergrund als Expertin der Navy für Kampfmittelbeseitigung und sind qualifizierte Taucherin. Wie wohl fühlen sie sich mit Ihrer Ausbildung bei der Kampfmittelbeseitigung?«

Jäh setzte sich Madison aufrechter hin. »Ich hab alle Teile der Ausbildung als eine der Besten abgeschlossen.«

»Hervorragend. Unsere Kernwaffenanalytiker sind sich darin einig, dass es bei den Atomsprengköpfen der Mark 15 am besten wäre, sie vor Ort zu zerlegen und ihre Urankerne zu entfernen. Das bedeutet, es müssen der Auslösemechanismus und alles andere überbrückt werden, worauf man so stößt. Was wäre, wenn ich Ihnen sagen, dass ich mich mit dem Gedanken trage, Sie zu einer verdeckten Bergungsmission zu entsenden?«

Madison verzog das Gesicht. »John, das würde ich auf jeden Fall machen wollen, aber ich will ehrlich sein. Meine CBRN-Ausbildung hat eine ganze Reihe von Massenvernichtungswaffen abgedeckt, aber über die Mark 15 bräuchte ich mehr Informationen. Das Ding wurde schon lang vor meiner Geburt nicht mehr gebaut. Ich brauche Schaltpläne und ...«

»Natürlich. Ich hab bereits eine Spezialschulung für Sie in Fort Lee in New Jersey arrangiert. Dort haben Sie einen Musteraufbau der Mark 15 und jemanden, der Sie umfassend unterweisen kann. Eins muss Ihnen klar sein: Es wäre ein Auftrag als Non-Official Cover. Und ich denke, Sie wissen, was das bedeutet.«

Non-Official Cover oder kurz NOC stand für verdeckte Operationen ohne offizielle Verbindung zur Regierung. Falls man Madison erwischte, bestand keine Garantie der Anerkennung durch ihre Regierung.

»Ich verstehe.«

Maddox' Tonfall veränderte sich. Plötzlich klang er offizieller ... ernster. *»Also sind Sie einverstanden mit der Schulung? Und für den Fall, dass die Mission grünes Licht bekommt, sind Sie einverstanden mit einem Einsatz als NOC-Agentin?«*

»Ja.«

»Dann packen Sie heute Abend Ihre Sachen. Ich treffe die nötigen Vorkehrungen. Sie und ein weiteres eingeweihtes Teammitglied fliegen nach Fort Lee. Die Schulung dauert höchstens ein paar Tage. Bis dahin wissen wir wahrscheinlich mehr über die nächsten Schritte.«

»Ich weiß Ihr Vertrauen in mich wirklich zu schätzen. Danke.«

»Maddie, hören Sie. Ich würde Sie damit nicht betrauen, wenn ich nicht überzeugt davon wäre, dass Sie dem gewachsen sind. Jetzt gehen Sie nach Hause und packen Sie. Ich rufe Sie in ein paar Stunden an.«

Als Madison auflegte, kribbelte ihre Haut vor nervöser Energie. Ihr erster Undercover-Auftrag, und dabei ging es gleich darum, womöglich eine Atombombe zu entschärfen. Was sagte man dazu?

Sie lächelte.

»Das wird der Hammer.«

Bei seinem ersten Besuch des Grundstücks in Fairfield, Connecticut hatte Levi das Glasfaserkabel abgeklemmt. Es musste wie am Schnürchen geklappt haben, denn bereits an diesem Morgen hatte er den erwarteten Anruf erhalten.

Levi wurde von einem großen, dicken, italienischstämmigen Kerl namens Larry abgeholt. Sie stiegen in seinen Toyota Tercel, fuhren zu seinem Arbeitsplatz und holten dort einen Dienstwagen von *Frontier Communications*. Levi schlüpfte hinten im Van in eine Reservemontur, dann fuhren sie nach Norden.

Als sie vor das über 500 Quadratmeter große Haus mit Blick auf den Long Island Sound im Süden rollten, wirkte Larry nervös. Auf seiner Stirn hatten sich Schweißperlen gebildet.

Einen Moment lang tat Levi der Kerl leid. Wer konnte schon wissen, was die Familie gegen diesen Burschen in der Hand hatte oder was ihm gesagt worden war? Vielleicht kooperierte er nur, weil man ihn bedroht hatte. Levi hatte nicht vor, nachzufragen.

»Larry, hör zu. Das wird ein Spaziergang. Das Gebäude hat 'nen Kabel- und Internetanschluss, richtig?«

Larry nickte. Er war blass und sah aus, als könnte er jeden Moment ohnmächtig werden.

Levi schnippte mit den Fingern vor Larrys Gesicht und lenkte den Blick des Mannes auf seine Augen. »Halt dich einfach an meine Anweisungen, Larry. Du testest die Anschlüsse in den Kabelboxen. Das würdest du doch normalerweise tun, oder?«

»J-ja.« Der Mann nickte nachdrücklich. Sein Doppelkinn waberte dabei asynchron zum Rest des Kopfs.

»Während du damit beschäftigt bist, frage ich, wo die ans Internet angeschlossenen Computer sind. Ich werd behaupten, dass ich die Internetverbindungen überprüfen will. Auch das ist nicht ungewöhnlich. Richtig?«

Larry nickte erneut.

»Gut. Anschließend geh ich raus und schließe die Kabelverbindung wieder an. Dann funktioniert wieder alles, ich beende die Überprüfung der Internetverbindung, und wir verschwinden. Kannst du mir folgen?«

Larry wirkte unsicher. »Das ist alles?«

Levi lächelte. »Das ist alles. Danach bringst du mich zurück zur U-Bahn-Station, an der du mich abgeholt hast, und wir sind fertig. Alles klar?«

Der Mann wischte sich über die Stirn und bedachte Levi mit einem matten Lächeln. »Ja. Das bekomme ich hin. Können wir loslegen?«

»Ja.« Levi öffnete die Beifahrertür des Vans und stieg schwungvoll aus. Er steckte die Hand in die Tasche und betastete das Gerät, das er von Denny hatte. »An die Arbeit. Geben wir dem armen Mann seinen Kabelanschluss zurück.«

In der Kneipe herrschte viel Betrieb, weshalb Carmen nörgelte, als Denny mit Levi ins Hinterzimmer verschwand.

»Kommt Carmen allein draußen klar?«, fragte Levi.

Denny schwenkte verharmlosend die Hand. »Sie stänkert einfach gern. Wenn sie wirklich Hilfe braucht, funkt sie mich an oder ruft ihre Schwester her. Die beiden wohnen nur wenige Blocks entfernt.«

Im versteckten Lagerraum schloss der Elektronikguru das USB-Gerät an einem Laptop an und begann zu tippen. Levi schaute ihm über die Schulter zu.

»Und? Hat mein kleines Spielzeug wie erwartet funktioniert?«, fragte Denny.

»So ziemlich. Meine Zielperson hatte drei Computer. Zwei waren schon eingeschaltet. Als ich das Ding in den Schlitz hinten gesteckt hab, hat es erst rot aufgeleuchtet und kurz danach grün geblinkt. Der dritte Rechner hat mir irgendwie Sorgen bereitet. Ich hab ihn eingeschaltet, und es hat ziemlich lang gedauert, bis das rote Lämpchen angegangen ist. Ist es aber letztlich, und bald danach ist es grün geworden.«

Dennys Finger rasten über die Tastatur. »Tja, sieht so aus, als hätte es was getan. Ich seh drei Ordner, das ist schon mal gut. Gib mir 'nen Moment.«

Ein Fenster mit der Eingabeaufforderung »C:\« wurde eingeblendet. Denny redete weiter, während er tippte. »Ich führe die Datensätze zusammen, die von den Rechnern abgeschöpft wurden. Sieht so aus, als hätten wir zwei .PST-Dateien. Das bedeutet, dass der Kerl Microsoft Outlook verwendet. Dafür hab ich 'nen Filter und 'nen Crack für jede Kennwortverschlüsselung. Außerdem ist da noch was, das nach 'nem Gmail-Konto aussieht. Oh verdammt, sogar ein AOL-Konto. Überrascht mich, dass es das überhaupt noch gibt. Aber das haben wir gleich. Ich benutzt 'nen Tor-Browser, um bei Gmail einzusteigen und herunterzuladen, was immer er dort gespeichert hat. Danach greife ich das AOL-Zeug ab.«

Levi verstand nur Bruchstücke. »Was ist ein Tor-Browser?«

Dennys Finger flogen weiter über die Tasten. Andere Fenster öffneten sich, Fortschrittsbalken erschienen auf dem Bildschirm. »Weißt du, was ein Onion-Router ist?«

»Ne.«

»Also zunächst mal steht ›Tor‹ für ›The Onion Router‹. Zwiebel-Router. Ist 'ne Art Wortspiel, weil Zwiebeln mehrere Schichten haben und die Hackergemeinde drauf abfährt, Nachrichten in mehrere Verschlüsselungsschichten verpackt zu übermitteln. Mit 'nem Tor-Browser entpackst du eine Schicht der Verschlüsselung einer Nachricht, um rauszufinden, wohin sie muss, dann die nächste Schicht und so weiter, bis die gesamte Nachricht verarbeitet ist. Jedenfalls ist 'n Tor-Browser ein Browser, mit dem du Zeug über ein Netzwerk dieser Onion-Router senden und empfangen kannst. Ist ein Browser, der Außenstehende davon abhält zu erfahren, wer sich deine Sachen ansieht. Hacker benutzen ihn, Leute, die im Dark Web surfen, benutzen ihn. Scheiße, sogar Journalisten benutzen ihn heutzutage, um mit ihren Quellen zu kommunizieren.«

»Also sorgt er dafür, dass der Computer anonym bleibt? Dass niemand rausbekommt, wo oder wer man ist?«

»Haargenau.« Denny rief ein letztes Fenster auf und knackte mit den Knöcheln. »Okay, wir haben hier 'ne Datenbank mit ... Mann, mit fast 'ner Viertelmillion E-Mails. Das geht ganz schön weit zurück.« Er drehte sich Levi zu. »Wonach wollen wir suchen?«

»Wie wär's mit meinem Nachnamen. Dafür kann's nicht allzu viele Treffer geben. Was findest du da?«

Denny gab »Yoder« ins Suchfeld der von ihm erstellten Datenbank ein und klickte auf die Schaltfläche »Suchen«. Ein Fortschrittsbalken kroch über den Bildschirm. Als er vollständig war, wurden mehrere E-Mails angezeigt.

Denny öffnete sie nacheinander, schüttelte jedoch den Kopf. »Sieht nicht so aus, als wär darin von dir die Rede. Gibt anscheinend doch auch 'n paar andere Yoders.«

»Du hast recht. Lass uns was anderes versuchen.« Levi dachte angestrengt nach. »Wie wär's mit meiner alten Wohnadresse?« Er nannte Denny die Adresse seines alten Hauses, und Denny führte einen neuen Suchlauf durch.

Diesmal ging es schneller, und als Ergebnis kam nur eine E-Mail.

Levi überflog den Inhalt. Es handelte sich um eine Zahlungsaufforderung der Steuerbehörde für sein altes Haus. Wahrscheinlich hatte der Mistkerl das benutzt, um zu arrangieren, dass er sich Levis Besitz praktisch umsonst krallen konnte.

»Noch irgendwelche Ideen?«, fragte Denny.

»Was ist mit Maryam Nassar?«

Denny gab den Namen ein. »M-a-r-y-a-m N-a-s-s-a-r?«

»Ja.«

Er klickte auf »Suchen.« Der Computer arbeitete einen Moment lang, dann gab er eine einzige E-Mail aus. Levis Herzschlag beschleunigte sich. Er hatte nicht wirklich damit gerechnet, einen Treffer zu erzielen.

»Sieht so aus, als hätten wir hier 'ne E-Mail an einen Thomas Gambini.« Denny klickte auf die Nachricht.

Ein Päckchen aus Kairo hat gerade den US-Zoll passiert, adressiert an Maryam Nassar. Päckchen abfangen. Nicht öffnen. Jemand kommt vorbei und holt es ab.

– Wladimir

Konnte es sich um denselben Wladimir handeln, den Katarina erwähnt hatte – derselbe Mann, von dem die Russen im Gefängnis gesprochen hatten? Es war immerhin ein verbreiteter Name.

»Können wir nachvollziehen, von wo die E-Mail gekommen ist?«, fragte Levi.

Denny zeigte auf den Bildschirm. »Siehst du das *.ru* am Ende der E-Mail-Adresse? Ist zwar nicht garantiert, aber das wäre ein Hinweis darauf, dass sie aus Russland stammt. Warte, ich kann mir die Metadaten ansehen und überprüfen, von welcher IP-Adresse sie gekommen ist.«

Das Computergenie tippte eine lange Reihe von Zahlen. »Kein Zweifel mehr. Hab gerade 'ne umgekehrte IP-Suche durchgeführt. Die IP-Adresse stammt von einem Host in der Russischen Föderation. Obwohl die Nachricht über zwölf Jahre alt ist, glaub ich, dass die Sowjetunion damals schon auseinandergebrochen war. Sieht so aus, als wär sie von irgendwo in Moskau.«

»Kannst du 'ne Adresse rausbekommen?«

Denny schüttelte den Kopf. »Nein, schon gar nicht bei einer so alten E-Mail. Die IP-Adresse hat inzwischen wahrscheinlich mehrmals den Besitzer gewechselt. Ich kann dir nur die Stadt sagen. Tut mir leid.«

Levi klopfte ihm auf die Schulter. »Schon gut. Das hilft mir immens weiter.«

Levi wusste schon, wen er wegen dieses Wladimir befragen konnte. Die Person lebte etwas mehr als eine Autostunde entfernt in einer Villa und erfreute sich wohl gerade an ihrem Kabelfernsehen.

»Schon irgendwelche Fortschritte dabei, Katarina aufzuspüren?«

»Sorry, Levi, noch nicht. Ich bin dran, nur leider gibt's im Iran nicht viel Nützliches online – keine Geburtsaufzeichnungen oder irgendwas in der Art. Bin am überlegen, ob ich jemanden kenne, der vielleicht jemanden in der Ecke kennt. Könnte nämlich nötig sein, physisch dort aufzuschlagen, wo sie ihre Aufzeichnungen archivieren, um was rauszufinden.«

»Wenn du damit kein Glück hast, dann versuch's mit Russland. Dort kann's nicht so viele Nassars geben. Vielleicht hat Katarina eine Spur hinterlassen, die man aufgreifen kann.«

Denny drehte sich mit dem Stuhl zu Levi herum. »Mach ich. Hey, und danke, dass du mich mit Mr. Minnelli zusammengebracht hast. Wahrscheinlich werd ich allein damit, ein Zimmer nach dem anderen abzusuchen, 'ne Woche brauchen. Er will, dass ich mir alles ansehe, einschließlich Computer und Telefonanlage. Das wird 'ne Weile dauern.«

»Hey, gern geschehen. Wie gesagt, mach einfach das, was du sagst, dann sind alle glücklich.«

»Keine Sorge. Ich bring das Haus für euch auf Vordermann.«

Beide standen auf und setzten sich in Richtung des Gastraums in Bewegung.

»Brauchst du sonst noch was?«, fragte Denny unterwegs.

Levi überlegte kurz, bevor er nickte. »Kümmere dich darum, ein Technikpaket für mich vorzubereiten. Ich schick dir per E-Mail 'ne Liste der Dinge, die ich brauche, aber wahrscheinlich kennst du die Routine. Muss in einen Aktenkoffer passen, und ich muss damit durch den Zoll und die Sicherheitskontrolle am Flughafen kommen.«

»Was glaubst du, wann du's brauchen wirst?« Denny legte einen Finger auf das biometrische Lesegerät an der Wand. Die Tür öffnete sich mit einem Klicken. Kaum waren sie hindurchgegangen, schloss sie sich automatisch hinter ihnen.

»Kommt drauf an, wie schnell du diese Katarina finden kannst. Muss noch bei ein paar Leuten nachfragen, aber ich denke ... in einer Woche, vielleicht auch zwei Wochen. Auf die eine oder andere Weise hefte ich mich an sie dran.«

Sie betraten die Kneipe, wo sie sofort die Geräuschkulisse von ausgelassenem Gelächter und lautstarken Unterhaltungen umfing. »Ich halt dich auf dem Laufenden«, versprach Denny.

Levi winkte Denny zum Abschied. Carmen blies er einen Kuss zu.

Ihre Züge verkrampften sich, als sie sich zu verhindern bemühte, dass ein Lächeln ihre frostige Miene ruinierte.

Auf dem Weg zur nächstgelegenen U-Bahn-Station schoss Levis Atem in Form von dampfenden Strahlen aus ihm. Nur noch eine Frage beschäftigte seinen Verstand:

Welche Verbindung bestand zwischen diesem diebischen ehemaligen Regierungsmitarbeiter und Mary?

Levi und Frankies Fahrer rollten in die Einfahrt der Villa und parkten neben einem ungekennzeichneten Van mit weißen Seiten. Ein Hüne, der verdächtig nach einem Mitglied der Familie aussah, wartete neben dem Wagen.

Levi sah Frankie an. »Geh ich recht in der Annahme, dass ihr mich das nicht selbst regeln lassen wollt?«

Frankie zeigte mit einer Unschuldsgeste auf seine Brust. »War nicht meine Entscheidung. Es hat sich rausgestellt, dass dieser Gambini Verbindungen zu einer der anderen Familien hat, und Vinnie wollte kein Risiko eingehen.«

Als der große Kerl die Beifahrertür öffnete, musste Levi den Kopf weit in den Nacken legen, um vollständig zu erfassen, wie hoch der Mann aufragte. Er war vielleicht 2,10 Meter groß und brachte locker über 150 Kilo auf die Waage. Alles Muskelmasse.

Der Hüne nickte zum Gruß, als Levi und Frankie ausstiegen. Als er das Wort ergriff, sprach er mit einer überraschend hohen Stimme. »Mr. Minnelli, es ist alles vorbereitet.«

»Danke, Paulie.«

Als die drei Männer zur Haustür gingen, spürte Levi die Krallen der winterlichen Brise eiskalt an den Wangen.

Frankie fiel Levis skeptische Miene auf. Er klopfte ihm auf die Schulter. »Keine Sorge. Das ist deine Angelegenheit – du leitest das Verhör. Wir sind nur hier, um sicherzustellen, dass es keine Probleme gibt.« Er wandte sich an den wandelnden Berg von einem Mann und fragte: »Ist er allein im Haus?«

Paulie nickte. »Seine Frau verbringt den Winter in Florida, seine Geliebte ist zum Shoppen unterwegs. Ich lasse sie von jemandem beschatten. Er sorgt dafür, dass sie so lang wegbleiben wird, wie wir hier brauchen.«

Levi merkte, dass der Riese zu den Capos der Familie gehörte. Wie ein Offizier in einer Armee war er dafür verantwortlich, Dinge zu arrangieren, wenn für eine Aufgabe mehr als ein, zwei Leute benötigt wurden. Vinnie wollte bei diesem Gambini offenbar wirklich keinerlei Wagnis eingehen. Der Mann musste Freunde in höchsten Kreisen haben, wenn Vinnie auf diese Weise eingriff.

Als sie vor die Schwelle traten, wurden die drei Meter hohen Eichenholztüren von zwei Männern geöffnet, die Levi schon im Wohnhaus der Familie gesehen, mit denen er aber noch nie geredet hatte.

Die Männer wichen zurück, und die Gruppe betrat ein großes, atemberaubendes Foyer. Runde Anordnung, sechs Meter hohe Decke, Marmorboden, so weit das Auge reichte, und Akzente aus geschnitztem Holz. Wer immer diese Villa hatte bauen lassen, hatte keine Kosten gescheut.

In der Mitte des Raums prangte im Boden ein großes »G« aus rotem Granit in einer Schrift, die Levi an pompöse Hochzeitseinladungen erinnerte.

»Ich stelle euch mal rasch gegenseitig vor«, sagte Frankie. Er deutete auf die zwei Männer, die zuvor die Tür geöffnet hatten. Einer war groß und schlank, der andere klein und kräftig mit buschigen Augenbrauen. Unwillkürlich schoss Levi durch den Kopf: *Laurel und Hardy.*

»Der große Dünne hier ist Carlo, der kleinere Angelo.« Frankie deutete mit dem Kopf auf den Hünen. »Und Paulie kennst du ja schon. Vinnie hat ihn gebeten, bei bestimmten Einzelheiten zu helfen.«

Frankie klopfte Levi auf die Brust. »Jungs, das ist Levi, unser Problemlöser. Er wird das Verhör leiten.« Er schaute zu Laurel und Hardy. »Ihr seid doch bereit für eure Aufgabe, oder?«

Beide Männer nickten.

Levi fiel auf, dass sie Chirurgenhandschuhe trugen. Wahrscheinlich, um keine Fingerabdrücke zu hinterlassen.

»Also«, sagte Frankie, »wo ist Mr. Gambini?«

Carlo bedeutete allen, ihm zu folgen. Sie gingen an einem prunkvollen Wohnzimmer vorbei in eines der Büros, die Levi erst vor Kurzem als Kabelfernsehmann getarnt besucht hatte.

Ein Mann Ende 50 saß auf einem Stuhl mit harter Rückenlehne, die Hand- und Fußgelenke an das Möbelstück gefesselt. Mehrere Schlaufen eines geflochtenen Nylonseils spannten sich fest über seine Brust, ein langer Streifen grauen Klebebands bedeckte seinen Mund.

Das also ist Thomas Gambini.

Levi näherte sich dem Mann. Gambini ließ keine Angst erkennen. Tatsächlich wirkte er eher trotzig. Als wollte er sagen: *Gib ruhig dein Bestes, ich werd nicht reden.*

Levi konzentrierte sich auf Gambini, blendete den Rest der Anwesenden aus. Es gab keinen Frankie, keinen Carlo, keinen Angelo oder Paulie. Nur ihn und den Mann, von dem er Antworten brauchte.

Gambini war ein großer, kräftiger Mann. Wahrscheinlich hatte er im Leben viel trainiert. Er sah stark genug aus, um einer Menge Menschen bei einer Kneipenschlägerei Probleme zu bereiten. Allerdings wirkte er verweichlicht – das Alter hatte ihm zugesetzt. Und sein Reichtum hatte ihn wahrscheinlich davor abgeschirmt, sich groß Sorgen über irgendetwas machen zu müssen.

Levi lächelte, als er sich einen Stuhl herbeizog.

»Sie sind also Thomas Gambini. Hab noch nie von Ihnen gehört.« Levi streckte die Hand aus und riss Gambini das Klebeband vom Mund.

Prompt sprudelte der Mann eine Abfolge von Unflätigkeiten hervor. »Ihr habt keine scheiß Ahnung, mit wem zum verfickten Teufel ihr euch hier anlegt.«

Levi beugte sich vor und legte behutsam die Hände auf die geballten Fäuste des Mannes. »Sie haben recht. Verraten Sie mir, mit wem ich mich anlege.«

Gambini schaute finster drein, während sich seine Atmung beschleunigte. Levi spürte, dass der Herzschlag des Mannes raste. Er war nervös.

Gut.

»Wer sind Sie?«, fragte Gambini barsch. »Was zum Teufel wollen Sie?«

Levi fühlte sich ruhiger, als er für möglich gehalten hätte. Er sprach in gemessenem Ton. »Ich hab ein paar Fragen an Sie, das ist alles.«

Der Mann schüttelte den Kopf. »Auf keinen scheiß Fall werd ich irgendwas beantworten. Ihr habt euch den Falschen ausgesucht, wenn ihr denkt ...«

Levi rammte die Knöchel kraftvoll gegen die Rückseiten beider Fäuste Gambinis. Er spürte, wie die winzigen Knochen in den Händen des Mannes splitterten.

Der Gefesselte schrie gellend auf. Speichelblasen sammelten sich am Rand von Gambinis Mund, als er schwer atmend die Zähne zusammenbiss.

Levi legte die Handflächen auf die gebrochenen Hände des Gefesselten und studierte Gambinis Gesicht. Er konnte beobachten, wie sich Besorgnis in die Züge des Mannes schlich. Gleichzeitig spürte er die Hitze, die seine Verletzungen abstrahlten, als sich das Blut an den Stellen sammelte, die bereits anschwollen. Jede Bewegung von Gambinis Händen würde die Verletzungen verschlimmern und ihm sengende Schmerzen verursachen.

Auf seiner Stirn sammelten sich bereits Schweißperlen.

Wieder sprach Levi mit ruhigem, beschwichtigendem Ton. »Es läuft folgendermaßen ab: Ich stelle Ihnen Fragen. Sie antworten. Wenn mir Ihre Antworten nicht gefallen, bricht etwas.« Er tätschelte Gambinis Handrücken. Der Mann zuckte zusammen. Er litt starke Schmerzen.

Ausgezeichnet.

Violette Flecken breiteten sich bereits über die Handrücken aus, und die Schwellungen wurden unübersehbar. »Mr. Gambini, begonnen habe ich mit dem Brechen von Knochen, die gerichtet werden können. Ihre Hände fühlen sich vielleicht gerade nicht so toll an, aber man kann sie richten. Glauben Sie mir, ich weiß, wie man Knochen so bricht, dass kein Chirurg sie je wieder heilen kann – stellen Sie mich also besser nicht auf die Probe.«

Aus den Augenwinkeln sah Levi, dass Frankie in einer Ecke stand und ihn beobachtete. Er hatte ein selbstgefälliges Grinsen im Gesicht und flüsterte einem seiner Männer zu.

Gambinis trotziger Gesichtsausdruck war verschwunden. Mittlerweile sah er eher wie ein Mann aus, der bereit war zu reden.

Levi tätschelte Gambini die Wange und lächelte. »Sind Sie bereit für eine Frage?«

Gambini nickte.

»Was wissen Sie über jemanden namens Wladimir?«

Gambini erbleichte. Seine Lippen bewegten sich zwar, aber es drang kein Laut heraus.

Levi beugte sich näher, setzte die Daumen an den Innenseiten von Gambinis Ellenbogen an und quetschte die Druckpunkte.

Gambini bäumte sich gegen die ihn fesselnden Seile auf. Die Adern an seinem Hals traten deutlich hervor, als sich ihm ein rauer Schmerzensschrei entrang. Er klang wie eine verlorene, in die Hölle verdammte Seele.

Levi hielt den Druck aufrecht, während Gambinis Gesicht hochrot anlief. Das Weiß im linken Auge des Mannes wurde überwiegend rot, als eine Kapillare platzte.

Schließlich lockerte Levi den Druck.

Gambinis Körper erschlaffte.

Die anderen im Raum bewegten sich in der Peripherie seines Blickfelds, doch Levis Aufmerksamkeit blieb auf den Mann vor ihm gerichtet.

»Hören Sie mir gut zu, Mr. Gambini. Ich weiß, das hat wehgetan. Als Nächstes wende ich mich einem Nerv unterhalb Ihrer Taille zu. Allerdings sollte ich Sie warnen: Wenn ich damit anfange, könnte es sein, dass Sie das Haus nie wieder ohne Windel verlassen können. Was halten Sie davon? Sie erzählen mir, was Sie über Wladimir wissen, und ich lasse Sie in Frieden. Das ist alles. Ohne Haken, ohne Ösen.« Er verlieh seiner Stimme einen bedrohlichen Ton. »Was wissen Sie?«

Schweiß strömte über Gambinis Gesicht, während er Levi mit großen Augen anstarrte. Durch sein rotes Auge wirkte er wie ein untotes Monster aus einem Groschenroman. Aber er schwieg.

Levi setzte dazu an, zur Taille seines Opfers zu greifen.

»Nein! Halt ...« Endlich knickte Gambini ein. »Ich weiß nicht viel. Aber was ich weiß, sage ich Ihnen.«

Levi lehnte sich zurück und nickte knapp.

»Er hat mich anfangs bei einigen Deals mit der Hafenbehörde reingebracht«, begann Gambini. »Ich war bis zum Hals verschuldet. So schlimm, dass ich kurz vor dem Ruin gestanden habe. Dann ist er mit einer Lösung angekommen, die zu gut zu sein schien, um wahr zu sein. Sie haben jemanden gebraucht, der ihnen bei einer Wirtschaftsprüfung und beim Frisieren der Buchführung einiger Transaktionen hilft, für die ohnehin ich zuständig war. Es war so einfach, und man hat mich bar bezahlt. So hat alles angefangen. Gelegentlich hat mich einer von Wladimirs Männern besucht – Sie wissen schon, Knochenbrechertypen.« Gambini warf einen Blick auf die anderen im Raum. »Die sind aufgekreuzt, wenn ich Ärger mit den IT-Leuten hatte.

Am Anfang habe ich gar nicht richtig mitgekriegt, was abging. Wirklich nicht. Aber es wurde dafür gesorgt, dass Leuten, die zu Problemen wurden, Unfälle passiert sind. Mir war klar, wenn ich ihn je verärgerte, würde von mir nur ein Fettfleck übrigbleiben.«

Wieder sah sich Gambini im Raum um, als hoffte er auf eine mitfühlende Miene. Er fand keine.

»Vor einem Jahrzehnt waren die Russen überall auf den Docks. Am Ende ist es mir gelungen, ein Arrangement zu treffen, bei dem ich Schutz von der Familie Colombo im Austausch gegen steuerliche Unterstützung erhalten habe, wenn Sie verstehen, was ich meine. Die Italiener haben die Russen verdrängt, und das ist alles, was ich weiß. War die wohl schlimmste Handvoll Jahre meines Lebens, als ich an diese Typen gebunden war.«

»Wie sieht Wladimir aus?«, fragte Levi.

»Ich hab ihn nie zu Gesicht bekommen. Er hat angerufen – zumindest glaube ich, dass er es war. Sicher kann ich mir nicht sein. Manchmal hat er auch E-Mails benutzt. Aber in der Regel hat er mir einen seiner Schläger vorbeigeschickt, wenn was erledigt werden musste.«

»Und was hat das mit Maryam Nassar zu tun?«

Gambini schaute verwirrt drein. »Mit wem?«

Levi schloss die Augen und holte tief Luft. Als er die Lider wieder aufschlug, glich er dem Inbegriff von Ruhe. »Maryam Nassar. Irgendwann hat Wladimir Sie ersucht, ein an sie adressiertes Päckchen abzuholen.«

Die Augen des Mannes weiteten sich, als er begriff. »Oh Scheiße. Das war vor einer Ewigkeit. Ja, jetzt erinnere ich mich. War der totale Reinfall. Ich sollte ein Päckchen abfangen, das gerade durch den Zoll gegangen war. Aber ausgerechnet bei der Gelegenheit waren die Leute von der Post ausnahmsweise früh dran. Sie waren mit dem Päckchen schon weg.

Ich hab in den Zollunterlagen nachgesehen und bin bis raus in die Vorstadt gefahren, wo die Schlampe gewohnt hat. Weil einige Leute in der Nachbarschaft gerade ihre Briefkästen geleert haben, wusste ich, dass die Post bereits zugestellt worden war.

Jedenfalls ist sie in dem Moment, als ich bei dem Haus angekommen bin, aus der Einfahrt rausgefahren. Also bin ich ihr gefolgt.

Sie hat bei einer Bank gehalten und ist reingegangen. Als sie wieder rausgekommen ist, hab ich ihr einen Ausweis gezeigt, den ich normalerweise bei mir trage – nur für alle Fälle. Ich wollte von ihr wissen, wo das Päckchen war. Die verdammte Hure ist einfach an mir vorbeimarschiert und in ihren Wagen gestiegen.«

Gambinis Hände waren auf die Größe von Apfelsinen angeschwollen. Er verzog das Gesicht, als er aufgedunsene Finger bewegte, die wie Wiener Würstchen aussahen.

Levi musste alle Willenskraft und Konzentration in die Waagschale werfen, um die in ihm brodelnde Wut aus der Stimme zu verbannen. »Was ist danach passiert? Haben Sie das Päckchen bekommen?«

Mit einem angewiderten Knurren schüttelte Gambini den Kopf. »Ich bin ihr auf die Autobahn gefolgt. Davor war sie mir in einer Nebenstraße davongefahren. Ich hab sie ständig mit der Lichthupe und der Hupe bearbeitet, aber sie ist einfach weitergerast. Dann komm ich um 'ne Kurve, und ob Sie's glauben oder nicht, das verrückte Miststück ist geradewegs durch die Leitplanke in eine Schlucht gebrettert.«

Levis Herzschlag raste. Er musste sich intensiv auf seine Atmung konzentrieren, um ruhig zu bleiben.

»Ich hatte keine Ahnung, was Wladimir tun würde, wenn ich das verdammte Päckchen nicht für ihn hätte. Also hab ich neben der durchbrochenen Leitplanke geparkt und bin runtergeklettert, um im Wrack danach zu suchen.

Der Wagen hatte sich überschlagen. Wie sich rausgestellt hat, war die Schlampe noch bei Bewusstsein, obwohl alles voller Blut war. Ich hab sie wieder gefragt, wo das Päckchen war, während ich das Auto durchsucht hab. Sie hat mit diesem arabischen Kauderwelsch geantwortet, den die alle ...«

»Haben Sie einen Krankenwagen gerufen?«, fragte Levi. Sein Körper spannte sich vor aufgestauten Aggressionen an.

»Wieso zum Teufel hätte ich das tun sollen? War doch bloß 'ne Hure mit 'nem Handtuch auf dem Kopf, die ...«

Levis Finger schossen vorwärts und zerquetschten mit einem Schlag Gambinis Luftröhre.

Die Augen des Mannes traten aus den Höhlen. Röchelnd schnappte er nach Luft, bekam aber keine. Sein Körper zuckte heftig auf dem Stuhl.

Dieser Drecksack war der letzte Mensch, den Mary je gesehen hat.

Levi ließ eine Faust auf Gambinis Wange krachen. Das Geräusch eines brechenden Knochens hallte durch den Raum.

Und letztlich entfesselte Levi seine aufgestaute Wut. Wie von Sinnen drosch er auf den Mann ein. Weitere Knochen brachen. Blut spritzte Levi ins Gesicht.

Das Nächste, was er mitbekam, war, dass ihn zwei Männer von seinem Opfer wegzogen.

»Er ist erledigt, Levi!«, brüllte Frankie. »Hör auf!«

Jeder Quadratzentimeter von Levis Körper bebte vor Wut, als er sich mit einem Schulterzucken aus Laurels und Hardys Griff befreite. »Schon gut ... schon gut.«

Jemand reichte ihm ein nasses Handtuch, mit dem er sich die Hände und das Gesicht abwischte. Danach war das Handtuch blutverschmiert. Bei dem Anblick lief ihm trotz der immer noch in ihm tobenden, sengend heißen Wut ein eiskalter Schauder über den Rücken.

Er hatte gerade einen Mann getötet.

Allerdings war Mary wegen dieses Mannes gestorben.

Er hatte den Tod *verdient*.

Levi blickte auf den Toten hinab – und spürte, wie sich sein Zorn verlagerte.

Mary war nur deshalb so gerast, weil sie Angst gehabt hatte.

Und Gambini hatte nur deshalb so gehandelt, weil *er* Angst vor der Vergeltung eines russischen Mafiabosses namens Wladimir gehabt hatte.

Auf tragische Weise ergab plötzlich alles einen Sinn – dennoch fühlte sich Levi nicht besser als vor zehn Minuten. Das eben war kein Abschluss gewesen. Der eigentliche Verantwortliche hatte noch keinen Preis bezahlt.

Er atmete das Kupferaroma von Blut ein.

Frankies Stimme verfiel in einen gebieterischen Ton. »Angelo, Carlo, geht und holt unser Zeug. Wir müssen die Leiche verschwinden lassen und hier sauber machen.« Levi klopfte er auf die Schulter. »Leicht hat unser Freund hier die Aufgabe ja nicht für uns gemacht. Erledigt es einfach.«

Levi schloss die Augen und wünschte, er hätte ein geistiges Bild von Wladimir, auf das er sich konzentrieren könnte. Stattdessen konzentrierte er sich darauf, seine Atmung zu verlangsamen, bis seine Wut nachließ.

Dann öffnete er die Augen wieder.

Gambinis Gesicht war nicht wiederzuerkennen; sein unförmiger Schädel hing in einem unmöglichen Winkel am Rumpf. Überall war Blut verspritzt.

Levi hatte schon bei früheren Gelegenheiten die Beherrschung verloren, allerdings hatte es noch nie zum Tod eines Menschen geführt. Heute hatte sich das geändert.

Mit einem Anflug von Schuldgefühlen drehte er sich Frankie zu. »Tut mir leid deswegen. Ich ... hab einfach die Kontrolle verloren.«

Frankie schlang Levi einen Arm um die Schulter und lachte unbekümmert. »Hätte nicht gedacht, dass so was in dir steckt. Vinnie hat zwar davon geredet, was für ein Temperament du haben kannst. Aber Mann ... das muss man echt mit eigenen Augen gesehen haben.«

Levi schüttelte den Kopf. Er war nicht unbedingt wütend auf sich, weil er Gambini getötet hatte. Der Mistkerl hatte es mehr als verdient. Er war wütend auf sich, weil er die Beherrschung verloren hatte. »Wie auch immer, das hätte nicht passieren dürfen.«

»Willst du mich verarschen? Hätte der Drecksack das meiner Carlita angetan, ich hätt dem Arsch Transfusionen geben, um ihn am Leben zu erhalten, damit ich ihn die nächste Woche lang foltern könnte.« Frankie zeigte auf den blutüberströmten Leichnam. »Gib's zu, die Scheiße aus dem Stück Dreck rauszuprügeln – das muss sich doch toll angefühlt haben.«

Levi lächelte zwar, innerlich jedoch verspürte er moralische Entrüstung. So etwas durfte sich nicht wiederholen.

Als Carlo und Angelo zurückkamen, steckten sie von Kopf bis Fuß in weißen Kunststoffoveralls und hatten Bleichmittel, Chemikalien und sonstige Reinigungsmittel dabei.

Carlo reichte Frankie zwei versiegelte Tüten mit Kleidung. »Bevor ihr das anzieht, muss euch Angelo mit seiner Reinigungslösung absprühen.«

Als Levi sein blutverschmiertes Hemd aufzuknöpfen begann, gingen ihm Gambinis letzte Worte durch den Kopf.

War doch bloß 'ne Hure mit 'nem Handtuch auf dem Kopf ...

Gambini zu töten, war falsch gewesen. Dennoch musste sich Levi eingestehen, dass es ein tief in ihm verborgener Teil seiner selbst genossen hatte. Grundsätzlich verabscheute er Gewalt – sie entsprach nicht seinem Stil. Aber dieser Kerl hatte verdient, was er bekommen hatte.

Er drehte sich wieder Frankie zu, der sich ebenfalls gerade auszog. »Du willst wissen, ob es sich toll angefühlt hat? Was soll ich sagen, Frankie? Der Kerl hat jemanden verletzt, an dem mir viel gelegen hat. Ich hab mich dafür lediglich revanchiert.«

Frankie lachte wie eine Hyäne. »Das hast du, mein Freund. Und wie du das hast.«

KAPITEL VIERZEHN

Als sich die Türen des Fahrstuhls im Wohnhaus in Levis Etage öffneten, rutschte ihm ein gedehntes Gähnen heraus. Der Tag war belastend gewesen. Er fühlte sich mehr als bereit für eine heiße Dusche und ein Nickerchen. Levi marschierte den Flur hinunter auf sein Apartment zu.

Weiter vorn stand ein Mann in der Nähe der offenen Tür zu einer Wohnung. Er trug einen fein geschnittenen, dunkelgrauen Nadelstreifenanzug. Der Mann war etwa 1,75 Meter groß und besaß einen muskulösen Körperbau. Seine Stimme dröhnte weit den Flur herab, als er brüllte: »Was zum Teufel machst du in meiner Wohnung, du verfluchter Affe?«

Levi spürte, wie sich Verärgerung in ihm regte. Für den Tag hatte er genug an Dramatik gehabt.

»Was ist hier los?«, fragte er, als er neben dem Fremden stehen blieb. Er spähte in die Wohnung.

Denny befand sich drinnen. Er hatte einen Schraubenzieher in der Hand, einen zerlegten Computer auf dem Schreibtisch und einen besorgten Ausdruck im Gesicht.

Der Fremde schnaubte neben Levi. »Bin eben erst eingezogen. Ich bin Leo. Haben Sie 'ne Ahnung, wer der Nigger da ...«

Ein lautes Klatschen ertönte, als Levi sein gesamtes Gewicht hinter einen Schlag mit der offenen Handfläche auf Leos Wange legte.

»Was zum Henker soll das?«, schrie Leo.

Levi rammte den Mann mit dem Gesicht voran gegen die Wand. »Halt's Maul«, warnte er mit knurrendem Unterton.

Mehrere Türen öffneten sich im Flur. Einige Köpfe lugten heraus, schauten in die Richtung des Handgemenges und verschwanden wieder. Niemand wollte in etwas hineingezogen werden.

»Braucht jemand Hilfe?«, rief eine Stimme.

Tony näherte sich von den Aufzügen. Wahrscheinlich hatte gerade seine Schicht im Sicherheitsdienst geendet.

»Ruf Mr. Minnelli!«, brüllte Leo. »Ich sollte nicht ...«

Levi presste Leos Visage fester gegen die Wand. »Tony, ruf Frankie an. Der Müll hier muss entsorgt werden.«

Tony zückte sein Handy und kehrte zu den Fahrstühlen zurück.

Leo stieß sich von der Wand ab. Levi verpasste ihm zwei schnelle, harte Schläge in die Nieren, stieß ihn zurück an die Wand und hebelte ihm den Arm auf den Rücken. »Rühr dich noch mal, und ich brech ihn dir.«

Er rief in die Wohnung: »Denny, alles in Ordnung?«

»Alles gut. War nur grade dabei, Hardware aufzurüsten, wie's Mr. Minnelli wollte.«

Leo versuchte, sich zu rechtfertigen. »Hören Sie ...«

Levi unterbrach ihn. »Kein Wort mehr. Du bleibst, wo du bist, und hältst die Fresse, bis Frankie da ist.«

Nur wenige Minuten vergingen, bis sich Frankie und Tony mit schnellen Schritten den Flur herab näherten. »Was zum Geier geht hier ab?«, rief Frankie.

Levi ließ Leo los, der prompt brüllte: »Der verrückte Arsch hat mich grundlos angegriffen!«

Frankie wandte sich mit einem müden Gesichtsausdruck an Levi und seufzte. »Ich bin grade erst zurück in meine Wohnung, hatte nicht mal die Gelegenheit zu kacken, und werd wegen so was hergerufen?«

Levi zeigte auf Denny, der mittlerweile am Eingang des Apartments stand. »Sagen wir so: Ich bin auf dem Weg in meine Wohnung, da stolpere ich über diesen Vollidioten, der Denny dafür anbrüllt, dass er in seinem Apartment ist, ihn einen Affen nennt und ...«

»Er hat *was?*« Frankies Gesicht lief hochrot an. Ohne Vorwarnung schlug er Leo in den Bauch.

Leo krümmte sich vornüber. Sein Gesicht machte prompt Bekanntschaft mit Frankies Knie. Blut schoss aus Leos Nase.

»So verhalten wir uns in unserem Zuhause nicht, du scheiß Primat«, stieß Frankie knurrend hervor.

Levi beobachtete voll Genugtuung, wie Frankie diesen Leo am Revers seines mittlerweile blutbefleckten Anzugs packte und ihm einen weiteren Schwinger in den Bauch versetzte.

Leo fiel auf alle viere und erbrach alles, was er an dem Tag gegessen hatte.

»Jetzt steh auf und entschuldige dich bei dem Mann«, befahl Frankie.

Stöhnend wischte sich Leo den Mund ab und rappelte sich wankend auf die Beine.

Frankie flüsterte in bedrohlichem Ton: »Und ich schwör bei Gott, wenn ich nicht überzeugt bin, dass du's ernst meinst, fliegst du raus hier.«

Leo presste eine Hand gegen die Rippen, als er hustete und sich räusperte. Er trat vor Denny hin, der das Geschehen mit weit aufgerissenen Augen verfolgt hatte.

»Sir«, sagte Leo, »keine Ahnung, was ich mir gedacht hab.« Er wischte sich das aus seiner gebrochenen Nase strömende Blut weg und verteilte damit eine dicke rote Schliere quer über die Hälfte seines Gesichts. »Ich entschuldige mich aufrichtig dafür, dass ich mich aufgeregt und Sie beschimpft habe. Das war nicht richtig, und es kommt nie wieder vor.«

Frankie gab einen angewiderten Laut von sich. »Tony, hilft dem Arsch zum Doc. Er saut hier alles voll.«

Als Leo von Tony weggebracht wurde, gaben sich Levi und Denny die Ghettofaust. »Hey, Mann, im Ernst jetzt, alles in Ordnung?«

Denny schmunzelte und schüttelte den Kopf. »Ihr seid echt verrückt, aber mir geht's gut. Glaub mir, ich hab schon Schlimmeres von besseren Menschen gehört. Versuch mal, als einziger Schwarzer im Unterricht über Differentialgleichungen zu sitzen, zusammen mit lauter weißen Arschlöchern, die wahrscheinlich vorher noch nie 'nen Absolventen einer öffentlichen Schule gesehen haben.«

Frankie stieg über Leos Erbrochenes hinweg und schüttelte Denny die Hand. »Hören Sie, das tut mir wirklich leid. Der Typ ist zwar neu hier, trotzdem übernehme ich die volle Verantwortung. Ich dulde hier keinen rassistischen Scheiß.«

»Schon gut, Mr. Minnelli.« Denny deutete mit dem Kopf auf Levi. »Wie ich grad zu ihm gesagt hab, ich hab schon Schlimmeres gehört.«

Frankie klopfte Denny auf die Schulter. »Das mag sein, trotzdem sollen Sie wissen, dass wir nicht so sind. Bei jeglichen Problemen geben Sie mir einfach Bescheid. Ich kümmere mich dann darum.«

Levi deutete mit dem Kopf auf den fleckigen Teppichboden. »Soll ich dafür jemanden anrufen?«

Frankie stöhnte. »Dafür wird mir Tante Lola die Löffel langziehen.«

»Also ...« Denny deutete mit dem Daumen in Richtung des zerlegten Computers. »Ich mach mich dann wieder an die Arbeit.«

Frankie zog Levi von der Wohnung weg und senkte die Stimme. »Hab's vorhin zu erwähnen vergessen, aber wir treffen uns später oben – du, ich und Vinnie. So gegen sieben heute Abend.«

»Geht klar. Geschäftlich oder bloß freundschaftlich?«

Frankie beugte sich näher und flüsterte: »Wir haben da 'ne unerledigte Sache, die mit Gambini zu tun hat.«

Levi legte den Kopf schief. »Okay ... dann bis später.«

Frankie klopfte Levi auf die Schulter, murmelte etwas über Tante Lola und kehrte zu den Fahrstühlen zurück.

Levi steckte den Kopf in Leos Apartment. »Hey, Denny, falls du was brauchst, ich bin in der Wohnung am Ende des Flurs.«

Mit einem Motherboard in einer Hand, einem Schraubenzieher in der anderen und einer Stablampe im Mund nickte Denny bestätigend.

Levi setzte den Weg zu seiner Wohnung fort – endlich.

Frankies Worte gingen ihm durch den Kopf. *Wir haben da 'ne unerledigte Sache, die mit Gambini zu tun hat.*

Was konnte es über Gambini noch zu bereden geben?

Ein lautes Klopfen an der Eingangstür weckte Levi. Schlaftrunken setzte er sich auf. Die Uhr zeigte 18:29 Uhr, schaltete in dem Moment auf 18:30 Uhr, und der Wecker ging an.

Levi schaltete ihn aus, schwang die Beine aus dem Bett und wankte nur in Boxershorts aus dem Schlafzimmer. »Wer ist da?«

»Denny. Kann ich reinkommen für 'n Upgrade an deinem ...«

Levi öffnete die Tür. »Nur herein.« Er trat den Rückweg zum Schlafzimmer an und sagte über die Schulter: »Entschuldige, ich will nicht unhöflich sein, aber ich soll mich in 'ner halben Stunde mit Frankie und dem Don treffen.«

»Schon gut.« Denny schloss die Tür hinter sich und steuerte schnurstracks zum Computer auf dem Schreibtisch im Wohnzimmer. »Mir tut's leid, dass ich so spät aufkreuze. Hatte ja eigentlich vor, bis fünf fertig zu sein, aber das hat offensichtlich nicht geklappt. Sollte nicht lang dauern. Ich füge deiner Netzwerkverbindung 'ne umgebaute Anonabox hinzu und nehm ein paar Konfigurationsänderungen an deiner Software vor, wie bei diesem Tor-Browser ...«

»Diese Upgrades sind alle für anonymen Internetzugang, stimmt's?«, fragte Levi, als er in ein maßgeschneidertes Hemd schlüpfte.

Denny schloss das RJ-45-Netzwerkkabel an einen faustgroßen Kasten aus schwarzem Kunststoff an, den er mit Levis Computer verband. »Beeindruckt mich, dass du dich dran erinnerst. Hab dich immer für 'nen Feind der Technik gehalten.«

»Bin ich nicht wirklich.« Levi zog eine frisch gebügelte Hose an. »Ist nicht so, als hätte ich was gegen Technologie. Ich bin bloß nicht damit aufgewachsen wie du. Vergiss nicht, die ersten 18 Jahre meines Lebens hab ich auf einer amischen Milchfarm verbracht. Wir hatten nicht mal Strom. Außerdem hab ich ein ziemlich gutes Gedächtnis. Anscheinend kann ich mich an alles erinnern, was ich sehe.«

Als Denny den Computer startete, fragte er: »Wie meinst du das, du kannst dich an alles erinnern, was du siehst?«

Narmers Worte liefen in Levis Kopf ab. *Dein Gedächtnis ist nahezu perfekt.*

»Ich hab echt keine Erklärung dafür. Aber mir ist aufgefallen, dass ich mich selbst an die kleinsten Kleinigkeiten erinnern kann, wenn ich mir genug Mühe gebe. Fast so, als würde man was auf einem Videorekorder aufzeichnen und das Band durchsehen.«

»Niemand benutzt noch Videorekorder.«

Levi setzte sich aufs Sofa im Wohnzimmer und steckte die Füße in bequeme Slipper aus Kalbsleder. »Na ja, du weißt schon, was ich meine.«

Denny schaute skeptisch drein. »Behauptest du ernsthaft, du hättest ein eidetisches Gedächtnis?«

»Eidetisch?«

»Du weißt schon, bildhaft, fotografisch.«

Levi zuckte mit den Schultern. »Schätze schon.«

Denny ergriff ein Taschenbuch vom Schreibtisch: *Die Monster, die ich rief.* »Hast du das gelesen?«

»Ja. Bin gestern Nacht damit fertig geworden.«

Denny schlug eine willkürliche Seite auf. »Okay, wie fängt Kapitel 15 an?«

Levi schloss die Augen und stellte sich vor, durch die Seiten zu blättern. Es fühlte sich an wie in den Tagen, als man noch den Karteikatalog einer Bibliothek durchsehen musste, wenn man ein Buch suchte. Als er zu der Seite mit »Kapitel 15« oben gelangte, konzentrierte er sich auf den Text unter der Kapitelüberschrift.

Er räusperte sich. »»Julie! Wir haben Wasserspeier auf dem Dach. Mindestens zwei‹, brüllte ich in mein Handy.‹«

Dennys Mund klappte auf. »Heilige Scheiße, Alter. Du hast ja echt 'n fotografisches Gedächtnis! Bist du schon so geboren worden?«

»Ich glaub nicht.« Levi legte die Stirn in Falten, als Narmers Stimme in seinem Hinterkopf brummte. »Mir ist erst unlängst aufgefallen, dass ich mich an Dinge erinnern kann, die ich irgendwann gesehen hab. Du weißt schon, Kennzeichen und so.«

Beim Gedanken an den so schwer einzuschätzenden Mönch überkam ihn ein Anflug von Bedauern. Konnte der Mann über irgendetwas die Wahrheit gesagt haben? Das war doch unmöglich – oder? Levi wollte gar nicht daran denken.

In Dennys Tasche ertönte ein Piepton. Er zog sein Handy heraus und tippte auf das Display. Dann lächelte er.

»Was ist?«, fragte Levi.

Denny drehte ihm das Handy zu. »Kennst du sie?«

Ein eiskalter Schauder raste durch Levi, als er das Bild einer Frau betrachtete. Eine jüngere Version von Mary ... aber es war nicht Mary.

Eindeutig nicht.

Er nickte.

»Spitze.« Denny tippte erneut auf das Display und betrachtete es eine Weile, während er las. »Also, anscheinend hat Katarina Nassar vor acht Jahren an der Universität Moskau studiert. Das war ein Foto aus ihrem Studentenausweis. Der Rest der Aufzeichnungen aus ihrer Studienzeit ist nicht online. Ich glaub, um mehr rauszukriegen, muss jemand physisch hingehen und recherchieren.«

Levi ging hinüber zu Denny und drückte ihm einen Schmatz auf beide

Wangen. »Du bist der Beste.« Er zeigte auf Dennys Telefon. »Kannst du mir das ausdrucken?«

»Klar, kein Problem. Ich kann's dir sogar laminieren lassen. Erledige ich heute Abend, wenn ich zurück in meinem Büro bin.«

Levi sah auf die Armbanduhr. Er musste los. »Denny, das Technikpaket, um das ich dich gebeten hab, bräuchte ich irgendwann nächste Woche. Kriegst du das hin?«

»Logisch. Ich hab schon fast alles beisammen. Muss nur noch die Macken von einem der neuen Teile beseitigen.« Denny rief den Kalender seines Handys auf. »Wir haben heute Dienstag, also ... Ich kann bis Freitag alles fertig haben. Haut das hin?«

»Tut es, danke. Muss jetzt los. Kommst du hier ohne mich klar?«

»Ja, kein Problem. Ich tausch nur deine Telefone und Computerverbindungen aus. Werd natürlich alles testen. Du solltest keinen großen Unterschied merken. Ich werd deinen gewöhnlichen Browser deinstallieren. Klick einfach auf das Zwiebelsymbol, dann kannst du anonym ins Internet.«

»Ich glaub, zumindest die Hälfte hab ich verstanden.« Levi lächelte reumütig. »Hör mal, irgendwann in naher Zukunft musst du mir helfen, meine Computerkenntnisse ins 21. Jahrhundert zu hieven. Aber jetzt muss ich los.«

Auf dem Weg zum Fahrstuhl empfand Levi ein wachsendes Gefühl der Entschlossenheit. Katarina verkörperte lediglich ein Teil eines tragischen Puzzles. Ein Mittel zum Zweck. Es gab nur ein wirkliches Endziel, und ihn frustrierte zutiefst, dass er nicht einmal wusste, wie der Mann aussah.

Wladimir hatte ihm eine Menge zu beantworten.

»Hey, Jimmie. Hey, Luca. Hoffe, ich bin nicht zu spät.«

Die vierschrötigen Mafiosi saßen zu beiden Seiten der Doppeltür von Vinnies Salon in der Penthouse-Etage. Als sich Levi näherte, erhoben sie sich von ihren Stühlen.

»Nein. Grade rechtzeitig. Der Don erwartet dich.«

Sie öffneten die Türen. Die warmen Klänge einer Oper umfingen Levi, als er den riesigen, verschwenderisch eingerichteten Raum betrat.

Vinnie saß in einem gepolsterten Ledersessel. Mit geschlossenen

Augen genoss er die Klänge der Arie, die durch versteckte Lautsprecher in den Wänden erklang. Seine rechte Hand bewegte sich im Takt der Noten eines Stücks, das Levi für eines der größten Werke Puccinis hielt.

Ma il mio mistero è chiuso in me;
il nome mio nessun saprà!
No, No! Sulla tua bocca
lo dirò quando la luce splenderà!

Abrupt verstummte die kraftvolle Opernstimme, und der Don drehte sich in Levis Richtung. »Du kommst gerade rechtzeitig.«

»Wie ich sehe, bist du immer noch ein Fan von Puccini.«

»Nicht nur Puccini. Es ist dieses Gefühl von Klängen, die bis in mein Innerstes vordringen ...« Vinnie ging hinüber zur Wand und betätigte einen Schalter. Die Kamine zu beiden Seiten des Raums erwachten knisternd zum Leben. »Ich meine, mich zu erinnern, dass du auch eine Vorliebe für die Oper entwickelt hast.«

Am anderen Ende des Salons öffnete sich eine Tür. Frankie trat ein.

Levi zuckte mit den Schultern. »Ich höre sie mir lieber live an. Bei Aufzeichnungen scheint irgendwas zu fehlen.«

Vinnie schaute zu Frankie und nickte. Er bedeutete den beiden Männern, sich zu ihm an den großflächigen Schreibtisch zu setzen – das einzige Möbelstück im Raum, das kein Stuhl war. »Okay, Jungs«, begann er. »Wenden wir uns dem Geschäft zu. Das Wichtigste zuerst: Jemand hat sein Telefon an. Schaltet alles aus.«

Frankie klopfte sein Jackett ab und runzelte die Stirn. »Meins sollte schon aus sein.«

»Tja, irgendjemand hat *irgendwas* eingeschaltet. Levi?«

Levi holte sein Handy aus der Tasche und zeigte es Vinnie. »Ich benutz es grade nicht, falls du das meinst.«

»Nein, du musst das verfluchte Ding ganz ausschalten. Dein Kumpel, wie heißt er noch mal ...«

»Denny«, half ihm Frankie aus.

»Ja, Denny.« Vinnie zeigte auf ein neues pyramidenförmiges Gerät auf dem Schreibtisch. Es sah wie aus schwarzem Stein gemeißelt aus, aber an der Spitze schimmerte ein kleines rotes Licht. Der Gegenstand mutete wie ein willkürliches Kunstwerk an. »Dein Kumpel Denny hat mir dieses Ding gegeben. Es zeigt mir an, ob im Raum irgendwelche Signale ausgestrahlt werden. Ihr wisst schon, zum Beispiel, wenn jemand verkabelt ist oder ein Handy eingeschaltet hat, über das jemand mithören könnte.«

»In der Lobby hat Denny ein weiteres dieser Dinger aufgestellt«, fügte Frankie hinzu. »Er hat gesagt, das Gerät erkennt sogar elektrische Schwankungen von beispielsweise 'nem verkabelten Mikrofon. Hab's getestet, scheint tadellos zu funktionieren. Der Bursche ist wirklich gut.«

»Bin froh, dass ihr mit ihm zufrieden seid«, meinte Levi, als er sein Handy vollständig ausschaltete. »Ich hab früher mit seinem Vater gearbeitet, und der war ein verdammtes Genie. Denny ist grundsätzlich vom selben alten Schlag, nur technisch versierter.«

Vinnie ging hinüber zu einer in die Wand hinter dem Schreibtisch eingebauten Minibar und schenkte eine satte, gelbliche Flüssigkeit in zwei mit Eiswürfeln gefüllte Kristallgläser ein. Dann drückte er den Hebel eines großen Metallkanisters – ein altmodischer Wassersprudler, der mit CO_2-Patronen betrieben wurde. Ein lautes Zischen ertönte, und Vinnie füllte frisch zubereitetes Selters in ein hohes Glas.

Als alle etwas zu trinken hatten und das Lämpchen der Pyramide von Rot auf Grün umschaltete, sagte Vinnie: »Okay, jetzt können wir reden.« Er deutete auf eine Gruppe von Sesseln an einem der Kamine. »Pflanzen wir uns dorthin und machen wir's uns gemütlich.«

Levi musterte die Züge seiner Freunde, als er sich auf dem dunkelbraunen Ledersessel zurücklehnte. Irgendetwas schien die beiden zu amüsieren. »Okay, was ist das große Geheimnis? Was gibt's?«

Vinnie räusperte sich und bedachte Levi mit einem breiten Grinsen. »Hab gehört, was heute mit diesem Arschloch Gambini passiert ist.«

»Ja, was das angeht ...«

»Ich hab's nicht geglaubt, bis ich's mit eigenen Augen gesehen hab«, platzte Frankie dazwischen. Er deutete mit dem Daumen auf Levi. »Du hast ja immer gesagt, wenn er in Fahrt kommt, hat er ein heftiges Temperament. Aber ich hab gedacht, du laberst Scheiße – bis heute.«

Der Don lächelte. »Hab ich dir je erzählt, wie ich Levi kennengelernt hab?«

»Glaub nicht. Aber ich erinnere mich noch an das erste Mal, als du mit ihm ins Haus meiner Mutter gekommen bist.« Frankie grinste so breit, dass seine Lippen sein Gesicht beinah in zwei Hälften teilten. »Du hattest 'n blaues Auge und hast diesen bärtigen Wicht mitgebracht.« Er sah Levi an. »Nichts für ungut. Oh, und ich weiß noch, dass meine Schwestern *unbedingt* wissen wollten, wer der grüblerische Rabbi mit den blauen Augen ist.«

»Rabbi?« Levi lachte. »Wieso halten mich alle für 'nen Rabbi? Ich bin noch nicht mal Jude.«

Frankie zuckte mit den Schultern. »Na ja, du hattest diesen langen Bart und warst von Kopf bis Fuß schwarz angezogen.« Er wandte sich wieder an Vinnie. »Na jedenfalls, danach hat meine Ma meine Schwestern jedes Mal weggesperrt, wenn du Levi mitgebracht hast. Das ist so ziemlich alles, woran ich mich erinnere.«

Levi bedachte Frankie mit einem verwirrten Blick. »Wieso um alles in der Welt war deine Mutter besorgt, wenn ich vorbeigekommen bin? Ich hatte nicht vor, irgendwas mit deinen Schwestern anzufangen.«

Frankie lachte. »Ich glaub, sie war nicht wirklich wegen *dir* besorgt. Größtenteils wegen Regina. Sie hat einfach nicht aufgehört, von deinen ach so hübschen blauen Augen zu schwärmen.«

»Genug von deinen Schwestern«, sagte Vinnie. »Die waren schon immer Nervensägen.« Er deutete mit dem Kopf auf Levi. »Ich hab sein Temperament schon gekannt, denn so haben wir uns kennengelernt. Ich wurde grade von drei Typen aus der Nachbarschaft aufgemischt, als aus dem Nichts dieser Rabbi ...«

»Herrgott noch mal.« Levi verdrehte die Augen.

»... als aus dem Nichts Levi aufgetaucht ist und den Lorenzo-Brüdern die Ärsche aufgerissen hat.«

»Das weiß ich noch.« Levi grinste. »Als ich gesehen hab, wie drei Kerle auf einen Typen eingedroschen haben, bin ich irgendwie überge-schnappt. Von Tyrannen halt ich nicht viel. Tatsächlich hasse ich sie sogar. Schätze, in der Hinsicht hab ich mich über die Jahre kaum verändert.«

»Tja, ich weiß nicht recht, Levi.« Frankie nippte an seinem Drink. »Keine Ahnung, was du auf der Farm deiner Eltern gelernt hast, aber der Trick mit dem Ellbogen bei Gambini ...« Er sah Vinnie an. »Ich kann dir sagen, das Auge dieses Typen ist auf einmal rot wie 'ne Tomate geworden.«

»Das ist kein Trick«, sagte Levi. Ein Anflug von Wut durchströmte ihn. *Das Arschloch hat meine Frau umgebracht.* Er atmete tief ein und blies langsam die Luft aus. »Dasselbe kann passieren, wenn man einfach nur stark hustet oder starkem Stress ausgesetzt ist ...«

»Okay, genug davon«, unterbrach ihn Vinnie. »Was diesen Gambini angeht, hab ich ein paar Hebel in Bewegung gesetzt.« Er streute eine abwiegelnde Geste in Levis Richtung ein. »Ich weiß, du willst keine Einzelheiten darüber wissen, was wir tun. Aber in dem Fall bist du direkt betroffen und steckst ohnehin schon bis zum Hals mit drin. Du weißt doch noch, dass wir in Erfahrung gebracht haben, was der Drecksack mit deinem Haus und deinen Ersparnissen gemacht hat. Tja, wir haben's gefunden.«

Levi war verwirrt. »Ihr habt was gefunden?«

»Dein Geld«, erklärte Vinnie. »Alles. Und mehr. Sag's ihm, Frankie.«

Insgesamt wirkte Frankies Gesichtsausdruck etwas verhaltener als der von Vinnie, trotzdem ließ sich der Ansatz eines Lächelns an den Mundwinkeln nicht übersehen. »Tja, es hat sich gezeigt, dass dieser Gambini den Großteil seines Vermögens auf Konten im Ausland geparkt hatte. Sagen wir so: Mit ein paar Informationen, die wir über unseren Freund Thomas Gambini ausgraben konnten – und ein paar gefälschten Dokumenten –, ist uns 'ne Überweisung von Gambinis Konten auf eines unserer Scheinkonten auf den Kaimaninseln gelungen. Wir haben's geschafft, alles zurückzuholen.« Sein Lächeln wurde breiter. »Der Verkaufspreis deines Hauses plus Zinsen wartet auf einem Konto im Ausland auf dich. *Und* wir haben rausgefunden, dass ungefähr zur selben Zeit, als der Staat das Vermögen in deinem Treuhandfonds für seine Verwendung enteignet hat, das Geld irgendwie in einem von Gambinis Schmiergeldfonds gelandet ist. Auch das haben wir wieder.«

Vinnie beugte sich vor und stützte die Ellbogen auf die Knie. »Normalerweise würden wir uns einen Anteil von zehn Prozent an allem nehmen, in das wir eingreifen müssen, sogar von Mitarbeitern. Aber in Anbetracht der Situation und weil du praktisch zur Familie gehörst, werd ich von dir keinen Cent nehmen. Ich ruf Irving an, damit er die nötigen Vorkehrungen trifft. Wir können nicht das ganze Geld auf einmal auf deine Konten überweisen, sonst haben wir das Finanzamt an der Backe. Aber gib uns etwa sechs Wochen, dann können wir das Geld unauffällig auf etwas schleusen, worauf zu Zugriff hast.«

Levi spürte, wie sich ein Lächeln über sein Gesicht ausbreitete. Das war eine gewaltige Erleichterung. In letzter Zeit hatte er sich wie ein

Schmarotzer gefühlt. Die Familie war mehr als verständnisvoll in Hinblick auf seine finanzielle Lage gewesen, doch er hatte damit zum ersten Mal in seinem Leben monetäre Hilfe von anderen in Anspruch genommen. Damit hatte er sich überhaupt nicht wohl gefühlt.

Er richtete den Blick auf Vinnie. »Behalt das Geld aus dem Treuhandfonds. Ich kann's nicht annehmen.«

Vinnie schaute drein, als hätte ihn Levi gerade als Außerirdischen bezeichnet. »Bist du irre? Es ist *dein* Geld.«

Levi schüttelte den Kopf. »Ist es nicht. Ich hab den Fonds für Mary eingerichtet. Er sollte ihre Ausgaben für den Rest ihres Lebens decken. Ich kann das einfach nicht. Behalt das Geld, mit meinem Segen. Benutz es, wofür auch immer du es brauchen kannst.«

»Levi, ich bin nicht sicher, ob du richtig verstanden hast«, warf Frankie ein. »Wir haben uns bereits was aus Gambini rausgeholt. Glaub mir, Vinnie und ich sind ziemlich zufrieden mit dem Arrangement. Der Teil, den du kriegst, ist nur, was dir zusteht. Wir kommen dabei nicht zu kurz.«

Levi dachte angestrengt nach. Er hätte nie gedacht, dass er sein Vermögen zurückbekommen würde, und er hatte sich darauf eingestellt. Irgendwie schien ihm Geld nicht mehr so wichtig zu sein wie früher.

»Es ist Blutgeld«, erklärte er. »Marys Geld. Und ich werd es nicht annehmen. Ich nehme den Erlös für das Haus – das hatte ich schon gekauft, bevor ich sie kennengelernt hab, deshalb fühlt sich das einigermaßen in Ordnung an. Der Rest ...« Er schüttelte den Kopf.

Vinnie streckte die Hand aus und tätschelte Levis Knie. »He, ich versteh schon, was du damit sagen willst. Trotzdem fühlt sich's nicht richtig für mich an.«

»Pass auf.« Levi bedachte Vinnie mit einem schiefen Lächeln. »Ich bin nicht verrückt. Ich weiß die Geste aufrichtig zu schätzen, aber ich hab ohnehin nicht damit gerechnet, mein Geld je wiederzusehen. Und ... ich will es so. Kauf deiner Vanessa 'ne Barbiepuppe oder so.«

Vinnie starrte ihn fünf Sekunden lang eindringlich an, bevor er sein Glas erhob. »Alles klar. Ich lege das Geld aus dem Treuhandfonds für ein Jahr beiseite. Wenn du danach noch immer so darüber denkst, respektier ich deine Wünsche.«

Levi erhob sein Wasser, und die drei stießen miteinander an. Dazu riefen sie gleichzeitig: *» Salute!«*

Als Levi an seinem Selters nippte, richtete er den Blick auf Frankie. »Kennst du jemanden, von dem ich legitime Ausweise bekommen kann?«

»Ausweise? Welcher Art?«

»Reisepass. Ich will dafür nur nicht meinen Namen benutzen.«

»Ich glaube, dafür weiß ich jemanden.«

Vinnie meldete sich zu Wort. »Wegen der Sache mit den Russen?«

Levi nickte. »Die halten mich wahrscheinlich für tot. Ich möchte, dass es so bleibt. Aber ich hab 'ne Spur, der ich nachgehen muss.«

»Hör mir zu.« Vinnie beugte sich vor und nippte an seinem Amaretto. »Die Typen haben sich total in Schweigen gehüllt, nachdem wir uns über dich erkundigt hatten. Das ist nicht normal. In der Regel erweisen mir andere Organisationen die Höflichkeit einer Antwort. Da drüben geht irgendwas ab, das nicht sauber ist. Du musst dich vorsehen. In dem Teil der Welt kann ich für nichts garantieren, *capiche?*«

»Ich weiß. Und unter normalen Umständen würd ich auch nicht hinreisen. Aber ...«

»He, ich versteh das schon. Marys Blut klebt an den Händen von jemandem dort drüben genauso sehr wie an Gambinis Händen. *Und* dann ist da noch die Schlampe, die diese beiden Kinder zu Hause bei deinen Eltern umgebracht hat.« Vinnie tippte sich mit dem Zeigefinger seitlich an den Kopf. »Ich halte die Augen offen. Niemand tut so was und kommt ungestraft damit davon.« Er stellte sein Glas auf der Armlehne des Stuhls ab. »Wie können wir dir helfen?«

»Alles, was ich brauch, ist ein legitimer Reisepass, mit dem ich hin und zurück durch die Kontrollen komme. Um den Rest kann ich mich selbst kümmern.«

Frankie schnalzte mit der Zunge und schüttelte den Kopf. »Du brauchst mehr als das. Ich rede mit Irv und besorg dir ein, zwei Kreditkarten auf deinen Decknamen. Weißt du schon genau, wohin du reist?«

»Ich hab 'ne Spur, die in Moskau beginnt. Danach bin ich mir noch nicht sicher. Ich gehe der Spur mal nach.«

Vinnie zeigte auf Frankie. »Sobald du seinen Reisepass beschafft hast, braucht er ein Visum und Fluginformationen, damit es schnell ausgestellt wird. Besorg ihm bequeme Sitze, du weißt schon, was ich meine. Wird wahrscheinlich 'ne Woche dauern, bis das alles erledigt ist.« Levi fragte er: »Bist du sicher, dass du sonst nichts brauchst?«

»Ja, alles gut.« Levi stand auf. »Im Moment brauch ich nur 'ne ordentliche Mütze voll Schlaf. Hab noch viel zu tun, bevor ich mich auf den Weg mache.«

Vinnie und Frankie standen auf. Sie umarmten Levi und küssten ihn auf beide Wangen.

Als Levi den Salon verließ, rief ihm Vinnie nach. »Ich lass Phyllis ein paar Kerzen für dich in der Sankt-Ignatius-Kirche anzünden.«

Als Levi den Rückweg in sein Apartment antrat, ging ihm durch den Kopf: *Für das, was ich tun muss, wäre wohl die Produktion einer ganzen Kerzenfabrik nötig.*

KAPITEL FÜNFZEHN

Im Lagerraum von *Rosen's Sporting Goods* schlüpfte Levi in die kugelsichere Weste, die ihm Esther gereicht hatte.

»*Nu*, was hältst du davon?«, fragte sie. »Wiegt um die zweieinhalb Kilo, und das Gewicht sollte gleichmäßig über die Schultern verteilt sein. Fühlt sich das Kalbsleder gut auf der Haut an?«

Er rieb mit der Hand über die Weste und drehte den Oberkörper hin und her. Ihn erstaunte, wie dünn und doch robust sich das Material anfühlte. »Gefällt mir. Ist bequem.« Er griff sich das weiße Unterhemd, das er über die Rückenlehne von Esthers Stuhl gehängt hatte, und zog es über die Weste an.

Esther strich mit den Händen über seine Schultern, glättete die Falten in dem Shirt und schüttelte den Kopf. »*Bubbale*, du musst 'ne Nummer größer kaufen, wenn du die Weste trägst. Das sieht sehr eng aus.«

Levi schlüpfte in sein Hemd und begann, es zuzuknöpfen.

Esther trat einen Schritt zurück und musterte ihn vom Kopf bis zur Taille. »Weißt du was? Sieht doch ganz in Ordnung aus. Für den Sommer solltest du dir trotzdem was Größeres zulegen. Sonst schwitzt du darin wie verrückt, denke ich.«

»Na ja, es sind ja sogar bis zum Frühling noch ein paar Monate, also hab ich dafür noch reichlich Zeit.« Er stopfte das Hemd in die Hose.

Esther hielt ihm eine Vorrichtung aus geschmeidigem Leder hin, die beinah wie ein Schulterholster aussah. »Probier das an. Ich helf dir, es anzupassen.«

Levi legte das Ledergeschirr an. Es schmiegte sich angenehm über die Schultern und passte beinah perfekt. Zu beiden Seiten seiner Brust befanden sich zwei Lederscheiden, so abgewinkelt, dass er leichten Zugang zu den Messergriffen hatte, aber so platziert, dass sie sich unter einem Jackett nicht abzeichneten.

Esther ging um ihn herum und zog an einem der Verstellriemen. »Na also, sieht gut aus. Bequem?«

Levi hob und senkte die Arme. Das Gurtzeug passte sich den Bewegungen widerstandslos an. »Spitze. Jetzt zum Wichtigsten: Sie haben gesagt, dass meine Messer angekommen sind.«

Esther öffnete die oberste Schublade ihres Schreibtischs und holte eine polierte Eichenholzkassette mit Angeln und einem Verschluss aus schimmerndem Messing hervor. Sie legte sie auf den Tisch. »Mein Lieferant hat sich wirklich selbst übertroffen. Hier, wirf 'nen Blick drauf.« Sie öffnete den Verschluss und klappte den Deckel auf.

Levi lächelte, als er die vier schimmernden Klingen in formschlüssigen, mit rotem Samt bezogenen Vertiefungen erblickte. Er hob einen Dolch heraus und wog ihn mit der Hand.

Die Balance fühlte sich gut an.

Das Gewicht auch.

Esther schaltete die Schwanenhalslampe auf ihrem Schreibtisch ein und richtete sie auf das Messer in Levis Hand.

Er lächelte über die leichten Wellen, die von der Kunstfertigkeit des Handwerkers zeugten. Nachdem er die Länge der Klinge hinabgespäht hatte, nickte er anerkennend über die Kantengeometrie. Der mit Paracord umwickelte Griff fühlte sich sehr angenehm in seiner Hand an.

Zufrieden steckte er die Klinge in eine der Scheiden, bevor er die restlichen drei Messer derselben Überprüfung unterzog.

»Kann ich sie testen?«, fragte er schließlich.

Unsicher zeigte Esther auf ein langes Holzbrett, das an einigen Kisten lehnte. »Darauf könntest du sie werfen, aber bitte nicht daneben. In den Kisten sind ein paar andere Bestellungen.«

Levi zog sein Jackett an und knöpfte es so zu, wie er es normalerweise tragen würde.

Die Dolche fühlten sich in ihren Scheiden angenehm an.

Er griff in die V-förmige Öffnung an der Vorderseite seines Jacketts. Mühelos konnte er das erste Messer herausziehen, ohne dass sich das Heft am Revers verfing.

Er warf das Messer. Rotierend flog es auf das Ziel zu. Noch bevor es einschlug, warf Levi das Zweite. Dann das Dritte und das Vierte.

Jedes traf das Holz mit einem befriedigenden, dumpfen Laut, eines nach dem anderen.

»*Oy*, du hast das eindeutig schon öfter gemacht!« Esther schnappte nach Luft. Sie tätschelte sich die Brust.

Levi ging zum Ziel hinüber und zog eines der Messer mit einem kraftvollen Ruck heraus. Eingehend betrachtete er die Spitze der Klinge und untersuchte die rasiermesserscharfen Klingen. Er entdeckte nicht den geringsten Makel. »Esther, die sind wirklich gut. Danke.«

Esther sagte etwas auf Jiddisch.

Levi legte den Kopf schief. »Wie bitte?«

»Oy, du *Goi*.« Seufzend bedachte sie ihn mit einem schiefen Lächeln. »Ich hab gesagt: ›Benutz sie und bleib gesund.‹«

Levi bückte sich und drückte der großmütterlichen Frau einen Kuss auf die Wange.

Esther wedelte mit einem Finger vor ihm. »Glaub bloß nicht, dass du 'nen noch größeren Rabatt kriegst, indem du nett und süß bist. Ich kann so schon kaum noch ein Auge zutun, weil ich bei dem Geschäft so wenig verdiene.«

Levi inspizierte jedes der Messer, steckte alle zurück in ihre Scheiden und griff sich die Kassette. »Kennen Sie jemanden, der professionellen Make-up-Bedarf verkauft? Früher hatte ich eine Broadway-Visagistin als Lieferantin, aber sie scheint nicht mehr da zu sein.«

»Moment, lass mich mein schlaues Buch befragen.«

Zusammen gingen sie nach vorn in den Laden. Einer von Esthers Zwillingsenkeln saß auf einem Hocker und las ein Taschenbuch. Es war noch recht früh am Morgen. Levi war vermutlich der einzige Kunde bisher an dem Tag.

Esther holte ein schwarzes, ledergebundenes Notizbuch hinter der Kasse hervor. »Du redest nicht von Zeug, das man für Hochglanzfotos oder Fernsehauftritte braucht, oder?«

»Nein, ich brauche Material für etwas, wie man's zu Halloween verwenden würde. Flüssiglatex, Tupfschwämme, Prothesen, das volle Programm.«

Esther legte ihr Adressbuch auf die Ladentheke und drehte es so herum, dass Levi darin lesen konnte. Sie zeigte auf einen Namen. »Geh zu Louisa und sag ihr, ich hätte dich geschickt. Sie nimmt normalerweise kein Laufpublikum – sie ist 'ne angesagte Visagistin für irgendein Filmstudio. Aber ich wette, sie hat, was du brauchst.«

Levi betrachtete den Namen und die Telefonnummer. Dann schloss er die Augen und hatte die Seite so deutlich vor sich, als sähe er sie nach wie vor. »Danke, Esther, ich ruf sie an.«

Er wandte sich an ihren Enkel. »Ira, gefällt dir das Buch?«

Der Junge schaute von dem Roman auf und bedachte Levi mit einem schiefen Lächeln. »Ja, ist ziemlich cool. Oh, und ich bin Moishe. Ira ist zehn Minuten jünger als ich und führt sich auf, als wär er zehn *Jahre* jünger.«

»Moishe, sei nett«, mahnte Esther und zerzauste ihm das Haar. Dann reichte sie Levi einen Umschlag. »Die Rechnung ist da drin.«

Als Levi in den Umschlag spähte, weiteten sich seine Augen leicht. »Nehmen Sie auch Schecks?«, scherzte er.

Sie legte den Kopf schief. Ihr Doppelkinn waberte. »Willst du 'nen kräftigen Tritt in den *Tuches?*«

Er lächelte. »Ich komm heute noch mal vorbei und bringe es Ihnen in bar.«

»Gut. Bis dann.«

Als Levi hinaus in die Kälte trat, strömte der Atem in Form von Dampfwolken aus ihm. Sein Handy vibrierte. Er hielt es sich ans Ohr. »Ja.«

»Levi, hier Denny.«

»Hi, Denny, was gibt's?«

»Ich bin früher mit deinem Zeug fertig geworden. Komm vorbei, wann immer zu Zeit hast.«

»Super. Tatsächlich bin ich grad in der Gegend. Ist's in Ordnung, wenn ich jetzt komme?«

»Sicher. Dann sehen wir uns gleich.«

Levi lenkte die Schritte in Richtung der Bank. Er würde Bargeld brauchen, sowohl für Esther als auch für Denny.

Jedes Mal, wenn er von Gerard, Dennys Vater, ein Technikpaket bekommen hatte, war es für ihn gewesen, als würde er ein Weihnachtsgeschenk auspacken. Der ältere Mann hatte immer ein paar interessante Goodies extra dazu gepackt. Levi vermutete, dass sich Denny Mühe geben würde, genauso kreativ zu sein, wie es sein Vater gewesen war.

Vorfreudig fingen Levis Handflächen zu schwitzen an.

Levi verbrachte den größten Teil des Tags mit Denny im Hinterzimmer von *Gerard's*. Dort gingen sie sämtliche Gegenstände in seinem neuen Aktenkoffer durch – alles Mögliche von gewöhnlichen Dietrichen und Überwachungsmikrofonen mit eingebauten Hochfrequenzsendern bis hin zu hochgradig ausgefeilter Technik.

Denny klappte einen Laptop auf. Der Bildschirm zeigte ein Windows-Logo. »Wie du siehst«, sagte er, »scheint es ein hundsordinärer Computer zu sein. In Wirklichkeit ist's aber ein trojanisches Pferd. Pass auf.«

Er schloss den Deckel und drückte einen versteckten Knopf an der Rückseite. Als er den Deckel wieder öffnete, kam das Innenleben des Rechners zum Vorschein.

»Das ist der Betriebsakku«, erklärte Denny und holte einen länglichen Gegenstand heraus, der fast den gesamten Boden des Gehäuses einnahm. Er drückte auf beiden Seiten des Akkus einen Knopf. Das Gehäuse öffnete sich und gab den Blick frei auf ein hohles Inneres. »Ist ein speziell geformter Lithium-Ionen-Akku, aber wie du siehst, ist er innen abgeschirmt, und du kannst bei Bedarf alle möglichen Kleinteile darin verwahren.«

»Du meinst, ich könnte da drin 'ne Knarre oder Plastiksprengstoff haben, und niemand würd's merken?«

Denny lächelte und zog aus der Tasche die dünnste doppelläufige Pistole, die Levi je gesehen hatte. »Ich hab beim Entwurf des Akkugehäuses an so was gedacht. Der Hohlraum des Akkus misst genau 1,69 Zentimeter, und dieses kleine Teil hier ist auf exakt dieses Maß CNC-gefertigt.«

Er schob die Pistole in das Akkugehäuse, zog eine weitere aus seiner

Gesäßtasche und verstaute auch sie im Gehäuse. Sie passten perfekt hinein. Denny versiegelte den Akku wieder und reichte ihn Levi.

Er schüttelte ihn. Im Inneren rührte sich nichts. Er gab den Akku zurück an Denny. »Was feuert man damit ab?«

»Beide sind auf Kaliber .45 eingestellt. Das sind 14,5-Gramm-Überdruckpatronen. Glaub mir, damit hast du einen höllischen Bums. Je zwei Schuss.« Er setzte den Akku wieder in den Laptop ein, schloss den Deckel und legte das Gerät zurück an dessen vertieften Platz im Aktenkoffer. »Eine Sicherung haben die Dinger nicht, dafür haben sie ein Abzugsgewicht von fünf Kilo. Brauchst dir also keine Sorgen zu machen, dass versehentlich ein Schuss losgehen könnte.«

Levi holte eines seiner neuen Wurfmesser hervor und zeigte es Denny. »Irgendwelche Ideen, wie ich damit in ein Flugzeug kommen könnte? Ich bin nicht scharf drauf, Gepäck aufzugeben, wenn du verstehst, was ich meine.«

»Dachte mir schon, dass du nach so was fragen könntest.« Denny fuhr mit den Fingern die Ränder des Aktenkoffers entlang. »Siehst du, dass die Seitenwände leicht schräg nach außen verlaufen? Das Problem ist, dass sie den Koffer durch ihre Röntgengeräte schicken. Und wenn ihnen irgendwas verdächtig vorkommt, nehmen sie ihn auseinander. Wir können den Aktenkoffer also nicht davor abschirmen, dass er gescannt wird – dann machen sie ihn einfach auf. Aber entlang der *Kanten* eines Aktenkoffers aus Metall würden sie nicht mit was anderem als Seitenwänden rechnen. Tja ...«

Denny hob die Hände und wackelte mit zwei Goldringen, einem an jedem Ringfinger. »Ich hab Neodym-Magneten in diese Ringe eingebettet. Wenn ich die Magneten hier und hier ansetze ...« Er führte die Ringe an bestimmte Stellen seitlich am Aktenkoffer. Die Innenwände klappten auf. Zum Vorschein kam ein schmaler Hohlraum entlang der Kanten.

Levi legte den Dolch in den Hohlraum. Er drückte gegen die Seite des Aktenkoffers, und sie schloss sich mit einem metallischen Klicken. Er lächelte. »Passt gerade so rein.«

»Und ist rundum versiegelt. Selbst wenn jemand nachsieht, das Röntgengerät zeigt nur den Koffer selbst.« Denny entriegelte das versteckte Fach wieder, und Levi holte den Dolch heraus. »Offensichtlich musst du die Dinger in Schaumstoff oder so wickeln, damit sie nicht herumrutschen.«

Denny holte einen weiteren Gegenstand aus dem Aktenkoffer und reichte ihn Levi. Das Gerät sah aus wie ein etwas klobiges Handy.

»Was ist das, und warum ist es so schwer?«, fragte Levi.

»Ich hab ein handelsübliches Satellitentelefon um ein paar meiner eigenen Tricks ergänzt.« Denny hielt eine identische Kopie des Telefons hoch. »Ich hab einen automatischen Handshake zwischen diesen zwei Telefonen hinzugefügt. Wenn du mich anrufst oder ich dich, kann niemand das Gespräch abhören. Ich hab Verschlüsselung nach Militärstandard eingebaut, und die Telefone ändern den Startwert dafür bei jedem einzelnen Anruf nach dem Zufallsprinzip auf der Grundlage einer synchronisierten Atomuhr. Ich schätze, wenn die NSA ihr gesamtes Rechenzentrum in Utah drauf ansetzt, *könnte* es ihr gelingen, die Verschlüsselung in ein paar Monaten zu knacken – für *eine* Übertragung. Außerdem hab ich 'nen Standort-Scrambler eingebaut. Falls jemand versucht, dich zu orten, springt dein Standort auf seiner Anzeige willkürlich herum.

Meine Nummer ist in das Telefon einprogrammiert, du kannst das Gerät bei Bedarf aber auch für ungesicherte Anrufe verwenden.«

Levi legte das Telefon zurück in den Aktenkoffer.

Als Nächstes präsentierte Denny etwas, das nach einem gewöhnlichen Gürtel und einer schlichten schwarzen Baseballmütze aussah. »Die zwei Dinger sind mein ganzer Stolz. Leg sie an. Den Gürtel kannst du erst mal einfach außen drübermachen.«

Levi schnallte sich den Gürtel um die Taille und setzte die Baseballmütze auf. »Bei der Mütze spür ich was an der Kopfhaut.«

Denny schloss ein Kabel vom Gürtel an der Rückseite der Mütze an. »Der Gürtel ist um einen speziell geformten, biegsamen Akku gewickelt, und die Mütze ... bedarf ein wenig Erklärung. Sagen wir einfach, sie zeigt dir an, wenn dich jemand beobachtet.«

»Sie tut *was?*«

»Lass es mich dir demonstrieren.« Denny wandte sich von Levi ab. »Was du am Innenfutter spürst, sind kleine Drahtvorsprünge. Sie sind gleichmäßig um deinen Kopf verteilt. Du spürst ein leichtes Kribbeln von einem oder mehreren, wenn jemand anfängt, dich anzustarren.«

Levi sah mit verengten Augen auf Dennys Hinterkopf. »Blödsinn. Das kann nicht sein.«

Denny drehte sich um und starrte Levi mehrere Sekunden lang an.

»Ich spür nichts ...«

Plötzlich nahm Levi ein merkwürdiges Kribbeln wahr, das von der Vorderseite der Mütze ausging. Als er den Kopf drehte, wanderte die Empfindung weiter, ging stets von dem Drahtvorsprung aus, der Denny am nächsten war.

Grinsend drehte Denny eine vollständige Runde um Levi und ließ dabei den Blick ständig auf ihn gerichtet. Das Kribbeln auf Levis Kopfhaut folgte seinen Bewegungen.

»Das ist unglaublich. Funktioniert das auch in 'ner Menschenmenge?«

Denny nickte. »Ich hab eine Schaltung eingebaut, um die Anzahl der Fehlalarme zu begrenzen. Stell's dir so vor: In einer Menschenmenge schaut jeder überallhin. Die Blicke der Leute landen kurz auf dir und wandern weiter. Wissen würdest du's nur wollen, wenn sich jemand auf dich konzentriert und den Blick nicht abwendet.

Ich hab draußen mit Carmens Hilfe 'nen Test gemacht. Hab sogar Fehlalarme durch Spiegel und dergleichen eliminiert, weil Reflexionen dir nicht folgen können.«

»Wie funktioniert das?«

Denny schloss die Mütze vom Gürtel ab und zeigte Levi die folienartige Elektronik entlang des Innenfutters der Mütze. »Du kennst das doch, wie die Augen von Tieren in der Nacht unheimlich leuchten, wenn ein Licht auf sie scheint, oder?«

Levi nickte.

»Also, menschliche Augen haben diese reflektierende Eigenschaft nicht, jedenfalls nicht in dem Ausmaß. Damit unsere Netzhaut Licht reflektiert, ist was Helleres nötig. Du weißt ja, was passiert, wenn man mit einem Kcamerablitz ein Foto schießt.«

»Du meinst den Rotaugeneffekt?«

»Genau.« Denny zeigte auf eine Reihe winziger, röhrchenförmiger Vorsprünge, die aus dem Innenfutter der Mütze ragten. »Was ich hier habe, ist ein bisschen verrückt. Denn könnte man das Licht sehen, würde dein Kopf wahrscheinlich leuchten wie 'ne grelle Rundumtaschenlampe.«

»Wie meinst du das?«

Denny presste die Lippen zusammen. »Also, normalerweise können wir nur Licht mit bestimmten Wellenlängen sehen. Ich fange mal ganz simpel an. Wahrscheinlich haben wir alle in der Schule gelernt, dass die Farben des Regenbogens bei Rot beginnen und bei Violett enden. Das entspricht Licht mit Wellenlängen von etwa 700 bis 350 Nanometern. Je größer die Wellenlänge, desto näher an Rot, je kleiner, desto näher an Violett. Das kann unser menschliches Auge wahrnehmen. Aber das sind nicht die Grenzen des Lichts. Diese Mütze zum Beispiel sendet in jede Richtung Lichtbündel mit einer Wellenlänge von ungefähr 1.550 Nanometern aus. Das liegt tief im Infrarotspektrum. Jeder der winzigen Laser saugt ordentlich Energie. Und auch, wenn du's nicht spürst, die Zielrichtung der Laser schwenkt ungefähr zwanzigmal pro Sekunde auf und ab.

Du hast also im Wesentlichen 'ne Mütze, die in alle Richtungen Licht projiziert, das keiner sehen kann. Es ist stark genug, um auf Dinge zu treffen und davon zurückzuprallen. An der Stelle kommen meine elektronischen Filter ins Spiel. Was zurückkommt, wird stark gefiltert, damit du nur dann was wahrnimmst, wenn ein zurückprallendes Signal erkannt wird, das dir zu folgen scheint.«

»Funktioniert das auch aus der Ferne?«

»Sollte auf bis ungefähr 100 Meter funktionieren. Alles darüber hinaus filtere ich derzeit heraus, weil die Reflexionen zu ungenau werden.«

Levi nahm den Gürtel ab, und Denny verstaute die Gegenstände wieder im Koffer.

»Lass mich das noch mal zusammenfassen«, sagte Levi. »Wenn ich das trage, strahlt es in jede Richtung Licht aus, das niemand sehen kann. Wenn mich jemand anstarrt, prallt das Licht von demjenigen zurück, und die Mütze hat Sensoren, die mich darauf aufmerksam machen.«

Denny lächelte. »Die Beschreibung ist wahrscheinlich besser als meine. Ganz genau das tut sie. Allerdings« – er hob einen Zeigefinger – »würde ich sie nur tagsüber verwenden und nur, wenn du dir sicher bist, dass in deiner Nähe niemand irgendeine Art von Nachtsichtbrille benutzt. Sonst siehst du für denjenigen aus wie 'n verdammter Leuchtturm.«

»Klingt logisch. Also nicht nachts verwenden.«

Denny gab Levi eine Tüte mit Gleitverschluss, die zwei goldene Ringe enthielt. »Die sollten dir passen.« Er klopfte auf den offenen Koffer. »Noch irgendwelche Fragen?«

Levi schüttelte den Kopf und zog einen dicken Umschlag aus dem Jackett. »Das ist die Summe, die du verlangt hast, plus ein kleiner Bonus.«

Denny nahm den Umschlag entgegen und gab Levi die Ghettofaust. »Danke, Mann. Weiß ich wirklich zu schätzen. Also, wann hebst du ab?«

»Ich warte noch auf das Visum, aber das sollte inzwischen jeden Tag so weit sein.«

Denny hielt sein Exemplar des Satellitentelefons hoch. »Also, ich werd das Ding hier ständig bei mir haben. Falls du irgendwas brauchst, gib einfach Bescheid, und ich werd tun, was ich kann, um dir zu helfen.«

»Glaub mir, wahrscheinlich ruf ich schon an, bevor du damit rechnest.«

Denny schloss den Aktenkoffer und reichte ihn Levi, dann traten sie beide den Weg nach vorn zur Kneipe an. »Was ist dein nächster Zwischenstopp?«, fragte Denny, als er den Finger auf den biometrischen Sensor in den Fliesen der Wand drückte. Die versteckte Tür öffnete sich einen Spalt.

Sie betraten den Gastraum. Mehrere Leute blickten in ihre Richtung. Carmen hatte alle Hände voll damit zu tun, Gäste zu bedienen.

»Ich muss mir Make-up besorgen.«

»Make-up?« Denny zog eine Augenbraue hoch.

»Hast du was gegen Make-up?«, fragte Levi nüchtern.

Denny lachte. »Nein, Alter, wenn das dein Ding ist, dann nur zu.«

Einer der Männer an der Theke drehte sich zu Denny zu und brummte: »Du hast gesagt, du würdest Red Stripe reinkriegen. Wie sieht's denn damit aus?«

»Howie«, warf Carmen ein. »Ich hab dir doch schon gesagt, dass wir's beim Großhändler bestellt haben und es einfach noch nicht eingetroffen ist. Geduld.«

»Hör zu, Howie«, ergriff Denny das Wort. »Weil du so geduldig wartest, zahlen du und deine Freunde heute zehn Prozent weniger.«

Der grauhaarige alte Mann lächelte und wandte sich Carmen zu. »Einen Doppelten von eurem besten Whiskey für die Jungs und mich.«

Carmen schleuderte Denny einen vernichtenden Blick zu.

Levi klopfte seinem Freund auf die Schulter und ging zur Tür hinaus. Es war fast so weit.

Madison betrat das Büro ihres Vorgesetzten und setzte sich auf den Stuhl gegenüber Maddox. Er trommelte mit den Fingern auf seinem Schreibtisch. Seine verkniffene Miene ließ darauf schließen, dass er unter Stress stand.

»Hat ernst geklungen«, sagte sie. »Was gibt's?«

»Es *ist* ernst. Wir haben gerade die Information erhalten, dass Russlands Programm Tote Hand aktiviert wurde. Jemand ist dabei, die Atomsprengköpfe zu einem ›Endziel‹ zu bringen. Und die Leute an der Spitze unserer Organisation und darüber hinaus scheißen sich in die Hose.«

»Wissen wir, wohin man die Atomsprengköpfe bringt?«

Maddox schüttelte den Kopf und schob Madison einen Umschlag zu. »Nein, aber ich schicke Sie nach Moskau. Im Gepäckbereich des Terminals am Flughafen treffen Sie jemanden. Man wird Sie zu einem Safe House bringen, das als Operationsbasis dient.«

Der Umschlag enthielt einen neuen Reisepass mit ihrem Foto und ein aktuelles Besuchervisum für die Russische Föderation. »Mein Name ist Nicole Cole? Im Ernst?«

Maddox zuckte mit den Schultern. »Hey, ich hab den Namen nicht ausgesucht. Vergessen Sie nicht, Sie reisen als NOC-Agentin hin. Wir dürfen keinerlei Risiko eingehen, dass Ihre Identität auffliegt. Sie sind bloß eine arglose amerikanische Bürgerin, die Moskau als Touristin besucht. Keine offizielle Rückendeckung bedeutet auch, dass keine offiziellen Papiere für Sie ausgestellt werden. Offensichtlich wird Ihre Identität einer Überprüfung standhalten, aber damit hat es sich so ziemlich. Damit haben Sie Handlungsspielraum. Außerdem verhindert es hoffentlich, dass der FSB zu genau an Ihnen herumschnüffelt.«

Der FSB war die Nachfolgebehörde des berüchtigten KGB und neigte dazu, jeden im Auge zu behalten, der in der Botschaft kam und ging.

»Haben wir denn überhaupt eine Spur? Konnten wir diese Katarina aufspüren?«

Maddox lächelte und schaltete seinen Computer ein. »In dem Zusammenhang hat sich erst kürzlich eine interessante Entwicklung vollzogen.«

Madison lehnte sich vor und beobachtete den Monitor, während ihr Vorgesetzter tippte. »Alles in Verbindung mit Projekt Arrow hat in Nachrichtendienstkreisen höchste Priorität erhalten. Zum Beispiel scannen wir alle Gesichter in öffentlichen Bereichen und auf Flughäfen. Und raten Sie mal, was der Suchradar letzte Nacht ausgespuckt hat?«

Er drückte die Eingabetaste. Ein Video lief auf dem Bildschirm ab. Es zeigte einen gut gekleideten Mann beim Durchlaufen der Sicherheitskontrolle an einem Flughafen. Sein Gesicht war teilweise verdeckt, aber etwas an seinem Profil ... an der Kieferpartie und den Haaren ...

Madison schnappte nach Luft. »Das kann nicht sein. Ist das Yoder?«

Maddox drückte die Leertaste. Ein kristallklares Bild von Lazarus Yoder wurde eingeblendet. »Das stammt von einem Reisepass-Scanner am Flughafen JFK.«

Madison verspürte einen Anflug eines elektrischen Knisterns. »Das ist zweifellos Lazarus Yoder. Heilige Scheiße, er ist nicht tot.«

»Sieht ganz so aus.« Maddox bedachte sie mit einem schiefen Lächeln. »Allerdings hat die Überprüfung des Passes nicht Lazarus Yoder ergeben. Sondern einen gewissen Ronald Warren, der für einen Aeroflot-Flug nach Moskau eingecheckt hat. Erste Klasse.«

»Ronald Warren?«

»Ja. Wir wissen beide, dass es trotzdem Lazarus Yoder ist. Aber die Aufzeichnungen stimmen überein. Der Reisepass ist gültig und zeigt sein Foto. Ich hab's überprüft. Weitere Nachforschungen laufen bereits, aber ich hab heute Morgen noch 'ne Suchabfrage gestartet und kurz, bevor Sie eingetroffen sind, einen Treffer gelandet. Sehen Sie sich das an.« Maddox drückte erneut die Leertaste. Ein Bild von einem Mann in einem Rollstuhl wurde angezeigt. Lazarus Yoder. Er sah abgemagert aus, und Madison konnte beinah die Schmerzen spüren, die er gelitten haben musste.

»Das war vor ein paar Monaten am Flughafen in Los Angeles«, kommentierte Maddox. »Irgendwie haben wir's geschafft, seine Rückkehr aus Nepal in die USA zu übersehen. Vielleicht, weil er die Flugroute nicht beendet hat. Aber so oder so: Sieht ganz so aus, als wäre Yoder quicklebendig.«

»Er muss verletzt oder krank geworden sein. Warum hat er in einem Rollstuhl gesessen?«

»Keine Ahnung. Aber was immer die Killerin gemacht hat, es hat ihm wohl einiges abverlangt. Unser Profiler glaubt, dass er nach Moskau fliegt, um sich zu rächen.« Maddox beugte sich auf dem Stuhl vor und lächelte. »Yoder kann diese Katarina identifizieren, und sie kann uns höchstwahrscheinlich zu Wladimir führen. Ich hab Leute vor Ort, die auf die Landung seines Flugs warten. Bis Sie im Land sind, haben wir hoffentlich eine viel bessere Vorstellung davon, wohin Sie sollen.«

Mit einem Hauch von Besorgnis fügte er hinzu: »Maddie, es könnte dazu kommen, dass Sie diesem Kerl irgendwann wieder von Angesicht zu Angesicht gegenüberstehen. Seien Sie vorsichtig. Dieser Typ ist irgendein Agent, und er hat Ressourcen.« Maddox tippte auf einige weitere Tasten und kehrte zum Passfoto zurück. »Von so einem Gesicht würde man erwarten, dass es über einen roten Teppich läuft oder das Cover irgendeines Männermagazins ziert. Aber lassen Sie sich davon nicht täuschen. Er mag wie der nette Kerl von nebenan aussehen. Aber er ist so gut wie sicher unterwegs, um jemanden zu töten, und wahrscheinlich wird ihm egal sein, wer ihm dabei in die Quere kommt. Wenn wir ihn umdrehen können, würde er 'nen guten Aktivposten abgeben, den wir nutzen können, mehr nicht. Im Augenblick ist er unsere vielversprechendste Spur. Verdammt, er könnte sogar bereits wissen, wo Wladimir ist. Und selbst wenn nicht, er ist hinter einer Frau her, von der wir wissen, dass sie es weiß.«

Madison umklammerte fest ihren neuen Reisepass. »Wann breche ich auf?«

Kurz huschte über Maddox' Gesicht ein schuldbewusster Ausdruck, den er jedoch rasch durch eine versteinerte Miene ersetzte. »Ich hab für Sie einen Flug der Air France gebucht, der heute Abend um 18:35 Uhr aus Dulles abhebt.«

Madisons Augen wurden groß, als sie auf die Armbanduhr blickte. »Scheiße, dann bleiben mir nur ...«

»Draußen wartet ein FBI-Wagen auf Sie. Der bringt Sie rechtzeitig nach Hause und durch den Verkehr.«

»FBI?«

»Wie gesagt, die Sache hat wesentlich mehr Aufmerksamkeit erregt, als Sie sich vorstellen können.« Maddox stand auf. »Noch irgendwelche Fragen?«

Madison stand ebenfalls auf und schüttelte den Kopf.

Zu ihrer Überraschung streckte sich Maddox über den Schreibtisch und schüttelte ihr die Hand. »Wir sehen uns bald wieder. Und Maddie, ich bin rund um die Uhr erreichbar. Gehen Sie jetzt. Sie werden am Haupteingang erwartet.«

Madison raste zur Tür hinaus.

KAPITEL SECHZEHN

Levi flog zum ersten Mal in seinem Leben in der ersten Klasse. Also nutzte er die wohl wichtigste Annehmlichkeit, die damit einherging: die »Bitte nicht stören«-Taste seines Sitzes. Dadurch konnte er seinen Schlaf so planen, dass er gerade rechtzeitig erwachte, als sie den Sinkflug begannen.

Mit dem Lederriemen seines Handgepäcks über der Schulter und dem Aktenkoffer fest in der linken Hand drängte er sich durch die Menschenmenge am internationalen Flughafen Scheremetjewo.

Als er das Hauptterminal verließ, wurde er von einer heftigen Bö eiskalter Luft erfasst. Die Temperatur lag deutlich unter dem Gefrierpunkt. Winzige Graupeln von Schneeregen wehten ihm stechend ins Gesicht. Überwältigender Dieselgeruch bestürmte ihn.

Ein Mann in einem Anzug lief auf ihn zu und schwenkte ein Hotelschild mit der Aufschrift »Ronald Warren«.

»Sir, Mr. Warren.« Der Mann keuchte, seine Wangen waren von der Kälte gerötet. »Ich habe Ihr Auto. Ich bin Eugene, der Fahrer Ihres Hotels.« Der Mann sprach Englisch mit nur leichtem Akzent.

Levi runzelte die Stirn. »Ich hab kein Auto angefordert.«

Der Mann schaute verdattert drein. Er holte einen Ausdruck hervor, blickte darauf und zeigte ihn dann Levi. »Sir, das wurde von Ihrem Reisebüro arrangiert. Hier ist der Auftrag. Sie *sind* doch Ronald Warren, oder?«

Levi betrachtete den Ausdruck. Er enthielt eine gescannte Kopie seines Reisepasses – mit seinem Foto – und seinen Reiseplan einschließlich Flug und sogar Sitzplatznummer. Gedruckt auf Papier mit dem Logo des Hotels.

»Mein Reisebüro.« Levi schmunzelte, als er sich vorstellte, wie Frankie den Flug und das Hotel buchte. »Dann hat man wohl vergessen, mir von dem Auto zu erzählen.«

Der Mann streckte die Hand aus. »Sir, ich kann Ihr Gepäck nehmen. Der Wagen steht auf dem Kurzparkplatz ganz in der Nähe. Bitte folgen Sie mir.«

Levi verstärkte den Griff um den Aktenkoffer und sein Handgepäck und schüttelte den Kopf. »Keine Sorge wegen des Gepäcks. Sehen wir einfach zu, dass wir raus aus der Kälte kommen.«

»Ja, Sir.« Der Fahrer deutete auf den von Sand bedeckten Asphalt, als er den Gehweg zu einem großen Parkplatz überquerte. »Vorsicht – es könnte eisig sein.«

Eine Minute später lehnte sich Levi hinten in einem brandneuen Mercedes der S-Klasse zurück. Der Geruch der weichen Ledersitze umhüllte ihn, als der Fahrer den Motor startete und klassische Musik in dezenter Lautstärke einschaltete. Levi entspannte sich, als sie sich problemlos den Weg durch den Flughafenverkehr bahnten, auf die M11 auffuhren und in Richtung der Innenstadt von Moskau fuhren.

Auf Russisch erkundigte sich Levi: »Sagen Sie, Eugene, ist das wirklich Ihr Name?«

Die Augen des Fahrers weiteten sich. Er lächelte, bevor er auf Russisch antwortete. »Oh, Sie sprechen sehr gut Russisch. Natürlich heiße ich in meiner Muttersprache Jewgeni. Aber man hat mir beigebracht, dass Eugene das Pendant auf Englisch ist, deshalb benutze ich das für Nicht-Russen. Ich glaube, für Amerikaner und Europäer ist das leichter auszusprechen, finden Sie nicht?«

»Da haben Sie wahrscheinlich recht. Vor allem Amerikaner haben so ihre Schwierigkeiten mit ausländisch klingenden Namen, das können Sie mir glauben. Wie lang, bis wir im Hotel sind?«

»Sollte nicht lange dauern. Vielleicht eine halbe Stunde. Soll ich für Sie einen Tisch zum Abendessen im Hotel reservieren? Es gibt dort im Gebäude ein sehr gutes italienisches Restaurant.«

»Nein, schon gut.«

Levi sah auf die Armbanduhr, die er bereits auf Ortszeit eingestellt hatte. Es war zu spät, um die Universität aufzusuchen.

»Jewgeni, ich bin das erste Mal in Moskau. Was muss ich wissen, wenn ich morgen ein Taxi brauche?«

»Ich würde vorschlagen, Sie lassen es sich vom Concierge im Hotel besorgen. Dort hilft man Ihnen mit solchen Dingen weiter.«

»Was, wenn ich nicht in der Nähe des Hotels bin? In Amerika findet man in den Innenstädten leicht Taxis.«

Jewgeni schüttelte den Kopf. »Das geht hier nicht. Taxis Krieg man nicht einfach, indem man winkt. Aber für Sie sollte es kein Problem sein, weil Sie Russisch sprechen. Wenn wir im Hotel sind, gebe ich Ihnen eine Liste der Taxiunternehmen. Wenn Sie ein Taxi brauchen, rufen Sie dort in der Vermittlung an, und man schickt Ihnen einen Wagen.«

Durch den Verkehr dauerte es etwas länger als die von Jewgeni geschätzte halbe Stunde. Aber Levi genoss die Gelegenheit, sich zu entspannen, und schon bald betrat er die Lobby des Hotels.

Frankie hatte eindeutig keine Kosten gescheut. Die Lobby erwies sich als riesige Marmorfläche mit Säulen im römischen Stil, die sich bis hinauf zur neun Meter hohen Decke erstreckten. Allein zur Rezeption musste man mindestens 30 Meter zurücklegen. Unterwegs wurde Levi mehrfach gefragt, ob er Hilfe mit seinem Gepäck bräuchte.

Da er bei seinem letzten Aufenthalt in Russland nur die Kleidung in seinem Rucksack besessen hatte, fiel es ihm schwer, angesichts dieser neuen Umgebung nicht vor Ehrfurcht zu erstarren.

»Guten Abend, Mr. Warren.« Eine große Blondine hinter der Rezeption begrüßte Levi mit fast perfektem Englisch und einem strahlenden Lächeln. Auf ihrem Namensschild stand »Tiffany«, darunter jedoch auf Russisch »Tatjana«. Ihre Finger rasten über die Computertastatur. »Ich hoffe, Ihre Fahrt vom Flughafen war angenehm. Ihr Zimmer ist für Sie vorbereitet.«

Sie streckte die Hand aus. »Kann ich bitte Ihren Reisepass und die Kreditkarte sehen, die Sie für etwaige Nebenkosten verwenden möchten?«

Levi reichte ihr den Pass und eine American Express-Platinkarte mit dem Namen Ronald Warren. Die Frau kopierte den Reisepass, zog die Karte durch und sprach über die Annehmlichkeiten im Hotel, während sie auf der Tastatur tippte.

Levi wandte sich von der Rezeption ab und ließ den Blick durch die

Lobby wandern. Insbesondere achtete er auf die Gesichter der Menschen in der Nähe des Eingangs.

Ohne sich umzudrehen, fragte er auf Russisch: »Tatjana, wissen Sie, wo ich gebrauchte Kleidung kaufen kann?«

»Entschuldigen Sie, ich bin mir nicht sicher, ob ich Sie richtig verstanden habe. Wollten Sie wissen, wo man *gebrauchte* Kleidung kaufen kann?«

Levi drehte sich um und sah ihren verwirrten Gesichtsausdruck. »Tut mir leid. In Amerika haben wir Orte, an denen Menschen Kleidung spenden, die sie nicht mehr tragen, und andere Leute kaufen sie dann. Gibt es so was in Moskau?«

Tatyana schüttelte den Kopf. »Ich glaube nicht.« Sie hob einen Finger. »Einen Moment, lassen Sie mich jemanden fragen.« Sie griff zum Telefon und sprach kurz mit jemandem. Ein verhaltenes Lächeln erschien in ihrem Gesicht. Als sie auflegte, griff sie sich eine Straßenkarte der Gegend.

Sie zeichnete einen Kreis um einen Ort und zeigte ihn Levi. »Sehen Sie hier, in der Nähe des Lubjanka-Platzes. Dort gibt es Geschäfte, die ›Second-Hand‹-Kleidung verkaufen. Ist das vielleicht, wonach Sie suchen?«

Sogar Levi hatte schon vom Lubjanka-Platz gehört. Dort lag das legendäre KGB-Hauptquartier. Aber so, wie sich Russland seit der Sowjetzeit verändert hatte, befanden sich um den Platz mittlerweile wahrscheinlich außerdem Maserati- und Ferrari-Händler.

Levi lächelte und reichte der Rezeptionistin eine Tausend-Rubel-Note, was ungefähr 18 Dollar entsprach.

»Oh.« Ihre Augen wurden groß, und sie schüttelte den Kopf. »Das ist nicht nötig.« Sie schob den Geldschein über die Rezeption zurück.

Levi legte die Hand auf ihre und lächelte. »Sie hätten mir die Information nicht besorgen müssen. Nehmen Sie es einfach, und danke.«

Ihre Züge röteten sich, als sie das Geld nahm. »Wie viele Schlüsselkarten möchten Sie?«

»Nur eine.«

Levi schloss die Augen. Er hatte immer noch ein klares Bild der Leute im Gedächtnis, die er in der Lobby gesehen hatte.

Tatyana reichte ihm seine Schlüsselkarte in einem Umschlag. Sie zeigte auf die Zimmernummer, die sie für ihn aufgeschrieben hatte, und erklärte: »Nehmen Sie einfach die Aufzüge links. Das Zimmer ist im fünften Stock. Ich hoffe, Sie haben einen angenehmen Aufenthalt im Four Seasons und in Moskau.«

Er beugte sich vor und flüsterte: »Wie lange arbeiten Sie heute Abend noch?«

Wieder liefen ihre Wangen rot an. Allerdings schlug ihr überraschter Gesichtsausdruck rasch in eine Schmollmiene um. »Leider habe ich meine Schicht gerade begonnen. Ich habe erst morgen früh Dienstschluss.«

Levi lächelte, fasste in die Tasche und holte einen Zweitausend-Rubel-Schein aus dem Geldbündel hervor, das er am Flughafen JFK gewechselt hatte. Er drückte ihr die Banknote in die Hand. »Ich komme später noch mal runter. Bitte geben Sie mir nach Möglichkeit Bescheid, ob sich jemand nach mir erkundigt hat.«

»Oh, aber wir würden niemals die Zimmernummern unserer Gäste ...«

»Ich weiß. Aber falls jemand danach fragt, versuchen Sie sich bitte zu merken, wie die Person ausgesehen hat. In Ordnung?«

Bevor Tatjana etwas erwidern konnte, steuerte Levi auf die Reihe der Fahrstühle zu und drückte die Taste, um einen Aufzug nach oben zu rufen.

Während er wartete, verspürte er ein Flattern im Magen, und die Nackenhaare sträubten sich ihm.

Er hatte das deutliche Gefühl, beobachtet zu werden.

Um zwei Uhr morgens wirkten die Straßen von Moskau wie leergefegt. Madison legte den Kopf schief und dehnte die steifen Muskeln in ihrem Hals.

»Anstrengender Flug?«, erkundigte sich Agent Don Jenkins, als sie auf das Lagerhaus zugingen.

»Der Flug an sich war schon in Ordnung. Nur war ich auf dem Mittelsitz zwischen zwei Kerlen mit den Dimensionen von Sumoringern eingepfercht.«

»Das kenne ich.«

Madison war erst vor zwölf Stunden in Moskau gelandet. Sie hatte sich am Flughafen mit Don und zwei anderen Agenten getroffen. Von dort wurde sie zum Safe House gebracht, einem unscheinbaren Haus am Stadtrand von Moskau. Nachdem man sie auf den neuesten Stand gebracht hatte, konnte sie ein paar Stunden schlafen.

Mittlerweile stand sie in ihre dicke Jacke gehüllt vor dem Lagerhaus, während Don ein Set mit Dietrichen auspackte. Sie hielt Wache, spähte durch die Düsternis. Die nächste Straßenlaterne befand sich 50 Meter entfernt.

Irgendwo aus der Ferne drang das Geräusch von Wasser herüber, das gegen ein Ufer plätscherte, ergänzt um das Knirschen von aneinander reibenden Eisbrocken. *Die Moskwa.*

Ihre Geheimdienstquellen glaubten, dass man die vermissten Atomwaffen aus dem Schwarzen Meer durch eine Vielzahl von Wasserläufen transportiert hatte, die letztlich in die Moskwa mündeten. Angeblich lagerten die Sprengköpfe in einem der Dutzenden Lagerhäuser entlang des Ufers.

Madison hörte das leise Geräusch von Metall auf Metall, gefolgt von einem Klicken.

»Hab's.«

Don öffnete die Tür einen Spalt. Sie traten ein, dann schlossen und verriegelten sie die Tür leise hinter sich.

Im Lagerhaus herrschte pechschwarze Finsternis. Dons körperlose Stimme flüsterte: »Okay, bringen wir's hinter uns, und dann schleunigst wieder weg.«

Madison nahm ihren Rucksack ab und holte ihre Nachtsichtbrille heraus. Sie fingerte gerade an deren Riemen, als Don flüsterte: »Warten Sie, lassen Sie mich Ihnen helfen.«

Sie spürte seine Hände auf den ihren, als er das Gerät herumdrehte.

»Okay, jetzt aufsetzen.«

Madison hob sich die Brille über den Kopf, und Don schaltete sie ein. Plötzlich erschien eine grünstichig leuchtende Welt vor ihren Augen. Das Lagerhaus erwies sich als riesig – mindestens 30 Meter lang und ungefähr dreimal so breit.

Don entnahm bereits den schnellen Neutronendetektor aus seinem Rucksack. Madison hatte vor dem Verlassen der Staaten eine Unterweisung über den Hightech-Kernmaterialdetektor erhalten. Es handelte sich im Wesentlichen um dasselbe Verfahren, das US-Häfen zum Untersuchen von Frachtschiffen benutzten – nur tragbar. Das Gerät sah dem Metalldetektor sehr ähnlich, den Madison zu Hause hatte, aber statt eines flachen, kreisförmigen Detektors befand sich am Ende der Griffstange ein handgelenkdicker, zylinderförmiger Stab.

Madison holte ihren eigenen Detektor aus ihrem Rucksack, fuhr die Teleskopstange aus und rastete sie ein. »Also«, flüsterte sie. »Wie wollen Sie's machen?« Sie schwenkte den Arm und deutete über die weitläufige Fläche des Lagerhauses.

»Die ersten Arbeiter vom Pier tauchen so gegen fünf auf, wir müssen also in zwei Stunden hier weg. Bleiben wir in Sichtweite zueinander, nur für den Fall, dass unerwartet jemand aufkreuzt.« Mit einer Geste wies Jenkins ihr die linke Seite des ersten Gangs zu, während er die rechte Seite übernahm, wo er den Detektor von oben nach unten über die Versandcontainer schwenkte.

Langsam fuhr Madison mit dem Ende ihres Detektors vom Sockel bis zur Oberkante des Metallcontainers. Aufmerksam achtete sie auf die winzige LED in der Nähe des Griffs. Aufleuchten würde sie nur in Gegenwart von radioaktivem Material.

Madisons Schultern brannten wie Feuer, als sie die Teleskopstange entriegelte, einfuhr und den Detektor wieder auf eine Größe reduzierte, die in ihren Rucksack passte. Zwei Stunden Suche, und gefunden hatten sie nichts.

Don verzog das Gesicht. »Das ist scheiße, was?«

»Ja. Wie viele dieser Lagerhäuser gibt's noch?«

»Leider 'ne ganze Menge. Aber das hab ich nicht gemeint. Es nervt, das verdammte Ding stundenlang über den Kopf zu heben. Keine Ahnung, wie Sie's Ihnen geht, aber ich kann meine Arme kaum noch spüren.«

Madison streckte die Arme in Richtung der Decke und wippte mit den Schultern, versuchte so, die angesammelte Milchsäure aus den Muskeln zu bekommen.

Als sie hinaus ins Morgengrauen traten, nahmen sie ihre Nachtsichtbrillen ab und verstauten sie in ihren Rucksäcken. Don kniete sich mit Dietrichen in der Hand an die Tür, während Madison erneut Wache hielt. Ihre Wangen brannten von der bitteren Kälte, und sie blies sich in die Hände.

Nach einem metallischen Klicken flüsterte Don: »Okay, ist abgeschlossen.«

Sie entfernten sich vom Lagerhaus, folgten dem Verlauf des Flusses.

Den Wagen hatten sie einen guten halben Kilometer entfernt auf einem der öffentlichen Parkplätze abgestellt. Ein paar Schneeflocken begannen zu fallen, und Don vergrub die Hände in den Taschen. Die Dampfwölkchen, die er in die Luft atmete, verdeckten teilweise sein Gesicht.

»Also«, meinte Madison. »Das machen Sie, seit Sie hier sind?«

»So ziemlich. Glanzvoll, was?«

Sie schnaubte.

Der Wind trug ihnen das Geräusch von Stimmen zu. Beide schauten auf. Don streckte ihr den Arm entgegen, und Madison besann sich, was sie vor der Mission vereinbart hatten, dass sie im Fall einer unverhofften Begegnung mit jemandem tun würden. Sie hängte sich bei Jenkins ein, um es so wirken zu lassen, als wären sie nur ein Pärchen bei einem frühmorgendlichen Spaziergang.

Unter einer der Straßenlaternen entlang des Flusses stand eine Gruppe Jugendlicher. Sie lachten grölend, schienen betrunken zu sein.

»Vorsicht«, warnte Don.

Die Kälte, die sich in Madison eingenistet hatte, verpuffte schlagartig, als sie zielstrebig weitermarschierte und Blickkontakt mit den ausgelassenen Teenagern vermied.

»Hey!«, rief einer davon.

Madison und Don beschleunigten die Schritte ein wenig und ignorierten die Gruppe.

Ein Junge lief ihnen in den Weg und fragte: »Habt ihr Kleingeld?«

Sie versuchten, ihn zu umgehen, doch prompt kamen drei weitere Teenager angerannt. »Ignorier uns nicht, du Schlampe!«

»Hey«, sagte ein anderer mit einem anzüglichen Grinsen. »Vielleicht hat sie ja *was Besseres* zu bieten.«

»Das reicht«, stieß Don knurrend in perfektem Russisch hervor. Er zeigte in Richtung der Straße. »Lasst uns zufrieden.«

»Oder was?« Der größte, muskulöseste Teenager zog ein Messer und grinste. »Her mit eurer Kohle.«

Ein weiterer Junge trat zu Madison und streichelte ihr Haar.

Madison spürte, wie sich ihr Herzschlag beschleunigte, als sie den Körper anspannte.

Dann brach Chaos aus.

Madison verdrehte dem Jungen den Arm und trat die Beine unter ihm weg.

In Dons Hand erschien ein Schlagstock, mit dem er auf das Handgelenk des großen Teenagers schlug. Das Messer flog davon.

Ein dritter Junge raste auf Madison zu. Mit einem gezielten Seitwärtstritt gegen die Brust brachte sie ihn ins Taumeln.

Don zückte den Schlagstock gegen einen vierten Teenager – der herumwirbelte und die Flucht ergriff. Die anderen jungen Schläger folgten seinem Beispiel.

Einer, der betrunken torkelte, geriet dabei dem Ufer zu nah. Mit einem Platschen landete er im Wasser.

»Was war das?«, fragte Don. Besorgnis schwang in seiner Stimme mit.

Madison murmelte eine Abfolge von Flüchen. Sie ließ ihren Rucksack fallen und schlüpfte aus ihrer Jacke.

»Warten Sie«, sagte Don. »Was haben Sie ...«

Madison preschte zum Ufer, verzog das Gesicht und hechtete ins Wasser.

Die frostige Temperatur presste ihr beinah die Luft aus der Lunge. Ihre Haut brannte vor Kälte, als sie eine Handvoll der Haare des sinkenden Teenagers packte.

Bei der Navy hatte sie wiederholt Übungen unter arktischen Bedingungen absolviert, um ihre Tauchzeugnisse zu behalten.

Übungen, die sie immer gehasst hatte.

Halb schwamm sie, halb watete sie zurück zum Ufer und zog den beinah bewusstlosen Teenager hinter sich her.

Gleich darauf schlang sich Dons Arm um ihre Taille und hievte sie aus dem Wasser. Er grunzte, als sie beide den Wasser spuckenden Teenager ans Ufer schleiften.

Mit vor Kälte brennender Haut kletterte Madison die Uferböschung hinauf. Sie griff sich ihre Jacke vom Bürgersteig und wickelte sich darin ein, während der Teenager davonwankte. Anscheinend war er betrunken genug, um die Kälte nicht zu spüren. Sie konnte nur hoffen, dass er auch geistesgegenwärtig genug sein würde, um sich irgendwo aufzuwärmen, bevor Unterkühlung einsetzte.

Don hob ihren Rucksack auf. »Okay, das war offiziell scheiße.«

Madison zog den Reißverschluss ihrer Jacke zu und hüpfte auf und ab, um das Blut in den Gliedmaßen wieder zum Zirkulieren zu bringen. »Warum konnte das Arschloch nicht einfach den Bürgersteig küssen?« Sie nahm den Rucksack von Don entgegen. »Kommen Sie. Wir sind beide klatschnass und durchfroren. Gehen wir zum Auto.«

Don verfiel in Laufschritt, Madison reihte sich neben ihm ein. »Wissen Sie«, meinte Don, »ich hätte kein Wort gesagt, wenn Sie den Penner der natürlichen Auslese überlassen hätten.«

Madison schüttelte den Kopf. »Ich wollte den kleinen Scheißer nicht auf dem Gewissen haben.«

Während sie neben dem Fluss rannten, ließ Madison den Blick über die Reihen der Lagerhäuser wandern. Dabei beschlich sie die Sorge, sie würden nie finden, wonach sie suchten. Würde angesichts der Tatsache, dass Programm Tote Hand aktiviert war, tatsächlich jemand verrückt genug sein, eine Atombombe zu zünden und damit vielleicht den Dritten Weltkrieg auszulösen?

»Wir *müssen* diese Atomsprengköpfe finden«, murmelte sie.

———

Levi stieg aus dem Taxi und hievte sich seinen Rucksack über die Schulter. Auf der Straße hinter ihm hupte ein ungeduldiger Fahrer, auf dem Bürgersteig schob eine alte Frau einen Wagen, der ein Enteisungsmittel verteilte.

Er hätte erheblich günstiger mit dem Zug direkt zu diesem Ort fahren können. Allerdings hätte er es dadurch etwaigen Verfolgern wesentlich leichter gemacht. Er wurde das nagende Gefühl nicht los, dass ihn jemand beobachtete – aber er war sich nicht sicher, ob dem wirklich so war oder ob er es sich nur einbildete. Zum Glück hatte er Bargeld dabei, daher stellten Taxis die praktischste Möglichkeit dar.

Obwohl der allgegenwärtige Dieselgeruch die frische Morgenluft verunreinigte, atmete Levi tief ein. Er genoss den verlockenden Geruch von gebratenen Piroggen – der russischen Version von gebratenem Brot, normalerweise gefüllt mit etwas Süßem oder Pikantem.

Er stand auf dem Lomonosovsky-Prospekt, einer Straße, die den Campus der Staatlichen Universität von Moskau kreuzte. Hier hatte Katarina studiert. Irgendwo auf diesem Campus musste es Aufzeichnungen über ihre Zeit an der Hochschule geben. Und diese Aufzeichnungen stellten den Schlüssel dazu dar, sie zu finden – und an Wladimir heranzugelangen.

Seine Stiefel knirschten über den morgendlichen Schnee, als er den Lomonossow-Platz in nördlicher Richtung überquerte. Er rückte seine Mütze zurecht und spürte die winzigen, stachelartigen Vorsprünge an seiner Kopfhaut. Das Versorgungskabel der Mütze schlängelte sich unter seinem Hemd nach oben, unsichtbar – vor allem, da er über dem Hemd einen abgewetzten Mantel mit großen Aufschlägen trug, die er gegen die Kälte und den Wind hochgeklappt hatte. Der Mantel war sogar in der Sowjetunion bereits in den 1980ern aus der Mode gewesen – und vermutlich in den 1940ern oder 1950ern in den USA. Aber er hielt Levi warm und versteckte, was er nicht zeigen wollte.

Früher am Morgen hatte er mit Tatjana gesprochen. Ihr zufolge hatte sich niemand nach ihm erkundigt. Gut. Als er sich von der Rezeption entfernt hatte, konnte er belustigt feststellen, dass ihm der Metalldorn an der Rückseite der Mütze beharrlich meldete, er würde von jemandem angestarrt.

Tatjana.

Zumindest wusste er dadurch, dass es funktionierte.

Als er sich der Statue in der Mitte des Platzes näherte, hielt er eine vorbeigehende Studentin an. »Entschuldigung, wo ist hier das Verwaltungsgebäude?«

Die junge Frau sah ihn mit zusammengekniffenen Augen durch dicke Brillengläser an. »Sie haben einen interessanten Akzent. Woher kommen Sie?«

»Wladiwostok«, log Levi. »Ich bin spät dran für eine Besprechung im Verwaltungsgebäude. Weißt du, wo es ist?«

Sie zeigte nach Norden. »Auf der anderen Seite des Platzes, das große Gebäude geradeaus.«

Levi dankte ihr und setzte den Weg fort. Ein Kribbeln an der Rückseite der Mütze teilte ihm mit, dass ihn jemand beobachtete. Wahrscheinlich die Studentin.

Als Levi das Verwaltungsgebäude betrat, begrüßte ihn ein markanter Geruch. Ein Geruch, der ihn an die Hauptniederlassung der öffentlichen Bibliothek in der Fifth Avenue erinnerte. Der Geruch von Alter. Unverkennbar.

Levi empfand ihn auf merkwürdige Weise als angenehm.

Er folgte der Beschilderung zur Registratur. Vor dem Büro wartete bereits ein Student, also stellte sich Levi hinten an.

Der Mann hinter dem Schalter zeigte auf niemand Bestimmten und fluchte vor sich hin. »Die verdammten Kameras spielen schon wieder verrückt!«

Levi legte den Kopf schief, um zu sehen, worüber der Mann klagte. Er deutete auf einen Monitor, der den Flur zeigte – aber an der Stelle, an der Levi stand, zeichnete sich ein verschwommen strahlender Klecks ab. Beinah, als ob ...

Es musste an seiner Mütze liegen.

Ihm fiel ein, was Denny darüber gesagt hatte, wie er für jeden mit einer Nachtsichtbrille aussehen würde. *Wie 'n verdammter Leuchtturm.*

In Gedanken merkte er sich vor, dass er offenbar auf manche Videokameras dieselbe Wirkung hatte.

Schließlich war Levi an der Reihe.

»Ja?« Der Mann hinter dem Schalter sah ihn an, als hätte er auf eine Zitrone gebissen. Mit seiner Geduld schien es nicht weit her zu sein.

»Ich möchte Verbindung mit einer ehemaligen Studentin aufnehmen und wollte mich erkundigen, ob es eine Nachsendeadresse für sie gibt.«

Der Mann brummte und schwenkte abweisend die Hand. »Ich habe nur Aufzeichnungen über aktuelle Studenten. Da müssen Sie sich ans Archiv wenden. Abschnitt A, neunter Stock.«

»Dieses Gebäude?«

Mit einer Geste rief der Mann den Nächsten in der Schlange auf. Ein Student schob sich an Levi vorbei.

Als sich Levi widerwillig abwandte, zeigte ein anderer Student in der Schlange den Flur hinunter. »Abschnitt A ist im Hauptgebäude. Die Treppe finden Sie links.«

»Danke.«

Der Weg erwies sich als nicht so einfach, wie er bei dem Studenten geklungen hatte. Levi musste sich durch das Labyrinth der Gänge kämpfen, die zurück zum Hauptgebäude führten, neun Treppen hinaufsteigen und dann ein weiteres Labyrinth bewältigen, bevor er auf das erste Schild stieß, das zum Archiv wies.

Auf dem Weg durch den Flur passierte er einen Aufzug. *Wäre schön gewesen zu wissen, dass es den gibt.*

Als er letztlich das Archiv erreichte, stand er vor einem langen, hoch mit dicken Ordnern beladenen Holztisch. Auf der anderen Seite des Tisches verstaute eine ältere Frau Ordner in einem Aktenschrank. Trotz ihres Alters – sie musste mindestens 70 sein – besaß sie eine kräftige Statur. Levi konnte sich gut vorstellen, dass sie in jüngeren Jahren mit Bären gerungen hatte. Sie bewegte sich zielstrebig und selbstsicher.

»Entschuldigung, finde ich hier Aufzeichnungen über ehemalige Studenten?«

Die Frau drehte sich ihm zu. »Denke schon. Was brauchen Sie?«

Levi blickte auf ihr Mitarbeiterabzeichen. Anja Woriskowa. Das Foto auf dem Abzeichen zeigte eine wesentlich jüngere Version der Frau. Demnach arbeitete sie bereits seit Jahrzehnten an der Universität.

»Anja. Das ist ein schöner Name.« Er schenkte ihr sein charmantestes Lächeln. »Ich habe mich gefragt, ob Sie ...«

»Warum?«

»Warum was?«

Die Frau schnaubte laut, lehnte sich an die geöffnete Schublade des Aktenschranks und stieß sie mit einem metallischen Pochen zu. Sie schüttelte einen Finger in Levis Richtung. »Glauben Sie bloß nicht, Sie könnten mich einwickeln, indem Sie nett sind. Mir ist sonnenklar, dass Sie nur so freundlich reden, weil Sie was wollen, das Sie wahrscheinlich nicht kriegen sollten. Warum sagen Sie also nicht einfach rundheraus, was Sie wollen?«

Zwecks dramatischer Wirkung setzte Levi eine gekränkte Miene auf. »Ich fand nur, der Name ist ziemlich hübsch.«

Das barsche Gebaren der Frau wurde eine Winzigkeit milder. Aber der Metalldorn vorne an Levis Mütze fühlte sich an, als wollte er ein neues Loch in seinen Schädel hämmern, während ihn die forsche Russin eindringlich anstarrte.

»Also«, fuhr Levi fort, »meine Frau ist unlängst gestorben, und mit dem Großteil ihrer Familie ist sie nicht gut ausgekommen. Außer mit einer Nichte, der sie ein kleines Erbe vermachen wollte. Leider hab ich die Adresse der Nichte nicht – oder von sonst irgendjemandem aus der Familie meiner Frau. Aber ihre Nichte hat vor ein paar Jahren hier studiert. Deshalb suche ich nach einer Nachsendeadresse oder sonstigen Möglichkeit, sie zu erreichen.«

Die schroffe Fassade der Archivarin bröckelte. Als sie Levis Oberarm tätschelte, wirkte sie tatsächlich mitfühlend. »Tut mir leid wegen Ihrem Verlust. Wie heißt die Studentin?«

»Katarina Nassar. Ich bin nicht sicher, in welchem Jahr ...«

»Pffft.« Anja winkte ab, als sie sich an einen Computer setzte. »Mit diesen neuen Maschinen hab ich die Aufzeichnungen im Nu gefunden.«

Sie tippte kurz, dann schüttelte sie den Kopf.

»Ich sehe hier gerade, dass sie ihren Master-Abschluss in Frühgeschichte gemacht hat. Interessante Wahl. Aber da steht keine Adresse. Das ist merkwürdig. Einen Moment.«

Die Frau rollte mit dem Stuhl über den Boden und ließ den Blick über eine Wand von Aktenschränken wandern. Sie entschied sich für einen von Dutzenden am hinteren Ende des Raums und zog eine Schublade auf.

»Sind das sämtliche Studentenaufzeichnungen?«, fragte Levi. Der Raum war riesig und fast ausschließlich mit Aktenschränken gefüllt.

Anja lachte, ohne beim Suchen aufzuschauen. »Nicht mal annähernd. Das sind nur die Aufzeichnungen der letzten zehn Jahre. Früher haben wir Mikrofilm benutzt, aber heute wird alles mit dem Computer erfasst. Die Akten Ihrer Nichte liegen irgendwo dazwischen. Einige Jahre sind noch nicht im Computer. Deshalb ... Gefunden!«

Mit einer Aktenmappe in der Hand rollte sie zurück zum Tisch und blätterte die Studentenakte auf. Rasch fuhr sie mit dem Finger über den kyrillischen Text. Natürlich konnte sie ihn viel schneller überfliegen als Levi; sie blätterte bereits auf die zweite Seite, als er noch kaum den ersten Absatz zu Ende übersetzt hatte.

Schließlich verharrte ihr Finger an einer Stelle, und sie nickte. »Da haben wir's. Ihre Bewerbungsunterlagen sind von einer sehr teuren Sekundarschule hier im Norden von Moskau gekommen. Und sie enthalten eine Wohnanschrift.« Sie schaute zu Levi auf und legte die Stirn in Falten. »Eigentlich darf ich ohne irgendeine unterschriebene Vollmacht keine persönlichen Daten von Studenten herausgeben.« Sie drehte die Mappe so herum, dass sie Levi zugewandt lag, zwinkerte ihm zu und verkündete: »Ich bin gleich wieder da.«

Damit ging sie in den hinteren Teil des Raums und begann, in einem Stapel von Unterlagen zu wühlen.

Levi lächelte, als er Katarinas Wohnadresse las. In Gedanken suchte er das abgespeicherte Bild der Straßenkarte ab, die ihm Tatjana vergangenen Abend gezeigt hatte. Katarinas Anschrift lag weit im Westen Moskaus. Wahrscheinlich eine Stunde Fahrt, vielleicht sogar mehr.

Er drehte die Akte zurück, als Anja wieder zum Tisch kam. Sie bedachte ihn mit einem schiefen Lächeln. »Tut mir leid, dass ich Ihnen nicht geben konnte, was Sie brauchen.«

»Danke.« Levi beugte sich über den Tisch und drückte der alten Frau einen Kuss auf beide Wangen.

Mit einem Lächeln scheuchte sie ihn weg. »Gehen Sie. Gehen Sie und suchen Sie Ihre Nichte, Sie ...« Den Rest ließ sie unausgesprochen.

Als Levi den Flur entlangging, hörte er von weiter vorn das Bimmeln des Aufzugs. Ein großer, beinah kahler Mann Mitte 50 stieg aus und passierte Levi auf dem Weg zum Archiv. Levi eilte zum Fahrstuhl und fing die Tür ab, bevor sie sich schließen konnte. Er drückte den Knopf für das Erdgeschoss.

Als sich die Türen schon beinah geschlossen hatten, schob sich eine Hand dazwischen, und der große Mann mit dem schütteren Haar betrat den Aufzug mit einem verlegenen Grinsen. »Falsches Gebäude.«

Levis Nackenhaare richteten sich auf. Der Mann kam ihm bekannt vor.

Levi trat einen Schritt zurück und konzentrierte sich in Gedanken auf die Menschen, die er seit seiner Ankunft in Russland gesehen hatte. Sein mentaler Videorekorder lief im Schnellvorlauf, während Levi nach einer Übereinstimmung suchte.

In dem Moment, als der Aufzug das Erdgeschoss erreichte, fand Levi in seinem mentalen Mustervergleich die passende Szene. Der Mann war vergangenen Abend in seinem Hotel gewesen.

Als sich die Türen öffneten, überließ der Mann Levi mit einer Geste den Vortritt.

Levi schüttelte den Kopf und lächelte. »Ich hab oben was vergessen.«

Der Mann zögerte, bevor er ausstieg.

Levi drückte den Knopf für den achten Stock. Kaum hatten sich die Türen wieder geschlossen, öffnete er seinen Rucksack und holte daraus eine kleine Ballspritze und transparentes Klebeband hervor. Er nahm die Abdeckkappe der Spritze ab, drückte den Gummiball und blies feinen schwarzen Staub auf den Knopf mit der »9«.

Dann legte er das Klebeband auf den Knopf, riss ein Blatt weißes Papier aus einem Notizblock, entfernte das Klebeband vom Knopf und platzierte es auf dem weißen Papier.

Er hatte einen perfekten Fingerabdruck.

Im achten Stock verließ er den Fahrstuhl, stöpselte die Ballspritze zu und verstaute alles außer dem Zettel. Mit dem Satellitentelefon fertigte er eine Nahaufnahme des Abdrucks an. Dann gab er die Adresse aus Katarinas Aufzeichnungen ein und tippte auf *Senden*.

Als er den Weg zur Treppe antrat, vibrierte das Telefon. Levi ging ran.

»Okay«, sagte Denny. *»Hab gesehen, was du mir geschickt hast. Lass mich raten: Ich soll den Abdruck durch die NCIC-Datenbank laufen lassen? Oder das IAFIS? Was?«*

Levi sprach mit leiser, gedämpfter Stimme. »Bin mir nicht sicher, wer es sein könnte. Vielleicht FSB. Vielleicht CIA. Vielleicht auch die russische Mafia. Oder niemand, der wichtig ist. Keine Ahnung. Gib mir einfach Bescheid, was du rausfindest.«

»Der Abdruck sieht gut aus, ich schicke ihn bereits los. Kann dir aber nicht sagen, wie lang es dauern wird. Und vielleicht kriege ich auch gar nichts raus. Aber ich geb dir so oder so Bescheid.«

»Schon in Ordnung. Tu einfach, was du kannst.«

»Und die Adresse? Was soll ich damit machen?«

»Fangen wir mit dem Eigentümer und vielleicht dem Verkaufsverlauf an. Aber ich nehme alles, was ich kriegen kann. Danke, Denny.«

Levi legte auf und begann, einen Plan zu schmieden.

Vielleicht war der Mann mit dem schütteren Haar bloß ein Niemand. Vielleicht war Levi paranoid.

Oder auch nicht, und er wurde tatsächlich verfolgt.

Das konnte er angesichts seines Vorhabens und der nächsten Schritte nicht riskieren.

Es schien an der Zeit zu sein, einige seiner alten Tricks auszupacken.

KAPITEL SIEBZEHN

Es war kurz vor Mittag, und Levi hatte gerade eine erneute Durchsuchung seines Hotelzimmers auf Wanzen beendet, als sein Satellitentelefon vibrierte. Denny.

»Hey, Levi. Ich hab Informationen zu der Adresse, die du mir gegeben hast.«

Levis Augen weiteten sich. »Verdammt, das war schnell.« Er legte den stabförmigen Wanzendetektor zurück in den Aktenkoffer. Niemand hatte seit seinem Aufbruch Abhörgeräte in seinem Hotelzimmer installiert.

Gut.

Dennys Stimme drang knisternd über das Satellitentelefon. *»Was glaubst du denn, mit wem du zusammenarbeitest, mit 'nem Amateur? Die Adresse ist 'n großes altes Haus aus den 1840ern. Eindeutig kein billiges Viertel. Das Gebäude gehört 'ner russischen historischen Gesellschaft.«*

»Hältst du sie für legitim?«

»Die Aufzeichnungen, die ich sehe, reichen ohne Änderungen über rund 50 Jahre zurück. Von daher, ja. Ich werd mir die Bude dieser Gesellschaft noch genauer ansehen und rauszufinden versuchen, welche Geschichte dahintersteckt. Aber das könnte 'ne Weile dauern. Bin nicht sicher, ob alles elektronisch zugänglich ist.«

»Also hat das Haus nie jemandem namens Nassar gehört. Dann könnte das eine sinnlose Suche sein.«

»Tja, ich weiß nicht, was ich dazu sagen soll. Ich recherchier mal ein wenig über diese historische Gesellschaft. Mal sehen, was ich rausfinde. Vielleicht hatten die Nassars ein Faible für Geschichte und haben klassische Häuser besessen.«

»Hast du zufällig schon was über den Fingerabdruck?«

»Noch nicht. Bei einigen der Datenbanken muss ich ein paar Gefallen einfordern.«

»Tut mir leid, ich weiß. Ist nur ...«

»Sobald ich was Definitives hab, schick ich dir 'ne SMS.«

»Danke. Ach, übrigens, was deine Mütze angeht: Sie bewirkt auch Merkwürdiges bei Überwachungskameras.«

Etwa zwei Sekunden lang herrschte Schweigen in der Leitung, bevor Denny antwortete. *»Oh verdammt, ist logisch. Manche Kameras erfassen ein breites Spektrum von Wellenlängen und ...«*

»Schon gut, ich muss es nicht verstehen, wollte dir nur Bescheid geben.«

»Danke, Mann. Pass auf dich auf.«

Levi beendete den Anruf und dachte über den nächsten Teil seines Plans nach. Er hatte alles, was er brauchte. Seine gesamte Kleidung lag auf der Seite des Betts, in dem er nicht schlief. Dazu gehörten auch die Sachen, die er auf dem Lubjanka-Platz gekauft hatte. Der Bereich dort hatte sich verändert. Das Lubjanka-Gebäude beherbergte noch immer den Nachfolger des KGB, mittlerweile als FSB bekannt. Aber die Gegend ringsum hatten mittlerweile Edelboutiquen und Luxusläden erobert. Der Laden, den Tatjana für ihn gefunden hatte, war perfekt, obwohl er exorbitante Preise hatte.

Die alte, längst aus der Mode geratene Kleidung im Sowjet-Stil hatte er sich für den bevorstehenden Besuch von Katarinas Haus zurechtgelegt. Der abgewetzte, stark abgenutzte Spazierstock mit dem Wolfskopf aus Messing als Griff – ebenfalls auf dem Lubjanka-Platz erstanden – lag auch dabei.

Levi zog sich bis zur Taille aus, als er zum Waschtisch im Badezimmer ging. Dort hatte er bereits das Make-up und diverses Verkleidungszubehör aus New York angeordnet. Als zusätzliches Licht schaltete er die Lampe über dem Spiegel ein.

Er konnte sich nicht daran erinnern, wann er sich das erste Mal verkleidet hatte. Aber er hatte schon als Kind festgestellt, dass er ein

Talent dafür besaß, Stimmen zu imitieren und andere nachzuahmen. Sein Aussehen zu verändern, fühlte sich wie eine natürliche Erweiterung dieser Fähigkeiten an. Levi zählte längst nicht mehr mit, wie oft er sich schon als alter Mann verkleidet hatte, um Menschen zu beobachten, die er kannte. Das bereitete ihm Vergnügen. Und es vermittelte ihm ein Bild davon, wie sie in Wirklichkeit waren.

Es war wie ein verstohlener Blick in ihre Seelen.

Allerdings hatte er es seit zwölf Jahren nicht mehr gemacht. Deshalb verspürte er eine leichte Anspannung, als er sich eingehend im Spiegel betrachtete. Mit einem tiefen Atemzug runzelte er die Stirn über die Reflexion, die ihm entgegenstarrte. Schließlich murmelte er: »Was soll's, legen wir los.«

Er befeuchtete sein Haar im Waschbecken und strich es so zurück, dass es flach an der Kopfhaut anlag.

Dann riss er eine Verpackung auf, die eine nicht zugeschnittene Scheitelkappe aus Latex enthielt. Während er in den Badezimmerspiegel blickte, legte er sich die hauchdünne, hautfarbige Kappe behutsam auf den Kopf und rückte sie zurecht. Mit einer kleinen, scharfen Schere schnitt er die Ränder zu, ließ aber gerade genug übrig, dass sie seine Haut überlappten und er darauf Hautkleber anbringen konnte.

Er hob und senkte den Kopf, drehte ihn hin und her, um sein Werk zu begutachten. Die Kappe saß perfekt und bauschte sich nirgends.

So weit, so gut.

Mit einem Tupfschwamm trug Levi mehrere Lagen Flüssiglatex entlang der Ränder der Scheitelhaube auf. So erzielte er immer ein nahtloseres Aussehen. Anschließend verteilte er mit einer Tupfbewegung Schminkfett über die gesamte Fläche der Scheitelkappe.

Levi nickte seinem kahlköpfigen Spiegelbild zu. »Und jetzt brauchen wir ein wenig Haar.«

Er öffnete eine Packung Kreppwolle und begann, den Zopf zu zerpflücken, zu dem sie geflochten war. Schauspieler benutzten tendenziell billigeres Material aus Pflanzenfasern, aber Levi wollte einen realistischeren Lock, deshalb hatte er echte, geflochtene Wolle verlangt. Er trug Klebstoff entlang des Scheitels seiner kahlen Kappe auf, schnitt ein zehn Zentimeter langes Stück der zerrupften Wolle ab und platzierte es sorgsam entlang der Klebstoffspur. Nachdem er den Kleber kurz trocknen gelassen hatte, wiederholte er den Vorgang, bis er einen Halbkreis aus Haar um den Scheitel hatte.

Mit einer großzügigen Menge durchscheinenden Pulvers beseitigte er den Glanz des freiliegenden Klebers. Behutsam kämmte er das künstliche Haar. Mit einem Elektrorasierer ergänzte er es um Konturen, damit es richtig anlag.

Schließlich blickte er wieder in den großen Spiegel und lächelte.

Nicht übel.

Er verlängerte die biegsame Schwanenhalshalterung des an der Wand montierten Vergrößerungsspiegels. »Jetzt zum Alter.«

Levi öffnete das Gefäß mit der Grundierung und trug sie mit einem keilförmigen Schwamm in einer dünnen Schicht über Stirn, Wangen und entlang des Halses auf. Das Material änderte die Opazität seiner Haut und fungierte als Grundschicht für die weiteren Änderungen.

Als er mit seiner Arbeit zufrieden war, griff er zu einem Schminkpinsel, bestäubte ihn mit dem Make-up auf Pulverbasis und trug Schatten auf seine Schläfen, in die Vertiefungen seiner Wangen, auf die Stirnfalten, unter den Augen und entlang einiger Linien am Hals auf.

Diesmal sparte er sich die Mühe, das Ergebnis im größeren Spiegel zu überprüfen. Allmählich fand er zurück in die Mühelosigkeit der Abläufe. Im Verlauf der Jahre hatte er das Hunderte Male gemacht. Dabei hatte er gelernt, dass man zum Schminken eine künstlerische Ader oder zumindest die richtigen Instinkte brauchte. Das gehörte zu den Fähigkeiten, die er sich angeeignet hatte und auf die er besonders stolz war.

»Falls ich je den Beruf wechseln will, könnte ich immer noch Maskenbildner werden.«

Mit einem anderen Pinsel trug er Glanzpunkte auf die Wangenknochen, die Nasenfalten und die Stirnrunzeln auf.

Je länger er arbeitete, desto schneller kam er voran.

Als Nächstes bearbeitete er die Falten so, dass er den Kontrast zwischen den Glanzpunkten und den Schatten verlaufend abschwächte. Er tupfte einen braunen Effekt hinzu, der die Illusion geplatzter Äderchen auf seiner Nase, im oberen Wangenbereich und auf der Stirn entstehen ließ.

Levi fügte noch ein paar subtile Altersflecke im Gesicht und an den Händen hinzu. Mit den Handrücken ließ er sich etwas mehr Zeit, um die Blutgefäße hervorzuheben und die Gesamtwirkung zu verstärken. Als letzten Feinschliff packte er noch einige Make-up-Tricks aus, um buschige Augenbrauen zu simulieren.

Als er fertig war, trat er einen Schritt zurück, betrachtete sich im großen Spiegel und lächelte.

Er räusperte sich und sagte mit der rauen Stimme eines Greises: »Verdammt, ich könnte glatt Breschnew Konkurrenz machen, was?«

Levi ging langsam und stützte sich leicht auf den Stock, als er die Lobby des Hotels durchquerte. Da niemand jenseits der 70 mit einem Rucksack herumlaufen würde, umklammerte er stattdessen eine große Einkaufstasche, in der sich sein Rucksack befand. Darüber hatte er einen schäbigen Pullover drapiert.

Jedes Mal, wenn sich Levi verkleidete, *fühlte* er sich wie die Person, als die er sich ausgab. Die Wehwehchen steifer Gelenke, die krumme Haltung durch Rückenschmerzen – das alles wurde zu einem Teil seiner Verkörperung. Sogar, sich ein wenig schrullig zu geben, hatte ihm in der Vergangenheit gute Dienste erwiesen.

Der Portier öffnete ihm die Tür. Als er hinaus in die Kälte trat, eilte ein Page auf ihn zu und fragte ihn auf Russisch: »Kann ich Ihnen mit Ihrem Fahrzeug helfen?«

Levi zeigte mit dem Stock auf ein Taxi und murmelte: »Hab mir ein Taxi gerufen. Auf den Namen Komarow.«

Der Page eilte zu dem Wagen. Levi humpelte langsam hinter ihm her. Unter Anleitung des Pagen rollte das Taxi näher.

»Herr Komarow, lassen Sie mich Ihnen mit Ihrer Tüte helfen«, bot der Page an.

Levi drückte sich die Tüte an die Brust und schüttelte den Kopf.

Der Page öffnete die Autotür. Levi ließ sich auf den Rücksitz plumpsen und zog dann demonstrativ schwerfällig das rechte Bein sowie den Stock in den Wagen.

Der Fahrer drehte sich zu ihm um. »Sie müssen nach Nikolina Gora?«
Levi nickte.

Während der Fahrer darauf wartete, dass sich das Auto vor ihm in Bewegung setzte, fielen Levi zwei Männer am anderen Ende des Hoteleingangs auf, die dort standen und rauchten. Bei einem handelte es sich um den Kerl mit dem schütteren Haar, den er bereits zweimal gesehen hatte – einmal beim Einchecken ins Hotel, einmal im Fahrstuhl der Universität. Der andere Mann sah aus, als käme er von einem Casting für einen KGB-Agenten. Bräuchte man für einen Film einen Darsteller mit humorlosem, versteinertem Gesichtsausdruck, muskelbepackter Statur und einer Körpergröße von deutlich über 1,80 Metern wäre dieser Kerl perfekt dafür.

Mit einem Ruck setzte sich das Taxi in Bewegung. Levi beobachtete, sie sich seine Verfolger umdrehten, um jemanden zu mustern, der gerade aus dem Hotel gekommen war.

Als Levi an den Männern vorbeirollte, unterdrückte er ein Lächeln.

Sie hatten keine Ahnung.

Der Verkehr erwies sich als erstaunlich ruhig für mitten am Tag in der russischen Hauptstadt. Schon bald bog das Taxi auf die Schnellstraße A106, und der Fahrer beschleunigte den kleinen Vierzylinder auf die Geschwindigkeitsbegrenzung.

»Wie lange, bis wir dort sind?«, fragte Levi.

Der Taxifahrer spähte auf sein Navigationsgerät. »40 Minuten würde ich sagen. Heute haben wir sehr wenig Verkehr. Eigentlich hätte es einen Schneesturm geben sollen, aber der hat letztlich nach Norden gedreht.«

Levi lehnte sich zurück, schloss die Augen und überlegte, wer die Kerle vor dem Hotel sein mochten.

Sie würden vielleicht noch Ärger bedeuten.

Als das Taxi langsam die Straße entlangrollte, wanderte Levis Blick staunend hin und her. Neben den Häusern hier nahm sich das Gambini-Gebäude wie eine schäbige Hütte aus. Die meisten Anwesen befanden sich auf vier oder mehr Hektar großen Grundstücken, und bei allen handelte es sich um großflächige Villen, entweder in ultramodernem oder klassisch-viktorianischem Stil. Purer Reichtum umgab ihn.

Das Taxi hielt am Eingang eines in älterem Stil errichteten Hauses. Ein großes Eisentor mit einer Gegensprechanlage schützte das Grundstück.

»Können Sie kurz warten?«, fragte Levi den Taxifahrer. »Ich will mich vergewissern, dass jemand zu Hause ist.«

Dem Fahrer gelang es nicht, seine Verärgerung zu verschleiern, als er nickte.

Levi stieg aus und humpelte etwas schneller als in der Hotellobby zum Tor.

Er drückte eine Taste an der Gegensprechanlage. Kurz darauf drang knisternd eine Stimme aus dem Lautsprecher.

»Ja?«

Levi beugte sich näher. »Ich bin auf der Suche nach Katarina Nassar.«

»Wer sind Sie?«

»Ihr Onkel. Ich bin auf der Suche nach ihr, habe aber Schwierigkeiten, sie zu finden. Meine Frau ist unlängst verstorben und hat Katarina ein kleines Erbe hinterlassen. Ist sie da?«

»Sie wohnt hier nicht mehr, aber vielleicht kann ich Ihnen weiterhelfen. Ich öffne das Tor.«

Aus der Gegensprechanlage ertönte ein lautes Summen, und das Metalltor schwang auf.

Levi winkte den Taxifahrer davon und trat humpelnd den Weg über die mehrere Hundert Meter lange Einfahrt an.

Das Haus und die Außenanlage erwiesen sich als gepflegt. Man hatte von sämtlichen Gehwegen den Schnee geräumt, und das Dach war entweder beheizt, oder jemand hatte den Schnee tatsächlich von den roten Ziegeln gefegt. Als Levi endlich die Stufen zum Eingang erreichte, öffnete sich die Doppeltür einen Spalt.

Eine kleine Frau mittleren Alters in Dienstmädchenuniform erschien und lächelte, als er humpelnd die Stufen erklomm. »Bitte lassen Sie mich Ihren Mantel nehmen, damit Sie es sich bequem machen können.«

Levi schälte sich aus seinem Mantel und reichte ihn der Frau. Aber als sich ihr Blick auf die Tüte richtete, schüttelte Levi den Kopf. »Das behalte ich. Danke, meine Liebe.«

»Helena. Mein Name ist Helena. Und Ihrer?«

»Michail Komarow zu Ihren Diensten, bezaubernde Helena.« Levi verneigte sich leicht.

Helena lächelte und bedeutete ihm, ihr zu folgen. »Gustav ist im Wohnzimmer. Er wird mit Ihnen reden.«

Sie durchquerten ein großes Foyer mit Parkettboden. Überall herrschte poliertes Holz vor, das ein Gefühl von Wärme vermittelte. Alles wirkte liebevoll gepflegt.

Wenn Katarina hier gewohnt hatte, stammte sie aus einer wohlhabenden Familie. Von Marys Familie wusste Levi nur, dass ihre Eltern Akademiker waren, und das bedeutete so gut wie nie Reichtum.

Helena führte ihn in einen warmen Raum mit einem großen Kamin. Auf einem Holzstuhl mit ungepolsterter Rückenlehne saß ein alter Mann, der mindestens 80 sein musste. Trotz der aufrechten Haltung war sein Kinn auf die Brust gesunken, und er war eingedöst.

Helena räusperte sich. »Gustav, Herr Komarow ist hier.«

Mit einem Ruck erwachte der Greis. Als er den Kopf in Levis Richtung drehte, ließ sich nicht übersehen, dass er an einem schweren Fall von grauem Star litt. Den Schleier über den Augen konnte man sogar aus einer Entfernung von sechs Metern erkennen.

Gustav war blind.

Der alte Mann deutete auf einen Stuhl ihm gegenüber. »Bitte setzen Sie sich. Ihnen muss kalt sein.«

Levi bewegte sich verhalten, um in seiner Rolle als Mann fortgeschrittenen Alters zu bleiben. Als er Platz nahm, betrachtete er auf der anderen Seite des Raums ein Porträt eines Mannes und einer Frau. »Gustav, zeigt das prächtige Gemälde an der Wand Sie und Ihre Gattin?«

Der Greis lächelte und schüttelte den Kopf. »Nein, nein. Ganz und gar nicht, Herr Komarow ...«

»Bitte nennen Sie mich Michail.«

»Michail. Das ist ein Bild meines langjährigen Arbeitgebers, Wohltäters und Freunds – und seiner bezaubernden Frau.«

»Arbeitgeber?« Levi lächelte. »Nichts für ungut, aber Sie scheinen mir in einem Alter zu sein, in dem Arbeit der Vergangenheit angehören sollte.«

Gustav lachte herzlich, bevor er damit einen Hustenanfall auslöste. »Sollte man meinen.«

»Entschuldigung.« Helenas verhaltene Stimme machte sie auf ihre Anwesenheit aufmerksam, als sie zwei Tassen mit dampfendem Tee hereintrug. »Es ist Zeit für deinen Tee, Gustav. Und Herr Komarow, ich vermute, Tee ist für Sie auch in Ordnung, oder?«

»Gern.« Levi nahm die Tasse entgegen und stellte sie auf einen Tisch neben dem Stuhl.

»Danke, Kind.« Gustav tastete behutsam nach der Tasse auf dem Tisch, wo ihn Helena zurückgelassen hatte, und nippte vorsichtig daran.

Helena verschwand fast so schnell, wie sie aufgetaucht war, und

Gustav fuhr nahtlos fort. »Der Mann auf dem Gemälde ist der eigentliche Besitzer dieses Hauses. Aber das ist eine andere Geschichte. Haben Sie Zeit? Es könnte hilfreich sein, ein wenig zu erklären, was ich über Ihre Katarina weiß und was nicht.«

Aufmerksam lehnte sich Levi vor. »Natürlich, gern. Ich habe Zeit.«

Gustav lächelte. Seine vergilbten Zähne zeugten von seinem hohen Alter. »Nun, die Geschichte hat vor fast 80 Jahren begonnen. Ich war 15, als mich Dr. Boris Petruschenkow und seine Frau Katarina eingestellt haben. Damals hatten wir noch Ställe und Pferde und dergleichen auf dem Grundstück. Ich hatte die Aufgabe, das Gelände in Schuss zu halten und die Pferde auszureiten.«

»Was hat Dr. Petruschenkow beruflich gemacht?«

»Oh, haben Sie nie von ihm gehört? Nein, würden Sie wohl nicht haben. Aber ich vermute, Sie haben schon von Howard Carter gehört, dem britischen Archäologen, oder?«

»Ich glaube schon. Ist er nicht der Mann, der das Grab von König Tutanchamun entdeckt hat?«

Gustav zeigte mit einem knorrigen Finger auf Levi. »Haargenau. Damals war der Fund das Gesprächsthema schlechthin. Boris hat mir leidgetan, denn auch er war Archäologe. Seine Frau ebenfalls. Und beide haben nie Anerkennung für ihre Errungenschaften erhalten. Sie haben beide viel Neues in Ägypten entdeckt, und etliche Relikte in unseren russischen Museen haben wir nur dank der Arbeit von Boris und Katarina.

Leider sind sie eines Tages von einer ihrer Reisen zurückgekommen und hatten beide Tuberkulose. Das war damals nicht wie heute, wo man eine Pille nimmt, und alles wird gut. Damals war die Tuberkulose eine tödliche Krankheit.

Trotzdem haben sie sich davon nicht von der Arbeit abhalten lassen – sie waren beide sehr engagiert. Ich weiß noch, dass ich sehr besorgt war, als sie zu ihrer nächsten Reise aufgebrochen sind – ich hatte Boris noch nie so krank gesehen. Bei ihrer Rückkehr sechs Wochen später konnte Katarina kaum noch atmen, aber Boris schien sich wie durch ein Wunder erholt zu haben.

So was passiert gelegentlich. Ich zum Beispiel bin nie krank geworden. Andere im Haushalt schon, aber ich schien eine natürliche Immunität gegen diese schreckliche Krankheit zu haben.«

Gustav legte eine Pause ein, um an seinem Tee zu nippen.

»Jedenfalls ist Katarina nur wenige Tage später verstorben. Solchen Kummer hatte ich abgesehen vom Tod meiner lieben Mischa noch nie verspürt. Ich kann Ihnen sagen, Katarina war ein Engel auf Erden.«

Gustav wischte sich über die trüben Augen und atmete rasselnd durch.

»Boris hat sich nie richtig davon erholt. Jahrelang hat er sich ins Leben gestürzt und ist lächerliche Risiken eingegangen, aber das Licht in seinen Augen war erloschen. Ich konnte es sehen. Vor etwa 50 Jahren hat Boris dann wie so oft eine Reise nach Ägypten gebucht. Da habe ich ihn zum letzten Mal gesehen.«

Levi verspürte Mitleid mit dem alten Mann. »Hatte Boris Kinder?«

»Leider nein. Katarina und er hatten nie Kinder, und er hat danach nicht noch einmal geheiratet. Ich bin aufrichtig überzeugt davon, dass sein Herz nach ihrem Tod gebrochen war.«

»Aber haben Sie nicht gesagt, dass ihm dieses Haus noch immer gehört? Wenn Sie den Mann seit 50 Jahren nicht mehr gesehen haben, steht zu vermuten, dass er inzwischen auch gestorben ist.«

Gustav lächelte. »Sie denken sich gerade: ›Wer bezahlt die Rechnungen?‹ Die Gehälter für Helena und die anderen, die Sie noch nicht kennengelernt haben.«

»Ja, schätze schon.«

Der Greis schüttelte den Kopf. »Ehrlich, ich weiß es nicht. Vor langer Zeit habe ich damit gerechnet, eine Mitteilung zu erhalten, dass es an der Zeit wäre, sich einen anderen Arbeitgeber zu suchen. Aber darauf warte ich seit 50 Jahren, und ich bekomme jeden Monat Geld auf dasselbe Konto. Wenn jemand geht, wird er ersetzt. Ich verstehe es nicht wirklich, aber das führt mich dazu, warum ich Sie hereingelassen habe. Katarina Nassar war eine der Personen, die gekommen und dann wieder gegangen sind.«

Gustav nippte an seinem Tee und schüttelte den Kopf. »Ich erinnere mich noch an den Tag ihrer Ankunft vor etwas mehr als elf Jahren. Zu der Zeit hatte mein Augenlicht bereits nachgelassen, trotzdem konnte ich sie noch gut genug sehen. Sie war ein ziemlich junges Mädchen, vielleicht elf oder zwölf. Angekommen ist sie nur mit einem Koffer, und sie hatte Schwierigkeiten mit unserer Sprache.

Ich erinnere mich an die Geschichten, die Boris gern von den Frauen in Ägypten erzählt hat. Unvergleichlich schön, dunkler Teint, dunkles Haar, dunkle Augen, dazu eine geheimnisvolle Ausstrahlung. Ich hatte davor noch nie jemanden von woanders als Russland kennengelernt, aber auf Katarina hat das alles und mehr zugetroffen. Sie hat kaum je geredet, auch dann nicht, als sie unsere Sprache längst beherrscht hat. Stattdessen hat sie aufmerksam zugehört. Und obwohl ich sie gelegentlich auch lachen gesehen haben, hatte sie immer eine unterschwellige Traurigkeit an sich. Sie hat mir leidgetan.

Katarina hat erst eine Privatschule und dann die Universität besucht. Und dann, eines Tags, ist sie nicht zurückgekommen. Genau wie Boris.«

Levis Verstand überschlug sich vor Fragen. Wer um alles in der Welt bezahlte das alles? Und irgendjemand hatte Katarina an diesen Ort geschickt. Konnte das Wladimir gewesen sein? Bezahlte die russische Mafia für dieses Haus? Falls ja: Warum?

»Hat Katarina je über jemanden von außerhalb des Haushalts gesprochen?«, fragte Levi. »Ich versuche, sie zu finden, damit ich ihr das Erbe übergeben kann.«

Gustav schüttelte den Kopf. »Ich glaube nicht. Jedenfalls nicht in meiner Gegenwart.«

»Ich habe sie über jemanden reden gehört.« Helena stand am Eingang des Wohnzimmers.

Levi drehte sich um und zog die Augenbrauen hoch.

»Sie war ein liebes Mädchen«, meinte Helena, »aber ich glaube, sie hatte Angst vor Gustav. Vielleicht vor Männern allgemein. Sie hat von einem Onkel in der Stadt gesprochen. Ich glaube nicht, dass Sie gemeint waren, der Name war ein anderer ...«

»Wladimir?«, fragte Levi.

»Ja!« Helena schnippte mit den Fingern und nickte nachdrücklich. »Das war der Name. Sie hat bei ein paar Gelegenheiten von einem Onkel Wladimir gesprochen.«

Levis Herzschlag beschleunigte sich. »Haben Sie ihn je gesehen?«

»Nein. Ich habe jeden Morgen Frühstück für sie gemacht, dann hat ein Auto sie abgeholt und zur Schule gebracht. Nach der Schule hat der Wagen sie wieder zurückgebracht, gerade rechtzeitig zum Abendessen. Nur selten war sie am Wochenende nicht da. Ich bin immer davon ausgegangen, dass sie dann bei ihrem Onkel war, aber ich wollte nie neugierig sein.«

»Haben Sie je erfahren, warum sie überhaupt hierhergekommen ist?«, wollte Levi von Helena wissen. »Warum hat sie nicht stattdessen bei ihrem Onkel gewohnt?«

»Ich weiß nur, dass ihre Eltern gestorben waren. Durch einen Unfall, glaube ich. Aber wie Gustav Ihnen sicher schon gesagt hat, sie wurde hierhergeschickt.«

»Und wie sind Sie hier gelandet, Helena?«, fragte Levi.

Sie zuckte mit den Schultern. »Ich habe mich auf ein Inserat in der Zeitung beworben. Ich glaube, ich habe mich als Erste gemeldet ...«

»Hast du«, bestätigte Gustav.

»Und ich habe die Arbeit bekommen. Mittlerweile bin ich seit fast 25 Jahren hier.«

Levi lächelte und schüttelte den Kopf. »Und doch sind Sie Ihrem Arbeitgeber nie begegnet?«

Helena zeigte auf Gustav und setzte ein Lächeln auf. »Er hält sich für meinen Arbeitgeber. Aber die Wahrheit sieht so aus, dass wir alle tun, was hier nötig ist. Dafür werde ich gut bezahlt, und ich bin glücklich. Was muss ich darüber hinaus wissen?«

Levi spürte eine Vibration, die von der neben seinem Bein liegenden Tüte ausging.

Gustav streckte seine Tasse mit zitternder Hand von sich. »Stoßen wir darauf an, dass Sie Katarina finden. Und ich bete, dass sie glücklich geworden ist.«

Levi ergriff seinen mittlerweile ein wenig abgekühlten Tee und stieß mit Gustavs Tasse an. Der Mann trank einen ausgiebigen Schluck. Levi jedoch fühlte sich plötzlich unbehaglich. Er schnupperte an der Tasse. Der Inhalt roch nach dem starken Schwarztee, den er schon Hunderte Male getrunken hatte. Er nippte leicht daran und schmeckte den angenehmen, milden Tanningehalt des Gebräus.

Es war bloß Tee.

Und hier befand er sich lediglich unter unschuldigen Leuten, die sich durchschlagen, so gut sie konnten.

Wieder vibrierte es in der Tüte, und Levis Unruhe steigerte sich. Denny versuchte, ihn zu erreichen.

Er stand auf. »Gustav, Helena, vielen Dank fürs Aufwärmen, das Gespräch und die Informationen. Ich glaube, ich habe, was ich für die weitere Suche brauche. Danke.«

Gustav winkte in seine Richtung und lächelte. »Hat mich gefreut, mit Ihnen zu reden, Michail. Ich hoffe, Sie finden sie.«

»Soll ich Ihnen einen Wagen rufen?«, bot Helena an.

Levi schüttelte den Kopf. »Ich mach das schon. Ich habe ein Telefon dabei.«

Als Levi die lange Einfahrt hinunterging, kramte er das Telefon hervor und las die SMS auf dem Display.

Ruf mich an.

Er drückte die Kurzwahl und hielt sich das Telefon ans Ohr.

Noch vor dem ersten Klingeln drang Dennys Stimme über die Leitung. *»Levi, ich hab den Fingerabdruck für dich identifiziert. Bereit dafür?«*

Als sich Levi dem Tor näherte, schwang es automatisch auf. »Schieß los.«

»Er gehört zu jemandem namens Harold Wilson. Er ist in Langley einem gewissen John Maddox unterstellt. Der Mann ist CIA-Agent.«

»Maddox. Seine Fingerabdrücke waren auf dem Umschlag.«

»Nicht auf dem Umschlag. Das war eine gewisse Madison Lewis. Maddox' Abdruck war auf dem Briefpapier. Sowohl dieser Wilson als auch diese Lewis sind Maddox unterstellt. Die müssen ja total auf dich stehen, wenn sie so nah an dir dranbleiben.«

Levi hielt auf dem Bürgersteig inne und überlegte. »Du hast nicht zufällig Maddox' Telefonnummer, oder?«

»Nein, aber ich hab die Nummer der Vermittlung in Langley. Willst du die haben?«

»Wie stellst du dir das vor? Soll ich dort bei der öffentlichen Vermittlung anrufen und sagen, eine der geheimsten Organisationen der Welt hätte einen Spion auf mich angesetzt, und ich will mit dem Vorgesetzten des Spions reden?«

»Na ja, könnte klappen, obwohl ich's wahrscheinlich 'n bisschen anders formulieren würde. Außerdem ist es keine öffentliche Vermittlung. Die Mitarbeiter dort sind selbst bei der CIA – das ist 'n großer Unterschied.«

Levi lachte. »Das ist lächerlich. Aber okay, sims mir die Nummer.

Ach, und noch was. Ich hab inzwischen mehr Informationen über das Haus und Katarina. Anscheinend hat sie seit ihrer Kindheit einen sogenannten ›Onkel Wladimir‹. Und der Vorbesitzer der Villa war ein Mann namens Boris Petruschenkow, der vor 50 Jahren verschwunden ist. Niemand, der in dem Haus arbeitet, hat seitdem von ihm gehört. Aber irgendjemand bezahlt sie nach wie vor, und sie wissen nicht, wer. Oh, und hör dir das an: Boris' Frau ist an Tuberkulose gestorben. Und weißt du, wie ihr Name war?«

»*Keine Ahnung.*«

»Katarina.«

»*Das ist schräg. Okay, ich hab mir alles aufgeschrieben. Bin mir nicht sicher, ob ich damit was finde, aber falls ja, geb ich dir sofort Bescheid.*«

»Danke, Denny. Und schick mir 'ne SMS mit der Nummer. Mal sehen, ob ich den Mann erreiche, und falls ja, was dabei rauskommt.«

»*Viel Glück.*«

Damit war die Leitung tot.

Als Levi fertig damit war, bei einer Taxivermittlung einen Wagen zu bestellen, hatte Denny ihm bereits die Nummer der CIA geschickt.

Levi wählte die Nummer. Nach zweimaligem Klingeln ging jemand ran. »*Stelle für öffentliche Angelegenheiten, Central Intelligence Agency.*«

»Hallo. Ich bin mir nicht sicher, ob ich die richtige Nummer habe, aber ich müsste zu einem Mitarbeiter in Langley durchgestellt werden. Sein Name ist John Maddox.«

»*Was soll ich sagen, wer anruft, Sir?*«

»Sagen Sie ihm, Levi Yoder ist dran.«

»*Einen Moment, Sir.*« Nach kurzer Zeit in der Warteschleife meldete sich die Vermittlung wieder. »*Sir, ich verbinde Sie jetzt.*«

Nach einmaligem Läuten meldete sich eine barsche Stimme. »*Maddox. Wer ist da?*«

»Hören Sie, John, Sie wissen, wer hier ist. Und Sie sind der Typ, der mich zu einem vergnüglichen Ausflug nach Nepal geschickt hat. Und Sie lassen mich von 'nem Typen mit schütterem Haar namens ...«

»Schon gut, das reicht. Das ist keine sichere Leitung.«

»Genau. Ihre Leute müssen aufhören, mir zu folgen. Sonst könnte es passieren, dass ich 'ne anonyme Meldung an unsere Freunde im Lubjanka-Gebäude absetze. Hab ich mich klar ausgedrückt?«

Levi hörte, wie Maddox die Luft durch zusammengebissene Zähne ausstieß. Drei Sekunden lang herrschte Stille in der Leitung. *»Warum scheint dieser Anruf aus der Mitte der Antarktis zu kommen?«*

»Hab ich mich klar ausgedrückt?«

»Kann ich Ihnen 'ne Frage stellen?«

»Nur zu.«

»Wären Sie bereit, mit zwei meiner Leute zu reden? Sie kennen ja schon jemanden davon.«

»Erklären Sie mir doch, inwiefern das in meinem Interesse sein sollte.«

»Was wir tun, dient der Verteidigung unserer Nation und ...«

»Kommen Sie mir nicht mit irgendwelchem patriotischen Scheiß.«

»Tu ich nicht, aber ich fürchte, Sie könnten versehentlich in etwas geraten sein, das eine Frage der nationalen Sicherheit ist. Ich verspreche Ihnen, ich ziehe das Observierungsteam ab, sobald wir unser Gespräch beendet haben. Aber wir würden gern mit Ihnen reden.«

Levi lief auf und ab. Er wünschte, er könnte Maddox' Gesicht sehen – dann könnte er einschätzen, wie viel Mist ihm der Mann zu verkaufen versuchte. Über das Telefon gestaltete sich das schwierig, obwohl der Mann aufrichtig klang.

»Sie brauchen was von mir«, sagte Levi.

»Eigentlich glaube ich, dass wir beide hinter demselben her sind, allerdings aus völlig verschiedenen Gründen. Was halten Sie von einem Treffen mit ...«

»Sie sollen mich in zwei Stunden im Club 21 in der Tverskoy-Allee treffen. Ich reserviere dort für drei Personen unter dem Namen Maddox.«

»Zwei Stunden ist ...«

»Zwei Stunden oder gar nicht.«

»Damit bringe ich Ihnen ein unangenehm hohes Maß an Vertrauen entgegen ... aber gut, ich sorge dafür.«

Ein Taxi bog in Levis Straße. Er winkte dem Wagen.

»Solange Sie nicht versuchen, mich zu verarschen, brauchen Sie sich meinetwegen keine Sorgen zu machen. Club 21, in zwei Stunden.«

Levi beendete den Anruf und nahm gekrümmte Haltung ein, als das Taxi vor ihn rollte. »Kleine Zieländerung. Wie lange würde es zum Club 21 in der Tverskoy-Allee dauern?«

Der Fahrer gab die Adresse in sein Navigationssystem ein. »Eine Stunde, 50 Minuten.«

Levi stieg ein und reichte dem Mann einen Fünftausend-Rubel-Schein. »Noch einen davon gibt's, wenn sie mich in anderthalb Stunden oder weniger hinbringen.«

»Mein Herr, schnallen Sie sich an. Das wird eine interessante Fahrt.«

Levi lächelte, als der Fahrer das Gaspedal durchtrat und durch das Wohngebiet raste.

Er dachte an Maddox' Worte zurück. *Eigentlich glaube ich, dass wir beide hinter demselben her sind, allerdings aus völlig verschiedenen Gründen.*

Wie konnten die CIA und er hinter demselben her sein?

Die Fahrt würde nicht annähernd so interessant werden wie das Essen.

KAPITEL ACHTZEHN

Als Jen das Safe House mit einem großen Seesack betrat, zog Madison sie in eine innige Umarmung. »Hätte nicht gedacht, dass wir uns hier im Land sehen würden.«

Jen hob Madison von den Füßen. »Ich freu mich auch, dich zu sehen. Weißt du, warum mich Maddox in aller Eile hergeschickt hat?«

Bevor Madison antworten konnte, klingelte ihr Satellitentelefon. Beide Frauen hielten ein Ohr an den Hörer.

Maddox' Stimme ertönte knisternd. *»Maddie, ist Jen da?«*

»Ja, gerade eingetroffen. Wir hören beide zu. Was ist los?«

»Es gibt eine neue Entwicklung. Sie beide müssen in weniger als einer Stunde wohin ...«

»John«, fiel Jen ihrem Vorgesetzten ins Wort. »Ihnen ist klar, dass durch meine Ankunft hier das Safe House kompromittiert ist, oder?«

»Natürlich weiß ich das. Ich muss davon ausgehen, dass Ihnen der FSB von der Botschaft gefolgt ist und in diesem Moment jemanden anruft, um herauszufinden, warum jemand von dort gerade dahin gefahren ist, wo Sie jetzt sind. Aber es musste sein. Ich lasse Sie beide samt Gepäck von einem Wagen abholen. Sie beide werden an Ihrem Zielort abgesetzt, danach werden Ihre Sachen zu einem anderen Safe House gebracht. Lassen Sie mich jetzt kurz zusammenfassen, was passiert ist.

Yoder hat Verbindung mit mir aufgenommen und mich aufgefordert, die Observierung einzustellen – dieser Kerl weiß weit mehr, als er wissen sollte. Ich denke, das können wir zu unserem Vorteil nutzen. Er hat eingewilligt, mit zwei meiner Leute zu reden. Und ich verlasse mich dabei auf Sie.«

»Warum gerade wir?«, fragte Madison.

»Halten Sie das jetzt bloß nicht für sexistisch oder so, aber unser Profiler glaubt, dass Yoder eher bereit ist, mit einer Frau zu kooperieren als mit einem Mann.«

»Und für den Ratschlag bezahlen Sie tatsächlich jemanden?«, merkte Jen sarkastisch an. »Hätten Sie von mir kostenlos bekommen.«

»Wie auch immer. Sie müssen ihn zur Kooperation bewegen. Wir haben neue Informationen abgefangen, die darauf hinweisen, dass die Person, für die wir uns interessieren, wahrscheinlich am Koswinski ist. Außerdem vermuten wir, dass sie weiß, wo die gestohlenen Pakete sind.«

»Und Yoder weiß, wie sie aussieht«, dachte Madison laut nach.

»Genau. Nicht nur das, wir glauben, dass er hochmotiviert ist, sie zu finden. Das hätten wir als Köder, um ihn zur Kooperation zu bringen. Ich hab Verhörspezialisten an einer Black Site in Bereitschaft. Wir müssen herausfinden, was sie weiß. Und vor allem müssen wir die verschwundenen Pakete finden.«

»Selbst wenn er zustimmt, mit uns zu arbeiten«, warf Jen ein, »was dann? Der Ort liegt knapp 2.000 Kilometer entfernt am Rand Sibiriens.«

»Nördlich eines winzigen Dorfs namens Kitlim gibt's dort einen kleinen Flugplatz. Ich kann Sie und Yoder samt Ausrüstung in weniger als sechs Stunden dort haben. Damit wären sie etwa 50 Kilometer östlich des Bergs. Sie werden Überlebensausrüstung für den Winter brauchen. Unseren Informationen zufolge können Sie nicht am Haupteingang vorbei. Aber wir haben GPS-Koordinaten und eine Karte eines Tunnels, den Wartungsarbeiter benutzen. Wir haben Uniformen und Ausweise, mit denen Sie durchkommen sollten.«

Madison verspürte Skepsis gegenüber dem Plan. Als sie Jen ansah, verriet die Miene ihrer Kollegin ähnliche Bedenken.

»Wir glauben, dass dieser Yoder ein anständiger Kerl ist, wenn wir offen und ehrlich zu ihm sind. Offensichtlich können Sie ihm nichts über die Pakete sagen, aber ich überlasse es Ihnen, mit wie viel sie herausrücken. Meine Damen, Sie sind am Zug. Wenn Sie nicht dazu bereit sind,

ziehen wir Sie ab, und es ist nichts passiert. Andernfalls haben wir keine Zeit zu verlieren.«

Madison spürte einen Adrenalinschub und zuckte mit den Schultern. »Was soll's? Man lebt nur einmal.«

»Agent Lancaster?«

Jen nickte. »Tun wir's.«

»Alles klar. Ein Wagen holt sie in fünf Minuten ab und bringt sie zu einem Treffen mit Yoder. Er hat unter meinem Namen in einem Lokal namens Club 21 reserviert. Hab's recherchiert, piekfeiner Schuppen. Danach arrangiere ich ein aufgetanktes Flugzeug, das für Sie bereitsteht, wann immer Sie so weit sind. Viel Glück und Gottes Segen.«

Damit legte Maddox auf.

Jen öffnete ihren Seesack und begann, durch verschiedene Outfits zu wühlen. »Wir sollen versuchen, Blauauge zu überreden, mit uns zusammen-zuarbeiten, und Maddox gibt uns nur fünf Minuten zum Umziehen? Fuck!«

Levis Taxifahrer verdiente sich seine Prämie und brachte ihn zehn Minuten vor der herausfordernden Frist zum Club 21.

Anfangs zeigte sich die große, dunkelhaarige Tischdame mit dem Gesicht und Körper eines Models äußerst unwillig, ihm den Tisch früh-zeitig zur Verfügung zu stellen. Aber mit ausreichender finanzieller Moti-vation wurde sie plötzlich sehr hilfsbereit. Sie schenkte Levi sogar ein strahlendes Lächeln. »Der private Tisch ist bereit, wann immer Ihre Gäste eintreffen, Mr. Maddox. Wenn Sie wollen, kann ich Sie jetzt hinbringen.«

»Danke, Elena, aber nein.« Levi deutete auf eine schattige Ecke in der Nähe des Eingangs. »Ich warte einfach hier.«

Madison und Jen eilten die Straße entlang in Richtung des Restaurants.

»Wie willst du's angehen?«, fragte Madison.

Jen strich ihren schwarzen Minirock glatt und rückte den großzügigen Ausschnitt ihrer engen roten Bluse zurecht. Madison wünschte, sie hätte den Mumm, ihr zu sagen, dass sie wie eine Nutte aussah.

»Wir sind früh dran«, stellte Jen fest. »Also können wir uns beide ein Bild von ihm machen und uns die beste Vorgehensweise überlegen. Obwohl sich Maddox cool geben wollte, hab ich ihm angemerkt, dass er verunsichert war.«

»Wärst du das nicht? Wenn der Typ, den wir beschatten, dich anruft und sagt: ›Verpiss dich.‹« Madison verzog das Gesicht. »Ja, ich denke, das gibt offiziell Anlass dazu, sich zu fragen, mit wem zum Teufel wir's zu tun haben. Wie ist Yoder überhaupt ausgerechnet auf ihn gekommen?«

Das grelle Schild des Club 21 erschien vor ihnen. Sie traten ein.

Die Tischdame am Empfang bedachte Jen mit einem Blick, der Milch zum Gerinnen gebracht hätte. Auf Russisch fragte sie: »Kann ich Ihnen helfen?«

Jen lächelte und schüttelte den Kopf. »Wir sind ein bisschen früh dran. Es kommt noch jemand.« Sie wandte sich an Madison. »Warten wir da drüben in der Ecke.«

Madison nickte höflich einem betagten Mann zu, der dort bereits wartete. Er stand gekrümmt vor Alter und stützte sich schwer auf einen Stock. Sie war überzeugt davon, ihn noch nie zuvor gesehen zu haben, aber ... diese Augen.

Dann erkannte sie ihn.

Sie lächelte Levi an, und er zwinkerte ihr zu. Sie schüttelten sich die Hände.

»Schön, Sie wiederzusehen«, meinte Madison. Sie sah sich im vorderen Bereich des Restaurants um. »Schönes Lokal.«

Jen hatte Levi Yoder eindeutig nicht erkannt. Sie bedachte Madison mit einem Blick, der besagte: *Was wird das jetzt?*

Die Tischdame näherte sich ihnen mit drei Speisekarten in der Hand und lächelte Levi kokett an. »Herr Maddox, wenn Ihre Gruppe bereit ist, kann ich Sie zu Ihrem Tisch bringen.«

Levi streckte Madison den Ellbogen hin. Sie hängte sich bei ihm ein und lachte über Jens verdutzte Miene, als die Tischdame sie in den hinteren Bereich des Restaurants und zu einem Tisch in einem privaten Raum führte.

Levis Stimme erklang mit der angespannten Zittrigkeit eines Mannes fortgeschrittenen Alters, als er auf Russisch mit leichtem Akzent sagte: »Elena, können Sie den Kellnern bitte sagen, Sie sollen uns fünf Minuten geben? Ich hätte gern etwas ungestörte Zeit mit meinen Begleiterinnen, bevor wir loslegen.«

»Natürlich. Ich schließe die Tür für Sie.« Die Tischdame zog an einem verborgenen Riegel zu beiden Seiten des Eingangs und zog die Schiebetürflügel zu.

Verwundert beobachtete Madison, wie Levi ein stabförmiges Gerät aus seiner Einkaufstüte zog und damit über jede Wand und unter den Tisch fuhr. Dann warf er Madison und Jen einen entschuldigenden Blick zu. »Würden Sie wohl bitte die Arme für mich heben?« Auf einmal hörte er sich wesentlich mehr wie der Mann an, mit dem Madison in der Kneipe gesprochen hatte.

Madison hob die Arme, und Levi schwenkte das Gerät ihren Körper entlang auf und ab. Dabei berührte er sie nicht oder verhielt sich unangemessen.

Jen musterte ihn, als er sie mit dem Stab untersuchte. »Was soll die Maskerade? Und das schüttere Haar?«

Levi schmunzelte, als er den Stab wieder in der Tüte verstaute und den Frauen gegenüber Platz nahm. Er deutete zur Tür. »Die werden gleich hier sein. Lassen Sie uns das Essen aussuchen. Bestellen Sie, was immer Sie möchten – ich lade Sie ein.« Er ergriff die Speisekarte. »Hab gehört, die Steaks sollen hier sehr gut sein.«

Madison hielt kurz inne und musterte den Mann. Hätte sie es nicht besser gewusst, hätte sie ihn optisch für einen harmlosen Rentner aus der Sowjetära gehalten. Schließlich löste sie die Aufmerksamkeit von Levi und konzentrierte sich auf die Speisekarte. Ihr fielen beinah die Augen aus dem Kopf, als sie die Preise sah. Als sie die Rubel im Kopf in Dollar umrechnete, stellte sie fest, dass selbst die billigste Vorspeise über 20 US-Dollar kostete.

Jen schüttelte den Kopf, als sie laut die englische Übersetzung für eines der Gerichte vorlas. »Steak mit Pommes frites, Schalotten-Confit, Gemüse-Tian, dazu Sauce bordelaise und Sauce béarnaise.«

»Klingt gut«, befand Madison.

»Aber bei der Hälfte versteh ich nicht mal, was das bedeutet«, klagte Jen.

»Das ist bei Luxusrestaurants ziemlich üblich«, merkte Levi nüchtern an. »Die verpacken die Gerichte in hochtrabende Bezeichnungen, obwohl man genauso gut Steak, Pommes, Gemüse und ein paar Soßen dazu sagen könnte.

Ist bei allem in diesem Land so. Ich wäre nicht überrascht, wenn's bei einem hiesigen McDonald's statt Chicken Nuggets, Pommes und Ketchup ›zarte Häppchen vom Bio-Freilufthuhn mit klassischer Weizenkruste, dazu fein frittierte Kartoffelstäbchen an gesüßter traditioneller Tomatenreduktion‹ gäbe.«

Madison hielt sich die Hand über den Mund, als sie lachte.

An der Tür wurde leise geklopft, dann wurde sie aufgezogen. Zum Vorschein kam ein Kellner mit einem Tablett voll Appetithäppchen. Madisons Magen knurrte, als der Mann die Häppchen auf dem Tisch abstellte und ihnen zu jedem davon eine umfassende Beschreibung lieferte.

»Unser erster Appetizer sind japanische A5-Rindfleischspießchen. Sechs Spießchen edelster Rindfleischqualität, gebeizt mit unserer hauseigenen Marinade, perfekt medium gegart. Serviert mit zwei Dips, einer Vanille-Honig-Senf-Sauce und einer Teriyaki-Barbecue-Sauce.

Als zweites Appetithäppchen haben wir feinsten Beluga-Kaviar und Blinis. Dazu köstliche süße Plinsen, Lachsrogen, gewürfeltes Ei, Frühlingszwiebeln und Crème fraîche.«

Der dritte Teller wurde fast direkt vor Madison gestellt. Es handelte sich um das dunkelste Brötchen, das sie je gesehen hatte, noch dampfend, dazu ein großes Silberschälchen voll Essiggürkchen.

»Das dritte Appetithäppchen ist speziell gebackenes Schwarzbrot mit Röstzwiebelfülle. Serviert mit frischer Fassbutter und Essiggürkchen.«

Levi nickte anerkennend und fragte den Kellner auf Russisch: »Sprechen Sie Englisch?«

Der Mann antwortete auf Englisch mit starkem Akzent. »Ja, ich habe gelernt in Schule. Sie möchten bestellen?«

Levi nickte erst Madison, dann Jen zu. »Ladys first.«

Jen bestellte in perfektem Russisch. »Das Steak, was für Fleisch ist das?«

»Es ist ein Ribeye-Steak.«

»Dann nehme ich das, aber ich hätte es gern ohne Rosa im Inneren.«

Der Kellner wirkte verdutzt. »Sie meinen durchgebraten?«

Jen nickte.

Auch Madison bestellte auf Russisch. »Ich nehme dasselbe, aber bei mir kann das Fleisch ruhig noch muhen.«

Der Kellner lachte. »Blutig also, und ich werde den Küchenchef bitten, für ein extra Muhen zu sorgen.«

»Ich schließe mich den Damen an«, sagte Levi, »aber für mich medium rare.«

»Sehr wohl. Hervorragende Wahl. Was darf es zu trinken sein?« Der Kellner wandte sich an Jen.

»Gin Tonic.«

»Und für Sie, meine Dame?«

»Amaretto Sour.«

»Und für den Herrn?«

»Ich nehme ein Selters.«

»Sonst noch etwas für jemanden?« Der Kellner wartete kurz, bevor er sich leicht verneigte. »Sehr wohl, ich bin gleich mit Ihren Getränken zurück.« Damit verließ er den Raum und schloss die Türen hinter sich.

»Selters«, sagte Jen. »Hätte nicht gedacht, dass noch irgendjemand so was trinkt.«

»Ich bin altmodisch.« Levi zuckte mit den Schultern. »Von Alkohol jedenfalls halte ich nicht viel. Ich vertrage nichts und mag das Gefühl nicht, die Kontrolle zu verlieren. Übrigens sprechen Sie beide richtig gut Russisch – wahrscheinlich besser als ich.« Levi zwinkerte ihnen zu. »Andererseits gehört es für Sie zum Job.«

Madison nahm die kleine Pause wahr, die entstand, und verspürte den Drang, sie zu füllen.

»Wie auch immer.« Levi zeigte auf das Essen am Tisch. »Ich war mir nicht sicher, was Sie als Vorspeisen möchten, also hab ich vor Ihrer Ankunft je ein Fleischgericht, ein Fischgericht und eine vegetarische Option bestellt. Ich hoffe, es macht Ihnen nichts aus.«

»Das sieht alles fantastisch aus, danke.« Jen schenkte Levi ein strahlendes Lächeln.

Madison konnte sich nicht daran erinnern, wann zuletzt jemand bei einer Verabredung auch nur nachgefragt hatte, was sie bevorzugte. Dieser Mafioso überraschte sie. Als sie den runzligen Mann mit dem schütterten Haar und dem typischen Kahlstellenmuster alter Männer betrachtete, musste sie lachen.

»Was ist so komisch?«, fragte Levi.

Sie schüttelte den Kopf. »Nichts. Ich finde nur, das war sehr rücksichtsvoll von Ihnen. Offen gestanden hätte ich das nicht erwartet.«

»Was hatten Sie denn erwartet?«

Madison zuckte mit den Schultern. »Keine Ahnung.« Sie deutete auf das Essen. »Danke dafür, sieht wirklich toll aus. Und ich bin am Verhungern.«

»Tja, dann lassen Sie uns essen.« Levi griff sich einen der Spieße, bevor er den Teller näher zu Madison und Jen schob. »Diese Art Rindfleisch hab ich nur ein einziges Mal gehabt, während meiner Zeit in Japan. Nehmen Sie davon – Sie werden mir dafür danken. Oh, und kosten Sie zuerst ohne die Dips davon. Konzentrieren Sie sich ganz auf das Fleisch. Völlig anders als alles, was ich je in den Staaten hatte.«

Madison nahm sich einen der Spieße und schob die Fleischstücke auf ihren Teller. Es handelte sich um perfekt einheitlich zugeschnittene, knusprig angebratene Würfel – wie kleine Kunstwerke. Sie steckte sich einen in den Mund. Unwillkürlich stöhnte sie. »Oh mein Gott. Das ist wie Fleischbutter.«

»Genau!«, pflichtete Levi ihr bei. »Fantastisch, oder?«

Jen gab denselben Laut von sich und legte die Hand über den Mund. »Oh verdammt, stimmt.«

»Bin froh, dass es Ihnen schmeckt.« Levi lächelte und griff sich ein Blin, im Grunde ein münzgroßer Pfannkuchen. Er platzierte darauf einen Löffel voll Sahne und ein winziges Portiönchen Kaviar. Dann erhob er sein kleines Appetithäppchen wie zum Anstoßen. »Hören Sie, lassen Sie uns mit offenen Karten spielen. Sie haben etwas auf der Tagesordnung – was immer Ihr Boss Sie angewiesen hat, mit mir zu besprechen. Und dazu kommen wir auch, bevor wir diesen Tisch verlassen. Aber erst schlage ich vor, wir genießen eine wunderbare Mahlzeit und reden über Dinge.«

»Dinge?«, hakte Madison nach.

»Sicher.« Levi zeigte auf Madison. »Wie heißen Sie?«

»Nicole«, antwortete sie, ohne zu zögern.

Levi lächelte. »Na schön, Nicole, ich glaube an Unverblümtheit. Sie sind beide sehr attraktive Frauen. Aber Sie kann ich nicht so recht einordnen. Und das, obwohl ich mehr Orte bereist habe, als Sie sich vorstellen können. Sie scheinen Polynesierin zu sein, aber ich weiß, das sind Sie nicht. Sie haben beinah etwas von einer australischen Aborigine, nur passt dazu ihre Knochenstruktur nicht. Lassen Sie mich raten: halb Japanerin, halb australische Aborigine?«

Madison lachte. »Nah dran. Japanerin und Afroamerikaner.«

Levi nickte. »Interessant. Jetzt seh ich's. Ich wollte Sie nicht in Verlegenheit bringen, aber das ist eine einmalige und attraktive Kombination.«

Madison spürte, wie ihr Hitze in den Hals stieg.

Levi wandte sich an Jen. »Und Ihr Name ist?«

»Jennifer Lancaster.«

Madison konnte kaum die Verblüffung aus ihren Zügen verbannen. Zu den Dingen, die man Geheimagenten einbläute, gehörte, im Dienst nie ihre wahre Identität preiszugeben. Vielleicht kannte Levi ihre Namen bereits und wollte sie testen. Trotzdem ...

»Jennifer, ich glaube, Sie sind etwas einfacher einzuordnen. Blondes Haar, an den Wurzeln etwas dunkler als an den Spitzen, daher würde ich darauf tippen, dass Sie naturblond sind. Sie wirken ein bisschen wie die Frau von nebenan, aber mit athletischem Körperbau. Skandinavische Abstammung, würde ich sagen. Vielleicht auch ein etwas deutscher Einschlag – nein, ich bleibe bei skandinavisch. Vielleicht war irgendwo was Holländisches dabei.«

»Okay, das ist jetzt unheimlich«, sagte Jen. »Die mütterliche Seite meiner Familie stammt aus Norwegen, die meines Vaters aus Holland.«

Madison schnitt ein Stück von dem warmen Brötchen ab und schmierte Butter darauf. »Können wir jetzt *Ihnen* ein paar Fragen stellen?«

»Natürlich. Einseitig wär's nur halb so unterhaltsam.«

»Womit verdienen Sie sich den Lebensunterhalt?«

Ein schiefes Grinsen trat in Levis Züge. »Das ist eine hervorragende Frage. Auch wenn ich sie vorsichtig beantworten muss. Ich schätze, am besten beschreibt man es so, dass ich Dinge in Ordnung bringe.«

»Wie kaputte Fernseher?«, fragte Jen lächelnd.

»Nein, nicht ganz.« Levi schürzte die Lippen. »Die Leute, für die ich in der Regel etwas in Ordnung bringe, können sich an niemanden sonst wenden. Die Polizei ist zu beschäftigt, ihre Anwälte sind nutzlos, und doch haben sie ein Problem. Ich nenne Ihnen ein Beispiel.

Es gab da mal ein Gerücht über eine bedeutende Persönlichkeit, einen Mann, der gern kleine Mädchen missbraucht hat. Der Mann hatte Politiker und die Polizei in der Tasche. Ich nenne keine Namen, aber nehmen wir an, der Mann war Mitglied einer der Familien.«

»Mafia?«, fragte Jen.

Levi grinste und fuhr fort. »Eines Tags hat ein kleines Mädchen, höchstens zwölf Jahre alt, bei der Polizei gemeldet, von dem Mann vergewaltigt worden zu sein.

Zufällig hab auch ich Freunde in hohen Positionen. Ich hab davon erfahren. Und ich hab auch erfahren, dass die Polizei und das Krankenhaus den Vergewaltigungsabstrich ›verloren‹ und den Fall abgeschlossen haben.

Ich hab eine Abneigung gegen Tyrannen. Nein, das stimmt nicht. Ich hab keine Abneigung gegen sie, ich *verabscheue* sie zutiefst. Also hab ich diesem Mann – diesem Vergewaltiger – Aufmerksamkeit gewidmet. Hab Dinge über ihn in Erfahrung gebracht. Es ist mir gelungen, Beweise zu beschaffen, die nicht ›verloren‹ gehen konnten. Und dann hatte ich ein Gespräch mit ein paar Leuten, die noch bedeutender waren als dieser Kinderschänder. Denen hab ich die Beweise gezeigt.

Das Problem wurde beseitigt. Dauerhaft.«

Madison runzelte die Stirn. »Wurden Sie dafür bezahlt?«

Levi drehte sich ihr mit verwirrter Miene zu. »Von wem denn? Der Zwölfjährigen? Natürlich nicht. Manchmal müssen Dinge auch dann in Ordnung gebracht werden, wenn es niemanden gibt, der die Rechnung dafür zahlt. Kommt gelegentlich vor.«

Madison spürte, wie Emotionen ungebeten in ihr aufstiegen. Ihre Brust zog sich zusammen. Dann wurde sie wütend auf sich, weil sie auf seine Geschichte reagierte. Wahrscheinlich stimmte es nicht mal. Oder doch?

Nach einem flüchtigen Klopfen öffneten sich die Schiebetüren erneut. Zwei Kellner traten ein. Der eine trug die Getränke, der andere die Teller mit dem Essen.

Jens Lippen bildeten ein *Wow* in Madisons Richtung. Madison war nicht sicher, ob es sich auf das Essen oder auf Levis Schilderung bezog.

Levi erhob sein Glas mit Selters. »Auf ein wunderbares Essen und eine produktive Unterhaltung danach.«

Nach dem Essen unterhielt sich Levi knapp 30 Minuten lang beim Kaffee mit den beiden Agentinnen. Sie erzählten ihm nicht alles.

Er trommelte mit den Fingern auf dem Tisch. »Lassen Sie mich das klarstellen: Sie haben eine Spur zum Aufenthaltsort von jemandem namens Katarina. Und Sie sind überzeugt davon, dass es dieselbe Person ist, die mich interessiert, obwohl Sie nicht mal ihren Nachnamen kennen. Wie also kommen Sie darauf, dass es dieselbe Frau sein könnte?«

Madison, die immer noch darauf bestand, sich Nicole zu nennen, presste die Lippen zusammen. Sie schien damit zu hadern, was sie sagen durfte und was nicht. »Ich hab mir Tonaufnahmen von ihr angehört. In einer ging es darum, was auf der Farm Ihrer Eltern passiert ist. Außerdem haben wir Gespräche über die Spur abgefangen, der wir folgen. Derselbe Vorname und, wichtiger noch, dieselbe Stimme.«

Also haben sie ein paar ausgewählte Telefonleitungen angezapft. Das erklärte einiges.

Levi runzelte die Stirn. »Warum sind Sie so interessiert an ihr? *Mein* Motiv ist sonnenklar. Aber nichts, was Sie mir gesagt haben, erscheint mir in irgendeiner Weise logisch. Worum es bei dieser Frage der nationalen Sicherheit geht, wollen Sie mir nicht verraten. Sie können mir auf keinen Fall einreden, dass irgendeine Frau, die ein paar Kinder getötet hat, hoch genug auf ihrer Prioritätenliste steht, um Sie beide auf der Suche nach ihr hierher zu schicken.«

Er wartete, ob sie dazu etwas sagen würden, doch sie schwiegen. Also fragte er rundheraus:

»Warum interessieren Sie sich wirklich für die Frau?«

Jen lehnte sich vor. Ihr üppiges, großzügiges Dekolleté kam dadurch voll zur Geltung. »Sie haben recht. Eigentlich ist uns Katarina Wie-auch-immer scheißegal. Aber sie hat Partner, die wir unbedingt finden müssen. Sie selbst ist ein Mittel zum Zweck. Mehr nicht.«

Levi lehnte sich zurück, legte den Kopf schief und lächelte. Sein Herzschlag beschleunigte sich, und er spürte ein Kribbeln in den Fingerspitzen, als er auf der Tischplatte trommelte. »Dann nehme ich an, Sie suchen nach einem bestimmten männlichen Partner. Trifft das zu?«

»Ja«, bestätigte Madison.

»Sagen Sie mir den Namen des Mannes.«

»Können wir nicht«, kam von beiden Frauen gleichzeitig.

Levi schüttelte den Kopf. »Lassen Sie mich das ganz klar sagen: Verraten Sie mir den Namen – nur den Vornamen. Wenn es die Person ist, die ich glaube, begleite ich Sie. Dann sitzen wir im selben Boot und rudern zusammen hin. Wenn Sie nicht damit herausrücken, denke ich, es ist an der Zeit, dass wir uns noch einen schönen Abend wünschen und uns voneinander verabschieden.«

Die Frauen sahen sich gegenseitig an. Schließlich nickte Madison, und Jen verriet: »Wladimir. Mehr kann ich dazu wirklich nicht sagen.«

Die beiden Agentinnen beobachteten Levi erwartungsvoll.

Levi dachte über seine Möglichkeiten nach. Die Frauen behaupteten zu wissen, wo sich Katarina aufhielt. Und wenngleich er in ihrem früheren Zuhause neue Information erhalten hatte, viel war es nicht. Er konnte Hilfe gebrauchen.

Levi seufzte. »Na schön, meine Damen. Sie haben gesagt, es sind ein Flug und ein Marsch bei kaltem Wetter nötig. Dann vermute ich, wir werden uns alle noch umziehen.«

»Also kommen Sie mit?«, fragte Madison.

Levi nickte. »Ja. Ich muss zurück in mein Hotel, um mich umzuziehen und ein paar Sachen einzupacken.«

Madison schob einen Zettel über den Tisch. »Das ist die Adresse des privaten Flughafens, von dem wir abheben. Wir treffen uns dort um Mitternacht.«

Levi warf einen Blick darauf. »Alles klar. Soll ich Ihnen ein Taxi besorgen?«

Jen schüttelte den Kopf. »Wir sind versorgt.« Sie warf einen Blick auf die Armbanduhr und drehte sich Madison zu. »Wir müssen los.«

Levi stand auf und schüttelte beiden Frauen die Hand. »Dann gehen Sie ruhig, ich muss mir erst ein Taxi rufen. Wir sehen uns zur Geisterstunde.«

Als die Frauen gingen, überschlugen sich Levis Gedanken. Er hatte nie an die Möglichkeit gedacht, dass er mit anderen im Schlepptau an Katarina herangelangen könnte.

Aber wenn ihm diese Frauen helfen konnten, Katarina – und in weiterer Folge Wladimir – zu kriegen, schien es den Versuch wert zu sein.

Was aus Wladimir werden sollte, wenn sie ihn fanden ... darüber würde er sich später den Kopf zerbrechen müssen.

KAPITEL NEUNZEHN

Madison wippte auf den Fußballen auf und ab, um sich warm zu halten, während sie die Zufahrtsstraße zu dem privaten Flugplatz im Auge behielt. Abgesehen vom Pistenfeuer und dem Licht aus der Kabine des Pilatus PC-24 Jets, den Maddox für sie besorgt hatte, herrschte Finsternis. Der silbrige Mond am wolkenlosen Himmel spendete kaum Helligkeit, die Temperatur war fast auf den Gefrierpunkt gesunken.

Jen lief auf und ab. »Meinst du, er lässt uns hängen?«

»Keine Ahnung. Aber es ist Mitternacht, und ich seh keine Scheinwerfer eines Taxis oder dergleichen. Yoder ist mir wie der pünktliche Typ vorgekommen.«

»Scheiße, mir ist arschkalt.«

Madison sah auf die Armbanduhr: zwei Minuten nach Mitternacht.

»Ist zu spät für 'nen Verkehrsstau oder etwas in der Art, das ihn ...«

»Schhh.« Madison bedeutete Jen zu schweigen. »Hörst du was?« Sie kniff die Augen zusammen, um mehr zu erkennen, aber es war schlichtweg zu dunkel, um weiter als 15 Meter zu sehen.

Durch die Stille der Nacht drang das Geräusch von Kies, der auf Asphalt knirschte. Dann zeichnete sich eine Silhouette im schwachen Mondlicht ab – jemand kam direkt auf sie zu gelaufen, von Kopf bis Fuß schwarz gekleidet.

Madisons Herzschlag raste.

Aber als sich die Gestalt näherte und das Licht ihr Gesicht erfasste, atmete sie erleichtert aus und fühlte sich in ihrem Glauben an Levi bestätigt.

»Entschuldigen Sie die Verspätung.« Levi keuchte leicht, als er die Schritte verlangsamte und schließlich stehen blieb. »Hab mich vom Taxi etwa anderthalb Kilometer entfernt absetzen lassen. Ich wollte nicht das Risiko eingehen, dass dem FSB gemeldet wird, ein Amerikaner sei in meinem Hotel abgeholt und zu einem Flugplatz gefahren worden.«

Verblüfft schüttelte Madison den Kopf. Welcher Zivilist würde an solche Vorsichtsmaßnahmen denken?

Jen trat vor und umarmte Levi. »Bin froh, dass Sie doch noch gekommen sind.«

Levi streckte zwar linkisch die Arme aus, erwiderte die Umarmung jedoch nicht.

Als sie ihn losließ, wandte er sich Madison zu. »Guten Morgen, Nicole.«

Bei seiner Verwendung ihres falschen Namens zog sich Madison alles zusammen. »Auch guten Morgen. Und jetzt rein in die Maschine, ich frier mir den Hintern ab.« Damit wandte sie sich ab und erklomm die Stufen zur Kabine.

Die Passagierkabine wies sechs Sitze auf, drei auf jeder Seite. Hinten gab es zusätzlichen Platz für ihr Gepäck. Madison erhob Anspruch auf den vordersten Sitz. Levi nahm rechts von ihr Platz, Jen hinter ihr.

Als sie sich anschnallten, wurde die Treppe eingeholt, und die Tür wurde geschlossen. Der Pilot kam aus dem Cockpit und überprüfte mit einer Taschenlampe die Versiegelung der Kabinentür.

Anscheinend zufrieden damit wandte er sich mit einem leichten Südstaatenakzent an Madison. »Ma'am, die Luftverkehrskontrolle genehmigt uns keine Landung in Kitlim, aber ich sorge für einen ›Defekt‹ und eine Notlandung auf deren Piste. Es wird zwar keine Mission, bei der jede Sekunde zählt, trotzdem müssen Sie so schnell wie möglich aus der Maschine raus, falls jemand nachschauen kommt. Aber es wird sehr früh am Morgen sein, also bezweifle ich, dass überhaupt jemand wach sein wird. So oder so, ich werde so viel Zeit wie möglich herausschinden und vorgeben, ich müsste Teile für die vermeintliche Reparatur des Problems besorgen.«

»Was schätzen Sie, wie lange Sie den Aufenthalt ausdehnen können?«, fragte Jen.

»Ist 'n abgelegener Ort, deshalb vielleicht vier, fünf Tage. Ich werd sehen, was ich tun kann.«

Levi drehte sich auf dem Sitz herum und fragte: »Wie weit vom Zielort entfernt landen wir?«

Jen sah Madison an, die nickte. »Die Landebahn liegt etwa 45 Kilometer von dort entfernt, wohin wir wollen.«

Levi schüttelte den Kopf. »Kitlim liegt ziemlich weit im Norden. Zu Fuß durch den Schnee sind kaum mehr als drei, vielleicht dreieinhalb Kilometer pro Stunde drin. Daraus ergibt sich ein Marsch von zwei Tagen in jede Richtung, sofern keine Probleme auftreten.«

»Sie wissen, wo Kitlim liegt?«, fragte Madison überrascht.

Levi zuckte mit den Schultern. »Vielleicht hab ich mir 'ne Karte von Russland angesehen. Ihr Ziel ist also der Koswinski. Ist so ziemlich das Einzige in Reichweite westlich der Ortschaft. Ich vermute, Sie haben Informationen über einen geheimen Stützpunkt dort.«

Jens Mund klappte auf, allerdings nur kurz. »Kein Kommentar.«

Levi verdrehte die Augen und lehnte den Kopf an den Sitz zurück.

Madison wandte sich an den Piloten. »Wir versuchen, bis zum vierten Tag zurück zu sein. Im schlimmsten Fall überlegen wir uns einen Ergänzungsplan für die Evakuierung.«

»In Ordnung. Dann mal alle anschnallen. Wir werden in einer Höhe von 12.000 Metern fliegen und rechnen mit der Landung in knapp mehr als drei Stunden.« Damit kehrte der Mann ins Cockpit zurück.

Wenig später wurde die Kabinenbeleuchtung gedimmt, und die Triebwerke starteten.

Madison wandte sich an Jen und Levi. »Wir sollten ein bisschen schlafen, so lange wir können.«

»Menno«, murrte Jen und streckte ihre Unterlippe vor. Sehnsüchtig betrachtete sie die Rückseite von Levis Sitz.

Zu Madisons Erstaunen schlief Levi bereits tief und fest. Anscheinend träumte er. Seine Augen bewegten sich unter den geschlossenen Lidern hin und her. Der entspannte Ausdruck in seinem Gesicht jagte ein Flattern durch ihren Magen. Trotz allem, was dieser Mann vermutlich war, und trotz der Dinge, die er wahrscheinlich getan hatte, konnte sie sich in diesem Moment vorstellen, wie er als Junge schlafend ausgesehen hatte.

Jen beugte sich zu ihr und flüsterte ihr ins Ohr: »Und jetzt sag mir allen Ernstes, dass du ihn nicht umwerfend findest.«

Der Pilot stellte die Triebwerke auf vollen Schub, und Madison spürte, wie sie in den Sitz gepresst wurde.

Sie schloss die Augen und bemühte sich bestmöglich, selbst ein wenig zu schlafen.

———

Das Team hatte sich 200 Meter vom Flugplatz entfernt, als es den Rand eines Kiefernwalds erreichte. Mit einer Geste ließ Levi die anderen anhalten, die hinter ihm durch den knietiefen Schnee stapften.

»Das nervt total«, sagte Madison. »Man hat uns gesagt, das Gebiet würde praktisch schneefrei sein.«

»Ich würd im Augenblick für ein Paar Skier glatt töten«, fügte Jen hinzu.

Levi schnupperte die Luft und schaute nach Westen. »Tja, offensichtlich haben sich Ihre Wetterfrösche geirrt. Außerdem wird's bald schneien. Ich spür die Veränderung der Luftfeuchtigkeit.«

Beide Frauen trugen eine Nachtsichtbrille. Madison schob ihre auf die Stirn hoch und starrte ihn mit großen Augen an. »Wie können Sie was sehen?«

Er ließ den Blick über die Landschaft wandern und achtete auf das Glitzern des reflektierten Mondlichts auf dem Schnee. »Schätze, meine Augen haben sich angepasst.« Er zeigte auf ihre Beine, die knietief im Schnee steckten. »Ich schlage vor, wir besorgen uns Schneeschuhe für alle.«

Er zog ein Messer unter seiner Jacke hervor und betrachtete suchend die nahen Bäume. Als er eine Fichte entdeckte, hackte er auf einen der niedrigeren Äste ein.

Madison beobachtete, wie er fünf fingerdicke Zweige sammelte und sie zu gleicher Größe stutzte. »Sie haben wohl schon mal Schneeschuhe gemacht, was?«

Er winkte sie beiseite. »Sie stehen mir im Licht.«

»Oh, tut mir leid.« Madison trat zur Seite, dann schaute sie zum sternenübersäten Himmel auf. »Äh ...«

Levi schmunzelte, als er eine Rolle Paracord aus seinem Rucksack zog. »War bloß Spaß.« Er bedeutete beiden Frauen, näher zu kommen. »Entschuldigung, manchmal hab ich 'nen eigenwilligen Sinn für Humor. Eigentlich ist es ganz einfach. Sehen Sie beide zu.«

Jen und Madison scharten sich um ihn.

»Fünf Stück Grünholz«, erklärte Levi. »Ungefähr in der Länge vom Ellbogen bis zur Spitze des Mittelfingers. Ein Ende bindet man fest zusammen.«

Er verknotete das Ende und ergriff ein kürzeres Stück Holz.

»Dann fächert man die Stöckchen auf und platziert die erste Querstrebe dort, wo die Ferse hinkommt. Man verknotet sie über die fünf Stöckchen.«

Er nahm zwei weitere Querstreben.

»Als Nächstes nimmt man zwei weitere Stöckchen gleicher Größe und platziert sie ungefähr dort, wo die Fußballen sein werden. Man biegt sie und bindet sie quer über die fünf anderen Stöckchen. Und zum Schluss biegt man die Enden der Stöckchen zusammen und bindet sie ab.«

Levi hielt einen großen, ovalen Schneeschuh hoch und lächelte. »Jetzt brauchen wir nur noch fünf davon, die wir uns an die Stiefel binden, dann kommen wir wesentlich schneller voran.«

Madison und Jen zückten ihre eigenen Messer und begannen, an den Bäumen zu hacken.

»Haben Sie Seil dabei?«, fragte Levi.

»Nein«, antwortete Jen. »Aber ich hätte nichts dagegen, wenn Sie zumindest drüberschauen und sich vergewissern, dass ich's nicht falsch mache. Ich kann kaum die Hand vor Augen sehen.«

Levi fertigte rasch seinen zweiten Schuh an, bevor er beobachtete, wie die beiden Frauen bemerkenswert gut nachahmten, was er ihnen vorgemacht hatte. Es dauerte nicht lang, bis sie drei verwendbare Paar Schneeschuhe hatten. Levi erklärte ihnen, wie man sie an den Stiefeln befestigte.

Die Frauen grinsten, als sie danach relativ einfach auf dem Schnee laufen konnten, statt durch ihn zu waten.

»So geht's *unheimlich* viel leichter!«, stellte Madison fest.

Jen hielt mit forschen Schritten auf Levi zu. Einer ihrer Füße kippte in den Schnee, und er fing sie auf, als sie mit dem Gesicht voraus gegen seine Brust prallte.

»Vergessen Sie nicht, darauf zu achten, mit flachen Schritten zu laufen«, warnte er alle beide. »Sie müssen einfach versuchen, möglichst großflächig aufzutreten, damit der Schnee Ihr Gewicht trägt. Sobald Sie die Ferse oder die Fußspitze in den Untergrund bohren, sinken Sie ein.«

Jen schlang den Arm um seine Schulter, als sie das Gleichgewicht zurückerlangte. Levi fühlte sich unbehaglich, als sich ihr Körper an seinen presste. Langsam wich er zurück.

Madison ging mit gleichmäßigen Schritten auf die beiden zu und sah Jen an. »Alles in Ordnung?«

»Geht mir gut.« Jen schaute zu Levi auf. »Danke, dass Sie mich nicht einen Baum küssen haben lassen.«

»Gern geschehen. Können wir jetzt das Ziel durchbesprechen, bevor wir losmarschieren? Ich fange mit einer kurzen Zusammenfassung darüber an, was ich weiß. Wir haben grob 45 Kilometer in west-nordwestlicher Richtung vor uns. Dann schleichen wir uns mit falschen Identitäten ein, spüren Katarina auf ... und an der Stelle wird's verschwommen. Geh ich recht in der Annahme, dass wir vorhaben, sie auszuschalten, ohne dass es jemand merkt?«

Madison runzelte die Stirn. »Wenn Sie damit meinen, Sie *umzubringen*, dann nein ...«

»Herrgott noch mal, Nicole. Wofür halten Sie mich?« Levi schüttelte den Kopf. »Das hab ich nicht gemeint. Wir wollen beide Informationen aus ihr herausholen. Und das geht erst, wenn wir wieder unter Freunden sind. Also schlagen wir sie k. o. oder stellen sie sonst irgendwie kalt, schleifen sie dort raus und schaffen sie zurück zur Maschine. Dann fliegen wir an einen Ort, von dem Sie mir noch nichts erzählt haben. Ist das der Plan?«

»Es tut mir leid, Levi, ich wollte nicht ...«

Levi wischte ihre Worte mit einer Geste weg. »Ich will nur ein Gefühl für unseren Plan bekommen.«

»Sie liegen richtig«, bestätigte Jen. »Oberste Priorität für uns hat, sie dort rauszuholen. Wir brauchen Informationen von ihr. Sofern wir es rechtzeitig zurück zu unserem Evakuierungsflugzeug schaffen, werden wir alle an einen noch zu bestimmenden Ort gebracht.«

»Um sie zu verhören, zu foltern, was auch immer«, fügte Levi in frostigem Ton hinzu.

Weder Jen noch Madison äußerten sich dazu.

»Tja«, fuhr Levi fort. »Ich vermute, das Terrain wird schlimmer, wenn wir uns dem Fuß des Bergs nähern. Im besten Fall stehen uns 17 Stunden

Fußmarsch in jede Richtung bevor. Wenn wir auf dem Rückweg jemanden tragen müssen, brauchen wir unter Umständen doppelt so lang. Ich schlage vor, dass wir nicht anhalten, bis wir uns dem Zielort auf zwei bis drei Kilometer genähert haben.

Die Baumgrenze reicht bis zum Fuß des Bergs. Wir sollten uns dann also noch weit im Schutz des Walds befinden. Wenn wir's bis heute Nacht so weit schaffen, sind wir nah genug, dass wir morgen früh ausgeruht zu dem Eingang können, von dem Sie beide gesprochen haben. Ich würde sagen, wir haben einen sehr langen Tag vor uns und werden wahrscheinlich frühestens um Mitternacht anhalten. Was meinen Sie dazu?«

Jen hatte schon während seiner Ausführungen ständig zustimmend genickt, Madison hingegen schaute verdutzt drein.

»Levi«, ergriff sie das Wort. »Ich finde, das ist ein großartiger Plan, aber ich hätte da 'ne Frage. Sie müssen auch nicht antworten, aber die Neugier bringt mich förmlich um. Sind Sie früher beim Militär gewesen? Ich meine, Sie reden wie einige der SEALs und anderen Typen von Spezialeinheiten, die ich kenne. Offensichtlich kennen Sie sich mit Wäldern und Wetterverhältnissen aus. Sie verstehen was von Überwachungsabwehrtechniken, die den meisten Zivilisten nie in den Sinn kommen würden. Verdammt, Sie haben sogar gewusst, wie Sie meinen Boss erreichen können, und mir ist schleierhaft, wie das möglich war. Dazu kommen andere Kleinigkeiten. Lauter Dinge, die den Eindruck erwecken, Sie hätten jahrelang Soldaten angeführt. Wer *sind* Sie?«

Unwillkürlich musste Levi über Madisons schlichten Ausdruck von Neugier lächeln. Sie war ein geradliniger Mensch. Das gefiel ihm.

»Nicole, Sie stellen immer wieder aufschlussreiche Fragen, aber ich fürchte, da steckt nicht viel dahinter. Jeder, der sich mit Überlebensstrategien befasst, würde wissen, wie man eine Reise plant, Schneeschuhe herstellt oder Wetteränderungen erkennt. Ich hab fast ein Jahrzehnt lang ohne Dach über dem Kopf gelebt, an den fürchterlichsten Orten, die man sich vorstellen kann. Dabei hab ich viel von dem aufgeschnappt. Und das eine oder andere muss ich mir wohl von einem meiner Cousins abgeschaut haben, der Army Ranger war. Der Gute galt so wie ich als schwarzes Schaf, weil er amisch war, aber keinen amischen Lebensstil geführt hat. Er ist 2003 in Afghanistan gestorben.«

»Tut mir leid«, sagte Madison.

»Muss es nicht.« Levi zuckte mit den Schultern. »Ist ja nicht so, als hätten Sie ihn umgebracht. Er war eine beeindruckende Persönlichkeit. Man könnte wohl sagen, er hat auf mich abgefärbt. Aber angeführt hab ich nie jemanden. Ich habe Dinge überlebt, die ich eigentlich nicht hätte überleben dürfen. Ich musste mitansehen, wie Menschen gestorben sind, die ich geliebt habe. Und wenn wir das hier machen, will ich dafür sorgen, dass wir alle in einem Stück wieder rauskommen.«

Ein seltsamer Ausdruck trat in Madisons Züge. Das schwache Licht der Sterne betonte ihre Wangenknochen und umrahmte ihr Gesicht vor dem dunklen Hintergrund des Walds. »E-es tut mir leid«, stammelte sie. »Ich wollte nicht neugierig sein ...«

»Waren Sie aber, und das ist völlig in Ordnung. Ich würde auch etwas über Leute wissen wollen, mit denen ich reise. Ist klug, Fragen zu stellen.« Er schaute zwischen den beiden Frauen hin und her. »Sind wir uns über den Plan einig? Wir legen uns ins Zeug, lagern über Nacht, wenn wir uns nur noch eine Stunde vom Ziel entfernt befinden, und legen uns dann für den Rest noch einmal ins Zeug, bis wir alle wieder wohlbehalten irgendwo in unseren Betten schlafen.«

Beide Frauen nickten. »Einverstanden.«

Levi schaute zum Himmel auf. Er rief sich die Sternenmuster der Nordhalbkugel ins Gedächtnis und zeigte nach West-Nordwesten. »Ich glaube, wir müssen da lang, richtig?«

Jen holte ihren Kompass heraus. Sie betrachtete ihn, dann schaute sie zu Levi auf und schüttelte den Kopf. »Haben Sie als Kind auch 'nen Kompass verschluckt?«

Levi grinste und setzte sich über das verschneite Gelände in Bewegung.

Es dauerte länger als erwartet, ihr Lager zu erreichen. Levi wich vom direkten Weg ab, weil er behauptete, sie befänden sich in Windrichtung eines Wolfsrudels, dem er aus dem Weg gehen wollte. Madison glaubte zunächst, er würde es sich bloß einbilden – bis sie etwa 30 Minuten später Geheul und bellende Laute hörte.

Die Geräusche stammten aus der Richtung, in der sie unterwegs gewesen wären, hätten sie den Kurs nicht geändert.

Als Jen das Zelt aufzuschlagen begann, streckte sich Madison und spürte ihre überbeanspruchten Muskeln. »Jen, bist du sicher, dass ich dir nicht helfen soll?«

Jen winkte ab. »Ich krieg das hin.«

Madison setzte ihre Nachtsichtbrille auf und suchte die Dunkelheit ab. Levi war seit mittlerweile fast zehn Minuten verschwunden, und allmählich wurde sie unruhig.

Was trieb er nur?

Sie dachte darüber nach, wie selbstverständlich und unausgesprochen er die Führungsposition in ihrer Gruppe übernommen hatte. Zuerst hatte ihr das widerstrebt, nach und nach jedoch fühlte sie sich damit zunehmend wohler. Aus irgendeinem Grund vertraute sie ihm mehr, als sie je für möglich gehalten hätte.

Jen schmachtete natürlich schon nach ihm, seit sie in Langley erstmals sein Foto gesehen hatte. Madison war sich ziemlich sicher, dass die Frau so gut wie alles tun würde, um eine Nacht mit ihm als Kerbe an ihrem Bettpfosten verewigen zu können. Madison selbst könnte das zwar nicht, doch sie konnte Jen auch keinen Vorwurf machen. Levi war intelligent, scheinbar freundlich und geradezu seltsam rücksichtsvoll ihnen gegenüber.

Und gutaussehend. Das ließ sich nicht leugnen.

Zu ihrer Rechten ertönten Schritte. Madison verspürte ein beunruhigendes Gefühl der Erleichterung, als sie sah, wie Levi in ihr Lager zurückkehrte.

Wie er überhaupt etwas sehen konnte, überstieg ihren Verstand. Es drang so gut wie kein Licht der Sterne und des Monds durch das dichte Blätterdach des Walds.

»Das hat ja ganz schön lang gedauert – Verstopfung?«, scherzte Madison.

Levi schüttelte den Kopf. »Nicht ganz. Falls das auf Sie zugrifft, kann ich ein paar Fichtenzapfen sammeln und 'nen Tee daraus kochen. Sind reich an Vitamin C und sollten dagegen helfen.«

Rasch hob sie die Hand an den Mund und konnte gerade noch ein Prusten unterdrücken. *Und er ist witzig.* Etwas an ihm brachte sie einfach zum Lachen.

Madison ärgerte sich unwillkürlich darüber, dass sie begonnen hatte, sich in der Gegenwart dieses Mannes allzu wohl zu fühlen. Immerhin war er ein Mafioso. Einer der Bösen.

Levi schaute zwischen Madison und Jens Hintern hin und her, den sie in die Luft gestreckt hatte, während sie einen Haken zum Fixieren einer der Ecken ihres Zelts in den Boden drückte. »Falls Sie beide aufs Klo müssen, entfernen Sie sich nicht mehr als 15 Meter von unserem Lager. Ich hab in der Umgebung ein paar Fallen aufgestellt, damit wir gegen nächtliche Besucher vorgewarnt werden.«

Jen drehte sich um. »Wir sind noch drei Kilometer vom Ziel entfernt. Glauben Sie wirklich, dass deren Sicherheitsleute so weit patrouillieren?«

»Nein, ich hab dabei eher Wölfe im Sinn oder vielleicht einen früh erwachten Bären, obwohl ich das für eher unwahrscheinlich halte. Aber wenn sie in unserer Windrichtung sind, wittern sie uns. Sobald sie eine der Fallen passieren, hören wir das Knacken der Stöcke und werden gewarnt.«

Madison rückte die Brille zurecht und ließ den Blick durch den Wald wandern. »Dann werden wir wohl abwechselnd Wache halten, vermute ich.«

Levi nickte. »Will jemand unbedingt die erste Schicht?«

»Ich«, meldete sich Madison schnell.

Levi sah auf die Armbanduhr. »Okay, sagen wir jeweils zwei Stunden. Jen, wollen Sie die nächste Schicht? Falls nicht, übernehme ich sie.«

»Ich übernehme sie«, antwortete Jen. »Ich finde, ich schulde Ihnen vier Stunden ununterbrochenen Schlaf dafür, dass Sie uns nicht zu Wolfsfutter werden lassen.«

Madison holte eine dünne Thermodecke aus ihrem Rucksack, wickelte sie um ihre Schultern und lehnte sich mit dem Rücken an den Stamm einer mächtigen Tanne. Jen kroch durch den Eingang ins Zelt, dann streckte sie den Kopf heraus und schaute zu Levi auf.

»Sie können ruhig reinkommen«, sagte sie. »Ich beiße nicht, versprochen.«

Levi zögerte, bevor er Jen folgte, und Madison musste ein Schmunzeln unterdrücken. Dass sich Levi offenbar nur widerwillig das Zelt mit Jen teilte, fand sie unheimlich komisch.

Madison tastete nach ihrer .45er, die bequem im Schulterholster ruhte. Sie entsandte ein leises Gebet für den Fall, dass es jemand erhörte. »Gott, ich hoffe, ich muss das Ding nicht benutzen.«

* * *

Madison stupste die Sohle von Jens Wanderstiefel.

Mit einem Ruck setzte sich Jen auf und blinzelte sich den Schlaf aus den Augen. Mit einer Schmollmiene spähte sie zu Levi, als sie aus dem Zelt robbte. Der Mann hätte nicht weiter entfernt von ihr liegen können, ohne sich aus dem Zelt zu rollen.

Madison kroch in den Unterschlupf und nahm Jens Platz ein. Ihr fiel auf, dass Levi friedlich atmete, wenngleich er vor Kälte zitterte. Etwas daran, den Mann still leiden zu sehen, fuhr ihr ins Herz.

Sie breitete ihre Thermodecke über ihn aus und legte sich mit dem Rücken zu ihm hin. Als sie die Augen schloss, spürte sie, wie sein Zittern nachließ.

***

Madison musste eingeschlafen sein, denn als Nächstes bekam sie mit, dass die Thermodecke auf ihr lag, Jen nur wenige Zentimeter entfernt schlief und von draußen das Geräusch von Schritten hereindrang.

Sie kroch aus dem Zelt und fühlte sich überraschend ausgeruht für die wenigen Stunden Schlaf.

Im Licht der Morgendämmerung erblickte sie Levi mit nacktem Oberkörper. Trotz der Kälte schwitzte er, als er eine komplexe Kata mit einem Tritt aus der Drehung, Schlägen und tiefen Ausfallschritten ausführte.

Wie gebannt beobachtete Madison die fließenden Bewegungen. Es fiel ihr schwer, den Blick von ihm zu lösen. Jeder Bewegung haftete eine schlichte Schönheit an, obwohl er sie mit unheimlicher Körperspannung und Kraft durchführte. Es mutete wie ein Tanz an.

Nach weiteren zwei Minuten erreichte er das Ende der Abfolge. Er verneigte sich vor der verwaisten Umgebung, dann drehte er sich ihr zu. Dampf stieg von seiner nackten Haut auf.

»Guten Morgen«, grüßte er freundlich.

»Das war beeindruckend anzusehen. War das Wing Chun?«

Levis Augen weiteten sich. »Jetzt bin ich beeindruckt. Betreiben Sie Kampfsportart?«

»Eindeutig nicht so. Ich bin nicht annähernd so gut.«

Levi schnappte sich sein Unterhemd vom Ast eines Baums und zog es an. »Was machen Sie? Können Sie's mir zeigen?«

»Nein«, antwortete Madison schnell und wurde verlegen. »Ich meine, es ist nicht annähernd so elegant wie das, was Sie ...«

»Ach, kommen Sie schon. Ich würde zu gern sehen, was immer Sie draufhaben. Verschiedene Stile – das ist total mein Ding.« Levi bedachte sie mit einem Dackelblick. »Bitte?«

Madison stand auf und brummelte: »Ich kann nicht glauben, dass ich das mitten im Wald mache.«

Levi zog sich zu Ende an, ließ dabei ständig den Blick auf sie gerichtet, wodurch sich ihre Demonstration nur noch verkrampfter anfühlte.

Nach ein paar Dehnungsübungen ging sie zu einer Kata über, die mit mehreren Handkantenschlägen begann. Dann nahm sie sowohl hohe als auch niedrige Posen ein, und schon bald verlor sie sich im Bewegungsablauf der Übung.

Als sie fertig war, wischte sie sich Schweißperlen von der Stirn.

»Sie sind wunderschön.«

Madison drehte sich Levi zu. »Wie bitte?«

Levis Augen wurden groß, und zum ersten Mal sah sie ihn vor Verlegenheit erröten. »Entschuldigung. Ich meine, Sie *bewegen* sich wunderschön.«

»Ich bin nicht annähernd so gut«, widersprach sie.

»Blödsinn, kann ich dazu nur sagen.«

Die Zeltklappe öffnete sich, und Jen streckte den Kopf heraus. »Ist wohl Zeit zum Aufbrechen, was?«

In Madisons Kopf lief immer noch sein Satz *Sie sind wunderschön* in Dauerschleife ab. Sie spürte, dass ihre Wangen loderten. »Ja. Essen wir ein paar dieser leckeren Proteinriegel, bevor wir losmarschieren.«

Sie befanden sich noch ungefähr einen Kilometer vom Waldrand entfernt, als Levi ein Vibrieren in seinem Rucksack spürte. Er öffnete ihn, holte sein Telefon heraus und hielt es sich ans Ohr. »Denny, ist es wichtig?«

»Na ja, wirf mal 'nen Blick auf das Foto, das ich dir geschickt hab. Ist grade eben von einer der Überwachungskameras reingekommen, die ich angezapft hab.«

Levi rief das Standbild auf, das ihm Denny übermittelt hatte. Es zeigte eine dunkelhaarige Frau beim Verlassen eines Gebäudes. Levis Herzschlag beschleunigte sich, als er das Telefon wieder ans Ohr hob.

»Äh, das könnte unsere Zielperson sein. Bin mir nicht sicher, die Qualität von dem Bild ist nicht so berauschend, aber sie könnte es definitiv sein. Wo ist das?«

»*Ist von heute Morgen. Da verlässt sie gerade die Zentrale von Einiges Russland.*«

»Was ist Einiges Russland?«

»*Eine der politischen Parteien in Russland.*«

Levi schaute zu Madison und Jen. »Scheiße. Denny, kannst du mir 'nen Gefallen tun? Gib das Bild und die Information an John Maddox weiter.«

»*Den CIA-Typen?*«

»Ja. Wir haben hier widersprüchliche Informationen, und ich glaube, wir verfolgen dasselbe Ziel.«

»*Wie wär's damit: Ich schick dir 'nen Link zu 'ner anonymen Dropbox, in der ich das Foto als Bitmap ablege. Fühl mich nicht wohl dabei, ihn direkt zu kontaktieren. Außerdem hab ich seine E-Mail-Adresse nicht.*«

»In Ordnung, schick mir die URL, den Rest erledige ich.«

»*Hör sich das einer an, du benutzt ›URL‹ sogar richtig! Man könnte fast meinen, du wärst nicht in 'ne Gemeinschaft aus dem 17. Jahrhundert reingeboren worden.*«

»Scherzbold. Danke für die Information, und halt mich auf dem Laufenden über alles weitere, was du rausfindest.«

»*Wird gemacht.*«

Levi legte auf und drehte sich den anderen Mitgliedern seines Teams zu. »Ich brauche Maddox' E-Mail-Adresse. Sieht so aus, als hätten wir ein Problem.«

Levi beobachtete die Wartungsmannschaft beim Entladen eines mit Holzkisten beladenen Pick-ups.

Er hatte sich mit Maddox in Verbindung gesetzt und ihm die neuen Informationen gegeben. Maddox versprach zwar, der Sache nachzugehen, blieb jedoch dabei, dass Katarina laut einem zuletzt abgehörten Gespräch in dem Stützpunkt am Berg auf ein wichtiges Paket wartete.

Nur wollte niemand von den CIA-Leuten damit herausrücken, worum es sich bei dem Paket handelte.

Levi hatte mit dem Gedanken gespielt, ihnen einfach eine Kopie des Universitätsausweises zu geben und sie das vermutlich aussichtslose Unterfangen hier allein abschließen zu lassen. Letztlich jedoch hatte er entschieden, sie weiter zu begleiten und die aktuelle Mission zu Ende zu bringen.

Die beiden Frauen und er trugen Uniformen, die genau wie jene der Wartungsarbeiter aussahen. Die Männer beförderten gerade Kisten in einen in den Hang des Bergs gebauten Betonbunker.

»Sind Sie sicher, dass da ein Eingang ist?«, flüsterte Levi. »Sieht fast wie ein Außenlager oder etwas in der Art aus.«

»Es ist definitiv ein Eingang«, beteuerte Jen.

Madison nickte. »Wir haben Baupläne von dem Standort hier, und sie zeigen an der Stelle einen Eingang. Aber ich gebe Ihnen recht, es sieht so aus, als würden die Leute da drüben irgendwas einlagern.« Sie zeigte auf die Mannschaft, die das Gebäude gerade verließ. »Und sehen Sie, die kommen wieder raus.«

Die Wartungsmannschaft schloss die Metalltür, sprang auf die offene Ladefläche des Pick-ups und fuhr in nordöstlicher Richtung die Straße entlang davon.

Sobald der Wagen nach einer Kurve außer Sicht geriet, rannte das Team über die Straße zum Lagerbunker. Allerdings spürte Levi ein Kribbeln im Nacken. Sein sechster Sinn brüllte warnend, dass etwas nicht stimmte.

Er nahm eine Unterschallvibration wahr, knapp außerhalb des hörbaren Spektrums.

Jen führte sie zum Eingang und streckte die Hand nach dem Türgriff aus.

Levi vertraute seinen Instinkten und stürmte zu ihr. Als er Jen von den Füßen hob, schossen explosionsartig Schmerzen durch seinen Körper.

Seine Muskeln verkrampften sich, und er landete mit dem Gesicht voraus auf dem Boden.

Als Letztes nahm er ein Brennen in den Fußsohlen wahr, bevor ihn Dunkelheit umfing.

KAPITEL ZWANZIG

Mit einem Tränenschleier vor den Augen drückte Madison in schneller Abfolge dreißigmal auf Levis Brust, neigte seinen Kopf, kniff seine Nase zu und atmete ihm zweimal in den Mund.

Jen stöhnte. »Ich glaub, er hat mir die Rippen gebrochen.«

Madison tastete nach einem Puls, fand keinen und setzte die Herzdruckmassage fort. »Oh bitte, Levi, stirb mir nicht weg.«

Wieder atmete sie zweimal in seinen Mund.

Plötzlich durchlief Levis Körper eine krampfhafte Zuckung.

Sie presste die Finger an seinen Hals und fühlte einen schwachen Lebenstakt. Die Kraft verließ sie, als sie rief: »Levi, kannst du mich hören? Levi?«

Seine Augen zuckten, und er holte tief Luft. Tränen strömten ihm seitlich übers Gesicht.

Jen schleppte sich zu ihnen herüber. »Oh Scheiße, schaffen wir ihn in Deckung.«

Die zwei Frauen schleiften Levi zurück über die Straße. Wieder fing sein Körper spastisch zu zucken an. Madison betete laut: »Bitte Gott, lass ihn nicht sterben.«

Sie schleppten ihn mehrere Hundert Meter in den Wald, deutlich außer Sichtweite von der Straße, erst dann lehnten sie ihn an einen Baum. Er zitterte heftig.

Madison hielt ihn in den Armen. »Alles gut. Ich hab dich.«

»Seine Lippen sind blau.« Jen begann, seine Beine zu massieren.

Plötzlich trat er aus, lehnte sich schwer an Madison und schüttelte den Kopf.

»Schon gut, Levi«, redete Madison beruhigend auf ihn ein. »Sie will nur helfen.«

Nach wie vor zitternd befreite er sich aus ihren Armen. Seine Lider blinzelten heftig, und er schüttelte abermals den Kopf. Mit zusammengebissenen Zähnen begann er, im Unterholz zu graben.

»Was hat er vor?«, fragte Jen.

Levi wirkte wie besessen, als er irgendwo aus seinem Hemd ein Messer hervorzog und damit eine Linie in den Untergrund zu buddeln anfing.

Madison holte die kompakte, ausklappbare Schaufel aus ihrem Rucksack. Er nahm sie ihr ab und grub tiefer in den halb gefrorenen Boden. Seine Atmung ging in abgehackten Stößen. Stöhnend presste er hervor: »Unterschlupf ... erfriere ...«

Plötzlich begriff Madison. »Unter der Erde ist es wärmer«, sagte sie zu Jen. Zu Levi fügte sie hinzu: »Bitte lass mich dir helfen.«

Erschöpft kippte Levi zur Seite.

Madison übernahm die Schaufel von ihm und fing vehement an zu graben. Jen half ihr. Innerhalb von Minuten hatten sie einen knapp einen Meter tiefen Graben im lehmigen Boden des Kiefernwalds ausgehoben.

Jen schnappte sich eine der Thermodecken und legte sie in den Graben. Sie schaute entsetzt drein, während sie Levi musterte. »Er stirbt, wenn wir kein Feuer machen.«

»Nein«, stieß Levi knurrend hervor. »Kein Feuer. Zu nah. Das riechen sie.«

Madison half Levi in den Graben, dann legte sie sich neben ihn. »Hol die Decke aus meinem Rucksack und breite sie über uns aus. Vielleicht hilft meine Körperwärme, ihn aufzuwärmen.«

Levi lag kaum noch bei Bewusstsein neben ihr und schlotterte heftiger, als sie es je zuvor erlebt hatte. Sie drückte sein kaltes Gesicht an ihren Körper und schlang die Arme um ihn.

Als Jen die isolierende Decke über sie ausbreitete, verzog sie vor Schmerz das Gesicht.

»Jen? Alles in Ordnung?«

»Geht schon.« Tränen liefen ihr über die Wangen. »Das ist meine Schuld. Er stirbt vielleicht, weil ich so 'ne Idiotin war.«

»Du kannst nichts dafür. Versuch, Verbindung mit Maddox aufzunehmen und sag ihm, was passiert ist.«

Jen nickte und entfernte sich.

Plötzlich fühlte sich Madison von Emotionen überwältigt. Sie lag halb auf Levi und lehnte die Wange an seine, hielt ihn so fest, wie sie sich traute. Nach und nach legte sich sein Zittern, und die Wärme ihrer Körper nahm zu. Der Graben und die Thermodecken halfen, die Körperwärme zu bündeln.

Levis Arme schlangen sich um ihre Taille, und er zog sie an sich. Mit den Lippen an seinem Ohr flüsterte sie ihm zu: »Es wird alles wieder gut. Ich hab dich.«

Er verstärkte leicht den Griff um sie. »Danke, Madison.«

Als sie ihn ihren Namen – ihren *richtigen* Namen – sagen hörte, brach in ihr ein Damm. Sie begann zu schluchzen.

Levi schmiegte das Gesicht in ihre Halsbeuge und sagte in mattem Flüsterton: »Lass uns das nicht noch mal machen.«

Madisons Tränen tropften auf ihn. »Das versprech ich dir.«

Als Levi erwachte, lag Madison tief und fest schlafend neben ihm. Sie befanden sich in etwas, das wie ein Grab anmutete. Eine lichte Tarnung aus Ästen und Blättern diente wenige Zentimeter über ihnen als Dach.

Sein Oberkörper schmerzte, als hätte er einen Autounfall hinter sich und wäre mit der Brust gegen das Lenkrad geprallt. Seine Fußsohlen erwiesen sich als verbrannt und geschwollen.

Wo sind meine Schuhe?

»Was ...«

Dann fiel es ihm wieder ein.

Dieses Unterschallsummen. Dasselbe hatte er schon viele Male bei Transformatoren unter Hochspannung wahrgenommen.

»Levi?« Madisons Gesicht tauchte nur wenige Zentimeter vor seinem auf. Ihr warmer Atem vermischte sich mit seinem.

Er lächelte. »Du bist wirklich wunderschön, sogar aus nächster Nähe.«

In ihren Augen glitzerten unvergossene Tränen. »Wie geht's dir?«

Ihre Körper lagen aneinandergepresst, die Beine ineinander verschlungen. Die weiche Erde des russischen Waldbodens diente ihnen als Bett. Ein unerwarteteres Szenario hätte er sich kaum vorstellen können. »Ich lebe noch – dank dir.«

»Erinnerst du dich daran, was passiert ist?«

»Ich erinnere mich daran, dass ich in der Nähe einen Transformator wahrgenommen hab. Und als Jen die Tür berühren wollte, hab ich kapiert. Ich hab im falschen Winkel gestanden, um sie am Arm zu packen, deshalb bin ich zu ihr gehechtet. Schätze, sie ...« Sein Körper versteifte sich. »Geht's ihr gut?«

Madison nickte. »Ich glaube, den Großteil der Schockwellen hast du abgekriegt. Du hast sie buchstäblich von den Füßen gerissen. Abgesehen von ein paar angeknacksten Rippen geht's ihr gut. Sie hat sich weiter hinten im Wald versteckt. Wir beide sind noch ziemlich nah an der Straße, aber da wir in dem Graben sind, wird uns niemand bemerken, außer jemand tritt praktisch auf uns.«

Levi ließ im Kopf noch einmal die Handlungen der Wartungsmannschaft ablaufen. Nachdem der letzte Mann den Bunker verlassen hatte und die Tür geschossen war, hatte einer der Männer kurz auf den Eingang gezeigt. Nein, nicht hingezeigt – er hatte so gut wie sicher mit einer Fernbedienung auf die Metalltür gezielt und wohl eine Alarmanlage aktiviert.

Ich bin so ein Idiot. Das hätte mir auffallen müssen.

Erst da wurde Levi bewusst, dass draußen Dunkelheit herrschte.

»Wie lang war ich weggetreten?«

Madison legte ihm die Hand auf die Brust. »Du bist den ganzen Tag lang immer wieder abwechselnd aufgewacht und weggedöst. Die Sonne ist vor ein paar Stunden untergegangen.«

Levi legte den Kopf auf Madisons Oberarm. Er zuckte zusammen, als er sich ihr zudrehte.

»Pass auf, tu dir nicht weh.«

Sie lag auf seinem rechten Arm, während sein Kopf in der Ellenbeuge ihres linken Arms ruhte. Sie befand sich etwas über ihm, eine fein gezeichnete Silhouette vor einem blättrigen Hintergrund. Er sah ihr eindringlich in die Augen.

»Was ist?«, fragte sie.

»Ich dachte, ich hätt's geträumt, aber ich erinnere mich daran, dass du meinen Namen gerufen hast. Stört's dich, wenn ich dich von jetzt an Madison nenne? Das *ist* doch dein richtiger Name, oder?«

Sie drückte die Stirn an seine, und bevor sie etwas erwidern konnte, verlagerte er den Winkel seines Gesichts und küsste sie zart auf die Lippen. Lang, warm, zärtlich. Der Kuss schien zugleich ewig zu dauern und doch zu früh zu enden.

Madison schob ihn nicht weg.

»Tut mir leid.« Levi ließ den Kopf auf ihren Arm zurückfallen. »Normalerweise hebe ich mir das für das Ende des ersten Dates auf. Für was anderes fehlt mir im Moment die Energie.«

Madison schmiegte das Gesicht an seines und lachte leise. »Wenn du denkst, es wäre eine akzeptable Form eines Dates, dass ich dich wiederbelebt hab, dann musst du noch das eine oder andere über Verabredungen lernen.«

»Was soll ich sagen? Ich bin aus der Übung.«

»Schhh.« Madison drückte einen Finger an seine Lippen. »Ruh dich aus. Wir warten mal ab, wie der Stand der Dinge ist, wenn die Morgendämmerung einsetzt.«

Levi wackelte mit den Zehen und verzog das Gesicht. Das Kribbeln, das sich danach einstellte, ähnelte dem stechenden Gefühl, wenn die Zirkulation wieder einsetzte, nachdem eine Gliedmaße eingeschlafen war. »Madison, ich glaub, meine Füße sind von dem Strom verbrannt worden, der durch mich in die Erde geflossen ist.«

»Ja, ist auch so. Deine Schuhsohlen waren teilweise geschmolzen. Jen hat sie dir ausgezogen, antibiotische Salbe aufgetragen und deine Füße verbunden. Sie baut gerade eine Art Schlitten, damit wir dich auf dem Rückweg ziehen können. Und wir haben Verbindung mit dem Piloten aufgenommen. Er hat gesagt, er sollte noch dort sein, wenn wir eintreffen.«

Ein Anflug von Müdigkeit schwappte über Levi hinweg. Er schloss die Augen und genoss Madisons warme Umarmung. Er hatte beinah vergessen, wie es sich anfühlte, in jemandes Armen zu liegen.

Vor seinem geistigen Auge tauchte Mary auf, die ihn ansah. Sie hatte beinah immer einen stoischen und doch selbstbewussten Ausdruck im Gesicht gehabt. Levi wusste, dass ihr Leben hart gewesen war, bevor sie ihn kennengelernt hatte. Immerhin hatte sie ihre Familie und alles, was sie kannte, hinter sich gelassen. Allerdings kannte er nur einen Teil dessen, was sie durchgemacht hatte. Trotzdem hatte es Augenblicke gegeben, in denen sie sich Verletzlichkeit gestattet hatte. In denen sie vollkommen darauf vertraut hatte, dass er ihr nicht wehtun würde.

Durch solche Momente hatte er sich in sie verliebt.

Für solche Momente hatte er gelebt.

Plötzlich verwandelte sich ihr Gesicht in das von Katarina. Beim Gedanken daran, was er mit der Frau gemacht hatte, überkam ihn ein Anflug von Abscheu. Sie hatte eine Schranke durchbrochen, von der er gedacht hatte, sie würde für immer geschlossen bleiben. Und dann hatte sie versucht, ihn umzubringen.

Doch trotz allem, was sie getan hatte, konnte er sich nicht dazu durchringen, sie zu hassen.

Er empfand eher Mitleid für sie. Aber keinen Hass.

Den hob er sich für jemand anderen auf. Einen gesichtslosen Mann. Wladimir.

Dann stellte er sich hinter den geschlossenen Lidern das Gesicht von Madison vor.

Bisher hatte sie ihn so oft voll Misstrauen oder Besorgnis angestarrt. Aber in flüchtigen Momenten hatte er auch in ihren Augen Verletzlichkeit erkannt. Das hatte ihn an Mary erinnert.

Hatte auch sie auch harte Zeiten durchgemacht?

Sie hatte ihm das Leben gerettet, hatte ihn von der Schwelle zum Tod zurückgeholt.

Er fühlte sich stark zu ihr hingezogen. Aber sie verdiente etwas Besseres.

In seinem Kopf geisterten eine tote Ehefrau herum, eine skrupellose Verführerin, bei der er noch nicht wusste, was er mit ihr anstellen sollte, und ein Mann, der sterben musste. Madison verdiente jemanden ohne solches Gepäck.

Kurz, bevor er dem Schlaf erlag, murmelte er: »Ich bin zu keiner Beziehung fähig ...«

Levi lächelte, als er das Gewicht auf die Fußballen verlagerte und die Arme ausstreckte, um das Gleichgewicht zu halten. »Also dafür, dass ich vor zwei Tagen beinah gestorben wäre, fühl ich mich ziemlich gut.«

Sowohl Madison als auch Jen beobachteten ihn mit besorgten Mienen.

»Levi«, ergriff Jen das Wort. »In jede deiner Schuhsohlen war ein fast drei Zentimeter breites Loch gebrannt. Die Haut *kann* noch nicht verheilt sein.«

Damit hatte sie völlig recht. Auf den Fußsohlen ging es – aber sobald Levi das Gewicht auf die Fersen verlagerte, wurden die Schmerzen beinah unerträglich. Er wusste, dass er es zu schnell anging.

Dennoch wischte er ihre Bedenken weg. »Ich heile schnell. Außerdem hab ich meine Schuhe geflickt.«

»Levi, jetzt sei kein Trottel«, schalt ihn Madison. »Wir können dich den restlichen Weg ziehen.«

Levi betrachtete den provisorischen Schlitten. Seit mittlerweile zwei Tagen schleppten sie ihn durch das verschneite Gelände. Und während er sich ausgeruht hatte und heilen konnte, schufteten sich die Frauen zur Erschöpfung.

Es war an der Zeit.

»Hört mal, ich hab meine Schneeschuhe vorn verbreitert und 'ne zusätzliche Querstrebe eingefügt, wo meine Fußballen sind. Darauf verlagere ich den Großteil meines Gewichts. So kommen wir schneller voran.« Er veranschaulichte es mit ein paar selbstsicheren Schritten, bei denen er das Gewicht auf die Fußballen konzentrierte. »Seht ihr?«

Madison und Jen sahen sich gegenseitig an, schüttelten den Kopf und zuckten mit den Schultern.

»Ich nehm den Schlitten trotzdem für alle Fälle mit«, verkündete Jen.

»Ich schaff das schon.« Levi deutete nach Ost-Südosten. »Wollt ihr vorausgehen? Ich folge euch.«

Madison schüttelte den Kopf. »Nein, du gehst voraus, und wir stellen sicher, dass du sturer Bock keine Schwierigkeiten kriegst.«

Levi lächelte und trat den Marsch in Richtung des Horizonts an.

»Wir haben's geschafft.«

Der Marsch war alles andere als einfach gewesen, doch mittlerweile befanden sie sich wieder an Bord des Flugzeugs. Madison zog sowohl Jen als auch Levi in eine Umarmung.

»Und ich bin nur einmal gestorben«, scherzte Levi grinsend.

Madison knuffte ihn in die Brust, konnte jedoch nicht verhindern, dass sich auch in ihr Gesicht ein Lächeln stahl.

Kaum hatten sie sich auf den Sitzen niedergelassen, tippte ihr Jen auf die Schulter und flüsterte: »Hab grad was von Maddox bekommen. Ist wichtig.« Sie reichte Madison das Handy. Auf dem Display wurde eine SMS angezeigt.

Koswinski als falsche Fährte bestätigt.

Neue Übertragung mit Hinweis auf neuen Standort 25 Kilometer östlich von Moskau abgefangen.

Satellitenüberwachung hat dort ungewöhnliche Aktivitäten vor sechs Tagen verzeichnet.

Personal vor Ort bestätigt, dass sich dort eines unserer verschwundenen Pakete befindet.

Neun Meter unter der Oberfläche eines Sees.

Bei Landung steht Transport für J + M bereit.

Veranlasse gerade zusätzlich Tauchausrüstung vor Ort.

M ist zuständig für Neutralisierung und Evakuierung des Pakets.

Medizinischer Transport für L erforderlich?

Madisons Herzschlag raste. Also war einer der Atomsprengköpfe gefunden worden.

Sie klatschte mit Jen ab und streckte einen Daumen hoch. Die Mission lief noch.

Sie drehte sich Levi zu, der auf sein eigenes Telefon starrte. »Levi, Jen und ich haben was zu erledigen, wenn wir landen. Maddox fragt, ob er für dich einen Transport in ein Krankenhaus arrangieren soll.«

Levi schüttelte den Kopf, ohne von seinem Telefon aufzuschauen. »Mir geht's gut.«

»Irgendwie hab ich mir schon gedacht, dass du das sagen würdest.«

Levi drehte ihnen sein Telefon zu. »Denny hat mir 'nen weiteren Schnappschuss geschickt. Das ist eindeutig Katarina. Ihr hattet da echt verdammt falsche Informationen über den verfluchten Berg.«

Der Schnappschuss zeigte ein deutliches Bild einer attraktiven Brünetten, die gerade aus einer Limousine stieg. Sie hatte rote, sinnliche Lippen und einen düsteren Gesichtsausdruck – und sie war jung, vermutlich Mitte

20. Madison hätte nie für möglich gehalten, dass diese junge Frau eine Profimörderin sein könnte.

»Ich schätze, ich weiß schon, worauf du hinauswillst«, sagte sie.

Levi steckte das Telefon weg. »Ich werd mein Bestes geben, um sie irgendwohin zu schaffen, wo wir reden können. Habt ihr zufällig irgendwas, das jemanden schnell umhaut? Auch wenn's in Filmen oft so dargestellt wird, ein Schlag auf den Hinterkopf ist nicht gerade zuverlässig und kann ...«

»Ich hab was dabei.« Jen kramte in ihrem Rucksack herum, dann reichte sie Levi einen daumengroßen, silbernen Kanister.

Levi drehte ihn in den Händen, begutachtete ihn. »Sieht wie Deospray aus.«

»Äh, nein, ist es nicht«, stellte Jen klar. »Das als Deo zu verwenden, wär ein schwerer Fehler.«

Madison grinste Jen verschmitzt an. »Ach, ich weiß nicht, könnte unterhaltsam sein zu beobachten, wie er's als Deo benutzt.«

Jen verdrehte die Augen. »Das ist Sevofluran, Levi – ein schnell wirkendes Anästhetikum. Ich schlage vor, es in ein Tuch zu sprühen und damit das Gesicht zu bedecken. Selbst sollte man dabei wahrscheinlich die Luft anhalten. Angeblich riecht es süßlich, aber ich hab's nie probiert.«

Die Triebwerke des Flugzeugs starteten, und sie begannen mit der Fahrt auf die Startbahn.

Levi verstaute die Dose in seinem Rucksack und drehte sich Madison zu. »Falls wir uns nicht wiedersehen: Danke für alles.«

Plötzlich fühlte sich Madisons Kehle vor Emotionen wie zugeschnürt an. Sie brachte nur ein mattes Lächeln zustande. Obwohl sie nicht daran denken wollte, er hatte wahrscheinlich recht. Sie würden sich vielleicht nie wiedersehen.

Der Pilot schaltete die Triebwerke auf vollen Schub, und Madison wurde in den Sitz gepresst.

Der Flug nach Moskau würde drei Stunden dauern.

Madison hatte das Gefühl, es würde ihr viel zu kurz erscheinen.

KAPITEL EINUNDZWANZIG

»Tut mir leid, dass es so lang gedauert hat, aber deren Sicherheitsvorkehrungen sind ziemlich gut. Hab 'n Zero-Day-Hintertürchen in die gewerbliche Software der Sicherheitsanlage im Gebäude genützt. Jetzt hab ich Root-Zugriff.«

»Was immer das heißt. Denny, ich steh seit fast drei Stunden hier und frier mir die Eier ab, und ich hab in der Zeit niemanden gesehen, der irgendwie interessant wäre. Du musst mich reinbringen.«

Levi war vor fünf Stunden gelandet und zur Station Dubrowka geeilt, sobald er sich in seinem Hotel umgezogen hatte. Seit mittlerweile drei Stunden beobachtete er das Kommen und Gehen des 15-stöckigen Gebäudes auf der anderen Straßenseite, das die Zentrale der Partei Einiges Russland beherbergte. Mittlerweile war es fünf vor neun Uhr abends – das Gebäude würde bald schließen.

»Die Sache ist die: Ich komm von hier aus nicht an die Zugangsliste für das Ausweislesegerät ran. Die Steuerung und die Liste sind für externe Netzwerke nicht zugänglich.«

Levi biss die Zähne zusammen, um zu verhindern, dass sie klapperten. »Irgendwelche Vorschläge?«

»Na ja … ich kann auf alte Ausweisleseprotokolle zugreifen. Damit könnte ich dir einen Ausweis basteln, der funktionieren sollte, nur müsste ich dir den per FedEx schicken. Das würde mindestens 'ne Handvoll

Tage dauern. Aber ich geh mal davon aus, dass du sofort rein willst, richtig?«

»Ja.«

»Dann wirst du einfach als Gast reinspazieren müssen.« Levi hörte, wie Dennys Finger klappernd über die Tastatur rasten. *»Okay, ich hab ›Ronald Warren‹ in der Liste der genehmigten Gäste des Gebäudes hinzugefügt. Wahrscheinlich musst du deinen Reisepass vorzeigen. Weißt du überhaupt, wonach du suchst?«*

»Nicht wirklich. Ich werd improvisieren. Danke für die Hilfe. Hoffen wir, dass es klappt.«

Mit schnellen Schritten überquerte er durch den abendlichen Verkehr die Straße und betrat das Gebäude. Mit seinem Anzug und seinem Aktenkoffer aus Metall würde man ihn für einen Geschäftsmann mit Interesse an russischer Politik halten.

Hinter der Rezeption stand ein bewaffneter Wachmann. Mit genervtem Blick erklärte er auf Russisch: »Das Gebäude schließt gleich.«

»Ich wurde ersucht, zu einer späten Besprechung herzukommen.«

Der Wachmann schien unter 1,80 Meter zu sein, besaß aber die Statur eines Bodybuilders und wirkte dadurch dennoch einschüchternd. Argwöhnisch musterte er Levi. »Mit wem?«

»Na ja, hergebeten hat mich Katarina Nassar, aber ich glaube, die Besprechung sollte nicht mit ihr sein, sondern mit jemandem, für den sie arbeitet.«

»Herr Porschenko?«

»Ja.« Levi nickte. »Sie hat gesagt, er würde spät kommen, ich sollte aber in seinem Büro warten.«

»Wo ist Frau Nassar?«

Levi zuckte mit den Schultern. »Vermutlich bei Herrn Porschenko.«

»Ihr Name?«

»Ronald Warren.«

»Amerikaner? Kann ich Ihren Reisepass sehen?«

Levi reichte ihm das Dokument.

Der Wachmann tippte etwas in seinen Computer, dann gab er Levi den Reisepass zurück und zeigte nach links. »Das Büro von Herrn Porschenko ist im fünften Stock. Nehmen Sie den Aufzug nach oben, Sie können dort im Empfangsbereich warten.«

»Danke.«

Als sich Levi abwandte, fügte der Wachmann hinzu: »Die Sicherheitsstation schließt in wenigen Minuten. Sie können allein rausgehen, aber bedenken Sie, dass Sie vor morgen früh nicht zurück herein können.«

»Danke noch mal.« Levis Herzschlag beschleunigte sich, als er zu den Aufzügen eilte.

Levis Lächeln hätte kaum breiter sein können, als er eine Spendenaufrufbroschüre für Einiges Russland in der behandschuhten Hand hielt. Unten hatte der Parteivorsitzende unterzeichnet, Wladimir Porschenko.

Das konnte kein Zufall sein.

»Mistkerl«, murmelte Levi bei sich. »Jetzt hab ich dich.«

Mit dem Nachnamen konnte er den Mann aufspüren. Aber ein Politiker? Noch dazu der Kopf einer politischen Bewegung? Konnte das wirklich die Person sein, nach der er suchte?

Konnte eine bedeutende Persönlichkeit der russischen Politik tatsächlich zugleich ein Unterweltboss sein?

Auf der anderen Seite des Empfangsbereichs der Organisation befand sich eine geschlossene Tür mit der Aufschrift »W. Porschenko«. Levi versuchte, sie zu öffnen.

Abgeschlossen.

Levi holte seine Dietriche hervor.

Es handelte sich um ein simples Zylinderschloss. Er schob einen Drehmomentschlüssel in den Schlitz und sondierte und tastete mit dem Dietrich herum. Während er ein wenig Druck auf die Zuhaltung ausübte, schabte er über die Stifte, die nacheinander mit einem Klicken einrasteten. Danach ließ sich das Schloss drehen.

Er verstaute sein Werkzeug und betrat Wladimir Porschenkos Büro.

Levis Sinne schalteten kribbelnd auf Alarmbereitschaft, als er einen leichten Lavendelduft wahrnahm. Es handelte sich um denselben Geruch, den Katarinas Haar verströmt hatte.

Sie war vor Kurzem hier gewesen.

Das Büro erwies sich als riesig, maß mindestens 30 Quadratmeter. Es enthielt unschätzbare Artefakte antiker Zivilisationen aus aller Welt: Keramik mit verblassten Hieroglyphen, afrikanische Stammesmasken,

Jadekunstgegenstände aus China und eine Sammlung wunderschön erhaltener Obsidian-Pfeilspitzen. Auf einem Podest am anderen Ende des Büros lag ein fast zwei Meter langer Holzklotz mit eingeritzten Symbolen, die wie Runen aus einem Roman von J. R. R. Tolkien aussahen. Das Holz hatte einen Durchmesser von fast einem Meter und musste mehrere Hundert Kilo wiegen.

Die Mitte des Raums beherrschte ein riesiger Sandstein-Schreibtisch, der wie ein antiker Druidenaltar aussah. Vielleicht war es sogar einer. Die Oberfläche mutete an, als wäre sie über Jahrtausende den Elementen ausgesetzt gewesen und von ihnen abgenutzt worden, und die dunklen Flecke ... konnten ein Beweis früherer Blutopfer sein.

»Was hat der denn für ein schräges Faible?«

Wichtiger war die Frage: Könnte Levi in diesem Raum irgendwelche Hinweise darauf finden, dass es sich um denselben Wladimir handelte, der versucht hatte, ihn töten zu lassen? Denselben Wladimir, der die unschuldigen Kinder auf der Farm seiner Eltern hatte ermorden lassen.

Denselben Wladimir, an dessen Händen Marys Blut klebte.

Levi öffnete willkürlich eine Schublade eines Aktenschranks und begann, die Hängeordner darin durchzusehen. Wie zu erwarten, waren die meisten Akten auf Russisch verfasst. Und wenngleich Levi die Sprache mündlich fließend beherrschte, hatte er beim Lesen seine liebe Not. Er hatte sich nie wirklich an das kyrillische Alphabet gewöhnt und kam sich beim Entziffern der Worte wie ein Grundschüler vor.

Trotzdem hatte er das Wesentliche rasch erfasst. Größtenteils politischer Kauderwelsch.

Levi sah sich erneut in dem Büro um. Angeblich war der Mann ein Mafioso.

Wie kann das sein, wenn er so in der Öffentlichkeit steht?

Levi spürte, wie sich Beklommenheit in ihm ausbreitete, als ihm klar wurde, dass es sich vielleicht doch nicht um den Gesuchten handelte. Und selbst wenn, würde der Mann äußerst vorsichtig sein.

Hier würde er mit Sicherheit keine Aufzeichnungen über Mafiageschäfte aufbewahren. Zu leicht zu finden. Es würde keinerlei Hinweise auf irgendwelche Auftragsmorde geben. Nichts über die Leute, die laut Gambini an den Docks für Wladimir arbeiteten.

Levi schnaubte frustriert, während er weiter durch die Akten blätterte, ohne zu wissen, wonach er eigentlich suchte.

Er hielt inne, als er auf einen Aktendeckel stieß, der Röntgenaufnahmen enthielt. Levi zog eine der Aufnahmen heraus und hielt sie vor eine der Deckenlampen.

Unten befand sich Text.

Probe: Unbekannt (W. Porschenko)
  Vacc: 30 kV
  Mag: 3.000 kx
  Hellfeldbild Rastertransmissions-Elektronenmikroskop

Das Bild selbst zeigte mehrere zu einem komplexen Muster angeordnete Punkte. Eine Linie zur Bemaßung der Breite eines der Objekte wies die Beschriftung auf: »2 nm.«

Levi hatte genug wissenschaftliche Zeitschriften gelesen, um zu wissen, dass es sich um eine Aufnahme eines Elektronenmikroskops handeln musste. »2 nm« stand für zwei Nanometer, was ungefähr dem Tausendstel der Breite eines Haars entsprach.

»Was zum Teufel ist das?«

Levi betrachtete die maschinengeschriebenen Blätter bei den Röntgenaufnahmen. Viele der Wörter verstand er nicht – wahrscheinlich wissenschaftliche oder medizinische Fachbegriffe. Sehr wohl jedoch kannte er das russische Wort für »Blut«. Hatte das vielleicht etwas mit einer Infektion zu tun?

Er sah sich die zweite Röntgenaufnahme an, die der Ersten ähnelte, nur sahen die Punkte eher wie ungleichmäßige Kleckse aus. Beinah so, als wären die Objekte von der ersten Aufnahme geschmolzen.

Levi erstarrte, als er hörte, wie draußen im Empfangsbereich die Fahrstuhltüren aufglitten.

Eine Männerstimme brummte mürrisch: »Du musst mit diesen Leuten reden. Einfach das Licht an zu lassen – das ist reinste Verschwendung.«

Die Bürotür öffnete sich. Ein großer Mann mittleren Alters mit dunklem Haar und stechenden grauen Augen erschien. Bei Levis Anblick hielt er unvermittelt inne.

»Wladimir, was stehst du nur so rum?« Eine dunkelhaarige Schönheit schob sich an ihm vorbei – und schnappte nach Luft.

Bevor Levi einen Dolch ziehen konnte, zog Katarina eine Pistole.

Der ohrenbetäubende Knall der Waffe hallte durch den Raum, als Levi hinter den großen Holzklotz hechtete.

Wie um alles in der Welt konnte sie ihn verfehlen? Levi zog einen Dolch und spähte um das Holz herum.

Er konnte kaum glauben, was er sah.

Katarina stand nach wie vor an der Tür. Die Pistole baumelte lose in ihrer zitternden Hand. Der Mann, mit dem sie hereingekommen war, lag zusammengesunken auf dem Boden.

Sie hatte ihn erschossen.

Katarinas Stimme ertönte kaum lauter als ein Flüstern. »Wie kannst du noch leben, Levi?« Katarina blickte auf den Mann hinab, den sie erschossen hatte. »Er hätte mich umgebracht, wenn ihm klar geworden wäre, dass du nicht tot bist.«

»Katarina, weg mit der Knarre. Sieh her, ich lege das Messer weg.« Langsam richtete sich Levi auf, legte den Wurfdolch auf den Holzklotz und hielt die Hände an den Seiten – wenngleich er darauf achtete, mit der rechten Hand in der Nähe des Dolchs zu bleiben.

»Du hast meine Eltern umgebracht.« Sie hob die Pistole und zielte auf ihn, allerdings ohne den Zeigefinger auf dem Abzug. »Ich muss wissen, warum. Also, warum hast du's getan?«

Verwirrt schüttelte Levi den Kopf. »Ich weiß nicht mal, wer deine Eltern waren.«

»Du lügst«, warf sie ihm knurrend vor. Ihre Stimme zitterte vor Emotionen. Angst? Wut? Beides?

Levi deutete mit dem Kinn in Richtung der Tür. »Ist das Wladimir? Hat er dir gesagt, ich hätte deine Eltern auf dem Gewissen?«

Katarina nickte.

»Ich weiß nicht, wer deine Eltern waren, aber einer seiner Männer hat meine Frau umgebracht, Maryam Nassar.«

Katarinas Mund klappte auf. Die Pistole schwankte. »Maryam? Wie kann das sein?«

»Meine Frau ist vor langer Zeit aus dem Iran eingewandert. Ich glaube, ihr zwei könntet verwandt sein.«

Katarina ließ die Waffe sinken. »Der Name meiner Tante war Maryam. Die Schwester meines Vaters.« Sie hielt sich mit der freien Hand den Bauch. »Und ... ich bin schwanger.«

Nun klappte Levis Mund auf. »Von mir?«

Katarina verzog das Gesicht. »Von wem sonst? Etwa von *ihm?* Glaubst du, ich würde irgendwas behalten, das mir dieses Schwein angedreht hat?«

Hinter ihr zuckten Wladimirs Augen. Er war nicht tot. Levi merkte am Sitz seines Hemds, dass er darunter eine kugelsichere Weste trug. Dennoch hatte der Mann nach einem Treffer aus so kurzer Distanz wahrscheinlich mehrere gebrochene Rippen.

Katarina fuhr fort. »Was glaubst du, wie viele Abtreibungen ich seinetwegen hatte, seit ich zwölf war?«

Wieder dröhnte ein Schuss durch den Raum. Etwas Nasses spritzte in Levis Gesicht.

Blut.

Ein weiterer Schuss, und Levi spürte, wie ihn das Projektil mit der Wucht eines Vorschlaghammers in die Brust traf.

Aber Esthers Wunderweste erfüllte ihren Zweck. Sonst wäre er tot gewesen.

Er warf ein Messer durch die Rauchwolke, rollte sich zur Seite, warf ein zweites Messer und zog ein drittes. Als er das metallische Klappern einer auf den Boden fallenden Waffe hörte, raste er an Katarinas reglosem Körper vorbei. Sie lag quer über dem Altar. Levi stürmte zur Tür, wo sich Wladimir aufgerappelt hatte, am Rahmen lehnte und Blut hustete. Auf dem Boden neben ihm lag eine Pistole.

Levi trat die Waffe hinaus in den Empfangsbereich und sah in die Augen des Mannes, den zu töten er hergekommen war.

Seine beiden Messer hatten ihr Ziel getroffen.

Eines hatte sich zwischen den Knochen hindurch in den Arm des Mannes gebohrt und ihn an den Türrahmen aus Holz genagelt. Der andere Dolch war in abwärts gerichtetem Winkel an der Stelle zwischen Schlüsselbein und Hals eingeschlagen.

Eine Stelle unmittelbar über Vladimirs kugelsicherer Weste.

Levi musterte den Mann, der ihm und so vielen anderen solchen Schmerz verursacht hatte.

Zu seiner Verblüffung erkannte er ihn.

Aber das schien unmöglich zu sein.

»Boris Petruschenkow«, sagte Levi.

Boris. Der Mann, der Gustav in dem Haus eingestellt hatte, in dem Katarina als Kind untergebracht war.

Ein Mann, der vor 50 Jahren verschwunden war.

Wladimirs Augen wurden groß. Er hustete weiteres Blut. »Also kennen Sie mein kleines Geheimnis. Und wer sind Sie?«

»Wie ist das möglich? Sie müssen über 100 Jahre alt sein.«

»112, um genau zu sein. In Ägypten kursieren viele uralte Flüche. Oh, mein Engel, meine Katarina. Vor wie vielen Jahren habe ich an deinem Totenbett geschworen, ich würde dir in den Himmel folgen? Es tut mir so leid. Dieser verdammte Fluch hat mich ruiniert.« Er schloss die Augen und stöhnte. »Ich hätte vor Jahrzehnten mit meiner Frau sterben sollen, und doch bin ich immer noch hier. Und diejenigen, die mir etwas bedeutet haben, verraten mich.« Der Mann warf einen finsteren Blick zur jüngeren Katarina, deren Körper ausgestreckt über den Altar drapiert lag. Blut strömte aus ihrer Wunde. »Ein passendes Ende für das verlogene Miststück.«

Levi verstärkte den Griff um sein Messer. »Sie haben Katarinas Eltern umgebracht, oder?«

Wladimir schnaubte höhnisch. »Sie haben mir etwas Wertvolles gestohlen.«

Levi dachte an das Anch zurück, das er in dem Päckchen aus dem Ausland entdeckt hatte. Plötzlich ergab alles einen Sinn. Mary musste es von Verwandten erhalten haben, vielleicht sogar in der Absicht, es Wladimir vorzuenthalten. Das Päckchen, das Anch, hinter dem Gambini her gewesen war. Der Grund, warum Mary an jenem Tag damals die Bank aufgesucht hatte. Sie hatte es erst kurz bevor Levi es entdeckt hatte, in dem Schließfach platziert.

Wladimir starrte Katarina weiter mit einem Ausdruck kalter Bosheit an. »Diebe. Sie haben bekommen, was sie verdient hatten. Begraben in der von ihnen entdeckten Gruft. Aber nicht ich hab sie umgebracht.«

Nein. Du hast nur den Auftrag dazu erteilt.

Wladimir zuckte zusammen und schwenkte den Blick zurück auf Levi. »Warum sind Sie hier?«

»Ich wollte den Mann kennenlernen, der meine Frau umgebracht hat«, stieß Levi knurrend hervor.

»Dann haben Sie den Falschen. Der einzige Mensch, den ich je getötet habe, war die verräterische Schlampe hinter Ihnen. War sie vielleicht Ihre

Geliebte? Hat Sie mit Ihnen geschlafen und Sie dann verlassen?« Wladimir schien keine Ahnung zu haben, wer Levi war. »Was soll's? Ich hatte sie, als sie sonst niemanden hatte. Seither hatte ich sie hunderte Male. Sie war ein Nichts.«

Mittlerweile durchtränkte Blut Wladimirs Hemd. Sein Gesicht war totenbleich. Er würde mit ziemlicher Sicherheit verbluten. Es würde nichts bringen, Maddox anzurufen.

»Es war einer Ihrer Männer«, sagte Levi. »Erinnern Sie sich vielleicht an Thomas Gambini?«

Wladimir lächelte. »Ich erinnere mich an alles.«

Der Mann hob die Hand zum Hals. Levi führte den Dolch bis auf wenige Zentimeter vor Wladimirs linkes Auge. »Lassen Sie die Klinge, wo sie ist.«

Wladimir ließ die Hand sinken. »Thomas Gambini, sagen Sie.« Blut verschmierte seine Zähne. »Das war der korrupte Steuereintreiber in Amerika. In New York City. Ich habe ihn nie aufgefordert, irgendjemanden umzubringen. Sie haben den Falschen.«

»Nein, Sie haben ihn nicht damit beauftragt, jemanden zu töten. Aber Sie haben ihn losgeschickt, um etwas zu besorgen.«

Wladimirs Augen wurden groß. Er schnupperte die Luft. Seine Augen rollten in den Höhlen nach oben.

»Sie! Diese Nassar-Schlampe. Möge die ganze verdammte Familie in der Hölle schmoren!« Die Stimme des Mannes wurde heiser vor Emotionen. »Ich kann es an Ihnen riechen. Sie sind der mit dem Fluch des Pharaos. Meine Katarina hätte geheilt werden können! Ich habe mein Leben damit verbracht, noch einmal danach zu suchen, und Sie haben es in sich. Verdammt sollen Sie sein!«

Trotz seiner Wut fing Wladimir zu lachen an. Blut blubberte aus seiner Nase und lief seitlich am Mund herab.

In Gedanken hörte Levi die Worte, die Narmer an ihn gerichtet hatte. *Mit der Zeit wirst du kennenlernen, welche Gabe du erhalten hast – oder vielleicht ist es auch ein Fluch. Spielt wohl keine Rolle. So oder so ist es etwas, das du lange Zeit mit dir herumtragen wirst.*

Wladimir schnaubte höhnisch. »Wir sehen uns in der Hölle wieder.« Die Knie des Mannes gaben nach, und er brach zusammen. Nur der an den Türrahmen genagelte Arm blieb nach oben gestreckt. Die Brust hörte auf, sich zu heben und zu senken. Stille breitete sich im Raum aus.

Levi tastete nach einem Puls.

Nichts.

Er sammelte seine Messer ein, säuberte sie und steckte sie zurück in die Scheiden.

Es war vorbei.

Besser fühlte sich Levi allerdings nicht.

Er blickte auf Katarinas Körper hinab und schüttelte den Kopf.

Die Erfüllung dieser Mission begleitete keine Befriedigung.

Als er zu Wladimir zurückkehrte, fiel ihm etwas auf, das aus der geschlossenen Faust des Mannes ragte. Etwas aus schwarzem Kunststoff. Levi zwängte die Finger des Toten auf – und hörte hinter sich ein Klicken aus der Richtung des Holzklotzes.

Wladimir hatte etwas in der Hand, das wie eine Autofernbedienung aussah und nur einen Knopf aufwies. Wladimir musste den Knopf gedrückt gehalten haben. Und als Levi seine Faust geöffnet hatte ...

Ein Totmannschalter.

Levi eilte hinüber zu dem Holzklotz. Was hatte er aktiviert? Was immer es sein mochte, es konnte nichts Gutes verheißen.

Er klopfte das polierte Holz ab und hörte ein tiefes Pochen.

Der Holzklotz war hohl.

Er fuhr mit der Hand die glattgewetzte Oberfläche mit den Schnitzereien entlang, bis er spürte, dass etwas geringfügig nachgab. Levi drückte darauf. Die obere Hälfte des Holzklotzes öffnete sich auf gut geölten Angeln.

Innen war der Klotz mit einer Art Metallabschirmung ausgekleidet. Der Hohlraum enthielt einen langen Metallzylinder. An den Zylinder war eine faustgroße, längliche Metallbox mit einem digitalen Timer.

Die rote LED-Anzeige zählte von sieben Minuten und zwanzig Sekunden herunter.

Levis Herz drohte, aus der Brust auszubrechen.

Oh Scheiße.

Obwohl Madison die letzte halbe Stunde auf dem Grund eines eisbedeckten Sees verbracht hatte, verspürte sie die Wärme eines Triumphgefühls, als sie ans Ufer kletterte, in der Hand eine faustgroße

Metallbox, von der Drähte hingen. Sie riss sich die Maske des Tauchanzugs vom Gesicht und klatschte mit Jen ab.

»Wir haben's geschafft!«, flüsterte sie.

Es war spätnachts, und sie befanden sich nur wenige Hundert Meter von einer Wohngegend entfernt. Andere Agenten tauchten als dampfende Silhouetten in der Dunkelheit aus dem Wasser auf. Sie schleppten die zwei Stufen des Atomsprengkopfs aus dem See. Ein Lieferwagen wartete mit laufendem Motor, und sie begannen mit dem Verladen.

Madison hielt die elektronische Zeitschaltuhr hoch. »Jetzt müssen wir nur noch das Pendant finden.«

Plötzlich erschienen Zahlen auf der LED-Anzeige, die anfing, von acht Minuten herunterzuzählen.

»Was zum ...« Madison schnappte nach Luft. »Hat hier irgendjemand was gemacht, um das Ding einzuschalten? Spielt ihr mir 'nen Streich?«

Die anderen Agenten, die gerade die primäre und sekundäre Stufe der Bombe zerlegten, schüttelten den Kopf.

Hastig kämpfte sich Madison aus ihrem Trockenanzug. Vielleicht hatte der Kontakt mit Wasser einen Kurzschluss in dem Gerät verursacht. Als sie sich aus dem Anzug befreit hatte, vibrierte Jens Telefon an ihrem Gürtel.

»Hallo?« Jen verstummte. Ihre Augen wurden groß. »Oh Scheiße. Sie ist hier. Warte.« Sie reichte Madison das Telefon. »Es ist Levi.«

»Levi? Schön zu hören, dass ...«

»Madison, hör zu. Ich bin in dem 15-stöckigen Gebäude, in dem die Partei Einiges Russland ihre Zentrale hat. In Wladimir Porschenkos Büro, genauer gesagt. Unsere Zielpersonen sind tot. Lange Geschichte. Wichtiger ist, dass ich gerade auf etwas starre, das meiner Meinung nach 'ne Bombe sein könnte. Hier zählt irgendwas runter und ist derzeit bei sechs Minuten und vierzig Sekunden. Ich weiß, dass du ehemalige Spezialistin für Kampfmittelbeseitigung bist. Hab deine Entlassungspapiere gelesen. Irgendwann erklär ich dir das. Irgendwelche Vorschläge?«

Madison blickte auf den Timer in ihrer Hand hinab. Der Countdown zeigte denselben Wert an.

Sie fing an, auf und ab zu laufen, und bemühte sich, keine Panik in ihrer Stimme durchklingen zu lassen. »Levi, hör mir jetzt sehr gut zu. Beschreib mir haargenau, was du siehst.«

»Ich seh einen Zylinder aus Metall, knapp zwei Meter lang mit einem

Durchmesser von vielleicht 90 Zentimetern und ohne offensichtliche Möglichkeit, ihn zu öffnen. Das war's so ziemlich, abgesehen von dem handgroßen Ding, das die Zeit runterzählt. Es ist oben an den Zylinder geschweißt. Soll ich wegrennen und das Ding hochgehen lassen oder ...«

»Nein, bleib, wo du bist. Wegzurennen, würde dir nicht helfen.« Madison schloss die Augen und atmete zur Beruhigung tief durch. »Levi, das ist eine zweistufige Kernspaltungsfusionsbombe.«

»Du verarschst mich doch, oder? Na schön, was kann ich tun?«

Levi klang bemerkenswert ruhig. Madison würden an seiner Stelle die Nerven durchgehen.

»Ich schätze, in diesem konkreten Fall kann's nicht schaden, wenn ich zugebe, dass ich vor 20 Minuten eins dieser Dinger entschärft habe. Du hast nicht zufällig 'nen Plasmabrenner, um die Metallhülle aufzuschneiden?«

»Nein, leider ausverkauft.« Ein metallisches Pochen drang über die Leitung. *»Scheint nicht sehr dick zu sein. Ich kann versuchen, die Hülle mit einem meiner Messer wie mit 'nem Dosenöffner aufzuschneiden. Geht das Ding hoch, wenn ich das mache?«*

»Sollte es nicht. Ich erklär dir in Kurzzusammenfassung, womit du's zu tun hast.

Das ist eine zweistufige Bombe. Wir konzentrieren uns nur auf die erste Stufe. Wenn die hochgeht, dann geht auch der Rest hoch. Im Wesentlichen besteht die Bombe aus einer Urankugel mit innen eingebettetem Plutonium. Das ist der Kernspaltungsteil der Bombe. Außen herum befinden sich um die 100 in gleichmäßigem Abstand verteilte und mit Golddraht verbundene Sprengladungen. Sie sind so justiert, dass sie alle exakt im selben Moment detonieren. Im Grunde sind die Sprengladungen so geformt und platziert, dass sie eine Spaltungsreaktion auslösen.

Geht etwas schief, zündet also beispielsweise eine der Sprengladungen nicht, spricht man von einer Fehlzündung. Das bedeutet, die Spaltreaktion findet ebenso wenig statt wie die Fusion. Dann bleibt im Wesentlichen 'ne schmutzige Bombe übrig, die radioaktiven Mist in alle Windrichtungen verspritzt.

Aber nehmen wir mal an, es läuft alles nach Plan. Dann wird's noch schlimmer. Die Röntgenstrahlen der Primärbombe werden von der Hülle reflektiert, und sie erhitzt den Schaum um das Gesamtpaket zu einem

Plasma, das die Sekundärbombe komprimiert und die Fusionsreaktion in Gang setzt. Großer Knall.«

»Okay. Mir bleiben kaum noch fünf Minuten. Beschränken wir uns also auf das, was ich tun muss. Bist du sicher, dass nichts explodiert, wenn ich brutale Gewalt anwende, um das Ding zu öffnen?«

»Tu mir 'nen Gefallen: Geh vorsichtig vor und mach's nicht in der Nähe der Zeitschaltung. An sich sollte sie stoßfest sein, aber wir müssen unser Glück ja nicht überstrapazieren.«

»Verstanden. Okay, ich leg jetzt das Handy weg und schalte auf Lautsprecher.«

Madison zuckte zusammen, als sie mehrere Schüsse hörte.

»Levi! Alles in Ordnung?«

»Mir geht's gut.« Seine Stimme klang weit entfernt. *»Ich glaub, ich hab grad ein Museumsstück zerstört. Allerdings glaub ich kaum, dass es irgendwelche Druiden vermissen werden. Ich hab 'nen Hammer gebraucht.«*

Madison hüpfte in der Kälte auf und ab, während über die Leitung ein lautes Hämmern drang. Levi drosch mit einem Hammer auf die Atombombe ein.

Noch vier Minuten.

»Okay, bin durch die Hülle durch. Ich seh ein Gewirr von Drähten, die in etwas verlaufen, das wie ein Fußball oder abstrakte geometrische Kunst aussieht.«

»Hervorragend – was du vor dir siehst, ist der Zünder. Das Ding, das wie ein Fußball aussieht. In jede der Platten sollten Drähte verlaufen – das sind die hochexplosiven Sprengladungen, die ich erwähnt hab. Jetzt musst du die Drähte so schnell, wie du kannst, aus den Sprengladungen *ziehen*. Du darfst sie auf keinen Fall *durchschneiden*.«

»So kenn ich das aber nicht aus Filmen ...«

»Levi, keine Scherze. Bitte sei vorsichtig. Jeder Funke kann einen der Sprengsätze auslösen. Und auch, wenn dadurch die Nuklearbombe selbst nicht explodiert, ist dein Tag gelaufen, das kannst du mir glauben. Zieh einfach vorsichtig jeden Draht raus und versuch, mit den abisolierten Teilen der Drähte nichts zu berühren. Denk dran: keine Funken.«

Levi holte tief Luft. *»Alles oder nichts ... Erster Draht. Kein Knall. Zweiter Draht.«*

Während Levi weiter die Drähte mitzählte, behielt Madison den Countdown im Auge, der allzu schnell verstrich.

Als der Timer eine Minute dreißig erreichte, war Levi erst ungefähr bei der Hälfte der Drähte.

»Levi, du hast nur noch 90 Sekunden. Du musst schneller machen.«

Jen schlang einen Arm um Madison und flüsterte: »Er schafft das schon.«

»80 …«

Der Timer zählte auf weniger als 30 Sekunden herunter. Madisons Stimme wurde brüchig. »30 Sekunden. Bitte beeil dich.«

»90 …«

Madison und Jen drückten sich gegenseitig die Hände, während sie den Countdown beobachteten.

Zwölf Sekunden.

»95 …«

Vier Sekunden.

»98 …«

Der Countdown neben Madison erreichte die Null, und die Kontakte der Drähte sprühten Funken.

»Levi! Levi! Bist du noch dran?«

Stille hing schwer in der Luft.

Madison hatte das Gefühl, ihr Herz wäre stehen geblieben.

»Bin noch da.«

Madison blinzelte Tränen weg, als sie sich auf die Fersen kauerte.

Jen sprach in den Hörer. »Levi, Maddox hat jemanden zu dir losgeschickt, der dir beim Aufräumen hilft.«

»Dahinter also wart ihr die ganze Zeit her? Nein, warte, lass mich raten: ›Kein Kommentar.‹

Hört mal, das war ja alles ein Heidenspaß und so. Uran, Plutonium, was will man mehr? Der verdammte Golddraht hat meine Lederhandschuhe zerfetzt. Ich will mir nicht mal ausmalen, was wäre, wenn die Transportsicherheitsbehörde 'nen Abstrich zur Bombenerkennung bei mir nähme.

Aber ich warte nicht auf eure Leute. Ich keile beim Rausgehen was in die Eingangstür, damit sie rein und den Mist hier aufräumen können. Aber ich bin weg, wenn's recht ist.«

Damit legte er auf.

Ein Mann im Lieferwagen rief: »Verladen abgeschlossen. Abfahrt.«

Madison sprang mit Jen auf die Ladefläche. Die beiden Freundinnen gaben sich die Ghettofaust. »Geschafft. Beide Pakete entsorgt.«

Madison nickte, obwohl sich ihr Magen verkrampft anfühlte und sie nicht wusste, warum.

Jen beugte sich zu ihr und fügte flüsternd hinzu: »Weißt du, er steht auf dich. Für so was hab ich 'nen Radar. Und es war schmerzhaft offensichtlich, dass er null Interesse an mir hatte.«

Madison schüttelte den Kopf. »Spielt eigentlich keine Rolle. Er hat sogar gesagt, dass er nicht beziehungsfähig ist. Und mal ehrlich, wie sollte das funktionieren? Du hast ihn ja gehört. Er hat heute Nacht zwei Menschen umgebracht.«

Jen zuckte mit den Schultern. »Ich weiß nicht. Dafür könnt's 'nen triftigen Grund gegeben haben. Er ist ein anständiger Kerl, Maddie. Tief drin. Das merke ich.«

Madison seufzte. »Deshalb trifft es mich umso härter, dass er die zwei getötet hat. Ich kann das irgendwie nicht mit ihm in Einklang bringen.«

Jen tätschelte Madisons Bein. »Heb dir die Gedanken für später auf. Wir haben gerade die verflixte Welt vor einer Katastrophe bewahrt – ich denke, das können wir als Erfolg verbuchen. Wir sollten feiern.«

Jen hatte recht. Madison sollte Stolz darauf empfinden, was sie vollbracht hatten.

Warum also fühlte sie sich trotzdem so traurig?

Madison saß in einem Besprechungsraum mit Jen, Don Jenkins und einer Handvoll anderer Agenten, die an Projekt Arrow mitgewirkt hatten. Seit dem Abschluss der Mission waren vier Wochen vergangen. Maddox leitete gerade die Einsatznachbesprechung. Sie gingen durch, was gut funktioniert hatte und wo Verbesserungsbedarf bestand, und konzentrierten sich auf alle kritischen Punkte, auf die sie gestoßen waren.

»Hat irgendjemand noch Fragen, bevor ich zum letzten Teil der Nachbesprechung komme?«, erkundigte sich Maddox.

Einer der Agenten meldete sich zu Wort. »Haben wir je rausgefunden, was Wladimir mit den Atomsprengköpfen vorhatte?«

»Leider war in Wladimirs Büro nicht viel an Informationen zu finden, und es ist schwer, die Gedankengänge eines Wahnsinnigen nachzuvollziehen. Ohne weitere Informationen können wir nur Vermutungen anstellen. Was ich hingegen berichten kann, ist, dass sich bei Bekanntwerden seines vorzeitigen Tods die Brut seiner politischen Apparatschiks in die Winkel und Nischen des russischen Politsystems verdrückt hat wie Kakerlaken, wenn man das Licht einschaltet.

Immerhin haben wir Informationen über das Programm Tote Hand erlangt. Wladimir hatte genug Einfluss, um es reaktivieren zu lassen – aber mit seinem Tod wurde es wieder eingestellt, und wir haben die verschwundenen Sprengköpfe zurück auf US-Territorium.«

Maddox legte eine kleine Kassette auf den Tisch vor den Versammelten. Eine Schatulle der Art, die normalerweise eine Auszeichnung enthielt.

Das erregte jedermanns Aufmerksamkeit.

Maddox bedachte alle mit einem schiefen Grinsen und schüttelte den Kopf. »Ich fürchte, das ist nicht für Sie, obwohl ich durchaus finde, Sie hätten's verdient. Aber Auszeichnungen werden sparsam verteilt. Ich möchte ein paar Worte über die Handlungen eines unserer Aktivposten anbringen.«

Madison legte den Kopf schief. Mit Aktivposten waren in der Regel Mitarbeiter außerhalb der Behörde gemeint, wenngleich auch Ausrüstung unter den Begriff fallen konnte.

»Wir haben die forensische Analyse des Vorfalls bekommen, der zu zwei Toten geführt hat: Katarina Nassar und Wladimir Porschenko. Anscheinend wurde eine MP-443 Grach, eine russische Pistole, zweimal abgefeuert. Ein Schuss hat Katarina Nassar in den Rücken getroffen und auf der Stelle getötet. Wir glauben, dass der andere Schuss für einen unserer Aktivposten gedacht war, Lazarus Yoder.

Davon gehen wir aus, weil das verbrauchte Projektil, ein 7N21 AP 9-mm-Geschoss, auf dem Boden gefunden wurde. Aus der Verformung geht hervor, dass es ein Ziel getroffen hat. Am Projektil waren Kevlar-Fasern sowie mikroskopisch kleine Rückstände einer Titan-Gold-Legierung. Wir vermuten, dass Mr. Yoder eine spezialangefertigte kugelsichere Weste getragen hat, da uns nicht bekannt ist, dass solche Modelle im Handel erhältlich sind.

Eine Analyse der Pulverrückstände hat bestätigt, dass der Schütze Wladimir Porschenko war.«

Madison schluckte schwer. *Also hat Levi sie nicht ermordet.*

»Auch Wladimir Porschenko hat eine kugelsichere Weste getragen. Allerdings hat er zwei Stichwunden erlitten – eine am rechten Arm, wo ihn ein Messer offenbar an den Türrahmen genagelt hat, eine zweite und tiefere am Übergang zwischen Hals und Schulter. Bei der Letzteren wurden mehrere Blutgefäße durchtrennt, was dazu geführt hat, dass Mr. Porschenko verblutet ist.

Aufgrund des Musters der Blutspritzer und der Schäden am Holz gehen die Kriminaltechniker davon aus, dass der Dolch, der zwischen Elle und Speiche des rechten Arms eingedrungen ist, geworfen wurde. Und dass es sich bei dem Arm um denselben handelt, mit dem Mr. Porschenko geschossen hat – was die Schmauchspuren beweisen –, wissen wir, dass der Angriff mit dem Messer *nach* dem Schuss erfolgt ist.

Die Forensik ist daher der Auffassung, dass Mr. Yoder nicht für den Tod von Miss Nassar verantwortlich zeichnet und er Mr. Porschenko in Notwehr getötet hat.«

Maddox sprach noch weiter, lobte Levis besonnenes und einfallsreiches Vorgehen beim Entschärfen der Bombe und dass er entgegen seiner Ankündigung doch im Gebäude geblieben war, um das CIA-Team hineinzulassen und zum Tatort zu führen.

Aber davon bekam Madison kaum etwas mit. Sie war zu beschäftigt damit, Tränen zurückzuhalten und darüber nachzudenken, wie falsch sie den Mann eingeschätzt hatte.

Sie bemerkte, dass Jen sie beobachtete. Ihre Freundin ließ ein mitfühlendes Lächeln aufblitzen.

Schließlich öffnete Maddox die mit Samt ausgekleidete Schatulle, die eine Medaille enthielt. »Und damit verleiht die Central Intelligence Agency die Agency Seal Medal an Mr. Lazarus Yoder. Damit zeichnen wir behördenfremde Personen aus, die einen bedeutenden Beitrag zu unseren Bemühungen geleistet haben.«

Maddox sah Madison und Jen an. »Leider weiß ich nicht recht, wie ich Mr. Yoder die Medaille zukommen lassen soll. Agent Lancaster? Agent Lewis? Wäre es vermessen zu fragen, ob Sie eine Möglichkeit haben, ihm das zu überbringen – oder ihn herzuholen, damit ich es ihm formell übergeben kann?«

»Ich finde, Maddie sollte ihm die Medaille übergeben«, erklärte Jen.

Madison holte tief Luft. Die Vorstellung, Levi wiederzusehen, erfüllte sie zugleich mit Euphorie und Angst.

»Agent Lewis, sind Sie ...«

»Ich mach's«, fiel Maddie ihm ins Wort.

»Sehr gut.« Maddox schloss die Schatulle, reichte sie ihr und wandte sich an den Rest der Agenten. »Damit wäre die Nachbesprechung beendet. Gute Arbeit, Leute. Ich denke, wir sind hier fertig.«

Als die anderen Agenten nach und nach den Besprechungsraum verließen, tippte Maddox auf Madisons Schulter. »Agent Lewis, können Sie mit in mein Büro kommen? Wir müssen ein paar Dinge bereden.«

KAPITEL ZWEIUNDZWANZIG

Levi saß mit Dr. Nicholas Wasiliew zusammen, Professor für Pathologie am Massachusetts General Hospital und Leiter der Abteilung für diagnostische Elektronenmikroskopie. »Also, Dr. Nik, was können Sie mir sagen?«

Der Arzt streckte die Hand aus. »Zeigen Sie mir noch mal Ihren Finger?«

Seufzend legte Levi den Zeigefinger in die Hand des Mannes.

Der Arzt schüttelte erstaunt den Kopf. »Keinerlei Anzeichen einer Punktion, und dabei haben wir erst vor zwei Stunden für Blutproben in den Finger gestochen. Das ist unglaublich. Levi, ich weiß, Sie haben gesagt, dass Sie kein Interesse an einer weiterführenden Erforschung dieser Anomalie haben. Aber es wäre nachlässig, nicht noch einmal zu betonen, wie wichtig das für den wissenschaftlichen Fortschritt sein könnte. Ich bin sicher, wenn Sie zustimmen, dass wir Sie studieren, könnten wir arrangieren, dass Sie eine Unterkunft erhalten, bezahlt werden, was immer nötig ist.«

Levi schüttelte den Kopf. »Wie gesagt, deswegen bin ich nicht hier. Ich will nur ein paar Antworten darüber.« Er tippte auf die medizinische Akte, die er aus Wladimirs Büro gestohlen hatte. »Ich verstehe nicht, was in diesen Unterlagen steht, aber ich will wissen, ob ich das habe, was dieser Kerl hatte.«

»Dann will ich's mal so unverblümt ausdrücken, wie ich kann. Ich habe nicht die geringste Erklärung dafür, warum Ihr Blut, Ihre Muskeln, Ihr sonstiges Gewebe, sogar Ihre Haut diese winzigen Anomalien aufweisen und ...«

»Aber was *sind* diese Dinger? Eine Krankheit?«

»Nein. Sie sind ... etwas, woran die Wissenschaft arbeitet, was sie aber bisher nicht erreicht hat. Wir nennen sie Nanobots – im Grunde genommen winzige Maschinen.« Er verstummte kurz. »Lassen Sie es mich anders ausdrücken. Als Henry Ford das Modell A herausgebracht hat, war das zu seiner Zeit ein Inbegriff für Reisen und Technologie. Richtig?«

Levi nickte.

»Ich nehme an, Sie kennen *Star Trek*. Diese Raumschiffe mit Warpantrieb und dergleichen – aus technologischer Sicht können wir davon derzeit nur träumen. Wir haben nicht die leiseste Ahnung, wie man so etwas erschaffen könnte. Das liegt irgendwo in der Zukunft. *Hoffen* wir.

Stellen Sie sich jetzt vor, ich wäre Henry Ford. Sie haben mich gerade auf eines der Raumschiffe aus *Star Trek* gehievt. Sie beweisen mir, was in ferner Zukunft technisch möglich sein wird – obwohl ich aus derzeitiger Perspektive und aufgrund der Technologie, die ich kenne, nicht mal verstehe, wie diese Nanobots funktionieren. Aber ich kann mir vorstellen, dass sie möglich sind.«

Levi schnaubte frustriert. »Ist es nun dasselbe, was dieser andere Kerl hatte, oder was anderes?«

»Es ist dasselbe.«

»Und warum sieht man diese ›Nanobots‹ auf einem der Bilder deutlich und auf dem anderem als Kleckse?«

»Bei Ihren Proben ist es genauso. Nach etwa fünf Minuten zerfallen die Nanobots. Warum? Ich habe nicht die geringste Ahnung. Vielleicht sind sie auf die Besonderheiten der Umgebung Ihres Körpers abgestimmt. Auf die Temperatur? Den Salzgehalt? Andere chemische oder elektrische Eigenschaften des menschlichen Körpers? Ich kann nur raten.«

Levi stand auf, sammelte Wladimirs medizinische Unterlagen ein und streckte die Hand aus. »Geben Sie mir alle Aufzeichnungen, die Sie über meinen Besuch erstellt haben.«

Der Arzt sah aus, als wäre ihm zum Weinen zumute, aber er übergab

Levi die Unterlagen. »Das ist alles, wie versprochen. Es gibt keine Kopien.«

»Danke. Dr. Nik, ich weigere mich, ein Versuchskaninchen zu werden. Ich werd mein Leben weiterführen, wie lang auch immer es dauern mag, und ich werde das Beste daraus machen.« Levi überreichte dem Arzt einen Scheck. »Bitte stellen Sie das im Namen der Familie Nassar für zukünftige Forschung zur Verfügung.«

Als der Arzt auf den Scheck blickte, wurden seine Augen groß. »Mein Gott.«

Levi klopfte dem Mann auf den Arm, bevor er das Büro verließ.

Bei der nächstgelegenen Schwesternstation erkundigte er sich: »Haben Sie zufällig einen Aktenvernichter?«

Eine der Pflegerinnen nickte und zeigte hinter sich.

»Was dagegen, wenn ich ihn benutze?«

»Nein, überhaupt nicht.«

Levi führte dem Aktenvernichter nacheinander jedes Blatt seiner Aufzeichnungen und der von Wladimir zu. Als er damit fertig war, sammelte er die zerkleinerten Teile auf und unterzog sie einen zweiten Durchlauf. Dann vermischte er die Papierschnipsel mit dem Rest, der sich bereits im Auffangeimer befand.

Er fühlte sich besser als seit langer, *langer* Zeit.

Eine Phase seines Lebens war vorbei.

Als er das Krankenhaus verließ, atmete er tief durch. *Frühling.* Zeit des Wiedererwachens, eine Wiedergeburt nach einem rauen Winter.

Vielleicht auch eine Wiedergeburt für ihn.

Die Geister seiner Vergangenheit waren begraben.

Es war an der Zeit für einen echten Neubeginn.

Levi ließ ein Kaffeerührstäbchen über seine Knöchel tänzeln und nippte an seinem Selters. Das *Gerard's* war gut besucht. Denny und Carmen hatten alle Hände voll mit dem Bedienen der Gäste zu tun, und Levi fühlte sich angenehm anonym.

Hinter ihm öffnete sich die Tür. Der Wind wehte von der Straße herein. In der Brise lag der Geruch von Frühling ... und noch etwas anderem.

Levi drehte sich um.

Vor dem Eingang zeichneten sich die Umrisse einer dunkelhaarigen Schönheit ab, die er seit Monaten nicht mehr gesehen hatte.

Madison trug einen schwarzen Rock, dazu passende mittelhohe Stöckelschuhe und eine enganliegende weiße Bluse, die einen Kontrast zu ihrer milchschokoladebraunen Haut bildete.

Levi schluckte schwer, bemühte sich, cool zu bleiben, und deutete auf den freien Barhocker neben ihm.

Lächelnd kam sie herüber und setzte sich.

Levi erwiderte das Lächeln. »Freut mich, dich zu sehen. Um ehrlich zu sein, *überrascht's* mich ein bisschen, dich zu sehen.«

Sie zog eine Schatulle aus der Handtasche und legte sie auf den Tresen. »Ich bin aus drei Gründen hier. Zum einen hat mich Maddox gebeten, dich zu suchen und dir das hier zu überreichen.«

Levi beäugte die Schatulle neugierig. »Woher hast du gewusst, dass ich hier sein würde?«

»Gar nicht. War bloß der erste Ort, an dem ich nachgesehen hab, und ich hatte Glück.«

Er öffnete die Schatulle. Sie enthielt eine Bronzemedaille mit dem CIA-Logo auf der Vorderseite. Er drehte sie herum und las die Inschrift laut vor. »Agency Seal Award. Diese Auszeichnung erfolgt an behördenfremde Personen, die einen bedeutenden Beitrag zu den nachrichtendienstlichen Bemühungen der Central Intelligence Agency geleistet haben.«

»Das versteht die CIA unter einer ›Auszeichnung‹«, merkte Madison an. »Ich wünschte, es wär was Substantielleres.«

Levi schüttelte den Kopf. »Nein, ich finde das sehr schön. Offen gestanden hätte ich eher mit Handschellen als mit einer Auszeichnung gerechnet.«

»So was macht die CIA nicht«, stellte Madison nüchtern klar.

»Ach ja, richtig. Gehört ja nicht dem Gesetzesvollzug an. Das ist eher was für das FBI.«

Madison beugte sich näher und fragte in gedämpftem Ton: »Willst du nicht die anderen Gründe erfahren, warum ich hier bin?«

Interessiert beugte sich Levi seinerseits zu ihr.

Sie reichte ihm einen dicken Umschlag.

Levi spähte hinein. Er enthielt 100-Dollar-Noten – und ein Flugticket.

»Das Bargeld ist der Lohn für deine Zeit. Die CIA hätte gern ein

Treffen mit dir. Man hat einen Vorschlag für dich. Mit dem Flugticket gelangst du hin.«

»Einen Vorschlag? Bist du beteiligt?«

»Ich hab darum ersucht, eben nicht beteiligt zu sein.«

Levi verspürte einen Anflug von Bedauern. »Okay. Du hast gesagt, du bist aus drei Gründen hier.«

Madison wetzte verlegen hin und her. »Was trinkst du da?«

»Selters.«

Sie runzelte die Stirn. »Es gibt einen Grund, warum ich nicht beteiligt sein wollte.« Sie winkte Denny. »Barkeeper, wir brauchen hier viel mehr Alkohol. Ich bezahle. Zwei doppelte Whiskeys.«

Levi zog eine Augenbraue hoch, wartete jedoch geduldig, bis Denny die Drinks brachte.

Madison stürzte den Whiskey hinunter, zuckte zusammen und bedeutete Levi, ihrem Beispiel zu folgen.

Er schüttelte den Kopf. »Ich brauch den Alkohol nicht.«

Madison zögerte. Er sah Tränen in ihren Augen, aber sie fielen nicht. »Laut Richtlinien der CIA darf ich mit niemandem liiert sein, mit dem ich in irgendeiner Form zusammenarbeite.«

Einen Moment lang schien die Zeit stehen zu bleiben. Aus Madisons Augen sprach eine Verletzlichkeit, die Levi einen Schauder über den Rücken jagte. Diesen Blick kannte er.

Levi hopste vom Barhocker und nahm ihr Gesicht in die Hände. »Gut, dass wir *nicht* zusammenarbeiten.«

Die Tränen kullerten über ihre Wangen, als Levi ihr einen zarten, langanhaltenden Kuss gab.

Einige Gäste in der Kneipe stimmten laute Pfiffe an. Levi und Madison lachten und lehnten die Stirnen aneinander.

Madison fragte: »Was ist damit, dass du nicht beziehungsfähig bist?«

Levi schlang die Arme um sie und vergrub das Gesicht an ihrem Hals. »War gelogen.«

ANMERKUNGEN DES AUTORS

Tja, damit sind wir am Ende von *Operation Tote Hand*, und ich hoffe aufrichtig, es hat dir gefallen.

Ich habe lange nur auf meine Kinder zugeschnittene Geschichten geschrieben, überwiegend epische Fantasy. Allerdings habe ich das nie allzu ernst verfolgt. Ich habe es gemacht, weil meine Söhne eine Freude damit hatten.

Als ich angefangen habe, Geschichten wie diese für Erwachsene zu schreiben, hat es sich angefühlt, als würde ich für meine »Karriere« als Schriftsteller eine neue Seite aufschlagen, das gebe ich gern zu.

Ich habe mich dabei mit einigen recht bekannten Autoren angefreundet. Und wenn ich erwähnt habe, dass ich das Schreiben vielleicht ernsthafter betreiben will, bekam ich von mehreren denselben Rat: »Schreib über etwas, womit du dich auskennst.«

Über etwas schreiben, womit ich mich auskenne? Ich fing an, über Michael Crichton nachzudenken. Er war nicht praktizierender Arzt und begann mit einem medizinischen Thriller. John Grisham war ein Jahrzehnt lang Anwalt, bevor er eine Reihe von Gerichtsthrillern verfasste. Der Ratschlag schien etwas für sich zu haben.

Ich fing zu grübeln an. »Womit kenne ich mich aus?« Und dann kam es mir.

Ich kenne mich mit Wissenschaft aus. Das ist mein Beruf und bereitet mir Freude. Tatsächlich gehört es zu meinen Hobbys, Fachartikel zu lesen, die verschiedenste wissenschaftliche Disziplinen umspannen. Meine Interessen reichen von Teilchenphysik über Computer und Militärwissenschaften (also jede Wissenschaft hinter allem, was knallt) bis hin zu Medizin. In der Hinsicht bin ich zugegebenermaßen ein Nerd. Außerdem reise ich schon mein Leben lang viel und befasse mich aus reinem Interesse mit fremden Sprachen und Kulturen.

Mit dem Rat einiger *New York Times*-Bestsellerautoren im Gepäck begann ich mein Unterfangen, Romane zu schreiben. Bei meinem Hintergrund könnte man leicht meinen, ich würde mich ausschließlich auf Science-Fiction konzentrieren. Allerdings muss ich anmerken, dass ich schon immer ein Faible für Mainstream-Thriller hatte, vor allem für solche mit internationalem Setting.

Offen gestanden hatte ich nicht vor, diesen Roman selbst zu veröffentlichen. Ich hatte vielmehr die Absicht, ihn an Mainstream-Verlage zu schicken. Immerhin habe ich begeisterte Rückmeldungen von traditionell verlegten Autoren erhalten, die das Manuskript gelesen haben. Sie waren alle überaus freundlich und ein großer Quell der Ermutigung.

Letztlich habe ich die Geschichte tatsächlich an Lektoren bei großen Verlagen geschickt. Und obwohl einige zunächst durchaus Interesse bekundeten, fanden sie am Ende alle, der Stoff wäre zu dem Zeitpunkt nicht das Richtige für ihr jeweiliges Zielpublikum. Im Nachhinein betrachtet ist es für einen unbekannten Autor äußerst schwierig, im traditionellen Verlagswesen Fuß zu fassen, und für Lektoren ist es ein erhebliches Risiko, einem unbekannten Autor eine Chance zu geben. Was ich durchaus nachvollziehen kann.

In Anbetracht dessen hatte ich die Wahl, meine Geschichten entweder in der Schreibtischschublade zu lassen und mein bisheriges Leben weiterzuführen – oder selbst zu versuchen, eine Leserschaft für meine Geschichten zu finden.

Offensichtlich bin ich stur und habe mich für Letzteres entschieden.

Wenn du diese letzten Absätze liest, dann gehe ich davon aus, dass du auch den gesamten Roman gelesen hast und ich dich hoffentlich damit unterhalten konnte. Wenn dem so ist, bedeutet das, ich habe dich gefunden! Dann gehörst du zu dem so schwer zu fassenden »Zielpublikum«, von dem die Verleger meinten, sie wüssten nicht, wie sie es erreichen können.

Hurra!

Wenn ich dich etwas bitten dürfte, lieber Leser, dann wäre es, dass du deine Gedanken und deine Meinung über die Geschichte auf Amazon und mit deinen Freunden teilst. Durch Rezensionen und Mund-zu-Mund-Propaganda kann diese Geschichte weitere Leser finden, und ich hoffe sehr, dass *Operation Tote Hand* ein möglichst großes Publikum anspricht.

Ich danke dir, dass du einem relativ unbekannten Autor eine Chance gegeben und seinen ersten Thriller gelesen hast. Aber ich sollte dich warnen, das war erst der Anfang.

Ich habe vor, zwei Bücher pro Jahr herauszubringen, eines, das unter die Rubrik Science-Fiction/Technothriller fällt, und eines im Bereich Mainstream-Thriller, ähnlich wie dieses Buch. Tatsächlich gibt es von Levi noch mehr zu lesen, für dessen Abenteuer ich eine Reihe ausgearbeitet habe.

Außerdem möchte ich noch anmerken, dass ich ungefähr zur selben Zeit wie diesen Roman eine weitere Geschichte veröffentlicht habe. Es handelt sich um Science-Fiction mit dem Titel *Urgewalt*.

Ich bin so frei und füge an dieser Stelle eine Kurzbeschreibung von *Urgewalt* ein:

2066: Die Welt ahnt nichts von der Bedrohung, die auf sie zuhält.

Das Schicksal der Menschheit ruht auf den Schultern von Burt Radcliffe, dem neuen Leiter des Programms Near Earth Object der NASA.

Er treibt die Fertigstellung von DefenseNet voran, einem Satellitenring, der zugleich Frühwarnsystem und Mittel zur Abwehr nahender Bedrohungen ist.

Aber Burt weiß, dass selbst die intensivsten Bemühungen der Welt machtlos gegen die Warnung sind, die er soeben erhalten hat.

Aus den Tiefen des Alls nähert sich eine Gefahr vom Anbeginn der Zeit. Ein schwarzes Loch. Eine unaufhaltsame Katastrophe, die Vernichtung für alles auf ihrem Weg verheißt.

Dave Holmes war ein moderner Einstein. Als ursprünglicher Schöpfer von DefenseNet hatte er Visionen von dieser Urgewalt, bevor er spurlos verschwand. Allerdings hat er keine Einzelheiten darüber hinterlassen, wie man das Problem vielleicht lösen kann.

Kann Holmes rechtzeitig aufgespürt werden? Und falls ja, wird seine Lösung überhaupt funktionieren?

Der Welt bleibt weniger als ein Jahr, um es herauszufinden.

ANHANG

Broken Arrow:

In *Operation Tote Hand* sind zwei Nuklearsprengköpfe verschwunden. Im Militärjargon wird eine solche Situation oft als *Broken Arrow* bezeichnet.

Im wahren Leben gibt es so gut wie sicher Dutzende Atomwaffen, die verschwunden sind und nie geborgen wurden – und das ist vorsichtig geschätzt, da die meisten Länder nicht mit solchen Zahlen herausrücken wollen.

Zum Beispiel kam Russland am 3. Oktober 1986 ein U-Boot der Yankee-I-Klasse abhanden, das vor Cape Hatteras in eine Tiefe von fast 5.500 Metern sank. Es wurde berichtet, dass bei dem Vorfall 34 Nuklearwaffen verloren gingen.

Operation Tote Hand basiert auf einem realen Broken-Arrow-Vorfall. Am 10. März 1956 wurde ein B-47 Bomber, der vom Luftwaffenstützpunkt MacDill in der Nähe von Tampa gestartet war, irgendwo über dem Mittelmeer als vermisst gemeldet. Er gilt bis heute als spurlos verschwunden.

Das Programm Tote Hand:

In Sowjetrussland gab es ein Programm namens *»Systema Perimetr«*, auf Deutsch als Tote Hand bezeichnet.

Dieses Programm aus der Sowjet-Ära wurde für einen Eventualfall geschaffen, in dem man aus Moskau keine Kommunikationsmöglichkeit zu den Atomraketensilos des Landes hätte. Das System wäre bei erhöhten Sicherheitswarnungen aktiviert worden. Bei Erkennen eines Atomangriffs auf die Sowjetunion wäre ohne die Notwendigkeit einer ausdrücklichen Freigabe durch das Oberkommando ein sofortiger nuklearer Gegenschlag eingeleitet worden.

Der Codename dieses Programms war Tote Hand.

Gerüchten zufolge existiert es in Russland auch nach dem Zerfall der Sowjetunion noch immer.

Nanobots:

Wenngleich die spezielle Verwendung von Nanobots in *Operation Tote Hand* fiktiv ist, sind Nanobots selbst nicht erfunden. Die Welt der Technik ist schon länger in der Lage, Konstruktionen auf molekularer Ebene zu erschaffen.

Das beste Beispiel dafür ist die Fertigung von Computerprozessoren. Wir stellen heute massenhaft Elektronik mit Prozessen her, die Leiterbahnbreiten von nur sieben Nanometern bewältigen. Das ist mehr als tausendmal kleiner als die Breite des feinsten Haars. Ein Atom hat eine Durchschnittsbreite von 0,1 bis 0,3 Nanometer.

Wir sind sogar bereits in der Lage, winzige Maschinen im Nanomaßstab herzustellen. Einen Nanobot kann man sich wie einen winzigen Roboter vorstellen. Daher auch die Bezeichnung. Molekülgroße Roboter sind seit einiger Zeit eine vielversprechende Technik für die Medizin. Das Konzept aus *Operation Tote Hand*, bei dem diese »winzigen Ärzte« in der Lage sind, den Körper – innerhalb von Grenzen – zu reparieren und Krankheiten abzuwehren, ist nicht so lächerlich, wie es vielleicht auf den ersten Blick zu sein scheint.

Bereits heute ist es möglich, Nanobots zu synthetisieren, die ermitteln können, wo sie sich befinden, und die winzige Dosen eines Arzneimittels an die korrekten Stellen liefern. Wäre einer dieser Nanobots beispielsweise mit einem Medikament zur Behandlung einer bestimmten Form von Krebs beladen, würde er auch mit einem Sensor zum Aufspüren des richtigen molekularen Ziels ausgestattet sein.

Die Vorteile eines so präzisen Ansatzes liegen auf der Hand. Im Gegensatz dazu bestürmen Chemotherapien den gesamten Körper mit Gift und schädigen neben den Krebszellen auch gesunde Zellen. Nanobots könnten so »programmiert« werden, dass sie nur ungesunde Zellen ins Visier nehmen.

Allerdings verwenden wir heute Nanobots noch nicht als winzige Ärzte. Warum?

Weil es noch viele Herausforderungen zu bewältigen gilt – unter anderem die Herstellung solcher Nanobots in ausreichender Menge für klinische Tests. Die Fertigung ist derzeit noch exorbitant teuer, was offen gesagt die größte technische Hürde ist.

Sobald diese Hürde genommen ist, steht einer möglichen Revolution auf dem Gebiet der Medizin nichts mehr im Weg. Es könnten völlig neue Verfahren zur Behandlung von Krebs, anderen Krankheiten und womöglich sogar des Alterungsprozesses entstehen.

VORSCHAU – INSIDER-MISSION

»Pizzalieferung.«

Die vertraute Stimme drang aus einem versteckten Lautsprecher in dem kleinen Sicherheitsbüro. Eine gelbe LED an einer der Konsolen blinkte und wies darauf hin, dass jemand den Befehl zum Öffnen an das Eingangstor übertragen hatte.

Yoshi Watanabe überprüfte die Überwachungsmonitore, die einen Überblick über den weitläufigen Wohnkomplex boten. Eine der Videoübertragungen zeigte, wie das nördliche Tor aufglitt und ein Lieferant von *Domino's* die Anlage betrat.

Eine Pizzalieferung war nichts Ungewöhnliches. Zehn Uhr abends war etwas später als der Durchschnitt, aber auch nicht übertrieben spät. Außerdem erkannte Yoshi die Stimme des Zustellers – dieselbe Stimme hörte er seit fast einem Jahr mehrmals pro Woche. Diesmal jedoch erregte etwas daran, wie der Fahrer gesprochen hatte, seine Aufmerksamkeit.

Hatte die Stimme des Mannes ein wenig gezittert?

Unwillkürlich sträubten sich Yoshi die Nackenhaare.

Er rutschte mit dem Stuhl näher zu den Monitoren und betrachtete die Bilder des Lieferwagens. Über die gesamte Anlage verteilten sich fast zwei Dutzend bewegungsaktivierte Überwachungskameras. Dennoch dauerte es nur wenige Augenblicke, die zu finden, die den Honda mit einem *Domino's*-Logo auf der Seite zeigte. Der Wagen parkte vor

Gebäude 3. Auf dem Fahrersitz befand sich niemand, trotzdem stiegen vom Heck Auspuffgase auf.

Yoshi schüttelte den Kopf. »Was für eine Einladung für jeden Autodieb.«

Dann jedoch sichtete er neben dem Fahrzeug einen grauen Schemen, der auf dem Boden lag. Er vergrößerte die Ansicht mehrmals. Der graue Schemen entpuppte sich nach und nach als Person mit feuerrotem Haar.

Der Lieferant von *Domino's*. Zweifelsfrei.

Yoshis Herzschlag raste, als er durch die anderen Kameras von Gebäude 3 schaltete. Er sichtete einen Mann mit einer Skimaske, der aus einer der Wohnungen gerannt kam – mit dem schlaffen Körper eines Kinds über der Schulter.

Yoshi sah auf die Bildbeschreibung: erster Stock. Und der Mann war aus dem dritten Apartment von hinten gekommen.

Yoshi stockte der Atem in der Kehle.

Apartment 1C.

Das war nicht irgendein Kind, sondern die Enkeltochter von Shinzo Tanaka, Oberhaupt eines der größten Verbrechersyndikate Japans.

»Nein!«, brüllte er dem Monitor ohnmächtig entgegen und weckte damit den anderen Sicherheitsmitarbeiter.

»Was? Wer?« Der verwirrte Wächter blinzelte sich noch den Schlaf aus den Augen, als Yoshi aus dem Sicherheitsbüro stürmte.

Er sprintete durch den Hof in Richtung des Tors und verzog das Gesicht zu einer Grimasse, als er hörte, wie sich die zwei Tonnen schwere Barriere in Bewegung setzte. Yoshi traf gerade noch rechtzeitig ein, um zu sehen, wie ein Honda neueren Baujahrs mit schlingerndem Heck von der Wohnanlage weg raste und das Ausfahrtstor sperrangelweit offen hinter sich zurückließ.

Zähneknirschend wirbelte Yoshi herum und rannte zu Gebäude 3.

Einer der Wachleute erwartete ihn.

»Yoshi? Was ...«

»Halt die Klappe und ruf die Polizei. Wir haben's mit einer Entführung zu tun! Gebäude 3, Apartment 1C.«

Ein eiskalter Schauder raste Yoshi über den Rücken. Wenn der Täter mit dem Kind entkommen war ... was hatte er dann mit der Mutter gemacht?

Ryuki Watanabe nahm den ersten verfügbaren Flug nach Tokio, nachdem ihn sein Bruder Yoshi mit der Nachricht angerufen hatte. Ryuki hatte maßgeblich dazu beigetragen, Yoshi in der Wohnanlage zu platzieren, damit er auf das Mädchen aufpasste. Doch er konnte nicht zulassen, dass sein Bruder die Schuld dafür auf sich nahm. Die Verantwortung für die Entführung von Tanakas Enkelin lastete auf seinen Schultern.

Nun wartete er spätabends allein in einem Besprechungsraum im obersten Stockwerk des Tanaka-Gebäudes in der Innenstadt von Tokio. Er hatte gehofft, dieser Tag würde nie kommen. Dennoch fühlte er sich ungewöhnlich ruhig, als er am Besprechungstisch saß und auf die Ankunft des Vorsitzenden wartete.

Kopfschüttelnd ließ er den Blick durch den Raum wandern. Ryuki bevorzugte das traditionelle Dekor seiner japanischen Abstammung: niedrige Tische, um die man im *Seiza*-Stil saß, hängende Schriftrollen mit japanischer Kalligrafie, Seidenstickereien. Tanaka hingegen hatte ein Faible für einen eher westlichen Stil. Im Raum roch es nach den zwanzig schwarzen Lederstühlen mit hoher Rückenlehne. Der lange Tisch aus schwarzem Holz, um den die Stühle standen, schimmerte auf Hochglanz poliert. Vermutlich Ebenholz.

Die Tür auf der anderen Seite öffnete sich, und Shinzo Tanaka trat ein. Der Mann war Mitte 60. Die Augen in dem wie versteinert wirkenden Gesicht waren blutunterlaufen. Zwei Leibwächter folgten einen Schritt hinter ihm, schlossen die Tür und blockierten den Ausgang.

Ryuki spürte, wie sich Anspannung in ihm ausbreitete, während er darauf wartete, dass sein langjähriger Boss das Wort ergriff. Als Tanakas Stellvertreter kannte er den Mann seit fast einem Vierteljahrhundert, doch er hatte ihn noch nie so abgehärmt wie an diesem Abend erlebt.

»Ryuki.« Die raue Stimme des älteren Mannes strotzte vor Emotionen. »Wie ... wie konnte das passieren?«

»Es tut mir leid.« Ryuki neigte das Haupt, während er nervös die Umrisse des Messers in seiner vorderen Hosentasche nachfuhr. »Es ist alles so schnell gegangen. Der Mann ist in die Wohnung eingebrochen, hat die Mutter des Kinds bewusstlos geschlagen und das Kind mitgenommen. Alles in weniger als einer Minute. Die amerikanische Polizei ist eingeschaltet, und ich lasse unsere eigenen Leute auch daran arbeiten.«

Tanakas Züge verfinsterten sich, als er die Lippen zu einer schmalen Linie zusammenpresste. »Du hast mir versprochen, dass meine Enkelin in Amerika in Sicherheit sein würde.«

»Das habe ich.« Ein frostiges Gefühl der Resignation schwappte über Ryuki hinweg, als er sich vor seinem Boss verbeugte. »Ich bin bereit, mich auf die aufrichtigste Weise zu entschuldigen.«

Er holte das Messer aus der Tasche, ebenso ein Päckchen Verbandsmull und ein makellos weißes Seidentuch und platzierte alles auf dem Tisch. Er legte die linke Faust in die Mitte des Tuchs, streckte den kleinen Finger aus und neigte mit einem Gefühl tiefen Bedauerns das Haupt. Es war das erste Mal überhaupt, dass er den Mann enttäuscht hatte. Und er betete, es würde das letzte Mal sein.

Mit zusammengebissenen Zähnen ergriff er das Messer, klappte die scharfe Klinge aus und fuhr mit kräftigem Druck über das Ende des letzten Knöchels seines kleinen Fingers.

Das Messer schnitt durch die faserigen Sehnen. Er spürte, wie sie durchtrennten Gummibändern gleich zurückschnellten. Ryuki spannte den gesamten Körper zum Zerreißen an und unterdrückte mühsam ein gequältes Grunzen.

Als es vollbracht war, benutzte er die rechte Hand, um die abgetrennte Fingerspitze in das weiße Seidentuch zu wickeln. Mit nach wie vor geneigtem Haupt überreichte er die bizarre Opfergabe an Tanaka, der die Entschuldigung mit verkniffener Miene annahm.

Hitze flammte in der Wunde auf, und Ryuki verband den verletzten Finger mit einem mit Gerinnungsmittel durchtränkten Stück Mull. Mit einem frischen Tuch wischte er das Blut vom Tisch.

Schließlich zog sich Tanaka einen Stuhl heraus und nahm ihm gegenüber Platz. »Ryuki, wir müssen meine Enkeltochter finden. Sie ist das einzige Kind meines Sohns.«

Trotz der eigenen Höllenqualen spürte Ryuki den Schmerz seines Gegenübers. Tanaka hatte bereits seinen Sohn verloren. Er war in den USA aus einem vorbeifahrenden Auto erschossen worden. Und das, obwohl er ihn von seinem Lebensstil genauso abgeschirmt hatte wie Ryuki seinen Bruder. Und nun musste der Mann fürchten, auch noch seine Enkeltochter zu verlieren.

»Ich setze mehr unserer Leute darauf an«, versprach Ryuki.

Tanaka beugte sich vor und schob einen Zettel über den Tisch. Ryuki ergriff ihn mit der rechten Hand.

»Ich erteilte dir die Erlaubnis, Verbindung mit den Italienern in unserem amerikanischen Gebiet aufzunehmen«, erklärte Tanaka. »Es gibt nur einen Mann, dem ich das anvertrauen will.«

Bei der Herabwürdigung zog sich in Ryuki alles zusammen. Es ließ sich nicht überhören, dass er das Vertrauen des Mannes verloren hatte, zumindest in Hinblick auf Tanakas Enkelin.

»Bevor du an ihn herantrittst«, fuhr Tanaka fort, »holst du die Erlaubnis seines Vorgesetzten ein. Sag zu, was immer nötig ist, um seine Hilfe zu bekommen. Ich übernehme die Ausgaben.« Damit erhob er sich. Die Leibwächter öffneten die Tür des Besprechungsraums. »Nimm den nächsten Flug und arrangiere das mit dem Oberhaupt der Familie Bianchi in New York City.«

Auch Ryuki stand auf. Tanaka legte ihm die Hand auf die Schulter und drückte sie. »Bring meine Enkelin wohlbehalten zu mir zurück, Ryuki. Sie ist meine einzige lebende Erbin.« Sein Tonfall duldete keinen Widerspruch. »Nichts ist wichtiger als das.«

Ryuki verbeugte sich, und Tanaka versetzte ihm einen leichten Stoß in Richtung des Ausgangs. »Geh!«

Als Ryuki mit schnellen Schritten durch den Flur eilte, faltete er den Zettel auseinander und betrachtete den englischen Namen, der in Handschrift darauf stand.

Als er den Rufknopf für den Fahrstuhl drückte, fragte er sich, wer Levi Yoder war.

Levi erwachte durch die frühmorgendlichen Geräusche von New York City, die über mehrere Stockwerke in sein Apartment an der Park Avenue heraufdrangen. Genüsslich streckte er sich, gähnte und kämpfte sich aus dem Bett. Es war kurz vor fünf Uhr morgens – früher, als er normalerweise gern aufstand. Aber als er das Schlafzimmer verließ, trat bei dem Anblick, der sich ihm bot, dennoch unwillkürlich ein Lächeln in seine Züge.

Neben den an der Wand befestigten Bücherregalen stand, in den warmen Schein einer antiken italienischen Lampe getüncht, eine statuenhafte Frau Anfang 30. Sie trug nur eines seiner Hemden, während sie durch einen dicken Ringordner mit alten, medizinischen Fachzeitschriften blätterte, den sie aus einem Regal geholt hatte. Die Frau besaß glattes, schulterlanges schwarzes Haar und mokkafarbene Haut, die einen herrlichen Kontrast zu dem weißen Hemd bildete.

Vergangene Nacht hatte er Madison zum ersten Mal in seine Wohnung mitgenommen – eine Wohnung, die der Familie Bianchi gehörte, einem der größten Mafiaclans von New York. Ein Minischritt in seine geheime Welt.

»Du bist früh auf«, merkte Levi an.

Mehrere Sekunden lang sah Madison schweigend zu ihm hoch. Ein Lächeln trat in ihre fein geschnittenen Züge.

»Was ist?« Er legte die Stirn in Falten, als er an sich hinabblickte, bevor er wieder Madison ansah.

»Du bist einfach süß. Ich hätte nicht gedacht, dass noch irgendwer im Pyjama schläft.« Sie tippte mit einem Finger auf den Ringordner. »Du hast 'ne merkwürdige Büchersammlung. Gehört das Lesen medizinischer Fachzeitschriften zu deinen Hobbys?«

Er zuckte mit den Schultern, ging zu Madison hinüber und küsste sie auf die Wange. »Dir auch einen guten Morgen. Hoffentlich magst du Eier, das ist so ziemlich das Einzige, was ich für Frühstück im Kühlschrank hab. Ich geh und mache uns Schinken-Käse-Omeletts.«

Madison schnaubte laut. »Levi, ignorier mich nicht. Was hat es mit dem ganzen medizinischen Kram auf sich? Scheint mir merkwürdiger Lesestoff zu sein, wenn man nicht gerade Arzt oder so ist.«

Levi holte einen Karton Eier aus dem Kühlschrank und sprach über die Schulter, während er das Frühstück zubereitete. »Tja, offensichtlich bin ich kein Arzt. Du weißt doch, dass ich vor etwa zwölf Jahren Krebs hatte, oder? Tja, damals haben sämtliche Ärzte gemeint, ich wäre unheilbar. Trotzdem hab ich dem Tod anscheinend ein Schnippchen geschlagen. Aber letzten Endes wurde mir klar, dass ich aus der Zeit in meinem Leben nicht ganz unbeschadet hervorgegangen bin.«

»Wie meinst du das?« Mittlerweile stand Madison am Eingang zur Küche und klang besorgt. »Willst du damit sagen, dein Krebs ist zurück? Du hast doch keinen Rückfall, oder?«

»Nein, nichts dergleichen. Ist schwer zu erklären. Damals ist so viel gleichzeitig passiert. Meine Frau ist bei einem Autounfall gestorben, ich hatte Krebs im Endstadium, und ich hatte ein kräftezehrendes Fieber, das mich total umgehauen hat. Dann ist das Fieber plötzlich von selbst verschwunden, und mein Krebs hat sich vollständig zurückgebildet. Da ist mir aufgefallen, dass auf einmal auch andere Dinge anders waren.

Die Welt hatte mehr Farben, als mir je zuvor aufgefallen waren. Geräusche, die schon immer da gewesen waren, gedämpft im Hintergrund, wurden viel offensichtlicher für mein Gehör. Sogar die Gerüche der Stadt hab ich stärker, deutlicher wahrgenommen. Zuerst hab ich das als 'ne seltsame Nebenwirkung der Krebserkrankung abgetan. Aber nach einer Weile wurden ... andere Dinge schwer zu ignorieren.«

»Was zum Beispiel?«, fragte Madison und legte das Kinn auf Levis Schulter, während sie beobachtete, wie er geschickt Eier in eine Rührschüssel aufschlug. Er spürte ihre an ihn geschmiegte Wärme und überlegte, wie viel er ihr erzählen könnte, ohne dass sie ihn für verrückt hielte.

»Na ja, es waren Kleinigkeiten. Ich konnte mich an willkürliche Fakten erinnern, ohne mir die geringste Mühe zu geben. Zum Beispiel könnte ich dir sagen, dass im Restaurant zwei Blocks nördlich von hier vor zehn Tagen das Tagesgericht Hühnchen-Piccata um 10,99 Dollar war. Und das weiß ich nur, weil ich an dem Tag vorbeigegangen bin und das Schild gesehen hab. Ich könnte dir auch das Kennzeichen des Uber-Fahrers nennen, der uns hergebracht hat. Verdammt, ich weiß sogar noch die Nummer der Eintrittskarte für die Oper, die ich mir vor zwei Wochen mit einem Freund angesehen hab.«

Madison wich einen Schritt zurück. »Ist das dein Ernst?«

Levi goss die geschlagenen Eier in zwei heiße Pfannen. »Ja. Das ist einer der Gründe, warum ich angefangen hab, solche Bücher zu durchforsten. Ich wollte herausfinden ...«

»Warum bist du nicht einfach zu 'nem Arzt gegangen?« Ein Hauch von Erregung schlich sich in ihre Stimme. »Willst du ernsthaft behaupten, du könntest dich an *alles* erinnern, was du je gesehen hast?«

Levi nickte, als er gehackten Schinken und Cheddar auf die halbgekochten Eier streute, bevor er die Omeletts vorsichtig wendete. »So ziemlich. Nur zu. Ich merk dir an, dass du's kaum erwarten kannst, mich auf die Probe zu stellen.«

Madison öffnete erneut den Ringordner, der eine Sammlung alter Ausgaben des *American Journal of Medicine* enthielt. Wahllos blätterte sie durch die Seiten einer der Ausgaben. »Okay, das hier ist vom Oktober

2015. Ein Artikel über Fieber unbekannter Herkunft – sieht so aus, als hättest du ihn markiert. Was steht unmittelbar über der Tabelle?«

Mit einem Schnippen des Handgelenks wendete Levi beide Omeletts und streute noch etwas geriebenen Cheddar darüber. Er rief das Bild der grünstichigen medizinischen Zeitschrift vor sein geistiges Auge und blätterte in Gedanken zum entsprechenden Artikel. Es handelte sich um einen, der ihn besonders fasziniert hatte.

»Okay, ich fange mal damit an, was Petersdorf gemacht hat:

›Petersdorf klassifizierte auch Fieber unbekannter Herkunft nach Kategorie, das heißt infektiös, bösartig/neoplastisch, rheumatisch/entzündlich und Sonstige. Fieber unbekannter Herkunft können auch im Zusammenhang mit Wirtsuntergruppen betrachtet werden, zum Beispiel Organtransplantationen, menschliche Immunschwächeviren, zurückkehrende Reisende.‹«

Er schaute über die Schulter, als er die Herdflamme ausschaltete. Madison glotzte ihn mit offenem Mund an.

»Heilige Scheiße, das ist unglaublich. Warum bist du nicht Arzt oder so geworden?«

Levi lachte, als er zwei große Teller aus dem Schrank holte und auf jeden ein perfekt zubereitetes Omelett lud. »Maddie, ganz so funktioniert das nicht. Dass ich mich an alles erinnern kann, heißt noch lange nicht, dass ich alles verstehe, was ich lese. Ich hab in den Regalen auch andere Bücher, über Elektronik, Physik und sonstige Themen. Ich könnte dir also sagen, was ein Widerstand oder ein Kondensator ist, aber ich wüsste ums Verrecken nicht, was man damit anstellen kann. Na ja, vielleicht ungefähr, aber nicht wirklich.«

»Du hast also im Wesentlichen ein fotografisches Gedächtnis.«

Levi zuckte mit den Schultern. »Schätze schon. Aus diesen Zeitschriften hab ich erfahren, dass ein fotografisches Gedächtnis – die nennen es ›eidetisches‹ Gedächtnis – bei Erwachsenen nicht wirklich vorkommt. Ein sehr geringer Prozentsatz kleiner Kinder kann so was tatsächlich besitzen, aber es verschwindet, bevor sie erwachsen werden. Die einzigen Fälle von annähernd eidetischem Erinnerungsvermögen kennt man von Menschen mit irgendeiner Form von traumatischer Hirnverletzung. Und so was hatte ich nicht – zumindest nicht, dass ich wüsste.

Ich weiß auch nicht, vielleicht hat das Fieber oder der Krebs oder auch die Kombination von beidem irgendwas bei mir bewirkt. Jedenfalls ist die

Sache mit dem Gedächtnis manchmal praktisch, aber nicht der Schlüssel dazu, ein Genie zu sein. Davon bin ich weit entfernt.«

Er sprenkelte ein wenig fein gehackte Frühlingszwiebeln über die Omeletts, dann deutete er in den Essbereich. »Sehen wir mal zu, dass du was in den Magen bekommst. Du hast 'nen langen Tag vor dir.«

Madisons Blick folgte Levi ins Esszimmer. »Levi, du steckst wirklich voller Überraschungen. Tut mir leid, ich sollte dir helfen, statt ...«

»Unsinn. Du bist hier mein Gast. Setz dich. Ich hol Orangensaft.«

Levi eilte zurück in die Küche und lächelte bei sich, als er an die wunderschöne, halbnackte Frau in seinem Wohnzimmer dachte. Es fühlte sich seltsam für ihn an, persönliche Aspekte seines Lebens mit jemandem zu teilen. Seine biologische Familie wusste nichts von dem, was er Madison gerade anvertraut hatte, seine Mafia-Familie kannte nur kleine Teile.

Unwillkürlich fragte er sich, was die Zukunft für sie beide wohl bereithalten mochte.

Levi stand mit Carmine und Paulie im hinteren Teil des Gemeinschaftsraums im YMCA von Harlem und beobachtete, wie Madison ihre Klasse unterrichtete. Sie trug einen weißen Gi mit einem schwarzen Gürtel um die schlanke Taille und brachte einer Gruppe von fast zwei Dutzend Kindern und jungen Leuten aus der Gegend Kampfsportgrundlagen bei. Das Alter ihrer Schüler reichte von etwa fünf Jahren bis in die späten Teenagerjahre. Vertreten war das gesamte Spektrum der Rassen und Kulturen, das sowohl das Viertel als auch New York City insgesamt ausmachte.

Für Levi verkörperte Madison den Inbegriff von Anmut und Schönheit in einem schlanken, ein Meter fünfundsiebzig großen Paket.

Er musste zugeben, dass ihre Beziehung kompliziert war. Sie beide lediglich als Freunde zu bezeichnen, wäre zu wenig gewesen, sie ein Paar zu nennen, wiederum zu viel ... Sie lebten nicht einmal im selben Bundesstaat – Madison wohnte in Washington, D.C., er in New York City.

Die größte Hürde für eine Beziehung jedoch stellten ihre jeweiligen Jobs dar. Immerhin arbeitete sie als Geheimagentin bei der CIA ... und er galt als eines der führenden Mitglieder einer prominenten Mafia-Familie.

Davon wusste sie nichts Genaues, sehr wohl jedoch wusste sie, dass er mit einigen zwielichtigen Gestalten engen Kontakt pflegte. Und das genügte, um von Zeit zu Zeit für unangenehme Situationen zu sorgen.

Richtig kennengelernt hatten sie sich vor fast einem Jahr, als Levi im Ausland war, um sich um eine persönliche Angelegenheit zu kümmern. Dabei geriet er in eine Lage, die ihn zwang, mit Leuten zusammenarbeiten, die sich als CIA-Agenten erwiesen hatten – darunter Madison. Er war vom ersten Moment an von ihr hingerissen gewesen.

Dabei konnte man sich kaum ein unwahrscheinlicheres Paar vorstellen. Levi war nicht sicher, wohin ihre Beziehung führen würde, doch ihr galt seine ungeteilte Aufmerksamkeit. Das ließ sich nicht leugnen.

»Weißt du«, meinte Carmine neben ihm, »wenn sie wirklich Kids unterrichten will, könnte ich in der Innenstadt wahrscheinlich ein schöneres Plätzchen für sie finden.«

Carmine und Paulie waren die beiden Mafiosi, die Levi hierher begleitet hatten.

»Ne«, widersprach Levi. »Sie kennt den Typen, der den Schuppen hier betreibt, und wollte ihm 'nen Gefallen tun. Wenn ich das richtig verstanden habe, hat dieser Mann Madison aus einem Waisenhaus in Okinawa geholt, als sie noch ein Kind war. Er hat sie mit ihrer Großmutter zusammengebracht, die drüben in Los Angeles lebt.«

»Okinawa? Sie sieht gar nicht japanisch aus ... Nein, weißt du was? Ich nehm das zurück. Schätze, wenn man genauer hinschaut, dann sieht man's. Ich dachte erst, sie wär Hawaiianerin oder so ähnlich. Du weißt schon, wie diese Hula-Tänzerinnen.«

Levi lächelte. »Nicht mal annähernd.«

Seine Freunde waren unübersehbar überrascht gewesen, als er gestern mit einer festen Freundin am Arm in dem von der Mafia betriebenen Wohngebäude aufgekreuzt war. Natürlich weckte das ihre Neugier, umso mehr, da sich Levi über diesen Aspekt seines Lebens eher bedeckt hielt. Bisher jedoch hatte er noch mit keinem der Jungs wirklich über sie geredet.

»Ich glaub, ihre Mutter war Japanerin und ihr Vater war ein schwarzer amerikanischer Soldat«, erklärte Levi.

»Hübsch«, befand Carmine. Aber als Levi seinem Blick folgte, war er nicht sicher, ob er Madison oder die Gruppe der Latina-Mütter meinte, die auf der anderen Seite der Sporthalle ihren Kindern bei Karate-Übungen zusahen.

»Ist das ihr Beruf? Karate unterrichten?«, fragte Paulie.

Levi musste den Kopf in den Nacken legen, um zu Paulie aufzuschauen, der fast zwei Meter zehn hoch aufragte. »Das ist für sie bloß ein Hobby, das sie schon seit ihrer Kindheit betreibt. Sie arbeitet in Washington, D.C. und macht politische Analysen und dergleichen.« Politanalytikerin war Madisons offizielle Tarnung. Ihre wahre Berufsbezeichnung war streng vertraulich. »Über die Arbeit reden wir nicht viel. Erspart mir unangenehme Fragen, wenn du verstehst, was ich meine.«

Paulie nickte. »Ja, das kann schwierig sein. Meine Rita und ich sind seit fast zehn Jahren verheiratet, und sie hält mich noch immer für 'nen Buchhalter. So ist's einfacher.«

Eine der Türen zum Gemeinschaftsraum öffnete sich. Herein kam ein asiatisches Mädchen. Die Kleine konnte nicht älter als fünf Jahre sein. Sie trug ein gelbes Kleid mit einem breiten schwarzen Gürtel und Puffärmeln. Das schwarze Haar trug sie zu zwei Pferdeschwänzen zusammengebunden, jeder mit einer gelben Schleife fixiert. In den Händen hielt sie eine kleine Schachtel mit einer roten Schleife. Sie ließ den Blick durch die Halle wandern. Als ihr Blick auf Levi landete, ging sie geradewegs auf ihn zu.

Neugierig kniete er sich hin, bis er sich auf Augenhöhe mit ihr befand. »Hallo. Kann ich dir irgendwie helfen?«

Mit ernstem Gesichtsausdruck verbeugte sie sich und begann, in stakkatoartigem Japanisch zu sprechen.

Levi blinzelte überrascht und fragte sich, woher sie wusste, dass er sie verstehen würde. Immerhin würde ihn mit seinem dunkelbraunen Haar, den blauen Augen und dem eher hellen Teint niemand mit einem Asiaten verwechseln. Aber er hatte mehrere Jahre in Japan gelebt, weshalb er die Sprache fließend beherrschte.

Levi lächelte, während das kleine Püppchen von einem Mädchen die auswendig gelernte Botschaft aufsagte.

»Yoder-san«, begann das Mädchen. »Mein Name ist Kimiko, und mein Vater wünscht dir Gesundheit und Wohlstand. Er möchte dich einladen, damit du und er unter vier Augen reden können.« Mit beiden Händen überreichte sie ihm die Schachtel.

Levi nahm sie entgegen, erwiderte ihre Verneigung und antwortete auf Japanisch: »Danke, Kimiko.«

Er löste die Schleife und öffnete die Schachtel. Sie enthielt ein Bündel 100-Dollar-Scheine und ein zusammengerolltes Pergament. Levi blätterte die Scheine durch und stieß einen anerkennenden Pfiff aus. Dann rollte er das Pergament auseinander. Es handelte sich um einen förmlichen, handgeschriebenen Brief in wunderbarer japanischer Schönschrift traditionellen Stils.

Yoder-san,

ich habe mich an Don Vincenzo Bianchi gewandt, und er hat mir die Erlaubnis erteilt, Verbindung mit Ihnen aufzunehmen.

Ich bin Shinzo Tanakas Vertreter in den USA und würde mich gern mit Ihnen treffen. Ich würde Sie nicht darum bitten, wenn ich nicht der Ansicht wäre, der Grund wäre gerechtfertigt. Ein unschuldiges Leben steht auf dem Spiel, und ich ersuche Sie im Namen meines Vorgesetzten demütig um Ihre Unterstützung.

Ich habe etwas beigefügt, um Sie für Ihre Zeit zu entschädigen. Ich hoffe, noch heute Abend von Ihnen zu hören.

Hochachtungsvoll
Ryuki Watanabe.

Der Rest bestand aus einer Wiederholung der Mitteilung auf Englisch sowie einer Adresse und einem Zeitpunkt später am selben Abend. Gefertigt war die Nachricht mit einem rötlich-braunen Daumenabdruck, dessen Schattierung verdächtig der Farbe von getrocknetem Blut ähnelte.

Levi sah Kimiko neugierig dabei zu, wie sie an Paulies Bein tippte. »Sir?«, sagte sie und starrte den Hünen mit großen Augen an.

Paulie bückte sich mit belustigter Miene. »Ja?« Er sprach mit herzlichem, freundlichem Ton.

»Sie sind sehr groß«, stellte sie nüchtern in makellosem Englisch fest. »Darf ich mich auf Ihre Schulter setzen, damit ich die Decke berühren kann?«

Levi beobachtete verwundert, wie sich der Koloss auf das arglose kleine Mädchen einließ. Für einen Mann, der jemanden in der Mitte auseinanderreißen konnte, erwies er sich als überaus sanft im Umgang mit Kimiko, als er sie auf seine rechte Schulter hob und sich aufrichtete.

Kimiko streckte sich, berührte eine der Deckenplatten und ließ schallendes, hohes Gelächter vernehmen. »Ich hab's geschafft!«

Lachend senkte Paulie sie vorsichtig zurück auf den Boden.

Mit ernster Miene schüttelte sie Paulie die Hand. »Danke, Mister. Ich werd jedem in der Schule von Ihnen erzählen, aber es wird mir wohl niemand glauben, dass ich einen waschechten Riesen gesehen hab.« Dann verlagerte sie den Blick auf Levi und wechselte wieder zu Japanisch. »Ich muss gehen. Der Chauffeur von meinem Papa wartet auf mich. Sehen wir uns vielleicht später noch?«

»Schon möglich«, antwortete Levi auf Japanisch.

Als das Mädchen hinausrannte, fing die Unterrichtsgruppe an, sich aufzulösen.

Levi spürte ein Tippen auf der Schulter, drehte sich um und erblickte Madison, die ihn anlächelte. »Hast du eine neue Freundin?« Sie nickte in Richtung des Ausgangs.

»Sieht so aus.« Er zuckte mit den Schultern und gab ihr einen Kuss auf die Lippen. »Sind wir hier fertig?«

»So ziemlich.« Madison schlängelte den Arm unter sein Jackett und um seine Taille, bevor sie ihn drückte. »Aber ich finde, nächstes Mal solltest du die Gruppe zusammen mit mir unterrichten.«

»Ich weiß nicht recht, hat irgendwie Spaß gemacht, dir zuzusehen. Also ... wann musst du an der Penn Station sein?«

»Ich muss morgen früh raus. Mein Zug fährt um drei.«

Als sie zum Ausgang marschierten, fing das Personal an, die Möbel im Gemeinschaftsraum zurück an ihren Platz zu bringen.

Levi sah auf die Armbanduhr und seufzte wehmütig. »Maddie, die Wochenenden vergehen einfach zu schnell.«

Sie verstärkte den Griff um seine Taille und lehnte den Kopf an ihn. »Finde ich auch. Aber hey, sofern nichts dazwischenkommt, sollte ich um Weihnachten herum zwei Wochen frei haben. Wenn du meinst, du hältst es so lange mit mir aus, können wir was planen. Bis dahin ist's nur noch etwas mehr als ein Monat.«

Carmine war bereits zum Wagen vorausgegangen. Paulie hingegen war geblieben und warf ein: »Wisst ihr, meine Frau und ich hatten zum fünften Jahrestag 'ne wirklich schöne Zeit in den Poconos. Wahrscheinlich sind die Hotels dort längst alle ausgebucht, aber ich kenn ein paar Leute. Sollte möglich sein, euch eine dieser zweistöckigen Suiten mit Whirlpool und allem Drum und Dran zu besorgen. Ist echt romantisch.«

Madison stupste Levi mit der Hüfte. »Hm, romantisch klingt schön.« Sie gab Levi einen flüchtigen Kuss auf die Wange. »Ich zieh mich nur schnell um. Bin gleich wieder da.«

Levis Blick folgte ihr, als sie ein paar Leute im Flur überholte. Er stellte sich vor, wie es mit Madison in einem blubbernden Whirlpool wäre.

Levi schaute zu Paulie auf. »Großer, wenn du ein paar Fäden ziehen könntest, wär ich dir dafür dankbar.«

Paulie grinste. »Geht mich zwar nichts an, aber ihr zwei seht super zusammen aus. Ich finde, ihr solltet was Dauerhaftes draus machen.«

Levi lachte und schüttelte den Kopf. »Das ist kompliziert.« Er stellte sich den hünenhaften Mafioso als Jenta vor, die Heiratsvermittlerin aus dem Broadway-Stück *Anatevka*.

Wieder sah er auf die Uhr. »Sag mal, Paulie, könntest du rausgehen und Carmine sagen, dass wir direkt zur Penn Station müssen, bevor wir zum Helmsley fahren? Ich muss was Geschäftliches mit dem Don besprechen, bei dem Madison nicht dabei sein kann.«

***

Die Limousine rollte die Park Avenue entlang an der East 86th Street vorbei und vor ein prunkvolles altes Gebäude mit zwei Marmorsäulen auf jeder Seite des Eingangs. Die Worte »The Helmsley Arms« prangten in Blattgold über den drei Meter hohen Türen.

Als Levi aus dem Wagen stieg, schlug ihm die kühle Feuchtigkeit des Spätherbsts in New York entgegen. Der erdige Geruch von abgefallenen Blättern und der Mief von Abgasen erfüllten die Luft, ein unverkennbares Zeichen dafür, wann und wo er sich befand.

Die Türen öffneten sich, als er sich dem Eingang des Gebäudes näherte, und Frank Minnelli erschien, der Sicherheitschef. Der Mann war Anfang vierzig, im selben Alter wie Levi, und trug einen fast identischen Maßanzug.

Er gab Levi ein Zeichen. »Komm mit. Wir warten schon auf dich.«

Zusammen passierten sie die zwei muskelbepackten Mafiosi, die den

Eingang bewachten, durchquerten das Marmorfoyer und fuhren mit dem Aufzug in die oberste Etage.

»Also hat wohl jemand Kontakt mit Vinnie aufgenommen, richtig?«, fragte Levi.

Die Fahrstuhltüren öffneten sich, und sie traten den Weg durch einen kurzen, holzgetäfelten Gang an.

»Und ob«, bestätigte Frankie schnaubend. »Aber das soll dir Vinnie selbst erklären.«

Zwei weitere Mafiosi sprangen von ihren Stühlen auf und öffneten eine Doppeltür. Frankie und Levi betraten Don Bianchis Salon.

Unwillkürlich staunte Levi darüber, wie weit es seine Freunde seit ihrem gemeinsamen Beginn in Little Italy vor über 20 Jahren gebracht hatten. Der riesige Raum besaß zwei Kamine, eine kunstvoll geschnitzte Holzverkleidung und war mit geschmackvollen Gemälden und einer Marmorstatue der Venus von Milo in Museumsqualität dekoriert.

Am anderen Ende saß Don Vincenzo Bianchi, Oberhaupt der Verbrecherfamilie Bianchi, an seinem großen Schreibtisch aus Mahagoni. Er trug eine Lesebrille und sah einen Stapel Dokumente durch. Als die beiden Männer eintraten, winkte er sie zu sich.

»Kommt, Jungs. Frankie, du und ich müssen ein paar Dinge besprechen. Aber haken wir zuerst mal die Sache mit dem Tanaka-Syndikat ab.«

Levi nahm auf einem der beiden rötlich-braunen Ledersessel vor dem Schreibtisch Platz, Frankie auf dem anderen.

»Vinnie«, begann Levi, »was hat's damit auf sich, dass jemand deine Erlaubnis eingeholt hat, um mich zu kontaktieren? Wer sind diese Leute? Irgendeine neue asiatische Truppe?«

»Neu wohl kaum.« Vinnie nahm die Brille ab, legte sie auf den Schreibtisch und rieb sich die Augen. »Frankie, wie viele eigene und wie viele externe Leute haben wir inzwischen?«

Frankie legte die Stirn in Falten. »Ich glaub, mit Carlo Moretti letzten Monat haben wir etwa 127 eigene Leute. Die Gesamtzahl hab ich nicht im Kopf, aber insgesamt sind es wohl um die 1.000.«

Der Don trommelte mit den Fingern auf dem Schreibtisch, bevor er sich wieder an Levi wandte. »Ich hatte heute Morgen 'nen Anruf von der Nummer zwei des Tanaka-Syndikats. Du hast von denen vielleicht noch nicht gehört, aber in Japan sind sie ein Schwergewicht. In den letzten paar Jahren haben sie sich über die Insel hinaus ausgedehnt und sich in einige der Tong-Geschäfte an der Westküste gedrängt. Verdammt, sie sind sogar hier in der Stadt vertreten.

Levi, wir haben vereinbart, dass es am besten ist, dich nicht ins Alltagsgeschäft der Familie einzubeziehen. Schon gar nicht, da du ja neuerdings mit den Bundesbehörden zu tun hast. Aber du weißt, womit wir's zu tun haben, wenn's um andere Organisationen wie uns geht. Dieses Tanaka-Syndikat hat zehnmal so viel Leute wie wir und überall Ressourcen.«

Vinnie beugte sich vor und hob zur Betonung einen Finger. »Sie haben uns ein Angebot unterbreitet, das davon abhängt, ob du ihnen bei etwas hilfst. Und es ist ein ziemlich gutes Angebot.«

»In der Botschaft, die ich bekommen hab, wurde ein unschuldiges Leben erwähnt«, sagte Levi. »Weißt du, was die von mir wollen?«

Vinnie zuckte mit den Schultern. »Keine Ahnung. Was ich weiß, ist, dass mit diesen Yakuza-Typen nicht zu spaßen ist, wenn sie schlecht drauf sind, und ich hab kein Interesse dran, dich in den Fleischwolf zu schicken. Dieser Ryuki, die Nummer zwei des Syndikats – er hat gesagt, er garantiert für deine Sicherheit. Will angeblich nur die Gelegenheit für ein Gespräch unter vier Augen mit dir. Er war ausgesprochen höflich, aber das sind diese Asiaten oft. Trotzdem gefällt mir das nicht, um ehrlich zu sein.

Levi, wir zwei kennen uns schon von Anfang an. Ich liebe dich wie 'nen Bruder, und ich sag dir, ich weiß nicht, was ich davon halten soll. Der Kerl hat sich unheimlich vage ausgedrückt – er wollte mir nicht mal verraten, warum er speziell nach *dir* sucht. Was ich damit sagen will: Wenn du nicht hingehen willst, ist das völlig in Ordnung. Deine Entscheidung.«

Frankie räusperte sich und runzelte die Stirn. »Levi, ich hab 'n bisschen über dieses Tanaka-Syndikat recherchiert. Zumindest hab ich's versucht. Der Obermotz ist ein Kerl namens Shinzo Tanaka, nur gibt's über ihn nahezu keine Aufzeichnungen. Ich seh nur, dass ihm vor einigen Jahren die Einreise in die USA verweigert wurde, damit hat es sich auch schon. Der Mann ist ein Geist. Bei Ryuki, seiner Nummer zwei, ist's ähnlich. Keinerlei Vorstrafen. Keine Zwischenfälle mit dem hiesigen oder dem japanischen Gesetz.

Aber das gilt nur für die offiziellen Aufzeichnungen. Auf der Straße erzählt man sich was anderes. Dort kennt die zwei jeder. Und es heißt, man soll sich von diesen irren Yakuzas fernhalten. Neben denen nehmen wir uns aus wie Chorknaben.« Er zeigte mit dem Finger auf Levi. »Also sei vorsichtig. Ich werd aus der Sache nicht schlau, und das macht mich irre.«

Levi konnte sich trotz der Warnungen nicht seiner Neugier erwehren. Warum wollten diese Leute ausgerechnet mit ihm reden? Wie konnte das Mädchen im YMCA ihn in der Menschenmenge dort erkennen? Und woher hatte die Kleine gewusst, dass er Japanisch verstand?

Er sah Vinnie an und lächelte. »Also lohnt sich das Angebot, das sie für meine Hilfe unterbreitet haben?«

Vinnie erwiderte das Lächeln. »Sonst hätte ich ihm nicht gesagt, wie er dich erreichen kann.«

Levi erhob sich schwungvoll aus dem Sessel und klopfte mit den Knöcheln auf den Schreibtisch. »Wenn das so ist, sollte ich den Mann wohl nicht warten lassen.«

DER AUTOR

Ich wurde in eine Armeefamilie hineingeboren, bin mehrsprachig und der Erste in meiner Familie, der in den USA das Licht der Welt erblickt hat. Das hat meine Jugend stark beeinflusst, indem es in mir die Liebe zum Lesen und eine brennende Neugier auf die Welt und alles darin erweckt hat. Als Erwachsener konnte ich durch meine Vorliebe für Reisen und meine Abenteuerlust zahlreiche unvorstellbare Orte erkunden, die manchmal Einzug in die Geschichten halten, die ich schreibe.

Ich hoffe, diese Geschichte konnte dich gut unterhalten.

– Mike Rothman

Meinen Blog findet ihr unter: www.michaelarothman.com
Ich bin auch auf Facebook unter: www.facebook.com/MichaelARothman
Und auf Twitter: @MichaelARothman